EGYD GSTÄTTNER

Mein Leben als Hofnarr

Gedruckt mit freundlicher Unterstützung des Landes Kärnten.

LAND KÄRNTEN
Kultur

Gedruckt nach der Richtlinie des Österreichischen Umweltzeichens „Druckerzeugnisse", Christian Theiss GmbH, Nr. 869

MIX
Papier aus verantwortungsvollen Quellen
FSC® C012536
www.fsc.org

Grafische Gestaltung: Dorothea Löcker, Wien
Umschlagabbildung: © Thomas Soyer
Druck und Verarbeitung:
Christian Theiss GmbH, St. Stefan im Lavanttal
ISBN 978-3-7117-2084-9

Informationen über das aktuelle Programm
des Picus Verlags und Veranstaltungen unter
www.picus.at

EGYD GSTÄTTNER

Mein Leben als Hofnarr

ES IST VERDAMMT HART, EGYD GSTÄTTNER ZU SEIN

PICUS VERLAG WIEN

Jedes Einzelne, wenn es nur recht betrachtet wird, vertritt seine Gattung. Unter allen Gegenständen ist keiner so sehr uns zur Betrachtung nahe gelegt, als unser eigner Lebenslauf. Daher ist es wohlgethan, ja ganz nothwendig, sein eignes Leben, soweit es abgethan in der Vergangenheit vorliegt, häufig zu überdenken, jeden Theil desselben von allen Seiten zu betrachten, nicht nur jede Begebenheit, sondern auch jede Stimmung und Ansicht, die man dabei gehabt, zurückzurufen, längst abgethane Vorgänge nun mit ganz anderen Augen wieder zu betrachten, das Urtheil der Vergangenheit mit dem der Gegenwart zu vergleichen, den Vorsatz und das Streben mit dem Erfolg und der Befriedigung. Das ist das Repetiren des Privatissimum's, als welches jedes individuelle Leben zu betrachten ist. Nur durch solche Rumination seiner Vergangenheit wird man aus seinem Leben allen Gehalt so ganz ausziehn wie die Berghütte den aus den Erz-Stufen zieht, und dann wird uns das eigne Leben das Wesen alles Lebens verstehen lehren, die Gattung vertretend.

Arthur Schopenhauer
Die Welt als Wille und Vorstellung

Auf der Heimfahrt, den Kirchturm von St. Egyd im Blick, habe ich gedacht: Sollte ich entgegen meiner ursprünglichen Absicht, diese geheimen Aufzeichnungen mein Leben, mein Werk, mein Land, meine Stadt betreffend nur für mich zu machen, doch eines fernen Tages eine Veröffentlichung anstreben, dann müsste ich der Publikation folgendes Vorwort voranstellen:

Dieser Roman ist ein Roman. Also genau genommen ein Tagebuchroman. Also genau genommen ein Tagebuch. Aber das darf man unter gar keinen Umständen sagen. Schriftwerke über zweihundert Seiten sind Romane, sonst verkaufen sie sich nicht, das ist ein unumstößliches Gesetz. Natürlich sind einige der besten Romane Briefromane oder Tagebuchromane, also Briefsammlungen oder Tagebücher, und ob sie *er*funden oder *ge*funden, das heißt real und echt sind, wenn kümmert das? Wahr müssen sie sein. Ein Beispiel müssen sie geben. Und im Heterogenen spiegelt sich das Authentische. Man darf nicht gleich einen Bauplan erkennen können, wenn es keinen gibt. Jede Ähnlichkeit mit real existierenden Personen ist selbstverständlich! Das genaue Gegenteil von »rein zufällig und unbeabsichtigt«. Niemand schreibt ein Tagebuch, in dem die Ähnlichkeit mit den Menschen seiner Umgebung rein zufällig ist! Von Ähnlichkeit kann gar keine Rede sein: Ich bilde sie genau so ab, wie ich sie sehe, wahrnehme, empfinde! Von Identität kann man nur deswegen nicht sprechen, weil Literatur und Leben zwei verschiedene Medien sind. Natürlich könnte jede einzelne dieser Tagebuchromanfiguren, die ich bei ihrem richtigen Namen nenne, auf ihre Persönlichkeitsrechte pochen und Klage gegen mich einbringen. Sollen sie nur! Alle! Jeder Jurist und jeder Germanist weiß, dass das nur mir nützt! Klagen Sie ohne Weiteres, Betroffene! Die interessantesten Romane spielen im Gericht! Work in Prozess! Zwölf Geschworene? Zwölf Millionen hätte ich gern! Nein, nein, wenn diese Figuren, sofern noch am Leben, halbwegs bei Verstand und bei Trost sind, schweigen sie dieses Buch tot, so wie sie alle meine Bücher totgeschwiegen haben – in der irrigen Meinung, bloß weil sie es totschweigen, würde es nicht gelesen; in der irrigen Meinung, bloß weil sie es nicht lesen, existiere es nicht.

Jedenfalls ist dieser Roman ein Roman. Die Frage ist: Will ich mich auf das Politische konzentrieren oder lieber aufs Private? Als ich das abgelaufene Jahr nachgelesen habe, musste ich zu meiner Verwunderung feststellen, dass ich viel weniger politisch geschrieben habe als selbst vermutet: Die meisten Eckdaten des politischen Lebens habe ich nicht nur nicht kommentiert, sondern nicht einmal erwähnt. Ich kann mich nur an Ekel erinnern. Pornografische Stellen werde ich streichen, umbauen oder abmildern: Erstens sind die privat, zweitens hebe ich mir die für postum auf. Außerdem mache ich mich auf diese Weise gleich interessant. Man sollte schließlich auch noch einen Nachlass hinterlassen, der ein letztes Mal alle schockiert und »ein völlig neues Bild« zeichnet. Mal sehen.

So werde ich also starten. So oder so ähnlich.

(1. Jänner 2007) Noch fünf Jahre, vier Monate und vierundzwanzig Tage bis zu meinem fünfzigsten Geburtstag. An diesem fünfzigsten Geburtstag werde ich aus dem Fenster springen. Damit mir das gelingt, muss ich bis dahin aber gut auf mich aufpassen. Jetzt habe ich einmal das Jahr wechseln müssen. War schwer.

Gestern: Silvesterstimmung auf dem Alten Platz: Eine Indianerband macht auf ethno. Die Italiener shoppen, die Slowaken betteln. In den Auslagen der Geschäfte die neuesten technischen Geräte: außerhalb meines Lebens. Nicht weil ich sie mir nicht leisten könnte. Weil ich sie nicht einmal in Betrieb nehmen, bedienen könnte und auch keine Ahnung habe, wozu sie gut sind. Mit vierundvierzig kann man schon ganz schön neben dem Leben stehen. Aber ich bin ja immer schon neben dem Leben gestanden. Das Leben hat sich grundlegend geändert – und ich stehe immer noch daneben. Das ist – wenigstens bis auf Weiteres – der Vorteil von Kleidergeschäften und Boutiquen: Man kann für Kleider – wenigstens bis auf Weiteres – nicht zu dumm sein. Wenn man als Kind einmal gelernt hat, sich anzuziehen, bleibt einem diese Fähigkeit für das ganze weitere Leben.

Der letzte Briefkasten ist weg! Einfach aus der Hausfront herausgerissen. Kein Vandalenakt, ein Update. Nach der öffentlichen Uhr, der öffentlichen Telefonzelle, der öffentlichen Abfallinsel ist auch der letzte Ort öffentlicher Gemeinsamkeit Vergangenheit geworden und verschwunden. Das Abseits weitet sich aus. Mein Abseits jedenfalls.

Silvesterabend und Jahreswechsel bei Wittgensteinwolfi in seinem Landhaus in Kuhdorf. Erster Versuch eines zaghaften Winters. Ist das noch Raureif oder schon Schnee? Endlich wieder einmal den Donauwalzer vermieden: Gleich die erste Regel eines neuen Jahres friedlich gebrochen: Heureka! (Auf Finnisch bedeutet heureka juhu!) Zu Mitternacht sind wir auf die Straße hinaus, haben in den Auto-CD-Player M. A. Numminen eingelegt, der Wittgensteins *Tractatus* vertont hat und singt, anstelle des Donauwalzers grölen wir »Die Welt ist alles, was der Fall ist« und tanzen den Wovon-man-nicht-sprechen-kann-darüber-muss-man-schweigen-Tango.

Wieder im Haus dreht Wittgensteinwolfi ohne Grund das Radio an, und die erste Meldung des neuen Jahres lautet: In der Silvesternacht ist ganz plötzlich die Innenministerin an den Folgen eines Aorta-Risses gestorben. Auch sie hat also diesmal – anders als ihre Untertanen – keinen Donauwalzer getanzt. Sie ist – wie Unamuno – im Notarztwagen gestorben, als ringsum schon Freudenraketen, Feuerwerke gezündet wurden.

Diese Nachricht habe ich gerade gebraucht! So wie alle anderen Nachrichten. Tags darauf legt die Zeitung (legen alle Zeitungen) ihrer Neujahrsausgabe eine Seite aus dem Medizinlexikon bei: schöne Skizze des Herzens (der Ministerin?) mit allen Arterien und Venenwegen und genauester Beschreibung des ministeriellen Krankheitsverlaufs und ministeriellen Todes. Natürlich soll man von anderen auf sich schließen! Auch ich habe ein Herz! Auch ich habe eine Aorta! Auch meine könnte jederzeit reißen, jederzeit platzen … Wenigstens bin ich schon jetzt auch nicht nur annähernd so gesund, wie die Ministerin bis wenige Stunden vor ihrem Tod war.

Zwei Tage nach ihrem Tod schon das erste große Exklusivinterview mit ihrem Gatten über »sein Leben nach ihrem Tod«: Wie gesund sie war, wie sie an allen Ecken und Enden fehlt.

Sobald ich es mir leisten kann: alle Abos kündigen, alle Zeitungen wegwerfen! Nie wieder in eine hineinschauen! Alle Medien meiden wie die Pest! Aber das wäre eine Art Selbstmord.

Bei meinem Nachbarn Erik Alex Widner getroffen. Der hat mir sein neues Buch in die Hand gedrückt, das noch gar nicht auf dem Markt ist. Alex lebt jetzt seit über einem Jahr in New York in einem Haus mit lauter russischen Juden. Juden können einem auch auf die Nerven gehen, sagt er, wenn das Flugzeug nicht starten kann, bloß weil fünfzehn Juden wegen irgendwelcher religiöser Vorschriften eine Stunde lang keinen geeigneten

Sitzplatz finden – und sich immer wieder umsetzen müssen. Seine Sätze: »Menschen sind scheußlich in der Mehrheit.« Und zur Todesstrafe: »Ich habe viel Verständnis für Rache.«

Neue Regierung. Irgendwelche lächerlichen und unerheblichen Figuren, wie gehabt. Außerdem maximal paradox positioniert. Werde sie nicht auswendig lernen. Kein Thema.

Den *Carlo Michelstaedter* zum Buchbinder getragen. Ist mir also doch noch eine Frucht gewachsen! Aber jetzt dauert es noch einmal zwei Jahre, bis Marmelade daraus geworden ist. Urplötzlich wieder das Gefühl, als stürzte mir bei lebendigem Leib das Gesicht zusammen und fiele in den Kopf hinein.

Mit der Wedekind-Biografie von Günter Seehaus fertig geworden. (Eine schon ziemlich staubige Angelegenheit!) Ein wichtiger Gedanke zum Hofnarrentum: Dem Narren ist nur Detailkritik erlaubt (für die liebt man ihn mitunter), nie aber Grundsatzkritik. (Die kostete ihn die Existenz.)

Kein Schwein ruft mich an, keine Sau interessiert sich für mich … Niemand braucht mich, niemand will etwas von mir, und genau genommen will ich auch nichts mehr geben. Ich kann es mir nur nicht leisten. Gähnende Leere im Postfach, gähnende Leere im Outlook Express, Stille rund um das Telefon.

Längst ist die Schlussredaktion für ein neues Buch für heuer verabredet. Aber jetzt schweigt der Verleger über eine Woche. Eigentlich ist er gar nicht der Verleger, sondern der Cheflektor eines Verlags, von dem sich schwer sagen lässt, wer wirklich der Verleger ist, nachdem der alte Verleger Rainer Lendl mit Jahresende in Pension gegangen ist. Auf meine Urgenz hin erklärt

David Axmann sein Schweigen mit »wie soll ich es unverfänglich genug sagen? – internen Problemen, die hoffentlich noch in diesem Monat gelöst werden können. Von dieser erhofften Lösung hängt nämlich sehr viel, wo nicht gar alles ab. Deutlicher kann und will ich jetzt nicht werden. Jedenfalls verspreche ich Ihnen, mich nach erfolgter Lösung sofort zu melden.«

Wie oft war ich in meinem Leben schon in einer solchen Situation! Wie oft zwischen Sein und Nichtsein! Wie oft ich solche Worte schon gehört habe! Jetzt bin ich mittelalt – fünfundvierzig Jahre – und es ist noch immer dasselbe. Ich habe es so satt!

Ich war so unvorsichtig, in meinem Frühwerk zu stöbern und bin nun ehrlich schockiert. Nichts als Plattitüden, Nichtigkeiten, Schwachsinn. Kalauerplage, Wortwitzwüste. Vergessen! Verdrängen! Nur weg damit!

In allen Zeitungen wird dieser Tage groß Werner Schneyders siebzigster Geburtstag gefeiert – und auch ich sollte ihm gratulieren – ganz aufrichtig – hätte ich bloß nicht seine Adresse verwurstelt. Bei Gelegenheit also.

In den Zeitungen sieht man den Jubilar mit Prominenten und Mächtigen abgebildet – vom Bundespräsidenten abwärts. Und Peter Turrini ist selbstverständlich mit dabei. Einerlei. Die Zeitungen fragen sich, wie ein so kritischer Mensch doch so viele Freunde haben kann. Also, das frage ich mich auch: Ich fürchte, bei meinem siebzigsten Geburtstag – falls ich den erlebe: eher nicht – werde ich mutterseelenallein sein und mich sehr grämen. Aber in einer Prominentenmasse würde ich mich noch mehr grämen. Und grausen. So oder so schlechte Aussichten.

Die Zeitung stellt Mutmaßungen darüber an, warum Werner

Schneyder so wichtig ist und befragt dazu die Prominenten, die irgendwelche Plattitüden und Höflichkeiten vom Stapel lassen, ganz zum Schluss die wunderbare Marion Mitterhammer, mit der Schneyder gerade auf der Bühne steht. (Ach, mit der würde ich auch gern irgendwo stehen, lieber noch hinter als auf der Bühne, und lieber noch heute als in sechsundzwanzig Jahren. Aber ich sitze bloß beim Friseur. Ein prominenter Mächtiger (Banker) setzt sich nebenan und grüßt freundlich, aber das Einzige, was er wissen will, ist, »wo Frau Wegscheider geblieben« ist. Beim Herrenfriseur!!)

Wichtigkeit: Mir fällt aber auch ein, dass ich mit Werner Schneyder vor etwa drei Jahren nach einem gemeinsamen Leseabend in der Wirtschaftskammer beisammengesessen bin und lang geplaudert habe: Da ist er mir sehr verloren vorgekommen. Über Antonio Fian hat er sich geärgert, weil der ihn grundlos und grotesk angeschüttet hat. Über das Klagenfurter Musil-Institut hat er sich geärgert, wo er lesen wollte und sich angetragen hat, aber die längste Zeit nicht einmal eine Antwort bekommen hat. Über seinen Verlag hat er sich geärgert, der seine Bücher kaum noch verkaufte und auch keine neuen Bücher machen wollte. Gar kein Verlag wollte sich finden. »Ich bin am Markt«, sagte Werner damals. Das bedeutete: »Ich bin verlassen und allein.« Aber mit siebenundsechzig ist man eben nicht siebzig. Was wird in drei Jahren sein, wenn er dreiundsiebzig ist?

Abends im Stadttheater Tschechows *Onkel Vanja* im Turrini-Tonhof-Bühnenbild vom letzten Jahr. Pflegerls letzte Inszenierung, vielleicht überhaupt seine letzte: Er ist schwer krank, vom Krebs gezeichnet. Vor sechs Jahren in seinem Büro antwortete er auf meine Frage, ob ich rauchen dürfe: »Du wirst halt vor mir sterben.«

Der letzte Tschechow wurde in Klagenfurt vor zwölf Jahren gegeben, 1995, *Drei Schwestern*. Eine der Hauptrollen, wenn auch freilich keine der drei Schwestern, hatte Toni Böhm. Er hat mir Premierenkarten besorgt, und bei der Premierenfeier (im Michelangelo) haben wir über *Schopenhauer* gesprochen, den er der Emmy Werner ans Herz gelegt hatte. Ein halbes Jahr später fand die Premiere im Volkstheater in Wien statt – auch wenn nicht Toni Böhm selbst, sondern Thomas Stolzeti gespielt hat. Und wie! Ein Glücksfall!

Letztes Jahr im Sommer ist Toni Böhm ganz plötzlich gestorben, in einem Hotelzimmer in Reichenau an der Rax. Tschechow und das ewige Abschiednehmen, das Abschiednehmenmüssen und Nichtabschiednehmenkönnen … Ja, was ich eigentlich sagen wollte: Ich bin heute fast auf den Tag genauso alt, wie Tschechow war, als er starb. Das ist mehr als ein bloßes Zahlenspiel. Das heißt für einen Autor etwas. Was hat man erledigt? Was gäbe es noch zu erledigen …

(29. Jänner) Endlich, endlich hat David Axmann angerufen: Es geht also doch weiter, jedenfalls mit mir, dem »Einser-Autor« des Verlags. Prosaband im Herbst wie ausgemacht. Aber eben sparen, wo es nur geht. Eigentlich wollte man den Verlag zudrehen, gemeinsam mit der Pensionierung von Lendl.

(31. Jänner) In der Nacht hat mein Kind vierzig Grad Fieber. Ira ist neun. Das Fieber lässt sich nicht senken. Besteht Lebensgefahr? Selbsttötungsgedanken. Unangenehm, noch immer keinen Revolver zu haben. Eine Szene schreiben, wie Sándor Márai zur Polizei geht und Schießunterricht nehmen will. Wo genau setze ich an, Herr Inspektor?

Wie viele Tabletten braucht man zum Whisky? Reicht eine Packung Xanor? Würde das funktionieren? Und wie nimmt man den Tod ein? Zuerst den Whisky, dann die Tabletten? Oder zuerst die Tabletten, dann den Whisky? Alles visualisieren! Ich stelle mir den Moment nach der Einnahme vor, den ersten Augenblick der Endgültigkeit: Ich habe mir den Tod gegeben. Jetzt muss ich den Tod nehmen, unwiderruflich. Wie wird es mir da gehen, wenn es kein Zurück mehr gibt? Werde ich vorbereitet sein? Gelassen? Zufrieden? Oder werden Panikattacken kommen? Gut vorbereiten! Alles durchdenken!

(7. Februar) Wieder einmal eine meiner Glossen nicht erschienen, ohne Angabe von Gründen, ohne irgendeine Erklärung. Wahrscheinlich ein Inserat. Erfolglosigkeitsdepression. Niemand ist unersetzbar. Aber selten ist jemand so ersetzbar wie ich.

(8. Februar) Erste Recherchefahrt nach Friesach, Stadtmuseumsbesichtigung und Spaziergang mit Helga Steger. Es gibt florierende und verlierende Städte. Friesach ist eine verlierende Stadt. Eines gibt es in Friesach: Mittelalter. Und in Friesach sagt man zum Mittelalter nicht *Retro-Event*, sondern wirklich Mittelalter. Es gibt das Domikinanerkloster, die Petersburg, die Burgfestspiele, eine fast gänzlich erhaltene mittelalterliche Stadtmauer, einen Stadtgraben, einen Pranger. Internetzugang gibt es auch in Friesach, und wenn man in die Suchmaschine den Begriff »Pranger« eingibt – aber ich greife vor.

Durch das Internet ist Friesach an jeden anderen Ort auf der ganzen Welt angeschlossen, mit allen Menschen überall auf der Welt verbunden. Aber wenn man den PC ausschaltet, die paar Stufen hinuntersteigt und vors Haus tritt, ist man wieder in Friesach, auf dem Hauptplatz von Friesach, vor dem Metnitztalerhof, dem Friesacherhof, dem Weißen Wolf, dem

Goldenen Anker, und wenn man jemanden trifft, dann Friesacherinnen und Friesacher.

Was ich sehe, kann noch nicht alles sein. Es muss ein Dahinter geben. Ich stelle mir vor: Es gibt in dieser Stadt ein großes Geheimnis. Alle Stadtbewohner kennen es, alle wissen Bescheid. Aber niemand sagt auch nur ein Wort, schon gar nicht einem Fremden gegenüber. Wer das Geheimnis der Stadt verrät, hätte mit den allerschlimmsten Folgen zu rechen. Niemand tut es. Niemand denkt auch bloß daran. Ein Fremder prallt gegen eine Mauer des Schweigens.

Ich möchte etwas schreiben, was hier spielt.

(11. Februar) P. H.: Achtzig Seiten Dampf (meinetwegen genauestens beobachteter Dampf), dann immerhin zwei Seiten ein ganz brauchbares Weltgericht, und danach noch einmal achtzig Seiten Dampf. Und wie schon bei einer Lektüre vor Jahren das Gefühl, die Überzeugung: Stammte er von einem unbekannten Autor, einem Noname, einem Debütanten, kein Lektorat der Welt hätte diesen Text angenommen.

(13. Februar) Ein zehnjähriges Mädchen wird auf dem Schulweg entführt und acht Jahre in einem Keller eingesperrt. Sehr unterhaltsam. Seeehr unterhaltsam.

Ein langhaariger Sozialminister geht zum Friseur. Sehr unterhaltsam. Seeehr unterhaltsam. Showmasternder Polizist kritisiert skifahrenden Maurer. Skifahrender Maurer schlägt zurück. Sehr unterhaltsam. Seeehr unterhaltsam.

Psychisch kranke Juristin lässt drei Kinder verwahrlosen. Sehr unterhaltsam. Seeehr unterhaltsam.

Eine Erzählung, in der jedes Kapitel, vielleicht jeder Absatz mit den Worten beginnt: Es hat noch nicht geschneit. Oder:

Noch hat es nicht geschneit. Oder: Noch ist kein Schnee gefallen. Noch ist der erste Schnee nicht gefallen.

Eine Erzählung, in der jedes Kapitel, vielleicht jeder Absatz mit den Worten beginnt: Die Sonne scheint. Es ist schön. Der Himmel ist blau. (Sodass der erzählte Alltag dazwischen immer gespenstischer wird.) Die Sonne geht nicht mehr unter (so wie in der Politik, in der Werbung, in den Medien): Sie hat sich irgendwie im Himmel verheddert und kommt nicht mehr weiter.

(16. Februar) Aufgewacht, die Augen gerieben und wieder gerieben und mit dem linken Auge alles nur noch verschwommen gesehen. Schwarze Punkte im Blick. In der Augenambulanz fanden die modernsten Apparate inklusive Augenärztin keine Erklärung. Zwei Tage später war die Sicht ebenso über Nacht wiederhergestellt, drei Tage später wieder behindert. Und alles unerklärt und ohne Zutun und Ursache. Was ist Lebensführung? Was ist Medizin? Mythen …

(17. Februar) Die zwei Tage Winterurlaub im Gitschtal hätte ich mir sparen können. Was nützt die prächtigste Winterlandschaft und das herrlichste Sonnenwetter, wenn Schnee und Eis gatschig weich sind: Auf der Gartnerkofelabfahrt stecken geblieben. Im Weißensee stecken geblieben. Seenot, Bergnot – und dann auch noch die Augennot. Bleiben im positiven Bereich nur das Beef Tatar im Lerchenhof, Wittgensteinwolfis Landhaus in Kuhdorf und ein Blick in die *Zeit*. Jede Wette, dass dieses Exemplar der *Zeit* das einzige im ganzen Bauernerholungsdorf ist. Jede Wette, dass Wittgensteinwolfi der einzige Mensch im gesamten Gitschtal ist, der sich mit der Frage beschäftigt, ob Ulrich Greiner recht mit seiner abschätzigen

Analyse bezüglich Wilhelm Genazino hat. Eine äußerst sinnlose Beschäftigung, zugegeben.

(20. Februar) Fasching. Endlich aus seiner Rolle ausbrechen, wunderbar! Die Hässlichen mögen doch endlich als Schöne gehen, die Armen als Reiche. Die Kranken mögen endlich als Gesunde gehen, die Toten als Lebende.

(23. Februar) Der Redakteur M. aus Graz hat mit den Worten »Ich habe eine schlechte und eine schlechte Nachricht für Sie. Welche wollen Sie zuerst hören?« angerufen und mich gebeten, ihm für das Wochenende einen anderen »Anpfiff« zu schicken. Den über Stronach, Mateschitz und Assinger, den ich ihm geschickt habe, kann er nämlich leider nicht bringen. Gut finde er ihn schon, aber jetzt, wo sich die Zeitung nach langen Jahren und vielen Querelen mit diesen Herren arrangiert habe und man einander gut verstehe, stehe es nicht dafür … die Herren seien nämlich sehr empfindlich und würden sich solche Kritik merken et cetera …

Außerdem teilte mir M. in diesem Telefonat mit, dass der »Anpfiff« zusammen mit der Sonntagsbeilage *Leben extra* mit Anfang März eingestellt wird. »Das hat Ihnen noch gar niemand gesagt?« Dass das Unangenehme immer an ihm hängen bleibt! »Also dann …« Es gebe eine neue Sonntagsbeilage, mehr Serviceleisten und so, und da habe Satire keinen Platz mehr und passe irgendwie auch nicht mehr ins Konzept … Vielleicht findet man ja andere Verwendung für mich, der Chefredakteur wird sich melden, ist aber gerade auf Urlaub … Wenn das keine Mordsdepression gibt!

Ein Anruf genügt und ich bin unter dem Existenzminimum. Fünfundvierzig Jahre, fünfzehn Bücher, tausend Publikationen, ein Herzinfarkt, tausend Nebenwirkungen, tausend Leiden – und ich stehe wieder vor dem Nichts! Das habe ich notwendig gehabt.

Wie war das früher? Da hab ich auch keine fixe Kolumne gehabt und mich trotzdem durchgeschlagen. Und gar nicht schlecht. Ja, aber ich war jünger und kräftiger, und ich hatte mir andere Einkommensquellen erschlossen, die alle ohne mein Zutun versiegt sind: Eine Literaturzeitschrift nach der anderen ist eingegangen, ein Verlag nach dem anderen. Das Radio ist ein Flächenradio geworden, macht nur noch »Geräusch« (Zitat: Der Landesdirektor) und hat die Literatur aufgegeben. Der Redakteur der *Stuttgarter Zeitung*, der mich geholt hat, hat die *Stuttgarter Zeitung* verlassen. Damit war auch ich weg. Dasselbe mit Achim Zons in der *Süddeutschen*, in der ich ein Jahrzehnt lang publiziert habe. Sein Nachfolger Alexander Gorkow nimmt noch gelegentlich Texte, aber nur alle zwei Jahre: Das ist kein Leben. Gut, was will einer, der in Klagenfurt lebt! Detto die *Furche*: Mit Klauhs, Boberski, Krassnitzer konnte man arbeiten. Mit Cornelius Hell ist alles fürchterlich mühsam und das meiste unmöglich. Alles hängt von Personen ab. Und alles zerfällt.

Seit fünfzehn Jahren hatte ich im Schnitt zwanzig Lesungen pro Jahr: Heuer ist nicht eine einzige vereinbart: Wie verhext! Wie abgerissen! Amalthea, ohnehin kein wirklich faszinierender Verlag, eine Kaiserin-Sisi-Verlautbarungsstelle, dessen Verlagsräumlichkeiten auch wie Sisi-Schlafgemächer aussehen, wo ich aber in den letzten zehn Jahren immerhin vier leidlich erfolgreiche Satirebände gemacht habe, habe ich letzten Juli ein neues Manuskript geschickt. Im Dezember hat man zuerst einen Termin mit mir verschwitzt, dann stellte sich heraus, dass das Manuskript verwurstelt war. Ich habe es noch einmal geschickt und bis heute nichts gehört. So behandelt man einen österreichischen Autor …

Auf der Suche nach einem Umschlagmotiv für *Meine besten Niederlagen* habe ich aus Legosteinen ein Haus gebaut, auf den Dachgiebel eine Playmobilfigur als Selbstmörder gestellt und das Szenario von allen Seiten fotografiert. Aber es schaut nicht gut aus.

(24. Februar) Habe das Legohäuschen mit dem Legoselbstmördermännchen auf dem Dach gestern Abend im Wohnzimmer vergessen. Heute beschwert sich Herta. Sie will nicht, dass die Kinder so etwas sehen.

Gevatter Relaunch schlägt ja seit ein paar Jahren jedes Jahr zu. Am Anfang gab es noch »Zeit für ein Gedicht« (von Rilke und Ringelnatz, Mörike und Morgenstern, Bachmann und Wedekind und Hofmannsthal). Die »Zeit für ein Gedicht« wurde ersetzt durch die Rubrik »Moment Bitte«, eine spontane Telefonanfrage bei Prominenten, was sie gerade machen, sehen, essen et cetera, eine »Hallo wie geht's«-Geschichte also, die wiederum einem Pro- und Kontraspielchen zweier Hausredakteure weichen musste: Pro und Kontra Faschingskrapfen, Pro und Kontra Vogelhäuschenbasteln, Pro und Kontra lange Unterhosen, Pro und Kontra Ohrenschützer …

Ich habe all das neben mir Stehende überlebt. Einmal bin ich aus Kostengründen auf die Hälfte gekürzt worden, ein anderes Mal wurde mein Porträt durch eine Karikatur von mir ersetzt. Und jetzt bin ich eben an der Opfer-Reihe.

Beim Frühstück sehe ich: Der Kulturchef der Zeitung interviewt zum zweiten Mal binnen einer Woche Armin Assinger. Diesmal rühmt er im Interview dessen »beeindruckende Lockerheit«. Tja, und da kann der Satiriker einen Tag später natürlich keine Satire schreiben, in der er sich über den beeindruckend Lockeren lustig macht. Drei Tage später bewundert der Kulturchef der Zeitung den neuen Handke. Was für ein Begeisterungsspagat! Und genau diese unseligen Philister kommen dann bei jeder Gelegenheit ganz ungeniert mit dem unseligen Bachmannsatz daher. Wie oft sind mir solche Haltungslosigkeiten aufgestoßen in den letzten Jahren! Wie oft habe ich geschwiegen – aus Loyalität, Opportunismus, Ohnmacht. Doch: aus Ohnmacht hauptsächlich. Bezahlte Ohnmacht, zugegeben. Ist Schweigen verwerflich, wenn man weiß, dass einem, noch bevor man etwas sagen kann, der Ton abgedreht wird?

Viele sagen, was ihnen passt – aber eben ohne jede Reichweite. Reden, ohne dass einem irgendwer zuhört: Ist das nicht auch eine Art Schweigen? Die Alternative zu bezahlter Ohnmacht ist unbezahlte Ohnmacht.

(25. Februar) Ohne Xanor geschlafen: kaum und schlecht geschlafen. Zwei Träume: ein Flugzeugabsturz bei St. Veit (mit mir an Bord. Bruchlandung auf einem Sportplatz, dann Traumriss). Und der Sportreporter Peter Elsner beschwert sich über die katastrophalen Zustände bei mir daheim in der Toilette.

(26. Februar) Samo Kobenter hat angerufen und wir haben länger miteinander geplaudert. Hat gutgetan. Er hat mir von einer ganz schlimmen Kritik Michael Scharangs im *Spectrum* über Ronald Pohl erzählt, der Theaterkritiker beim *Standard* ist (wir sind vor Jahren einmal im Café Raimund gesessen) und sich jetzt als Romancier bei Droschl versucht hat. Eine Vernichtung. Eine völlige Vernichtung.

Ich hab es nachgelesen: Tatsächlich, das war die vernichtendste Kritik, die ich je gelesen habe, wenn auch – gemessen an den Pohl'schen Originalzitaten – vielleicht nicht gänzlich aus der Luft gegriffen. Aber mit so viel Schaum vorm Mund soll man nicht rezensieren. Und man muss ja wegen eines Buches nicht gleich eine ganze Stadt dem Erdboden gleichmachen. Ich stelle mir vor:

Die Nachrichten. Graz. Graz existiert nicht mehr. Niedergebombt und bis auf die Grundmauern abgebrannt Literaturhäuser und Verlagsanstalten. Zwischen vereinzelten Glutnestern die Leichenhaufen goutierend reitet im Trab zufrieden schmunzelnd und leise »Ceterum censeo« pfeifend Generaloberst Scharang und denkt sich: Jetzt kennt man mich! Jetzt hat man mich kennengelernt! Schade eigentlich, dass niemand mehr da ist …

(28. Februar) Mein Chefredakteur hat aus dem fernen Graz angerufen, sich für sein langes Schweigen entschuldigt (man sei »Last-minute-Erotiker«; Originalzitat) und mir anstatt des »Anpfiffs« eine Kolumne auf der Medienseite angeboten. Ich habe freie Hand, könne ruhig auch hintergründig sein. Was er nicht gesagt hat (das tut die Sekretärin tags darauf): Ich habe nur noch tausend Zeichen zur Verfügung, knapp die Hälfte des bisherigen. Insgesamt bin ich in den letzten drei Jahren von dreitausend auf tausend Zeichen gekürzt worden – das sind sechsundsechzig Prozent. Tausend Zeichen, das sind bei mir drei Sätze. Welch enormen Hintergrund kann man in drei Sätzen entwickeln?

Fernsehkritiker! Ich Fernsehkritiker! Das mir! Journalist ist bekanntlich einer, der seinen Beruf verfehlt hat. Und wenn er nicht einmal Journalist, sondern bloß Schriftsteller ist, und auch innerhalb des Journalismus mangels brauchbaren Expertentums und mangels hausinterner Lobby für nichts zu verwenden ist, dann heißt das Gnadenbrot: Fernsehkritik. Zugegeben: Ich war die Erfindung des jetzigen Chefredakteurs.

Aber ich war und bin ein Fremdkörper: Ich habe das Haus, für das ich schreibe, nie gesehen, ebenso wenig auch nur einen einzigen Mitarbeiter. Ich lebte und lebe hundertfünfzig Kilometer entfernt. Und auch ein Chef wird mürbe gegen hundert Naserümpfer, die tagtäglich die Nase rümpfen.

Was habe ich getan? Gezürnt? Empört abgelehnt? I wo. Devot zugesagt. Dankbar. Denn die Alternative wäre gewesen: gar nichts. Und der Gang in die Donau. In die Mur wäre ich so oder so nicht gegangen. *Die* Genugtuung hätte ich ihnen nicht verschafft. Was jetzt erscheint, ist also nur noch die lächerliche Wortspende zur Grundsicherung eines jämmerlichen Schriftstellers.

(5. März) Beim Neurologen zwecks Vereinbarung eines Termins angerufen. Die Sprechstundenhilfe fragt, worum es denn gehe. Ich sage, dass würde ich gern dem Doktor sagen. Was mir denn fehle, fragt sie? Das würde ich eben gern vom Doktor erfahren.

Man sei ausgebucht, und man mache keine Gesprächstherapie, sagt sie. Ich will keine Gesprächstherapie, ich will eine einmalige Untersuchung. Worum es denn gehe, man werde mein Anliegen vertraulich behandeln, sagt die Frau am Telefon, deren Stimme ich zum ersten Mal höre, die ich nie gesehen habe, von der ich nicht einmal den Namen kenne.

Es ist unfassbar. Krank darf man nicht sein, wenn man einen Arzt braucht.

Ein Redakteur von den *Salzburger Nachrichten* hat sich gemeldet. Und was will er? Etwas über Kärnten. Über den Sonderfall Kärnten …

(18. März) Ein Tag in Rovinj, genau genommen bloß ein paar Stunden und eine Übernachtung. Rovinj, das schönere Vene-

dig, *mein Venedig,* und auch fast doppelt so weit entfernt. Gerade recht für einen Sehnsuchtsort. Im *Hotel Park* auf der Terrasse sitzen, auf den Ort schauen, auf die schwimmende Inselstadt, nur ja nicht ans Schreiben denken. Nicht an mich, nicht an zu Hause, nicht an die Zeitung, nicht ans Sterben. An gar nichts. Blauer Himmel, blaues Meer, bunte Häuser, die heilige Euphemia auf der Kirchturmspitze, eine Fischplatte, eine Nusspalatschinke, ein Glas Wein, ein Zigarillo.

(16. April) Der Landeshauptmann belehrt unsere Jugend: Du musst nicht gut sein. Du musst nichts leisten. Du musst nichts können. Du musst bloß reich sein und dich mit dem fusionieren, was du gerne hättest. Du musst nicht siegen. Du musst es dir richten. Lieber reich und gesund als arm und krank: Wer könnte dagegen etwas haben?

Ein »Nicht genügend« geschrieben? Fusioniere dich einfach mit einem »Sehr gut« und gib ihm drei Lollis. In der sechsten Klasse durchgefallen? Fusionier dich einfach mit einem Siebentklässler und gib ihm dreihundert Lollis. »Man muss das nüchtern betrachten« (Manfred Mertel): Wenn der Läufer nicht ins Ziel kommt, dann muss das Ziel eben zum Läufer kommen. Warum nicht? Ist doch eine »Rieseng'schicht« (Constantini). Ein »Volltreffer« (Bürgermeister Scheucher). Straffällig geworden? Verurteilt worden? Einfach mit dem Justizminister fusionieren! Bei der Gelegenheit sollte man übrigens den Ablasshandel dringend wieder einführen. Wo kommen wir denn da hin, wenn man sich von seinen Sünden nicht mehr freikaufen kann?

Krank? Kein Problem! Einfach mit einem Gesunden fusionieren (und ihm gegen Bares die Krankheit überlassen). Tot? Einfach mit einem Lebenden fusionieren! »Das würde die Stimmung sofort heben« (Roland Kollmann). Haider macht's möglich.

Warum sollte es in der Kultur anders sein? Ich fahre jetzt nach Mailand und fusioniere mich mit Umberto Eco. In seinem letzten Buch *Im Krebsgang voran* erwähnt er den Herrn Landeshauptmann sogar namentlich (wenn auch als abschreckendes Beispiel), und da steht der schöne Satz: »Man kann siegen, auch wenn man unrecht hat.« Ab sofort erscheine ich dadurch aus dem Italienischen übersetzt bei Hanser, ob es dem Verlagschef Michael Krüger passt oder nicht. Josef Winkler fusioniert sich mit dem Nockalm Quintett, nennt sein neues Buch *Herzen, die sich nachts begegnen* und ist ab sofort bis zum jüngsten Tag Nummer eins der Bestenliste.

(18. Mai/Gegenstimme) Ganz Kärnten jubelt. Wir sind wieder wer! Wir sind oben! Nur ich juble nicht. Hat der FC Kärnten mitreißende Leistungen geboten? Nein. Hat der FC Kärnten viele Spiele gewonnen? Nein. Hat er viele Tore geschossen? Nein. Ist er Tabellenführer und daher Aufsteiger? Nein. Er ist Siebenter, und im Verein geht es seit Jahren bergab und seit Langem drunter und drüber. Aber das ist ja ganz egal. Positionen zählen ebenso wenig wie Leistungen. Der Landeshauptmann hat seinen Nachbarn beauftragt, für viel Geld einen kleinen Ort in Oberösterreich zu schlucken, aus der Fußballlandkarte zu radieren und seinen Platz einzunehmen.

Juhu! Jubel! Was höre ich? Man muss pragmatisch, vernünftig und wirtschaftlich denken? Pragmatisch und wirtschaftsfreundlich wäre es sicher auch, alle vierzehn Tage Weihnachten zu feiern. Dem Bischof müsste man es halt irgendwie schmackhaft machen … Fußball war auch einmal eine Art Religion, jedenfalls für wirkliche Fans. Jetzt nicht mehr.

Interessanterweise schwimmt Kärnten immer dann, wenn sich der omnipräsente Dauerrückzügler Haider etwas in den Kopf setzt, in Geld sagenhafter Herkunft. Wird schon nicht aus Libyen sein oder aus dem Irak oder aus Palermo. Nein, es kommt von »Gönnern«! Wahrscheinlich wieder die »Gönner der Wörtherseebühne«! Kennt man die Gönner des Millionendebakels mittlerweile eigentlich schon? Ach, die »wollen nicht genannt werden«? Na dann …

Wie auch immer: Ein Musterbeispiel sportlicher und gesellschaftsmoralischer Verkommenheit ist dieser »grandiose Coup mit Pasching« auf jeden Fall, außerdem eine Schande, wenn es ein Verein, der ein ganzes Bundesland repräsentieren will, notwendig hat, sich mit einem Dorfclub zusammenzutun, um einen Platz bei Hof zu kaufen, der ihm durch Qualifikation und Leistung nicht zusteht. Als Austria Klagenfurt und Villacher SV sich zum FC Kärnten fusionierten, um gemeinsam stärker zu werden und am selben Strang zu ziehen: Das war eine Fusion! Pasching und Kärnten haben keinen Strang, kein größeres Ganzes, das sie für eine Gemeinschaft qualifizierte, und für eine Verschmelzung liegt zu viel Steiermark zwischen Pasching und Kärnten. Warum fusioniert sich Pasching nicht mit dem LASK? Warum steigt nicht der Zweitplatzierte auf? Das wäre wenigstens nachvollziehbar. Aber der Siebente? Dann kann jeder! Die Wahrheit ist: Pasching verkauft sich (das heißt: Der Alleineigentümer von Pasching verkauft Pasching) und Kärnten bezahlt das Freiergeld.

Wessen Denken sich in bloßem Eigennutz erschöpft, der jubelt heute: Das heißt: das moralisch verkommene Establishment dieses Schurkenbundeslands! Aber wie würden sich dieselben empören, wenn nächstes Jahr Erwin Pröll auf die Idee käme, in Langenlois einen Bundesligaclub zu haben und sich dazu die zwanzigtausend Rückbautribünenplätze aus Klagenfurt für ein neues Stadion und auch gleich den FC Kärnten kauft, welcher nach Langenlois übersiedelt und in Kärnten über Nacht in der Landesliga spielt! Wer bei seiner Meinungsbildung die Dimensionen seiner persönlichen Vorteilswelt nie verlässt, der jubelt heute. Aber wer möchte, dass die Entscheidungsträger auch in diesem Land so handeln, dass die Maxime ihres Handelns zum allgemeinen Gesetz erhoben werden kann, der wird sich angeekelt abwenden und nachvollziehen können, warum man im ganzen restlichen Österreich wieder einmal den Kopf über dieses Land schüttelt, wo man ungeniert Spielregeln bricht und sportliche Werte mit den Füßen tritt, wie es einem gerade passt.

Ab sofort muss niemand mehr um den Aufstieg kämpfen (und die Anhänger müssen weder zittern noch mitfiebern). Den Aufstieg kauft man sich. Und es muss sich auch niemand vor dem Abstieg fürchten. Den Klassenerhalt kauft man sich. Den Meistertitel kauft man. Er geht an den Bestbieter. Zum Ersten, zum Zweiten und zum Dritten. Man muss nur Gönner haben, das ist das ganze Geheimnis. Nur spielen muss man dann nicht mehr, jedenfalls nicht Fußball. Höchstens DKT. Canori, Grad und Haider haben den Rubikon überschritten. Ab sofort ist der Sport sportlich wertlos. Ab sofort ist alles wertlos.

Ich bin einer der ganz wenigen Kärntner, der dem wertezertrümmernden Gruselkabinett nicht zujubelt, das den Fußball als Ganzes ruiniert. Selbst meine Freunde machen es sich bequem. Ich bin allein, und heute weiß ich, wie sich damals das Wörtherseemandl gefühlt haben muss. Nur Fass habe ich keines, bloß einen Kopf und ein Herz und einen Trauerflor, ohne den ich das schöne neue Stadion fortan nicht betreten werde.

(10. Juni) Zum zweiten Mal binnen eines Jahres in Zürich (*innert* eines Jahres, würden die Schweizer sagen: So schnell lerne ich!), und anders als beim ersten Mal ist es mir diesmal gelungen, einen Parkplatz zu finden, ein Hotel zu finden und

Franken zu wechseln. Alle diese Maßnahmen wirkten sich äußerst günstig auf meinen weiteren Aufenthalt aus.

Beim ersten Mal – mittels Stau in die Stadt gelangt – habe ich inferior Reisender Zürich ohne Parkplatz, ohne Franken zwei Stunden nach der Ankunft im Stau völlig frustriert wieder verlassen. Diesmal aber schlenderte ich mitten auf dem Kontinent und doch außerhalb Europas weltmännisch den Limmatquai entlang, umkurvte das Denkmal Zwinglis und die am Central plakatierte Ausschreibung der »Ausserordentlichen Schiesspflicht« des Kantons Zürich mit genauen Bestimmungen bezüglich der Erfüllung der Schiesspflicht, der Dispensierung von der Schiesspflicht sowie der Ankündigung des Nachschiesskurses am 3. November in der Schiessanlage Albisgütli, bezahlte mit einem Zehnfrankenschein, auf dem Le Corbusier seine Augengläser nicht vor den Augen, sondern auf der Stirn trägt, das gute alte Sinalco, dessen Geschmack ich seit meinen Kindertagen nicht mehr am Gaumen hatte, bewunderte die grauen Kirchen mit den grünen Dächern und die hübschen Mosaikfenster von Chagall, ließ mich in der Krypta des großen Münsters für eine Fotografie vom Schwert Karls des Großen abstechen, bestieg forschen Schrittes den dafür vorgesehenen der beiden Türme des Münsters und blickte in alle vier Himmelsrichtungen über die Dächer der Stadt am See, deren Panorama mich an meine Stadt am See erinnerte.

Ich lustwandelte auf der Bahnhofstrasse und fand sogar den Letzigrund. Zusammen mit meinen Kollegen vom Österreichischen Literatennationalteam saß ich am Bellevueplatz im Schanigarten des berühmten Grand Cafés Odeon und schwang sorgenvolle Reden über die Zustände bei uns daheim. Im Exil saßen Karl Kraus oder Stefan Zweig vor nicht ganz hundert Jahren hier (sie konnten einander natürlich nicht ausstehen und hätten nie und nimmer gemeinsam in der Österreichischen Literatennationalmannschaft gespielt. Es gab damals auch noch keine). Später dann waren unter den Gästen des Odeon James Joyce, Alfred Kerr oder Klaus Mann. Im Tagebuch Stefan Zweigs ist über das Café Odeon und seine Kaffeehauspazifisten zu lesen: »Ein bärtiges Durcheinander von Herren vor gedeckten Tischen, dazwischen Wedekind, der vorliest in eine gespannte und doch sumpfige Sphäre. Das Lächerliche hier zu wirken wird mir klar, glücklicherweise kommt auch niemand mir entgegen. Das Hartmäulige, Unverbindliche, Grobe, Taktlose dieser Schweizer ist mir unerträglich: man will doch keine Wärme im voraus, aber doch in einem Gespräch jenen Anfang, der einem Mut macht. Ich verstehe ja genau die feindselige Vorsicht, die hier alle Menschen haben: Sie sind von der deutschen Taktlosigkeit zu oft missbraucht worden (…) Schrecklich hat sich mir das Kleinbürgerliche dieses Landes aufgetan, die Pygmäensphäre, diese mit Bildung und Pflichtbegriffen zu dick durchsetzte Handhabung der Kunst, diese pfennigfuchsende Nationalität, diese Spießervereine (…)! Ich verstehe ja wie in diesem Quengel, wo die biederen Versemacher einander ihr Zeug vorlesen, der Wind Europas wie böse Zugluft erscheint – aber welche Schmach, dass wir in diese Niederungen steigen. Ich freue mich meines Stolzes, der diesen harten Burschen keinen Schritt entgegengeht.«

Glücklicherweise war diesmal aber nicht der Vorabend des Ersten Weltkriegs, sondern der Vorabend der Fußballeuropameisterschaft, die Österreich und die Schweiz gemeinsam zu veranstalten sich anschickten. Ernst ist das Leben, heiter bis wolkig die Kunst. Während die professionellen Fußballer aller Herren Länder Fußball seit Langem *arbeiteten, spielten* wir Schriftsteller Fußball am Utogrund, der Heimstätte von Juventus Zürich, von dessen Existenz ich hier zum ersten Mal gehört hatte. Vor und nach dem Spiel suhlten sich alle zweiundzwanzig in ihren chronischen Knieproblemen und Meniskusschäden, während des Spiels merkte man aber nichts davon. Nur mein Übergewicht ging auch während des Spiels nicht weg. Aber was sollte da erst Patrick Tschan an der Outlinie sagen? Der Schiedsrichter war ebenfalls ein Schweizer Autor, wenn auch aus der französischen Schweiz, und jedes Mal, wenn seine Landsleute ein Foul begingen, rief er achselzuckend »Jouez! Jouez!«. Ich verstand ja genau die feindselige Vorsicht, das Grobe und Taktlose dieser Schweizer: Schließlich hatten sie das Hinspiel in Wien haushoch verloren. Ich machte es mir also sicherheitshalber in der gegnerischen Hälfte gemütlich. Das Lächerliche, hier zu wirken, war mir klar. Glücklicherweise kam mir auf dem Platz auch niemand entgegen und anders als unser Betreuer, der an der Outlinie eindeutige Gesten machte, dass ich mich mehr bewegen solle, freute ich mich meines Stolzes, diesen harten Burschen keinen Schritt entgegenzugehen, sondern lieber mit dem Schweizer Tormann und Literaturwissenschaftler Paul Knüsel zu plaudern. Vor und nach dem Match lasen wir einander unser Zeug vor. Während die Schweizer – wie gesagt – biedere Versemacher entsandten, handelten sämtliche österreichischen Literaturproben von grantigen Lustmördern, sodass der Schweizer Kapitän Richard Reich seinen Gästen attestierte, die Österreicher sagten andauernd »lachend Gemeinheiten«. Richard Reich sagte das lächelnd, aber er meinte es, wenn ich ihn richtig verstanden habe, nicht ironisch.

Zu diesem Anlass war ich also wieder nach Zürich gekommen. Aber all das, Fußball und Sinalco, Limmatquai und Odeon, war nur Vorgeplänkel. Denn auf gar keinen Fall wollte ich Zürich diesmal verlassen, ohne am Südufer des Sees, wo einander Villen, Rudervereine und Badeanstalten abwechseln, genau wie ich es von mir daheim kenne, den Zürcher Vorort Kilchberg gefunden zu haben, und ich hätte Kilchberg nicht verlassen, ohne am Hang oben die Kirche mit dem Kirchfriedhof gefunden zu haben, wo nicht nur Conrad Ferdinand Meyer, sondern vor allem der vielleicht größte Exildichter deutscher Sprache begraben liegt, der mehr als alle anderen am liebsten zu Hause in Deutschland geblieben wäre, im guten alten Deutschland nämlich mit den schönen Weihnachtsfesten und den guten Obstschnitten, mit den Bürgerhäusern und den Fachwerkbauten, wenn das irgendwie möglich gewesen wäre, und wenn es dieses gute, alte Deutschland noch gegeben hätte: So hat er sich sein Deutschland als alter Mann außerhalb Deutschlands errichten müssen, der »hartnäckige Villenbesitzer«, wie man ihn bezeichnet hat, das »sanfte Arschloch«, wie Kurt Tucholsky ihn genannt hat: Jetzt bleibt er bis in alle Ewigkeit in der Schweiz: Thomas Mann.

Ein Grab kann man sich schwer vorstellen, wenn man es nicht gesehen hat. So klein ist der Friedhof von Kilchberg nicht und so spektakulär oder solitär ist das Grab von Thomas Mann bei Weitem nicht, dass man danach nicht suchen müsste. Im Gegenteil: Es ist nicht monumental, sondern diskret. Aber man hat von hier einen prächtigen Ausblick über die Zürcher Seenlandschaft: ein weiter Horizont. Der Tote selbst kann das Panorama natürlich nicht mehr genießen, aber er erweist sich noch postum als geschmackvoller Gönner und Friedhofhausherr, als Grandseigneur und steinerner Gastgeber. Die sein Grab aufsuchen, lädt er ganz automatisch auf diesen ästhetischen Benefit der Natur ein. Hier herauf kommt niemand ganz umsonst. Wir danken. Als Grabstein dient ein Kubikmeter Granit, ein schöner Block in Würfelform mit scharfen geraden Kanten. Darauf steht THOMAS MANN, seine Jahreszahlen und sonst nichts. Mehr ist auch nicht nötig. Wer die *Buddenbrooks*, den *Zauberberg* oder den *Doktor Faustus* gelesen hat, der braucht keinen weiteren Hinweis auf ihren Schöpfer. Und wer nichts gelesen hat, dem hilft auch kein Hinweis. Platz auf dem Grabwürfel hat außer Thomas Mann nur noch seine Frau Katia gefunden, die ihm nicht nur alle seine Krankheiten bis zum Schluss entweder verschwiegen oder verharmlost, sondern auch unbedingtes, golden schweigendes Verständnis für alle Neigungen ihres Mannes aufgebracht hat.

Vor den herausragenden Eltern gruppieren sich auf in die Erde gelassenen Steinplatten die Kinder: Monika. Erika. Michael. Zuletzt Elisabeth Mann Borgese 2002. Golo etwas abseits. Nur Klaus ist nach seinem Freitod an der Côte d'Azur geblieben. Fast geschlossen hat die Familie nach langen Leben wieder in Frieden zueinander gefunden, endgültig und für immer. Unterschieden sind die einzelnen Mitglieder nur durch die Jahreszahlen: Thomas Mann, das Oberhaupt, hat lateinische, die Kinder haben arabische Zahlen. Kein besonderer Grabschmuck, keine Schnittblumen. Dafür etliche vielleicht erbsengroße Gedenksteinchen auf dem parentalen Grabstein und den Grabplatten der Filialgeneration. Ein einziges Mal habe ich solche Gedenksteinchen schon gesehen, auf dem Grab Carlo Michelstaedters am jüdischen Friedhof von Nova Gorica nämlich, weshalb ich sie für einen rein jüdischen Brauch gehalten habe.

Als wir die Manns und den Kilchberger Friedhof verlassen, bemerken wir, dass der Friedhofsgärtner ein Stück Rasen notdürftig eingezäunt hat, und als Latten für diesen Zaun hat er die von hölzernen Grabkreuzen genommen, die in frischen Grabhügeln stecken. Denn anders sind die Jahreszahlen auf den Zaunlatten nicht zu erklären. Bei allem, was sie tun, denken die Schweizer ökonomisch. Harte Burschen, manchmal grob und taktlos. Dass Thomas Mann auf einem Billigfriedhof liegt, kann man deshalb aber nicht sagen. Das wäre gemein.

(12. Juni) Fabjan lädt mich zu einer Gipfellesung im Hemmabergkirchlein bei seinem Trivium-Festival ein, »300 Euro für 15 minuten (janez gregorič sagt: es dürfen ruhig auch 20 sein)«, schreibt Fabjan und fragt gleichzeitig bezüglich eines Auftragstextes anlässlich des Zehn-Jahr-Jubiläums des Musil-Instituts am 18. November an – ausgehend von der Fragestellung, was aus Musil geworden wäre, wäre er in Klagenfurt geblieben. »musil blieb in klagenfurt – 18.11., literarisches katerfrühstück (einstweilen nur unverbindl. anfrage – wie viel hättest du denn gern für einen bestellten text?) herzlich dein fabjan (Mag. Dr. Fabjan Hafner/Robert-Musil-Institut für Literaturforschung der Universität Klagenfurt/Kärntner Literaturarchiv)«

Na, das reizt mich natürlich! Ich fange gleich an!

(4. Juli) »lieber egyd, mit schamgebeugtem haupt muss ich dir mitteilen, dass aus deinem ›was wenn musil‹-auftritt nichts wird; das warum wirst du dir denken können. dein zerknirschter fabjan.« Ich denke, ich kann es mir denken.

(17. Juli) »Sehr geehrter Herr Gstättner«, schreibt mir Michael Fleischhacker, Chefredakteur und Geschäftsführer der *Presse*, »im Rahmen unserer nächsten Runde der Blattgestaltung werden wir ab Herbst auch versuchen, unseren Sportteil neu zu gliedern. Aus inhaltlichen und blattplanerischen Gründen wird die wöchentliche Gastkolumne ›Literatur im Sport‹ dann keinen angemessenen Platz mehr haben, weshalb ich Sie um Verständnis dafür bitte, dass wir unsere Zusammenarbeit mit Ende August 2007 beenden müssen.«

Herr Fleischhacker dankte mir sehr für meine Treue als *Presse*-Autor und würde sich freuen, wenn sich Gstättner-Texte auch in

Zukunft in der *Presse* fänden, sei es im *Spectrum*, sei es auf den Meinungsseiten. Damit grüßte er mich freundlich und wünschte mir einen schönen Sommer.

Wie soll dieser Sommer schön sein? Es geht mir an den Kragen! Aus dem Nichts heraus! Das also war das plötzliche Ableben meiner *Presse*-Glosse »Literatur im Sport Nov. 2001–Aug. 2007«.

Die Untreuen danken den Treuen für die Treue. Merke (1): Der »Rahmen der nächsten Runde der Blattgestaltung« ist etwas Bösartiges und Existenzbedrohendes. Merke (2): Du bist machtlos.

»Lieber Egyd«, schreibt mir Martina Schmidt von Deuticke, »ich schiebe das jetzt schon seit Freitag vor mir her, aber es nützt nichts: leider kommen wir nicht zusammen. Wir sind einfach nicht überzeugt, dass wir mit Deinem Roman genügend Leser erreichen, um Dich und uns zufriedenzustellen. Ich finde Dich wirklich sehr nett und hätte gerne mit Dir zusammengearbeitet und kann nur hoffen, dass Du mir nicht böse bist. Herzlich Martina«

Kein gutes Jahr. Binnen Kurzem zwei (von drei) Kolumnen verloren (Relaunches!), den Michelstaedter-Roman weder bei Residenz noch bei Deuticke, bei Hanser schon gar nicht untergebracht. Freundliche Absagen, aber Absagen. In meinem Alter verwindet man Absagen und Kündigungen nur noch schlecht. Wenig Kraft, wenig Hoffnung, wenig Visionen. Auf der Habenseite einzig das Bundes-Projektstipendium eben für den *Michelstaedter* (Amann, Gruber), zum ersten Mal bei siebzehn Versuchen. Aber trotzdem: Ich bin gescheitert. Jedenfalls fühle ich mich gescheitert, so wie die Dinge liegen.

Gerade überlege ich mir, ob ich statt Martina Schmidt bloß M. S. schreiben soll. (Der Journalist H. hat mir einmal sein Lebensmotto verraten: »Lebe im Verborgenen!« Deswegen nenne ich ihn nur »H.«)

Ist ein Journalist eine öffentliche Person? Ein Verleger? Eine Verlegerin? Ist Martina überhaupt (noch) eine Verlegerin im strengen Sinn? Deuticke gehört Zsolnay, Zsolnay aber Hanser, geleitet vom berühmten Verleger – nennen wir ihn: M. K., dessen widersprüchliche Aussagen und Botschaften mir … egal. Die Zeitungsfotografin hat, ohne dass wir es auch nur bemerkt hätten, ein Foto (viele Fotos) von Martina und mir (und von vielen) geschossen, wie wir, ich in einem winterweißen Khaki-Anzug, sie in einer blassroten Jacke, vertraut miteinander plaudern wie ein altes Ehepaar, tags darauf waren wir in dieser Stellung in der Zeitung und unter uns standen unsere vollen Namen. Niemand hat uns um Erlaubnis oder Einverständnis gefragt, warum auch, wir sind ja öffentliche Personen, Teil der Wirklichkeit, die Wirklichkeit fragt ja auch niemanden um Erlaubnis, ob sie stattfinden darf. Wir sind Freiwild der Medien, und wir sind es nicht ungern. Was wären wir denn ohne ihre Verlautbarungen und Versichtbarungen? Was wären wir als Kürzel und Initialen? Michael Fleischhacker, Martina Schmidt, Samo Kobenter: Würde ich immer nur die Initialen nennen, wäre das kein Tagebuchroman, sondern ein Buchstabenrätsel. Die Initialen nur von den besonders Pingeligen. Wir sind Freiwild der Medien, die Medien sind Freiwild der Literatur. Die Wirklichkeit ist Freiwild der Literatur, die Literatur bin ich. Literatur ist absolut.

Bei Fabjan am Hemmaberg in der Kirche aus dem *Mädchen im See* gelesen. Er war, als die Erzählung vor zwei Jahren erschien, der Erste, der mir gratuliert hatte. (»11.10.2005/ lieber egyd, was für ein furchtbares buch! als neo-angstkranker, dem hypochondrie nach wie vor fernliegt, habe ich mehr als einmal in mich hineinhorchend innegehalten, nein: innehalten müssen. wurde mein lesefluss empfindlich unterbrochen, als hätte die treppe geknarrt unter dem festen tritt des nahenden … – nun, ja. da hast du was riskiert, und die rechnung ist aufgegangen, für mich wenigstens: bei aller launigkeit ist es nichts geringeres als eine eschatologische schrift, die dir da geglückt ist. zärtlich und sanft legt sich eine hand auf die schulter, und sieh da: es ist der knochenmann. eh nur auf besuch, aber doch unübersehbar da, formatfüllend. ich habe also gezittert (und tu's noch, nicht nur, weil das fenster offen steht) und gebannt gebangt – obwohl von anfang an klar war, wie's ausgehen wird. das soll dir erst einer nachmachen! chapeau! fabjan«) Der Berg war schwer zu finden. Es regnete. Ich trug – vielleicht dem Ort und Anlass entsprechend – einen weißen Anzug und habe vielleicht ein wenig wie ein Engel ausgesehen. Fabjans Engel.

(15. September) Das Volk funktioniert zuverlässig, kalkulierbar, berechenbar, steuerbar so, wie seine Beherrscher es wollen. Dazu bedarf es gar keiner Disziplinierung und Strafandrohung, keiner Befehle, keines Zwangs. Dazu bedarf es einfach Gratisaktionen gepaart mit medialer Unterstützung. Das Volk ist seinem Wesen nach rückgratlos, das Volk lebt von Haus aus immer in der Vorteilswelt. Gier steht immer über Gerechtigkeit, Eigennutz immer über Fairness, Sensation immer über Sinn.

Die Medien funktionieren zuverlässig, kalkulierbar, berechenbar so, wie seine Beherrscher es wollen. Dazu bedarf es keiner Strafandrohung. Dazu bedarf es bloß einer Konkurrenzsituation am Medienmarkt und der Kanalisierung von Geldflüssen.

Die Beherrscher des Volkes und der Medien funktionieren zuverlässig, kalkulierbar, geradezu programmierbar so, wie es die eigentlich Mächtigen wollen: die, die die Masse des Geldes hinter sich haben: den einzigen wahren Gott. Lasset uns also beten, wie der Cash uns zu beten gelehrt hat:

Cashflow unser, der du bist der Himmel,
geheiligt werde dein Name
dein Reich ist gekommen
du hast keinen Willen, aber er geschieht.
Gegrüßet seist du, Kapitalismus
Voll der Gnade, die Herren sind mit dir!
Du bist gebenedeit unter den Herrschaftssystemen
Und gebenedeit ist die Frucht deines Leibes:
Die Macht, die Gewissenlosigkeit und die Skrupellosigkeit.
Heiliger Kapitalismus, vernichte uns
Von jetzt bis zur Stunde unseres Todes.
Und jetzt alle:
Ich glaube an die Allmacht des Geldes,
Schöpfer der Realität und der Illusionen,
Schöpfer der Abhängigkeiten und des Marionettentums …

Die letzten relevanten Fragen:
Wie lange bleibt es noch schön?
Wie lange kann man noch zum See? Ins Bad? Ins Wasser?
Und danach? In den Wald? Aufs Land? In die Berge? Weg von den Menschen! Weit weg! Weit, weit weg!

»Du wirst von Mal zu Mal besser«, sagte mir nach einem meiner letzten Auftritte der angry middle old man Josef Winkler, genannt JOWI. Sehr gönnerhaft. Aber mein eigener Eindruck ist, dass ich immer eingeschüchterter und gehemmter werde. Mein Spracherl verhaustiert zusehends. Mit fortschreitendem Alter entwickle ich mich zum Knecht zurück.

(29. September) Es ist immer wieder das Gleiche: Man kann einen Text, den man selbst geschrieben, dann begutachtet und korrigiert hat, tausendmal lesen: Sobald er in Buchform erscheint, sieht er anders aus, und man sieht Dinge, die man bisher nicht gesehen hat: Der Text wird unweigerlich läppischer, täppischer. Postnatale (posteditorische) Depression.

Bis ein Text erscheint, hat man ihn so oft gelesen, dass er seinem Schöpfer auf jeden Fall zum Hals heraushängt, vor allem, wenn es sich um einen sogenannten *launigen* Text handelt, sodass ihm eine seriöse Selbstbeurteilung gar nicht mehr möglich ist. Was der Autor aber überprüfen kann, ist, ob der Text so erschienen ist, wie er ihn bei den letzten Fahnenkorrekturen ab- und freigegeben hat. Und auch da gibt es mitunter Grund zur Bestürzung! Was ist denn da passiert? So habe ich den Satz doch gar nicht geschrieben!

Ich schrieb meinem Cheflektor und dem Verlag: »Lieber David Axmann! Werte Verlagsleute! Nach den vielen, vielen Fehlern und Versäumnissen, die in Zusammenhang mit der Vorbereitung von *Meine besten Niederlagen* im Lauf des Jahres passiert sind, hatte ich eigentlich gehofft, Ihnen jetzt nach Ansicht des ersten Exemplars ganz entspannt und vielleicht sogar euphorisch eine E-Mail schreiben und mich für das Endergebnis bedanken zu können. Auf den ersten Blick schaut das Buch nun ja wirklich gelungen aus.

Aber es ist mir noch nie in meiner Karriere als Autor und bei keinem meiner siebzehn Bücher und bei keinem Verlag – inklusive der Edition Atelier unter der alten Führung bis Ende 2006 – passiert, dass mein Text, so wie ich ihn nach der letzten Fahnenkorrektur legitimiert und freigegeben habe, im Anschluss daran hinter meinem Rücken eigenmächtig verändert und anders gedruckt wird. Ich bin entsetzt und empfinde das als Vertrauensbruch.

Dass meine Korrekturen nicht angekommen sein könnten und deswegen nicht berücksichtigt worden wären, kann nicht sein, da manche Eingang in den Text gefunden haben, manche aber nicht (z. B. Seite 11 statt ›sechzehn‹ ›zehn‹ oder die beiden ›?‹, die ich auf Seite 47 eingemahnt habe). Außerdem blieben zahlreiche ss-ß-Korrekturen (die durch die Rückkehr zur alten Rechtschreibung nötig wurden, unberücksichtigt). Fehler passieren wohl in anderen Büchern anderer Verlage auch manchmal. Besonders schlimm ist aber, dass Worte vorkommen, die ich nie geschrieben habe:

›Verodnet‹ auf Seite 34 habe ich nicht geschrieben – schon gar nicht falsch. Es heißt in den Fahnen ›ausgegeben‹.

›Und viele wollten mich lieben‹ auf Seite 38 habe ich nie geschrieben.

›Und alle Juweliere zu dem‹ auf Seite 79 habe ich nicht geschrieben.

Vor allem aber habe ich den Absatz auf Seite 85, der im Buch lautet: ›Der Völkerbund, eine Art Vanillesauce, in der kleine schwarze Salamistücke und Schokoladeriegel schwammen, wurde serviert und verzehrt, während ein zwölfjähriger Negerknabe, der vorher unter den Tisch geschickt wurde, die Beine der Damen kitzelte und ihre Hinterbacken kneifte.‹ … nicht in der Mitvergangenheit, sondern im Präsens geschrieben! Es heißt also in meinem Original nachweislich nicht ›kneifte‹, was geradezu peinlich falsch ist und richtig ›kniff‹ heißen müsste, sondern ›kneift‹.

Nach dem sechsten unerlaubten Eingriff in 85 Seiten habe ich zu lesen und zu prüfen aufgehört. Ich habe als Autor einen Ruf zu verteidigen und kann mir eine solche Vorgehensweise nicht bieten lassen. Ich möchte nicht als Schriftsteller in die Literaturgeschichte eingehen, der keine unregelmäßigen Verben beherrscht. Vor allem werde ich nicht für peinliche Fehler geradestehen, die mir irgendjemand anders unerlaubt in den Text hineingebaut hat.

Ich sperre daher das Buch in seinem derzeitigen Zustand und verlange, die Auslieferung sofort zu stoppen bzw. bereits ausgelieferte Exemplare zurückzuholen oder zu vernichten. Ich ersuche dringend um Aufklärung und Erklärung des Falles. In seiner derzeitigen Form werde ich aus dem Buch NICHT lesen und alle dafür vorgesehenen Lesungen absagen. Wenn meinem Verlangen nicht bis spätestens 5. Oktober nachgekommen wird, werde ich mich in einer öffentlichen Erklärung am 8. Oktober vom Buch in seinem derzeitigen Zustand distanzieren. Es grüßt schockiert und enttäuscht EGGS«

(1. Oktober) Ein prächtiger Sonnentag, blauer Himmel, wolkenlos, windstill, lau. Das Klagenfurter Strandbad hat seit heute geschlossen, erbarmungslos, und jetzt über sieben Monate. Schwermut.

Aber das Strandbad in Krumpendorf verlängert die Badesaison wenigstens um eine, die erste Oktoberwoche. Der Betrieb ist zwar eingestellt, der Eingang am Nachmittag aber geöffnet. Also in die Sonne auf den Steg! Die paar Annehmlichkeiten, die mein »Beruf« bringt, nützen! Auf die Stadt hinschauen, wo alle arbeiten. Hinter der Stadt noch eine größere Stadt, wo auch alle arbeiten. Dahinter eine noch viel größere Stadt, da arbeiten auch alle. Oder sie saufen wie Thomas Glavinic. (Nein, der säuft nicht. Er dementiert.) Ich liege am Steg in der Sonne. Das Wasser hat sechzehn, vielleicht siebzehn Grad. Aber was soll's? Hinein! Hinein! Im Wasser von April bis Oktober! Rekord! Jubel!

Ich erzähle M. von dem Schlamassel mit dem Verlag. Er kann's nicht glauben. Als wir gegen halb fünf zusammenpacken, ruft der Willi an. Veit aus Triest ist da. Hat eine Lesung.

Genau, hab's gelesen. Sie trinken jetzt bei Robert's ein Bier, und ob ich auch komme. Klar, mach ich. Aufs Rad und in die Stadt. Knapp bevor ich zu Robert's komme, geniere ich mich dafür, dass die Häuser in der Villacher Straße bloß zwei Stockwerke haben. Wie mag das auf einen Auswärtigen wirken! Und in so einer Stadt lebe ich mein Leben lang! Nie weggegangen! Wie ekelt es denn umgekehrt mich, wenn ich einmal durch Eisenstadt trotte ... (Und sagte ich das, machte ich mir alle Eisenstädter zu Feinden. Fairnesshalber: trottete ich durch Shanghai oder Houston, ekelte es mich noch viel mehr.)

Es ist jetzt ein Jahr her, dass wir uns in Triest gesehen haben. Das war das erste und einzige Mal. Aber der Kriminalautor Veit Heinichen springt gleich auf und bietet mir rechte und linke Wange zum Bruderkuss. Bruderküsschen. Da kann man nicht Nein sagen. So ein berühmter Mann, und so freundlich! (Wahrscheinlich erklärt das eine das andere. Ein Professional!) Oder hat er sich einfach die italienische Lebensart angeeignet? Aber machen das italienische Männer, dass sie sich zur Begrüßung Wangenküsschen versetzen? Weiß nicht. Jedenfalls kann ein Erfolgreicher leicht locker sein. Überhaupt ist es so: Die wirklich erstklassigen Leute sind durch und durch freundlich und natürlich. Die zweitklassigen haben Allüren und sind gerne kompliziert, zickig, exaltiert. Die drittklassigen sind unangenehm, verschlagen, völlig unausstehlich und reden nur von sich und den Komplimenten, die sie überall einheimsen. Immer die unterschwellige Botschaft auf den Lippen: Ohne sie geht es nicht.

Veit hat hundertmal mehr Erfolg als ich. Aber ich lasse ihn das nicht so spüren. Im Gegenteil bin auch ich nett und gratuliere ihm herzlich zu seinem neuen Kriminalroman. Ich sage ihm so von Kollege zu Kollege, er habe sein Niveau hundertprozentig gehalten. Ich gefalle mir, wenn ich so nett bin. Klagenfurt ist die erste Station (Trara! Trara!). Dann geht es nach Graz, Wien, Linz und irgendwohin nach Süddeutschland.

Noch eine Runde Bier. Ich duze Robert, den Cafetier, bei der Bestellung, nicht demonstrativ, aber doch. Mit ein paar Wirtsleuten muss ich ja doch per Du sein, wenigstens in meiner Heimatstadt. (Aber ich bin kein local Hero. Ich bin ein local Shadow.) Willi erzählt, dass ich gern erschossen werden möchte. Steht angeblich in meinem neuen Buch. Man wird sehen, was sich machen lässt.

Veit war gerade in Istanbul. Vierzehn Millionen. Faszinierende Stadt. Er könnte sich »in den Arsch beißen«, dass er nicht schon früher hingekommen ist. Ich könnte mir in den Arsch beißen, dass ich so einen dummen, kleinen Verlag habe. Von dem Schlamassel mit dem fehlerhaften Buch erzähle ich hier nicht. Macht kein gutes Bild. Manche Dinge sind auch mir peinlich. So beißt sich jeder in seinen eigenen Arsch. (Trottete ich durch Istanbul, würde es mich ebenfalls ekeln.)

Bei Gelegenheit in einer Gesprächspause streue ich meine Arbeit am Michelstaedter-Roman ein. Diese raffinierte Strategie habe ich mir bei der Radfahrt vom See in die Stadt zurechtgelegt. (»Ich tue mich in deiner Gegend um …«) Willi ist begeistert, wie ich vom »Alpe-Adria-Typen« rede. Immerhin hat er, der Landesstudiodirektor, die Alpe-Adria-Begrüßung *Servus, Srečno, Ciao!* erfunden (so heißt auch eine Sendung) – die Erfindung kann ihm keiner mehr nehmen, die ist epochal, und er wird sie mit ins Grab nehmen. Nein, er wird sie heraußen lassen, auf dem Grabstein wird sie stehen, ihm zum Ruhm und ihm zur Ehre. (»Wir drehen dann an den Originalschauplätzen.«) Veit ist begeistert und gratuliert mir. »Da hast du ein tolles Thema gefunden!« Irgendwie habe ich das Gefühl: Der hört mir überhaupt nicht zu. Was immer ich hier sage: Er würde mir enthusiastisch beipflichten. *Business as usual.*

Gleichzeitig mit Veit Heinichen besucht Michel Platini die Stadt, das heißt: das EM-Stadion. Er kommt mit dem Flugzeug aus Wien, steigt in den Hubschrauber um, landet auf dem Stadionrasen, steigt wieder ein und fliegt weiter nach Salzburg. Morgen wird in der Zeitung stehen, Platini habe gesagt, die Kärntner seien so nette Menschen. Er hat aber keinen einzigen gesehen. Na gut, den Hubschrauberpiloten und den Bürgermeister … Es gibt offenbar ungeschriebene Benimmformeln für den Kurzaufenthalt in der Provinz.

Noch ehe ich das Gespräch mit Veit in Richtung seriöser Verlag lenken kann, muss er leider ins Hotel. Einchecken, umziehen, duschen und zur Veranstaltung. Reinfall. Aber was habe ich erwartet? Bis bald! Küsschenküsschen. Beinhart freundlich bis zum Ende.

Als Veit gegangen ist, sage ich zu Willi: Der ist schon in Ordnung. Nur ein Deutscher halt. Ein Deutscher, der ein Italiener sein will. Aber er ist doch ein Deutscher. Willi will den Bachmannpreis sechssprachig ins Internet stellen. Die Innovation muss in den Ländern dieser sechs Sprachen natürlich promotet werden. Dafür gibt es EU-Gelder. Ob ich nicht Lust habe, ihn einmal nach Madrid zu begleiten? Trinken wir was in Madrid! Ja, kann man machen. Es steht also wieder einmal eine schöne Reise an, vor der ich mir vorher fürchterlich in die Hosen scheißen werde.

Vielleicht werde ich nie mehr etwas Bedeutendes schreiben. Ich habe keine Kraft mehr. Ich halte nicht mehr durch. Ich habe keine Lust mehr, Literatur zu machen, höchstens noch ein Lüstlein. Kaum setze ich mich vor den Computer, schauen auch schon nackte Frauen heraus und machen für mich schmutzige Dinge.

Eine Mail von meiner Wiener Möchtegernmätresse. *Sie* möchte gern, meine ich. (Ich habe sie seit Jahren nicht gesehen – und auch kein Interesse an einer Mätresse.)

»Du uu!

1. Bin schon ganz aufgeregt!

2. Findest du mich kindisch?

3. Kommst du eh wirklich wirklich?

4. Immer Haube, Handschuhe und Schal anziehen! Viel Vitamin C zu dir nehmen!

Was ist, wenn ich krank werde??? Ich lutsche schon vorbeugend Emser Pastillen :o)

5. Was soll ich anziehen?????? Meine schwarzen Stiefel habe ich schon lange! Cowgirlstiefel! :o))))) Habe sie erst einmal angehabt! Am 23. September.

6. Wirst du meine seeeeeeeeeehr schlichte, abgenutzte Wohnung schrecklich finden?

7. Wann genau kommst du am Montag???

8. Zwischen 18 und 23 Uhr ist Kurzparkzone in meinem Bezirk! Soll ich dir Parkscheine besorgen? Nebenbezirk ist nur 15 Sekunden entfernt! Wirst du den finden?

9. Ich werde jedenfalls keine ›Gefahr‹ für dich sein! Werde meine Tage haben! Pickelig, schlappe Haare, Augenringe, viele Falten! Werde so alt aussehen, wie ich bin!!! Schniiiiiiiiiiiiiiiief!

10. Wirst du mich alt und hässlich finden????

11. Muss ich was zum Essen einkaufen? Ich kann nicht kochen!!!

12. Macht es dir was aus, wenn ich kein weiches Ei kochen kann? Ich lade dich auf ein Kaffeehaus-Frühstück ein!

13. Welchen Wein magst du? Trinkst du überhaupt??? (mehr als ein Glas) Rondondo oder wie heißt der???? Wo gibts den???

14. Ich habe dir Ohropax gekauft. Ich schnarche!!!! (keine

Sorge, ich schlafe eh im Nebenzimmer) Ich schnarche manchmal laut!!!!

15. Frische Bettwäsche und frisches Handtuch gibt es! Kukident? Glas für Zahnprothese? Wie groß muss das Glas sein? hi, hi!

16. Ich werde mich bei deiner Lesung jedenfalls anständig benehmen! Bin eh schüchtern und zurückhaltend! Du wirst dich wegen mir nicht genieren müssen! :o)))))))))) Soll ich mich nach hinten setzen, damit du dich nicht so beobachtet fühlst? Bist du noch nervös bei Lesungen?

17. Habe neues Zahnbürstel und neue Mundhygieneprodukte für mich gekauft! Wer weiß???!! Würden die überhaupt was nützen??????

18. Welchen Raumsprayduft magst du????? etc. etc.

19. Nicht nur in den Urlaub Fahrende, sondern auch Gastempfänger sind nervös!!!!!

20. BussL

Elfi«

Warum stelle ich das nicht ab? Interessiert sie mich? Nein. Gar nicht. Ich hätte gerne eine Gratisschlafgelegenheit in Wien. Einen Stützpunkt. Vielleicht interessiert es mich auch einfach, dass ich ihr gefalle. Wie oft wird mir das in meinem Leben noch passieren? Meiner Ehe kann das gar nichts anhaben. Die ist ein langer, ruhiger Fluss. Ich werde es ganz abstellen. Auch die Mails.

(3. Oktober) So kurz war ich schon lang nicht mehr in Wien. Raus. Zwei Stunden Streit und Schreiduelle im Verlag am Wiedner Gürtel. Völlig verhärtete Fronten. Rein.

Die Frau T. ist mittlerweile offenbar die Chefin, thront in ihrem Büro. Dankt für mein Kommen, bietet mir Konfekt an. Entschuldigt sich für die Fehler, die passiert sind, findet sie aber nicht so schlimm. Die ganze Auflage ist gedruckt, man kann nicht alles einstampfen. Tausende Euro. Genau darum und nur darum geht es. Ich verwende einmal das Wort *Berufsethos* in Zusammenhang mit dem Autor. Das ist ihr völlig fremd. Die meisten Leser würden die meisten Fehler eh nicht bemerken. Im *Standard* gebe es auch dauernd Rechtschreibfehler.

Axmann nimmt einen Teil der Schuld halbherzig auf seine Kappe. Man hätte mich eigentlich schon noch informieren müssen über die Texteingriffe. Das sei in der Eile nicht geschehen. Aber ich mache ja auch Fehler, ich möge nur an das von Hackl inkriminierte mangelhafte Spanisch in *Horror Vacui* denken. Ja, aber ich mache meine Fehler gerne selber. Ich muss ja auch für sie einstehen. Aha, also doch gekränkte Eitelkeit. (Was Erich Hackl inkriminiert haben soll, weiß ich nicht, weil ich seine Kritik nicht gelesen habe, weil ich gar keine Kritiken lese. Aber ich habe niemals und nirgendwo behauptet, Spanisch zu sprechen. Eigentlich wäre das auch Angelegenheit des Lektorats.) Außerdem sei ich nun mal ein schlampiger Autor, er aber ein nach Perfektion strebender Lektor, dem man schon das Recht zugestehen müsse, auch nach den Umbruchfahnen noch Korrekturen anzubringen und Fehler auszumerzen. (Er bringt da etwas durcheinander: Er hat Fehler *hineingebaut.*) Ich als schlampiger Autor habe etwas verwechselt, nämlich die Umbruchfahnen mit der Endfassung. Wann eine Endfassung eine Endfassung ist, bestimme immer noch er als Lektor.

So zu reden darfst du dir vielleicht erlauben, wenn du Lektor bei Suhrkamp bist – aber nicht bei einem solchen Mickymausverlag, denke ich. Du bist heute den letzten Tag mein Lektor, denke ich. Ab morgen bist du mein Lektor gewesen. Auch ich sollte mich aber nur als Suhrkamp-Autor so aufpudeln, nicht als Autor bei so einem Mickymausverlag.

Frau T. hat sich wegen meiner beleidigenden Mail geärgert. (Hätte sie beim *Mädchen im See* nicht so viel an mir verdient, hätte sie mich ohnehin hinausgeschmissen. Denke ich.) Sie solle mir eine Stelle in der Mail zeigen, die nicht den Tatsachen entspricht, sage ich ihr. Was soll da beleidigend sein? Der Tonfall!

Der Tonfall in einer *E-Mail?*, frage ich.

Wollen Sie mir unterstellen, dass ich dumm bin?, fragt sie.

Beinahe hätte ich etwas gesagt.

Die beiden ekeln mich an. Die Stimmung ist explosiv. Ich will weg. Wir trennen uns ohne Ergebnis und schauen beim stummen Shakehands aneinander vorbei.

Im Lift unter vier Augen scharwenzelt Axmann plötzlich wieder um mich herum. Er werde mir bei Gelegenheit einmal zeigen, wer noch alles an meinem Manuskript herumgedoktert hat. Ich sage nichts mehr. Es reicht.

Das Auto aus dem Parkhaus geholt und weg. Ich fahre heim. Schnell. Ich bin wütend. Sehr wütend. Ich stehe vor der Wahl zwischen zwei schlechten Möglichkeiten. Entweder erscheint das Buch so mangelhaft, wie es jetzt ist. Oder es erscheint gar nicht. Zu Hause rede ich mit Herta und dem Journalisten H. Beide meinen, zwar sei die Handlungsweise des Lektors grob fahrlässig, summa summarum sei es aber wohl klüger, die sogenannte *Krot* zu schlucken. Also schicke ich mit Knoten im Hals eine Mail nach Wien: *Ich schlucke die Krot.* Sinngemäß.

In dem Verlag habe ich fünfzehn Jahre publiziert und acht Bücher gemacht. Überglücklich war ich nie, bloß halbwegs zufrieden. Das hat mir lange Zeit gereicht. Aber jetzt sind neue Leute am Ruder, mit denen man nicht arbeiten kann. Es hat sich ausgeärgert. Der Abschied ist ab heute beschlossene Sache. Mit den *Niederlagen* endet diese Geschichte. Der *Michelstaedter* erscheint lieber nirgendwo als hier. Tja. Mir ist das Saufen einfach abhandengekommen, gerade jetzt, wo ich es so dringend bräuchte.

(4. Oktober) Im Landesstudio hinterlege ich beim Portier die Rezensionsexemplare für Direktor Willi und Horst L. Im Foyer steht der Filmer Gerhard L. mit einem Kamerateam. Sie filmen heute Ohren. In der Eile vergesse ich zu fragen, wieso sie das tun. Ja, ein Literatenohr! Komm her, das brauchen wir! Nur fünf Sekunden. Nur das Ohr, ja! Und die zerzausten Haare, die machen sich gut. Die spinnen! Spinner muss man immer unterstützen, und ihren Anordnungen ist bedingungslos Folge zu leisten. Mit JOWI war er in Mexiko. Von mir filmt er das Ohr. Schnitt. So werde ich immer berühmter.

(5. Oktober) Woran ich denke, um von den Mängeln des eigenen Buches abzulenken: Alois hat in seinem neuen völlig falsche Zahlen über das Stadion genannt. In einem früheren Buch hat er einmal Nestroy und Raimund verwechselt, und der Lektor hat es übersehen (Residenz). In Veits neuem Krimi leuchtet schon auf der Seite eins ein fürchterlicher orthografischer Schnitzer (Zsolnay, also Hanser). So was kommt eben vor.

Thomas Glavinic ist in der *Presse* von einem Herrn Rüdiger Görner ordentlich verrissen worden: »Einer der peinlichsten Romane der letzten Zeit«, steht da, »eine Entgleisung erster Ordnung, eine auf 238 Seiten ausgebreitete Überflüssigkeit.« So was liest man immer gern. Aber die Kritik ist wirklich völlig unzutreffend, auch ungerecht. Glavinic ist leicht, locker, lustig. Und das ist eine Leistung, zu der viele nicht imstande sind. Es ist nur in Wirklichkeit weder ein Roman noch ein Schlüsselroman, sondern das, was viele Autoren immer schon geschrieben haben und schreiben und schreiben werden: ein Tagebuch. Punktum. Daran ist nichts Verwerfliches, nichts

Schlechtes und nichts Peinliches. Hätte Hanser freilich keinen Etikettenschwindel betrieben und statt »Roman« gleich »Tagebuch« als Gattungsbezeichnung gewählt, würde sich höchstens die Hälfte verkaufen. Das ist der Punkt.

Und noch ein später Spätsommertag. Krumpendorf hat jetzt auch geschlossen, dafür kommt man beim KAC-Bad ans Wasser. Tiefblauer Himmel, zerschnitten bloß von ein paar Kondensstreifen, prächtiges, warmes Sonnenlicht, ein spiegelglatter See, Ruhe, Frieden, keine Menschen, bloß Enten. Quackquackquack. Und Schwäne.

»Meinst du, Schwäne schmecken?«

»Glaub ich nicht. Viel Federn, wenig Fleisch. Und der Hals muss drahtig und sehnig sein, sonst würde er gar nicht halten. Würde er etwas taugen, gäbe es ja gebratenen Schwanenhals mit Pommes und Mayo.«

»Wwwwwwäähhh!!!«

»Gebackener Schwanenhalsburger. I'm lovin' it. Den Schnabel könnte man als Schuhlöffel verwenden. Zu jedem gebackenen Schwanenhalsburger gibt es einen Schuhlöffel gratis dazu.«

»Gehen wir ins Wasser.«

Die Doppelconférencen mit M. werden mir den Winter über fehlen.

(7. Oktober) Woche für Woche, Sonntag für Sonntag meine kleine Fernsehglosse, diesmal diese: *Curling.* War das ein spannender Montagabend! Das erste reine Literaturmagazin des ORF seit Erfindung des Buchdrucks! Leider musste diese epochale Errungenschaft wegen einer unvorhergesehenen Überflüssigkeitsdemo von Westenthaler, Strache, Cap und Schüssel von 23 Uhr gleich auf Mitternacht verschoben werden.

Aber bitte, die Sache ist gut gemeint, und Dieter Moor hat seine heikle Aufgabe als Moderator ohne Peinlichkeit gemeistert. Trotzdem fühlt man sich bei der Sendung ein bisschen an den Versuch des sudanesischen Rundfunks erinnert, für seine Seher eine Dokumentation über Curling zu produzieren. Einerseits ist wichtig, dass es Literatursendungen überhaupt gibt. Andererseits ist der Krampf bei ihnen der: Leute, die sich nicht mit Literatur beschäftigen, interessiert so was nicht. Und Leute, die sich mit Literatur beschäftigen, interessiert so was auch nicht: Ob jemand im Grazer Publikum Hesses *Steppenwolf* in einem einzigen Satz beschrieben erkennt – das ist mir gegen ein Uhr Früh vor dem Fernseher ziemlich wurst.

Drei Dinge habe ich mitgenommen: 1. Dicke Bücher können auch gut sein. 2. Umberto Eco hat zugenommen. 3. Mein Freund Fabjan hat neben Altmeister Schmidt-Dengler, dem die witzige Stilblüte »stilistische Stilblüte« passiert ist, gute Figur gemacht. Bravo, Fabjan!

(7. Oktober, 9 Uhr 52) »Subject: Salve, augiator gloriae meae! Lieber Mehrer meines Ruhmes, wos mogst trinkn bzw. wann hättet Ihr denn Zeit für ein gemeinsames Mahl im Rosental? So was muss doch nachbesprochen werden! Auf bald also und besten Dank, you made my day, Fabjan«

(7. Oktober, 12 Uhr 07) »Lieber Fabjan, hab mir fast gedacht, dass heute eine Mail von Dir dabei ist. Leider haben mir die Grazer die elende Kolumne wieder mal beschnitten – aber egal, die Botschaft ist ja angekommen. Natürlich muss das nachbesprochen werden. Morgen bin ich in Wien (Buchpräsentation), Dienstagabend wieder da, Mittwochvormittag (10.10.) würd ich gern auf einen Kaffee oder ein Achtel bei Dir vorbeischauen (wenn Du Zeit hast). Zu Mittag hau ich am 10. Oktober traditionell nach Bled ab. Donnerstag oder Freitag ging's auch. Ciao Egyd«

»Lieber Egyd, passt Dir Mittwoch um 10 h? Wein (rot; wenn

Du Weißwein bevorzugst, gib mir bitte Bescheid) und Kaffee (und Milch und Zucker) sind vorhanden. Kannst Du mir vielleicht die unkastrierte Fassung zukommen lassen? Bis Mittwoch also! Fabjan«

(7. Oktober) Mittagessen bei den Schwiegereltern. War lang nicht mehr, muss eben sein. Nicht schlimm. Nach dem Essen trennen wir uns. Herta und Ira gehen auf den Wiesenmarkt, ich fahre zum See. Wenn mir heuer überhaupt etwas gelungen ist, mit dem ich zufrieden bin: Ich habe sowohl den Vergnügungspark auf der Klagenfurter Herbstmesse als auch den Wiesenmarkt in Sankt Veit vermieden. Dabei hätte ich für die Podiumsdiskussion *Wie viel Volkskultur braucht das Land?* mit dem Landeshauptmann recherchieren können, zu deren Teilnahme ich mich habe überreden lassen. Das Thema interessiert mich sehr wenig, und um nicht als Feigling vor dem Feind dazustehen, habe ich vierhundert Euro als Gage verlangt in der Meinung, das werde man nicht akzeptieren. Hat man auch nicht, und der Fall war erledigt. Tja, kann man nichts machen, ich bin Profi, nichts für ungut. Aber drei Wochen später mailt mich Haiders Kulturamtsleiterin nochmals an, schreibt, sie habe sich umgehört und dazugelernt, meine Gagenforderung sei durchaus üblich, und die Einladung stehe. Man braucht also offenbar einen Kontrahenten. Dumme Sache. Garantiert besteht das Publikum aus lauter Volkskulturfreunden und Landeshauptmannfreunden. Ich werde einen Aal geben.

Dass man so gern wie Glavinic auf den Naschmarkt gehen kann! So viele Menschen! So viel Obst! So viel Gemüse! Also, nix für mich!

(8. Oktober) Nach Wien zur Buchpräsentation, zur Schadensbegrenzung. Die Graz-Route hängt mir zum Hals heraus, ich

fahre durch die Mur-Mürz-Furche und über den Semmering. Haiders Verkehrslandesrat ruft an. (»Ist hier die Sekretärin von Frau Wegscheider?« Gute Güte, hat der Mann Humor! Hahaha.) Es geht um einen Artikel, in dem ich letzte Woche einen tödlichen Unfall auf einem Autostraßenstück thematisiert habe, das schon längst zur Vollautobahn ausgebaut zu werden versprochen war. Da kommt er nicht sehr gut weg. »Herr Landesrat, ob Sie es glauben oder nicht – ich fahre gerade auf der Autostraße, um die es geht. Sie wissen, Herr Verkehrslandesrat, dass es verboten ist, auf der Straße beim Autofahren zu telefonieren!« Der Landesrat redet ungerührt weiter, aber ich kann ihn wegen des Verkehrslärms oder weil mein Handy schon so schlecht ist, nicht verstehen. »Tut mir leid, Herr Landesrat, das ist verboten!«, sage ich noch einmal und lege auf.

Bei einer Buchpräsentation begrüßt die Buchhändlerin coram publico die Verlegerin, die Verlegerin begrüßt den Lektor, der Lektor begrüßt den Autor (ich höre in Zusammenhang mit mir selbst die Adjektiva »altbewährt« und »lang gedient«. Ekel.), der Autor begrüßt das Publikum, und dann geht es wie eine ganz normale Lesung weiter. Die Leute hören zu, lachen, kaufen brav Bücher, trinken Wein und essen Nussbrot. Nachdem ich eine Geschichte vorgelesen habe, in der mir im Vatikan der Fotoapparat gestohlen wurde, kommen etliche zu mir, sagen »herrlich!« und erzählen mir freudestrahlend, was ihnen wo alles gestohlen worden ist. Tja.

Der eigentliche Herrscher im Ungargassenland ist aber natürlich Dietmar Grieser, vor allem hier in der Ungargassenbuchhandlung. Er ist sichtlich ein wenig konsterniert, dass er – obwohl anwesend – heute nicht umschwärmter ist als der Autor, der gelesen hat. Kindisch steht er, während sich die Leute zum Signieren anstellen, hinter mir und schaut mir über die Schulter. »Einmal signiert er auf der ersten Seite, einmal auf der zweiten, einmal auf der dritten! Er weiß nicht, wo er signieren soll! Hahaha!« Ich signiere auf der Seite, die die Käufer aufgeschlagen haben und mir herhalten. Der »Herr Kollege« kommt aber nicht wirklich gut an mit seinen Kommentaren. Die Frau, die gerade an der Reihe ist, sagt, ihr sei es egal, wo ich signiere, Hauptsache, ich signiere. Dietmar Grieser zieht beleidigt ab.

Elfi erzählt mir, Grieser habe sich ihr gegenüber als »Bestsellerautor« bezeichnet. Ihr habe der Name Grieser nichts gesagt, und er habe pikiert zurückgegeben: »Wenn Sie einen Bestsellerautor nicht kennen …« Nach seinem Tod wird Dietmar Grieser sicher ein Ehrengrab auf dem Zentralfriedhof bekommen, und auf seinem Grabstein wird stehen: »Hier ruht Dietmar Grieser, der Bestsellerautor«.

Mit Elfi ist das so: Sie starrt mich die ganze Zeit an und grinst. Wirklich die ganze Zeit! Es ist kaum auszuhalten. Sie schaut ganz passabel aus, aber sie wirkt leicht vertrottelt, zugekifft und ordinär. Vielleicht ist sie das alles gar nicht. Aber allein der Gang! Peinlich! Peinlich! Und sie riecht sehr unangenehm nach ihren Pall Mall aus dem Mund.

Eine vollgerümpelte, armselige Zweizimmerwohnung in Fünfhaus in einem Häuserblock, der wie eine psychiatrische Klinik anmutet: weiß, Innenhof, vergitterte Tore. In der Wohnung widerlicher, säuerlicher Geruch. Die Klomuschel ist von Kübeln, Besen, Haushaltsgeräten umstellt, nur Akrobaten können sich hier setzen. Elfi streift die Asche im Waschbecken ab und spült sie hinunter. Noch eine Flasche Chianti. Sie will meine Augen küssen. Will ich nicht. Sie will mein Gesicht streicheln. Will ich nicht. Sie küsst mich auf die Wange, auf die Schläfe, auf den Mund. Pallmallgeruch. Will ich nicht. Sie will bei mir schlafen. Will ich nicht. Sie soll im Kinderzimmer schlafen, wie abgemacht. Sie will mit mir schlafen. Will ich nicht. Ob ich treu bin? Ob man nach so vielen Jahren Ehe kein Arrangement treffen kann? Ob ich schüchtern bin? Ob ich ein *Goscher* bin? Was könnte sie damit meinen? Womit habe ich angegeben? Elfi erzählt mir Geschichten, was ich vor zwanzig Jahren gesagt und getan haben soll. Was weiß ich. Vor zwanzig Jahren war ich nicht ich. Meine jetzige Destination lautet: In Würde altern.

Sie will sich auf meinen Penis setzen. Will ich nicht. Mein Penis ist meine Privatsache, außerdem eingepackt und verschlossen. Sie will mir einen blasen. Also okay, ein bisschen. Sonst gibt sie ja nie Frieden. Schwups, hat sie ihn ausgepackt. Schwups, hat sie zugegriffen. Schwups, hat sie ihn schon in den Mund genommen. Da schau her, wie schnell das geht. Gar nicht übel. Schaut gut aus. Fühlt sich gut an. Wenn ich mich anstrenge, könnte ich kommen. Aber ich will dann doch meine Ruhe. Es ekelt mich vor ihr. Elfi unternimmt noch einen Versuch, ich blocke ab, dann verzieht sie sich ins Kinderzimmer. Ich bin normal nicht so. Ich war noch nie so. Aber diese Frau fordert dieses Verhalten heraus. Was Menschen aus Menschen machen!

Ich schlafe schlecht. Ich habe Angst, Elfi könnte hereinkommen und im Schlaf über mich herfallen. Um halb sechs bin ich wach. Todmüde, aber schlafunfähig. Draußen ist es noch Nacht. Frühstück im Café Weidinger, Ham and Eggs, Buttersemmel, Melange, Zeitung. Julia Franck hat den Deutschen Buchpreis gewonnen, nicht Glavinic (»zu leger«), nicht Köhlmeier (»zu alt«). Longlist, Shortlist, Buchpreis. Das habe ich gerade noch gebraucht. Noch vor zwei, drei Jahren hat man von all dem gar nichts gewusst. Ich war nicht unglücklicher deswegen. Die Gegenwartsliteratur als Formel-1-Rennen. Mein Problem: Ich bin Fußgänger.

Zum Abschied sagt Elfi, sie sei jetzt seit zwei Wochen zu nichts zu gebrauchen und total aufgeregt gewesen, weil ich komme. Jetzt braucht sie wieder eine Woche, um sich zu beruhigen. Mir ist das sehr unangenehm. Was soll ich dazu sagen? Wir werden uns nicht wiedersehen. Ich werde diese Wohnung nicht wieder betreten. Ich werde bei dir nicht noch einmal schlafen. Im Kopf formuliere ich schon die Mail, in der ich ihr das alles schonend beibringen werde. Solche Sachen besser schriftlich, besser aus der Distanz. Ich muss nach Hause: Schreiben. Absagen. Abschicken.

Später, wie ich durch den ersten Bezirk zum Café Roth schlendere, denke ich: Als Fünfundvierzigjähriger in einer anderen Stadt noch einen geblasen bekommen, gratis, freiwillig und ganz ohne eigenes Zutun, ist eigentlich ein schönes Kompliment.

Serge Falck. Nicht gerade Hugh Grant, aber immerhin, besser als nichts und keiner. Meine Freunde sagen, sie kennen ihn schon, sie haben ihn alle schon gesehen. Ich habe aber freilich nicht viele Freunde. Also, schauen wir mal. Serge Falck bringt seinen Hund »Pfeffer« mit, ist sehr nett und »lädt mich ein, nicht behutsam zu sein«. Irgendwie ein ÖVP-iger Satz. Trotzdem danke für die Einladung. Er ist, sagt Serge Falck, oft in den *Seitenblicken* (was ich weder bestätigen noch dementieren kann, weil ich keine *Seitenblicke* anschaue). Er hat keine Familie hier (die Eltern leben in Belgien, die Tante in Tirol), also hat er Zeit, vor allem abends, also nimmt er Einladungen zu diversen Festen und Veranstaltungen an. Da ist ja nichts dabei. Das meiste ist eh Charity, Kinderkrebshilfegala und so. Da sag einmal Nein! Und zack, ist da schon die Kamera! Kein Entkommen. Dass er oft schon um halb zehn wieder nach Hause geht, zeigt die Kamera natürlich nicht: Das wird nicht transportiert!

»Kein Problem für mich!«, winke ich generös und verständnisvoll ab. Er redet viel über *Medicopter.* Ich kann dazu nichts sagen, weil ich noch nie *Medicopter* gesehen habe. Er redet viel über Kristina Sprenger in *Soko Kitzbühel.* Ich habe noch nie *Soko Kitzbühel* gesehen. So ein Mensch bin ich! Wie von einem anderen Planeten! Er redet viel vom hohen Bekanntheitsgrad. Tja. Aber was will er dann von einem Ignoranten wie mir? Tolle Erfolge hat Serge Falck mit Andreas Vitásek und Viktor Gernot in *Hamlet. Short Version* (oder so ähnlich) gefeiert: ausverkaufte Häuser in Wien und München und Parndorf. Die beiden haben ihn dann aber leider mit ihren Soloprogrammen und Solokarrieren im Stich gelassen. Apropos könnte ich für ihn ja vielleicht ein Soloprogramm … wo habe ich mich da nun wieder hineingeritten? Vielleicht ist dieser nette blonde Halbbelgier doch nicht so erfolgreich? Warum sollte ein erfolgreicher Schauspieler belgische Pralinen nach Österreich importieren und sich drei Tage lang bei einer Schokolademesse die Beine in den Bauch stehen? Warum sollte ein Erfolgreicher gar so großes Interesse haben, einen Erfolglosen als Texter anzuheuern? An unserer Stelle müssten jetzt eigentlich unsere Manager oder Agenten hier sitzen und beinharte Verhandlungen bezüglich unserer Kooperation führen. Das gäbe vielleicht was her. Aber so? Serge Falck: Vielleicht doch nicht besser als nichts.

Kristina Sprenger, er: die Seriendarsteller! Sie haben über das Wort »Serie« nachgedacht und herausgefunden, dass es immer negativ verwendet wird, außer bei »Seriensieger«. Aha. An der Kristina Sprenger mag er, dass sie normal geblieben ist. Äh, was? Die Frau Verlegerin hat mir letztens auch gesagt, das Gute an mir im Unterschied zu anderen Künstlern ist, dass ich normal bin. Das hat mich doch sehr erschreckt. Normaler unter Normalen: Das gibt einem den Rest!

(10. Oktober) Kärntner Landesfeiertag, Volksabstimmungsgedenktag, das Land ist beflaggt und in Mostlaune, Pflichtausflug über die Grenze nach Slowenien zu den Besiegten, Gedemütigten, Geteilten und Unfreien: In der Gostilna Ankele machen sie Beef Tatar und Calamari vom Rost für uns, dann auch noch Nusspalatschinken und Schokosauce. Refošk. Merlot. Hvala lepa. Nasvidenje. Auf der Fahrt erzähle ich Herta von Wien, von Grieser, von Serge Falck, auch von Elfi, die sie nicht kennt, auch davon, dass sie zudringlich geworden ist und versucht hat, mich zu vergewaltigen. Nur die Details male ich nicht plastischer aus als nötig. Alle lachen. Wenn Männer vergewaltigt werden sollen, lachen immer alle, vor allem die Frauen. Aber bei Herta fühle ich mich zu Hause, sie bei mir. Es geht uns ganz gut miteinander. An Sex hat sie nach sechzehn Ehejahren kein großes Interesse mehr, die Lüsternheit ihrer Jugend ist von Kindern und religionspädagogischem Institut verschüttet. Nur in Hotelzimmern am Meer an kinderfreien Wochenenden blinzelt sie manchmal noch hervor. Später einmal vielleicht, wenn wir wieder mehr Zeit haben. Aber später einmal, wenn wir mehr Zeit haben, werde ich vielleicht keine Fleischeslust mehr zusammenbringen.

Die Erforschung von Tržič ist schnell erledigt. Ein Städtchen in einer Schlucht, in der der Verfall noch deutlich über die zarte kapitalistische Invasion triumphiert. Tržič: wo das ganze Jahr November ist! Der Kaffee ist gut und billig.

Im Spiegelsaal der Kärntner Landesregierung bei der Podiumsdiskussion *Wie viel Volkskultur braucht das Land?* am Tag nach dem Landesfeiertag, dem 11. Oktober im Jahr des Herrn 2007, trug ich eine lässige weiße Jeanshose, ein lässiges goldgelbes Button-down-Hemd, selbstverständlich keine Krawatte und ein lässiges bordeauxrotes Samtsakko: Die Kärntner Landesfarben, meine Tracht, und saß auf einem klobigen winterweißen Podiumslederfauteuil, in dem man zu versinken drohte, einem großen, im Schnitt sehr alten Publikum gegenüber, das die grauslichen saubraunen Kärntner Anzüge mit den grauslichen Hirschgeweihknöpfen trug, den auch Haider trug, von dem ich nur durch einen sogenannten Volkskunde-Experten, Chorleiter und Musikpädagogen in Personalunion sowie den Obmann des Kärntner Bildungswerks sowie den Obmann des Kärntner Blasmusikverbands getrennt war. Haider strahlte.

Bei der Begrüßungsrunde sagte ich, ich sei hier der Überraschungsgast, am meisten überrascht von meiner Anwesenheit sei ich selbst, ich hätte eher erwartet und mich gefreut, zu einem Podiumsgespräch über die Literatur im Land eingeladen zu werden (Haider grinste) und könne mir meine Anwesenheit nur so erklären, dass ich unweigerlich ein Teil des Volkes sei und daher das, was ich mache, also schreibe, was auch immer – automatisch Volkskultur sei. Haider grinste. Dann sagte ich nicht mehr viel, und die Trachten und Volkskundler und Blasmusikanten verstanden sich untereinander recht gut und hatten mich bald vergessen.

Bei der Abschlussrunde aber sagte ich, ich hätte ganz genau zugehört, ich würde selbst älter, und mit zunehmendem Alter entwickelte ich immer mehr Gespür und Sympathie für das, was man gemeinhin *Tradition* nenne, mehr noch: *Geschichte.* (Haider strahlte.) Ich sei mir bewusst, dass man genau das, was über viele Jahre oft unter großen Mühen und Entbehrungen, auch mit dramatischen Rückschlägen und Opfern im Land gewachsen sei, schätzen, ehren, hochhalten, fördern, pflegen, mit einem Wort: *kultivieren* solle und müsse, weil es nämlich genau das sei, was ein Land ausmache und die Menschen des Landes zusammenhalte, keineswegs aber das importierte, von den Medien und ihren Handlangern verordnete, aufgepfropfte!

(Haider strahlte.) Und deswegen appellierte ich an den Landeshauptmann, den Traditionsfußballverein Austria Klagenfurt am Leben zu lassen und seinen in Oberösterreich eingekauften Bordellzirkus, dieses wahnwitzig importierte Gaunerstück Austria Kärnten, das eigentlich *Komm und Kauf Cashpoint Pasching* genannt werden müsste, zum Teufel oder zumindest ins Schwefelbad Goisern zu jagen. Jetzt strahlte Haider nicht mehr. Die Trachten im Publikum sahen einander ratlos an und wussten nicht, was sie sagen sollten. Jetzt stand es in den Podiumsduellen mit Jörg Haider 2:1 für mich.

»Lieber Serge Falck, was ich insgeheim befürchtet habe, ist leider eingetreten: Ich zermartere mir seit Tagen das Gehirn und quäle mich am Schreibtisch, aber es purzelt mir ganz einfach kein Dialog zum Thema Weihnachten aus dem Gehirn. Das hängt zum einen damit zusammen, dass ich eben nicht wie von dir vorgegeben in einer Patchworkfamilie lebe, weil ich Patchworkfamilien geringschätze und mich daher in einen Patchworkfamilienvater oder gar in eine Patchworkfamilienmutter oder eben eine Patchworkfamilienmanagerin weder hineindenken will noch kann. Weil ich den Einkaufsstress in Einkaufsparadiesen gerade vor Weihnachten verachte, entziehe ich mich ihm völlig. Ich beschenke meine Lieben mit Gutscheinen für den nächsten Sommerurlaub am Meer und wünsche mir von meinen Lieben Gutscheine für den nächsten Sommerurlaub am Meer. Die Geschenke für die Kinder besorgt meine Frau, der ich voll und ganz vertraue und die sich in Einkaufszentren viel wohler fühlt und viel ungezwungener bewegt, als ich das könnte. Sie macht es freiwillig! Fern von jedem Zwang! Ehrlich. Ich sitze in der Zwischenzeit lieber am Seeufer, auch wenn es kalt und grau und unwirtlich ist.

Mit der Bitte um Verständnis und herzlichen«, nein, ich mache es anders.

»Lieber Serge,

ganz offen gesagt: Du bist mir sehr sympathisch (das hat mir unlängst übrigens die Deuticke-Lektorin Martina Schmidt über mich geschrieben …

Erstens: ich bin normal.

Zweitens: ich bin sympathisch.

… das waren, glaube ich, die beiden niederschmetterndsten Feedbacks dieses Jahres) – aber das wird nix mit uns, lieber Serge! Mich juckt das Thema nicht, und ich habe insgeheim den Verdacht, du willst mich für deine Zwecke instrumentalisieren und findest keinen anderen. Ich möchte mich auch nicht wie von dir vorgeschlagen über *Medicopter* lustig machen, dazu müsste ich zunächst eine Folge von *Medicopter* anschauen. Ich bin da aber sehr behutsam. Ich möchte mich nicht in dich hineindenken, und ich kann mir nicht vorstellen, dass du mich spielst, wenn ich mich in mich hineindenke.

Ich wollte mein Leben lang ein großer Dichter werden, bin aber mein Leben lang nur mit Menschen zusammengetroffen, die mich für einen kleinen Dichter halten, für einen Edelhofnarren für zwei, drei Bundesländer. Vielleicht haben diese Menschen recht, was weiß man? Ich glaube, auch du hältst mich für einen kleinen Dichter. Ich will aber nicht als kleiner Dichter enden. Da ende ich lieber als Frühpensionist. Lieber Serge! Mir ist gerade die optimale Lösung eingefallen! Nimm doch Dietmar Grieser! Das ist der richtige Mann für dich! Und er ist Bestsellerautor!«

Ich halte am Hauptplatz von Bleiburg, rufe Bürgermeister Fritz Flödl an und frage, wie es nach St. Michael weitergeht.

Da muss ich zurück auf die Hauptstraße, sagt der Bürgermeister.

Ja gut, aber da steht ein Fahrverbotsschild und ein Umleitungsschild.

Ja stimmt, fällt dem Bürgermeister ein. Was machen wir da? Am besten, Sie ignorieren das Schild einfach und fahren weiter. Nach vier Kilometern kommt Šmihel nad Pliberkom, links ein großer Parkplatz, da ist das Gemeindeamt.

Ich muss mich aber gleich entschuldigen, sagt Bürgermeister Fritz Flödl, der Mähdrescher ist gerade gekommen, die Maisernte, Sie verstehen, Sie werden ohne mich auskommen müssen.

Dieser Mann hat mich zur Lesung eingeladen.

Es ist neunzehn Uhr und stockdunkel. Warum man in St. Michael bei Finsternis Mais erntet, frage ich nicht, sondern ich sage: Das ist doch selbstverständlich! Das ist so meine verlogene Art Fremden gegenüber. Darmgrippe verstehe ich und kann ich irgendwie unter »höhere Gewalt« subsumieren. Bronchitis verstehe ich. Unwetter verstehe ich. Schneeverwehungen verstehe ich. Todesfall verstehe ich. Sogar Wasserrohrbruch verstünde ich. Mähdrescher verstehe ich nicht.

Nach der Lesung stellen sich die Leute brav an und kaufen fleißig meine Bücher. Vielleicht fürchten sie, dass ich lange nicht mehr in die Gegend kommen werde. Vielleicht haben sie damit auch recht. Eine Frau diktiert mir etwas Slowenisches und bittet dazu um meine Signatur. Ich frage sie, was denn das Slowenische auf Deutsch heißt. Sie sagt, das soll ein Geheimnis bleiben. Aha. Schreibe blind. Putze nackt. EGGS macht alles. EGGS ist alles wurscht. Vor allem auf dem Land. Dabei mag ich die Landsleute ja im Grund. Ein anderer sagt: »Am liebsten lese ich in der Zeitung Sie – und die Leserbriefe. Sonst ist alles so traurig.«

Das hab ich mir heute schon während der Lesung, während des Lesens gedacht: Eigentlich sind das doch sehr harmlose, biedere Geschichtchen, die du da zum Besten gibst. Die passen so richtig hierher. In St. Michael ob Bleiburg erntest du damit Erfolg, in Frantschach, in Feistritz, in Reifnitz und vielleicht sogar in Bad Gams. In Hamburg oder Berlin kommst du damit nicht durch. Vielleicht sind das auch gar keine richtigen Geschichten, sondern gefälschte, gespielte, wie du vielleicht gar kein richtiger, sondern ein gefälschter Schriftsteller bist, einer, der einen Schriftsteller seit Langem bloß spielt, vielleicht mit der Zeit recht glaubhaft spielt, aber letzten Endes doch bloß spielt, einer, der in gefälschten Verlagen gefälschte Bücher publiziert und sie einem gefälschten Publikum vorspielt. Nur hier merkt das zum Glück niemand.

Später auf der Heimfahrt fiel mir aber, als ich gerade so deprimiert, weil felsenfest davon überzeugt war, der letzte Dreck zu sein, ein, dass ja all die Geschichtchen, die ich in St. Michael ob Bleiburg gelesen habe, zuvor in der *Presse* und in der *Süddeutschen Zeitung* erschienen waren. Was stimmt nun? Wer hat recht? Oder erliegen einfach automatisch alle einem Irrtum, die einen Text von mir nehmen?

Am Ende, nachdem der letzte Lesungsgast gegangen und in den Nebel verschwunden war, fragte ich den Vizebürgermeister, der mich in Vertretung des Bürgermeisters mit den Worten »Es ist mir eine große Ehre, Herrn Egydius Gstättner zu begrüßen« eingeführt hatte, an wen ich mich nun bezüglich meines Honorars wenden dürfe. Da schaute mich der Vizebürgermeister groß an und sagte: Ja, das weiß er auch nicht. Er hat jetzt kein Geld mit! Stattdessen ein Abschiedsgeschenk, ein Bildband von Ilse Spielvogel-Bodo: *Kärnten ist schön.*

Das hab ich gern …

Vielleicht hab ich mich zeitlebens immer nur in einen Schriftsteller hineinversetzt und so getan, als ob ich einer wäre. Vielleicht hab ich zeitlebens bloß Geschichtenprothesen fabriziert, kümmerliche künstliche Geschichten, keine natürlichen; künstliche Geschichten, also keine Kunst.

Vielleicht hab ich manches Mal so gut und eindrucksvoll getan, als ob ich ein Schriftsteller wäre, dass mir selbst die größten, die anerkanntesten Experten mitunter auf den Leim gegangen sind. Vielleicht aber hat der eine oder andere der größten und anerkanntesten Experten sich selbst bloß zeitlebens in einen großen Experten hineinversetzt und so getan, als ob er einer wäre. Ich habe einige in Verdacht. Je länger ich darüber nachdenke, desto länger wird die Liste der Verdächtigen. Aber ich habe keine Beweise, und daher kann ich keine Namen nennen.

In der Nacht träume ich, dass ein Lastkraftwagen ungebremst mit voller Wucht und voller Absicht in unser Haus hineindonnert und es bis auf die Grundmauern niedermäht. Wie so oft im Leben habe ich nicht die geringste Ahnung, was ich jetzt tun soll. Aber zornig werde ich doch, und ich brülle den Fahrer, der dämlich grinsend in den Ruinen unseres Hauses hockt und mir seine Zahnlücke präsentiert, an, wer ihm ins Hirn geschissen hätte! Daraufhin spuckt mir der Fahrer ins Aug und grinst weiter.

Am Morgen treffe ich mich mit dem berühmten Eventmanager Hannes Jagerhofer im Café Lido. Noch liegt Nebel über dem See, aber er lichtet sich im Lauf unseres Gesprächs. Die Konturen des Südufers werden allmählich schärfer und nach und nach beginnt das Sonnenlicht auf dem Wasser zu glitzern.

Wir sprechen – na, worüber redet man hier? – über Kärnten. Über Sehnsuchtsorte, über die Nähe von Alpen und Adria, Slowenien und Italien, über die Kessellage und die Inversionswetterlage, über Manfred und Udo Bockelmann am Magdalensberg, über das *Mädchen im See*, über mein Vorhaben, das Vereinsgebäude des Ruderclubs Albatros zu kapern und eine

Künstlerkolonie daraus zu machen, über »Egyds Büro« und seine Entstehungsgeschichte. Über den Locus amoenus und die böse Politik. Jagerhofer verteufelt die Stadtpolitik und vor allem den Bürgermeister (ein großes Geschäft ist fehlgeschlagen), ich pflichte gemäßigt bei, aber der Dorn in meinem Auge ist vor allem das Land, die alles vereinnahmende – und pervertierende – Führerpartei, der LH (Elha), der hier im Land den Zampano gibt und außerhalb des Landes das Böse unter der Sonne repräsentiert. Wenn ich gestorben sein werde, werde ich mein Leben lang über das Bundesland Kärnten gesprochen haben, weil ich mein Leben lang immer nur auf das Bundesland Kärnten angesprochen worden sein werde. Ich weiß nicht, ob ich das wirklich gewollt haben werde. Eher nicht. Victim of circumstances. Über Literatur kann ich hier, wenn es hoch kommt, mit Fabjan Hafner reden, damit hat es sich. Über meine Sachen kann ich mit überhaupt niemandem reden. Allein unter Kärntnern. Aber umgekehrt gibt es in ganz Österreich nirgends so viel Sonne wie in »Egyds Büro«. Nirgends ist es so hell. Nirgends so warm. Da kann man doch nicht einfach emigrieren oder übersiedeln! Ohne Sonne ist ja alles nichts. Und ich will es warm haben. Ich will es hell haben. Ich will am Strand sein. Ich will immer am Strand sein. Der Adlatus Jagerhofers fragt mich, ob mir bewusst sei, welches Privileg ich hätte, dass ich so frei über mich, meine Zeit, meinen Ort, meine Sonne verfügen könne, dass sich das 0,001 Prozent der Bevölkerung leisten könnten …

Als wir uns verabschieden, schaut Hannes Jagerhofer beim Händeschütteln ganz woanders hin. Da schießt es mit urplötzlich ein: Eine Falle! Der hat mir eine Falle gestellt! Die haben mir eine Falle gestellt! Die haben mich nicht interviewt, sondern ausgehorcht. Die wollen mir schaden!

Verdacht! Das gibt es doch nicht, dass er, gebürtiger Klagenfurter, die Schauplätze nicht kennt, die ich ihm gezeigt habe, den Friedelstrand, die Albatrosvilla und »Egyds Büro«. Das ist doch alles nur einen Steinwurf von seinem temporären Beachvolleyballstadion entfernt. Kein Blickkontakt, als hätte er jetzt genug erfahren, als hätte er im Geist schon abgeschlossen mit mir. So genau konnten mir Herr Jagerhofer und sein Adlatus, Herr Weißensteiner, das angebliche Buchprojekt dann auch nicht erklären, das Anlass für das Interview gewesen sein soll. Weiß der Eventguru, dass mir sein Beachvolleyballfest nicht sehr zusagt, auch wenn es sich sicher günstig auf die Region auswirkt? Dass mir die ebenso banalen wie penetranten Parolen des Stadionsprechers, die durch die ganze Ostbucht schallen, auf die Nerven gehen? Dass mir die stereotype Stimmungseinpeitschung zuwider ist? Was denkt er von mir? Was will er von mir? Der Adlatus hat sein Aufnahmegerät ja zwei Stunden mitlaufen lassen, und ich weiß nicht mehr, was ich alles gesagt habe. Habe ich irgendetwas gesagt, das mir schaden könnte? Aber natürlich! Ich sage ja seit Jahren hauptsächlich Dinge, die mir schaden!

Bin ich paranoid?

Das ganz sicherlich.

Und was bedeutet das?

Frühpension!

Frühpension!

Was es nicht alles gibt: Ich schreibe über eine Frau, die ich seit über zwanzig Jahren nicht gesehen habe, die ich genau genommen gar nicht kenne, weil ich nie mit ihr gesprochen habe, weil ich mich damals nie getraut habe, sie anzusprechen, und kaum ist sie also zu einer Romanfigur geworden, läuft sie mir über den Weg – als hätte ich sie durch das Schreiben gerufen.

Nach der Lesung in Friesach stellt sie sich in der Schlange der Buchkäufer an, die ihr Exemplar signiert haben wollen, und als sie an der Reihe ist und vor mir steht, sagt sie: Wir haben zusammen studiert. Ich blicke auf und sehe sie an und weiß plötzlich, wer sie ist. Mechthild M. Ich sage ihren Namen, und sie nickt und staunt nicht wenig. Später beim Abendessen im Metnitztalerhof mit dem Vizebürgermeister und der Chefin des Tourismusverbands, die die Lesung organisiert hat, erkundige ich mich diskret nach Mechthild M. (in einer Kleinstadt kennt ja jeder jeden) und ernte dabei, wie mir scheint, eher Betretenheit. »Die Mechthild, ja die lebt jetzt in Klagenfurt unten, aber sie ist ständig in Friesach, weil ihre Mutter da lebt und Burgführungen veranstaltet. Die Mechthild, ja, die macht dies und das. Nichts Fixes. Nichts Festes.« Schneller Themenwechsel: Eine Delegation der Friesacher Stadtpolitik war letztes Wochenende gemeinsam mit dem Elha in Auxerre, weil dort eine Burg gebaut wird, und zwar so, wie man im Mittelalter eine Burg gebaut hat. Das Projekt, ursprünglich rein privat initiiert und begonnen, ist auf dreißig Jahre anberaumt und wird von der EU gefördert. Seit sechs Jahren bauen die Franzosen mittlerweile, man sieht schon Konturen. Nun kommen die Leute und bezahlen auch dafür, um beim Burgbau zuschauen zu dürfen. Jetzt will auch Friesach eine Burg bauen. Ein Standort ist schon gefunden, eine Machbarkeitsstudie in Auftrag gegeben, jetzt geht es ums Geld.

Verliebt war ich damals vor zwanzig Jahren nicht in Mechthild. Aber ihre wilde, herbe Schönheit habe ich bewundert und begehrt. Ihr strenger Blick hat mich fasziniert. So unnahbar und abweisend, so uneinnehmbar und fast hochnäsig. Eine Burg. Eine Frau als Burg. Ihre Fesseln. Ihr Gang. Ihre goldenen Waden. Und sie hat schon damals als Studentin anders als alle anderen Studentinnen mit ihren Batikschals und Jeanslatzhosen und Turnpatschen – Röcke und Stöckelschuhe getragen. Was für eine Frouwe!

Ihre Visitenkarte! Wir haben ja, nachdem ich ihr mein Buch signiert und ihr – bei unserem allerersten Wortwechsel – als ehemalige Studienkollegen das Duwort angeboten habe, unsere Visitenkarten ausgetauscht! Mechthild ist jetzt verheiratet, aber sie hat ihren Mädchennamen nicht aufgegeben. Sie trägt einen Doppelnamen, und anders als üblich steht der Mädchenname vor dem des Gatten. Zuerst die Herrin und dann ihr Hund.

Was sie macht? *Eigentlich* schreibt sie auch. Auch etwas über das Mittelalter. Da schau her. *Eigentlich* sollte sie endlich einen Verlag suchen. Ja, das sollten wir eigentlich alle. Und sonst? Sie ist Kommandantin der Rittergruppe.

Das klingt fast wie: Domina. Ist auch so was Ähnliches. Die Ritter von Friesach reiten nicht mehr auf Pferden, und sie stechen auch keine Lanzen. Aber in die Eisenrüstungen quetschen sie sich schon noch hinein und gehen mit Schwertern aufeinander los. Und da macht die Mechthild fleißig mit. Gewaltig. Respekt! Respekt!

Staatswappen
Der Bundespräsident
bittet
Herrn Egyd Gstättner
anlässlich der Präsentation der Ausstellung

Rund
Fußball, Kunst und Literatur
Für Donnerstag, den 25. Oktober um 10.00
in die Räumlichkeiten der Präsidentschaftskanzlei
U.A.w.g.
Mittels beiliegender Faxantwortkarte
Es wird ersucht,
die Einladung beim Eingang vorzuweisen
Präsidentschaftskanzlei
1, Hofburg, Ballhausplatz

Nicht die geringste Lust, schon wieder nach Wien zu zischen auf eigene Kosten, für nichts und wieder nichts und fünf Minuten Bundespräsident. Was mache ich denn da in der Hofburg? Best-Case-Szenario: UHBP: Schön, dass wir uns endlich, endlich kennenlernen. Sie sind ja dieser sensationelle, dieser tapfere, dieser listige, dieser geniale, dieser, dieser, dieser. Ich lese alles von Ihnen! Ich verschlinge Sie! Was kann ich für Sie tun? Wollen Sie meine rechte Hand werden? Meine linke Hand, meine, meiner, mein?

Worst-Case-Szenario: Um fünf Uhr Früh aufstehen, drei Stunden Autofahrt bei Nacht und Nebel und Nässe, Tanken, Tiefgarage, Auftritt, Shakehands, Grußworte, Small Talk (two sentences), Kurzfassung der Nationalfeiertagsansprache, ab. Tiefgarage, drei Stunden Rückfahrt bei Nacht und Nebel und Nässe. In die Zeitung kommen, wenn überhaupt, die Shakehandsfotos mit Franzobel. Eh nicht viel Unterschied zwischen Best- und Worst-Case-Szenario. Ja, wenn der Bundespräsident ein potenter Agent wäre oder ein Großverleger, am besten gleich mit einem Großverlagsvertrag in der Tasche … aber der Bundespräsident ist ja bloß Bundespräsident.

Zur Klarstellung: Wenn schon einmal im Leben Bundespräsident, dann wohl der. Netter Kerl, guter Lotsch und so. Außerdem sympathisch und gebildet (siehe dazu auch meine Auslassungen über Robert Musil). Ich hab mir immer einen Bundespräsidenten gewünscht, dem die Haare zu Berge stehen. Aber trotzdem … Beim Elha verlange ich Honorar dafür, dass ich mit ihm auf einem Podium sitze. Aber beim UHBP kann ich schlecht Gage fordern dafür, dass er mich empfängt …

A.m.i.a. (Answer missing in action), außerdem ist mein Faxgerät kaputt und ich hätte extra wegen des Kreuzerls bei »ich nehme nicht teil« zur Post laufen müssen.

Letztens hat die Stadtzeitung eine bestellte Glosse von mir vergessen und verwurstelt. Die zuständige Redakteurin hat sich per E-Mail damit entschuldigt, dass sie »wahrscheinlich schon unter Seltenheimer« litte (mir aber kein Ausfallshonorar in Aussicht gestellt). In der nächsten Nummer ist die Glosse nun doch erschienen – unter dem Titel der vorletzten.

Bei Veit Heinichen lese ich gerade: »Man sieht die Wipfel der Karnischen Alpen.« Jubel! Das tut einer verwundeten Schriftstellerseele gut!

Zum Bundespräsidenten hätte ich dann eh nicht können, weil sich gegen Abend eine Druckstelle am Unterkiefer entwickelt hat. Das kommt leider häufig vor. Druckstellen oder Reibstellen sind weniger schlimm als Zahnschmerzen, aber immer noch unangenehm genug. Ortung: Unten, links, hinten. Die Beseitigung ist gewöhnlich kein Problem, sofern eben die Zahnarztpraxis geöffnet ist. Woanders mag ich nicht hingehen, zu keinem Notdienst, zu keiner Urlaubsvertretung. Zur Druckstellenbeseitigung muss man bloß ein kleines bisschen Prothese abschleifen. Das kann auch die Assistentin machen.

Über Nacht ist die Druckstelle unten, hinten, links, was durch Extraktion der Prothese manchmal glückt, nicht verschwunden, und weil wir (ich) morgen zur *Marunada*, dem Kastanienfest nach Opatija wollen (will), sollte ich etwas unternehmen. Durch meinen elenden Körper sind mir alle Reisen, vor allem alle Auslandsreisen vergällt: Mit einer Druckstelle fängt es an, und mit einem Herzinfarkt hört es auf. Alle Weihnachten, Ostern und verlängerten Wochenenden sind mir wegen dieses miesen Gebrauchtkörpers vergällt, all die verfluchten Zeiten, die die niedergelassenen Ärzte zu Kurzurlauben nutzen.

Auf dem Weg zum Zahnarzt denke ich über das Sterben nach, über meinen Todesort. Einmal habe ich geschrieben, dass ich während einer Lesung erschossen werden möchte. Das war kokett. Ein anderes Mal, ich wolle küssend sterben. Na ja. Vielleicht auch nicht.

Heute weiß ich: Ich will daheim sterben. Nicht im Ausland, nicht in einer anderen Stadt, nicht unterwegs. In Österreich, in Klagenfurt, in meinem Haus, in meinem Atelier, auf dem Sofa. Gesund. Gemütlich. Lebenssatt wie Hiob. Leicht. Vielleicht auch noch am Silvesterabend wie alle meine Helden. Auf dem Gehsteig liegt ein toter Mann. Nein, tot ist er nicht, er bewegt sich noch. Aber alt ist er und liegt am Rücken auf dem Asphalt und kommt nicht hoch und wirkt abwesend. Eine Frau kniet sich zu ihm nieder, ein anderer Mann kommt, ich komme, wir helfen ihm hoch. Die Frau meint, ich solle die Rettung anrufen. Wie geht die Nummer? Versuchen wir es mit 144. Freizeichen. Niemand hebt ab. Stimmt 144? Oder doch 141? Oder gar 122? 120 ist der ÖAMTC, aber der hilft hier nicht. Noch immer hebt niemand ab. Ob man die Ortsvorwahl nehmen muss? Oder das österreichische Landeskennzeichen? Warum hebt niemand ab? Wenn er stirbt! Jetzt ist der Akku leer. Einmal ist mein Handy nicht frisch aufgeladen, weil Herta den Akku verschlampt hat, schon geht es um Leben und Tod und ich versage. Tot. Tilt. Keine Verbindung. Ende. Dem Mann geht es wieder besser, nur ein Schwächeanfall, er wohnt gleich um die Ecke, danke für die Hilfe. Wenn der gestorben wäre, während ich zu blöd gewesen war, die Rettung zu verständigen …

Es gibt Situationen, da will ich mit mir nichts zu tun haben.

Bei der Lektüre von Julian Barnes' *Dover–Calais* im Zahnarztwartezimmer stört mich immer wieder das Ö3-Gequatsche, das wie eine Klangwolke die Praxis erfüllt. Noch schlimmer als Andi Knoll ist die Werbung. »Blödmann!«, schallt es durch das Wartezimmer. Ich zucke unwillkürlich zusammen. Genau genommen brauche ich beim Zahnarzt auch keine Staumeldungen aus Niederösterreich und dem Burgenland. Meine Lieblingsassistentin, die nette pummelige, scheint nicht da zu sein. Und die andere, die lispelnde, lässt sich nicht blicken. Und der Zahnarzt auch nicht. Ein ganz leichtes, monotones Rasseln, wie nach dem Weltuntergang. Sprechstundenhilfe gibt es keine, die Eingangstür öffnet automatisch. Aus dem leisen Rauschen aus den Behandlungsräumen schließe ich, dass doch jemand da sein muss. Jetzt sitze ich schon eine halbe Stunde hier wie der letzte Mensch auf der Welt, höre unfreiwillig Ö3 und bin noch nicht einmal registriert worden. Nach einer Dreiviertelstunde bekomme ich im Zahnarztwartezimmer Augenweh. Was nun?

Morgen ist Nationalfeiertag: Danke, Ö3! Dank Ö3 weiß ich jetzt auch, dass erstens Wien keine Landeshymne hat, zweitens die oberösterreichische im Dialekt gesungen wird, drittens das falsche Singen der Tiroler Hymne mit zweitausend Euro geahndet wird.

Radio ist Terror.

Rainhard Fendrich verändert gerade einen seiner dussligen pseudopatriotischen Liedtexte dergestalt, dass er in eine Werbung für Hartl Häuser passt, als die Assistentin, die andere, doch erscheint, mich bemerkt und mich vorwurfsvoll fragt, warum ich mich nicht früher bemerkbar gemacht habe.

Bei wem?, frage ich.

Die Assistentin seufzt. Jetzt ist blöd, sagt sie.

Ich kann mir leider nicht aussuchen, wann Druckstellen entstehen, sag ich.

Sie kann mich nicht wegschicken, aber sie kann mich auch nicht drannehmen. Das kann jetzt dauern, sagt sie. Die E-Card nimmt sie aber vorsorglich. *Blödmann!* Heute, sagt sie, ist ein Wahnsinn.

Da kommt aber doch die andere, meine Lieblingsassistentin,

lächelt mich an und sagt, gehen wir da in den Raum nebenan, meiner ist noch besetzt. Während ich die Prothese aus dem Mund nehme, wächst in mir ein schrecklicher Verdacht: Das ist gar keine Assistentin. Das ist die Zahnärztin! Seit zwanzig Jahren halte ich meine Zahnärztin für ihre Assistentin – und kann nur deswegen so nett und ungezwungen mit ihr plaudern. Soll ich das Missverständnis aufklären? Aber je länger man jemanden kennt, desto schwerer kann man ihn fragen, wer er ist.

Meine kleine Tochter Ira, neun, erzählt mir vor dem Einschlafen, dass Britney Spears sich im Rausch eine Glatze hat schneiden lassen und deswegen sogar »in die Psychologie« gekommen ist. Heute hat Ira ihr erstes Lied getextet. Titel: *Wer Himbeeren paniert, ist wirklich verwirrt.* Ja! In fünfzehn Jahren ist sie ein Star!

Wir haben drei Möglichkeiten.

Erstens: Wir fahren ans Meer, nehmen Ira gegen ihren Willen mit und sind drei Tage lang mit Sätzen wie denen beschäftigt: »Wo sind wir jetzt?« »Wie lange brauchen wir noch?« »Mir ist langweilig!« »Wann fahren wir?« »Mir ist so langweilig!« »Mir ist schlecht!«

Zweitens: Wir fahren ans Meer, lassen Ira bei den Großeltern, sehnen uns drei Tage nach Ira und denken uns, wie schön es wäre, wäre sie jetzt hier bei uns. Wozu hat man denn Kinder, wenn man sie weggibt und nicht an all dem Schönen teilhaben lässt, das man selbst erlebt? Das Schöne besteht freilich hauptsächlich aus essen und trinken und wieder essen und wieder trinken, aufs Meer hinausschauen und lamentieren und lästern über Gott und die Welt. Bei Punkt zwei ängstige ich mich zusätzlich, dass mir ein tödlicher Unfall passiert und Ira zu Hause mit ihren neun Jahren ihre sensationellen Eltern verliert und ihr restliches Leben lang ein armes Waisenkind bleibt. Noch viel schlimmer wäre, dass ihr etwas zustößt und ich sie verliere. Seit der neunjährige Bub letzte Woche auf dem Schulweg auf dem Zebrastreifen bei grüner Ampel von einem Lastwagen überrollt und getötet worden ist, will ich Ira nach Möglichkeit überhaupt nicht mehr aus den Augen lassen.

Drittens: Wir sagen unseren Meeresausflug nach langem Hin und Her schließlich kurzerhand ab und bleiben daheim. Aber das wäre ein Präzedenzfall. Achtung, Falle!

Ich hasse Absagen. Ich fürchte mich vor dem Wegfahren, aber ich hasse das Daheimbleiben. A) schreit mich gerade meine innere Stimme an: »Adria!« »Scampi!« »Calamari!« »Maroni!«, B) wäre es mir äußerst unangenehm, den Nationalfeiertag innerhalb der Nation zu verbringen. Am Nationalfeiertag bin ich immer auswärts, letztes Jahr in Warschau, im Jahr davor in London und so weiter: Die Maßnahme hat sich sehr bewährt. C) ist Opatija ohnehin schon der Minimalkompromiss, weil wir C1) am Landesfeiertag nicht am Meer, sondern bloß in Tržič gewesen sind und wir am Nationalfeiertag nicht wie ursprünglich geplant nach C11) Budapest oder C12) Prag fahren. Ich muss weg. Ich muss die Welt erobern. Ich war extra beim Zahnarzt.

Ich muss. Ich will. Ich werde. Ich bin ein Österreicher, dem Triest und Rijeka näher liegen als Wien. Ich bin ein Österreicher, dem Ljubljana näher liegt als Graz. Ich bin ein Österreicher, dem Venedig näher liegt als Salzburg, Verona näher als Linz, Bologna näher als St. Pölten. Ich bin ein Österreicher, dem Florenz näher liegt als Innsbruck und Rom näher als Bregenz! Eine Nationalfeiertagsansprache, die ausschließlich vom Ausland handelt! Trotzdem – und obwohl Opatija näher als Bad Ischl und Lovran näher als St. Wolfgang liegen – ist Herta gereizt, ihr Gesicht großgrantig. Wetteronline verheißt für die

Region Kvarner Bucht dicke graue Wolken, schwere Regenfälle und Bora. »Fahren wir eben in die Bora!«, sagt sie ekelhaft fatalistisch. »Hier ist es aber auch nicht schön!«, gebe ich zu bedenken. »Aber hier müsste man nur zu Hause bleiben«, faucht ihr Schweigen.

Mir sind Hasen egal. Ich verachte sie nicht. Ich liebe sie nicht. Ich esse sie nicht. Ich füttere sie nicht. Ich nehme sie nicht an die Hasenleine und gehe mit ihnen in unserem Garten im Kreis spazieren.

»Es ist kein Hase«, sagt Ira auf der Heimfahrt vom Züchter in Rammersdorf bei Mittertrixen bei Völkermarkt, »es ist ein Fuchszwergkaninchen« (fünfundvierzig Euro), die durchlöcherte Schuhschachtel mit dem Fuchszwergkaninchen auf dem Schoß.

Fuchszwergkaninchen sind mir auch egal.

»Ah, der Herr Kollege!«, sagt Dietmar Grieser.

»Kollege« sagen die Kellner.

Kein Schriftsteller nennt den anderen »Kollege«.

Ein Schriftsteller nennt den anderen beim Vornamen, beim Nachnamen, schaut weg oder wechselt die Straßenseite.

Sagt ein Ungeheuer zum anderen »Kollege«? Was bin ich? Ein gescheitertes Ungeheuer? Ein Ungeheuer, das keines ist?

Die Post von heute:

»Sehr geehrter Herr Eggs, wir möchten Sie gerne einladen, für unser geplantes Buchprojekt *Literarischer Führer Lech-Zürs* etwa eine Woche in Lech-Zürs zu verbringen und über den Aufenthalt einen kurzen Text zu verfassen. Wir werden etwa 12 bis 15 Autorinnen dazu einladen. Prinzipiell werden weder Themen- noch Längenvorgaben gemacht. Als Honorar ist der

Aufenthalt von einer Woche in einem der angesehenen Hotels in Lech-Zürs vorgesehen. Bei kürzerem Aufenthalt ist ein kleines Honorar möglich. Das Projekt ist eine Kooperation mit Lech-Zürs-Tourismus. Das Buch erscheint zum Philosophicum Lech 2008 und wird im Programm des Philosophicums präsentiert. Wir würden uns freuen, wenn Sie Zeit und Lust hätten, zu einem Zeitpunkt Ihrer Wahl einige Tage am Arlberg zu verbringen. Mit freundlichen Grüßen Daniela Egger«

»Sehr geehrter Herr Eggs, haben Sie vielen Dank für Ihr Manuskriptangebot. Wir haben Ihre Textprobe mit Interesse gelesen, weil uns Ihr Projekt der zwei Zeit- und Reflexionsebenen sowie das Thema sehr interessierten, und weil aus der Geschichte des Carlo Mittelstaedter sicher ein spannendes Buch entstehen könnte. Leider stehen unserer Ansicht nach diese beiden Ebenen zu unverbunden nebeneinander, die Briefe von Mittelstaedter bleiben im Kontext des Romans zu unmotiviert.

Daher haben wir uns letztlich gegen eine Vertretung Ihres Manuskriptes entschieden. Mit den besten Wünschen für Ihre weitere Arbeit, Anke Fuhrhop, Literaturagentur Graf & Graf«

»Sehr geehrter Herr Eggs!

Das Hemdenbügeln hat ein Ende! Ja, Sie haben richtig gelesen: Eterna, der europäische Marktführer bügelfreier Baumwoll-Hemden und Blusen hat kürzlich seinen 1. Shop in Österreich eröffnet. Überzeugen Sie sich selbst von unserer Konfektion auf europäischem Spitzenniveau und tauchen Sie ein in unsere vier verschiedenen Stilwelten, die jeglichen Bedarf abdecken. Feiern Sie mit uns, und profitieren Sie von unserem Willkommens-Gutschein im Wert von 5 Euro. Herzlichst Ihr Bernd Lampée-Baumgarter«

Michelstaedter.

Was?

Er heißt Michelstaedter. Nicht Mittelstaedter.

Gut, dann eben Michelstaedter.

Und die Briefe von Michelstaedter können im Kontext des Romans nicht zu unmotiviert bleiben, denn sie *sind* der Kontext des Romans.

Ja, aber trotzdem …

Außerdem wundere ich mich, wie Sie der Ansicht sein können, dass die beiden Ebenen zu unverbunden nebeneinander stehen, wo ich Ihnen doch nur die ersten dreißig von hundertfünfzig Manuskriptseiten als Leseprobe geschickt habe. Anhand dieser Textprobe können Sie meine Art zu schreiben und meinen Stil erkennen, aber nicht den Bauplan des Romans. Die Ebenen in einem Roman werden am Ende miteinander verbunden, nicht am Anfang, sonst wären es ja keine verschiedenen Ebenen. Es gibt keinen Roman der Weltliteratur, der mit verschiedenen Ebenen arbeitet, die von allem Anfang an miteinander verbunden wären …

Na gut, wir wollten eben mit irgendwelchen freundlichen und gut klingenden Phrasen Ihren Mittelstaedter …

Michelstaedter.

Wenn Sie wollen: Michelstaedter.

Ich will nicht. Er heißt so. Er hat so geheißen.

Jedenfalls könnte aus der Geschichte des Carlo Michelstaedter ein spannendes Buch entstehen. Deshalb haben wir uns letztlich gegen eine Vertretung Ihres Manuskriptes entschieden.

»Liebe Daniela Egger! Direkt aus vier verschiedenen Stilwelten aufgetaucht, danke ich herzlich für Ihre Einladung auf den Arlberg. Ich möchte gern nach Lech kommen und einen kurzen Text schreiben, in dem allerdings die einzelnen Ebenen zu unverbunden nebeneinander stehen werden. Falls Sie das stört, bleibe ich daheim. Falls nicht, erscheine ich voraussichtlich in einem neuen Hemd. Ungebügelt. Mit freundlichen Grüßen Eggs«

Es bleibt auch nach dem heutigen Tag dabei: Aus mir will nix werden.

Und auf meinem Grabstein wird eines Tages stehen: Hofnarr für Kärnten und Osttirol.

10.12. *Es sind keine ungelesenen E-Mail-Nachrichten in Ihrem Posteingang.*

10.45 *Keine neuen Nachrichten*

11.23 *Keine neuen Nachrichten*
Keine neuen Nachrichten
Keine neuen Nachrichten
Keine neuen Nachrichten

Jetzt sitze ich in der tödlichen Luft des Lendhafencafés, trinke Bier und höre Horstl zu, der seit über zwei Stunden von seiner sommerlichen Chinareise erzählt: Das mulmige Gefühl, mit seinem Sohn und zwei Koffern im Zug nach Frankfurt zu sitzen und zu wissen, bald fliegt man weit, weit weg und bleibt lange, lange fort: Um die halbe Welt fliegt man und kommt erst in einem Monat zurück. Die Chinesen sind weder freundlich noch höflich noch zuvorkommend, sondern ignorant und wuselig, und binnen Kurzem werden sie uns aufgekauft haben. Die Verbotene Stadt, die Chinesische Mauer, die Olympischen Stätten von Peking, die Wolkenkratzer von Shanghai und die Reisfelder von Suzhou, die Abenteuer beim Essenbestellen im Restaurant und die Höhenkrankheit in Tibet auf viertausend

Metern. Auf achtzig Österreicher, müsse ich mir vorstellen, kämen hunderttausend Chinesen. Das Bier schmeckt mir nicht und China interessiert mich nicht. Ich war nicht dort. Ich will nicht hin, und das wird auch so bleiben. Ich bin ein Österreicher, und mir sind alle Chinesen egal.

Aber sie sind der Eintrittspreis für den Fernsehbericht über das neue Buch in *Kärnten heute:* Horstl kommt mit einem Fernsehteam, wir drehen den ganzen Tag am Wörthersee *(Das Mädchen im See)* oder bei mir zu Hause im Keller *(Meine besten Niederlagen),* dann geht es ins Gasthaus zur Reiseerzählung (vor zwei Jahren Libyen, diesmal China, nächstes Jahr vermutlich Vietnam, wahrscheinlich zum *Michelstaedter*). Libyen hat mich übrigens auch nicht interessiert (ich war nicht dort, ich will nicht hin …), Vietnam wird mich genauso wenig interessieren. Als wir aus China endlich, endlich ins Lendhafencafé zurückgekehrt sind, rückt der Horstl auch noch damit heraus, dass er seit Langem Redakteur im aktuellen Dienst ohne besonderen Schwerpunkt ist, aber gerne Redakteur im aktuellen Dienst mit Schwerpunkt Kultur anstelle des Redakteurs im aktuellen Dienst mit Schwerpunkt Kultur wäre, und ich könne ja einmal beim Willi eine diesbezügliche Meldung fallen lassen, auf mich höre der Willi ja.

Du meine Güte! Als ob ich das Pouvoir zu intrigieren hätte! Mein ganzes Leben ist ja eine eindrucksvolle Widerlegung der These, dass irgendjemand auf mich hören würde. In Wahrheit ist es schon so: Wenn andere etwas von mir wollen, geht es sehr schnell. Wenn ich etwas von anderen will, dauert es ewig, und meistens passiert gar nichts. Ganz ehrlich!

Wer auch immer es sei: Insgeheim bin ich schon recht froh, wenn ich einen Menschen wieder für eine Weile los bin.

Im Excelsior war kein Zimmer frei, im Admiral waren sie zu teuer, also sind wir im Kristal gelandet. Keine Balkone, aber immerhin ein kleines Hallenbad mit Meerwasser. Auch gut. Mit dem orangen Ziehharmonikabus von Opatija an der Küste der Kvarner Bucht entlang nach Rijeka, der unscheinbareren Variante von Triest, und wieder zurück.

Eine Sensation das Maronifrappé im Café Wagner, das zum Hotel Millennium gehört, eine Sensation die mit Shrimps gefüllten Calamari im Mali Raj, eine Sensation die Weinschaumpalatschinken, eine Sensation, hier auf der Terrasse am Lungomare direkt auf den Klippen zu sitzen und aufs Meer hinauszuschauen, auf Krk, auf Cres und auf den Korridor nach Süden. Im Kamelja ist der Branzino keine Sensation, aber der Pianospieler klimpert *Va, pensiero*, während draußen über dem Restaurantwintergarten ein Wolkenbruch niedergeht und wilde Blitze durch die schwarze Nacht zucken. Bora kam keine. Auch Ira war tapfer, denn als Belohnung für den Spaziergang auf der in die Klippen gehauenen Promenade, die Franz Joseph für Elisabeth errichten lassen hatte, war *Lissi und der wilde Kaiser* versprochen. Der Kinobesuch war für mich bestimmt nicht weniger schlimm als für Ira der Meeresausflug mit den alten Leuten, ihren Eltern.

Keine neuen Nachrichten

16.49 *Keine neuen Nachrichten*

Keine neuen Nachrichten

Ich schicke mir selber eine Mail mit dem Inhalt »x«, um zu testen, ob mein Mailprogramm noch funktioniert.

Es ist eine *ungelesene E-Mail-Nachricht in Ihrem Posteingang.*

Sehr geehrter Herr Eggs!

Hiermit erlauben wir uns, Ihnen mitzuteilen, dass wir Ihre E-Mails mit sofortiger Wirkung nicht mehr beantworten und Ihnen natürlich auch von uns aus keine E-Mails mehr schicken. Betrachten Sie bitte alle Ihre Anbote hiermit als a priori abgelehnt, alle Ihre Anfragen als a priori abschlägig behandelt. Wie immer Ihre Frage auch lauten möge, die Antwort lautet a priori grosso modo: Nein!

Begründung (a posteriori): Es gibt wichtigere Menschen als Sie. Sie interessieren uns nicht wirklich, weder menschlich noch literarisch. Offen gesagt: Sie sind uns lästig. Jung sind sie ja auch nicht mehr. In mittelalte Menschen aus der Provinz investieren wir nur unter besonderen Voraussetzungen, die Sie leider nicht erfüllen. Ihr Narzissmus gefällt uns ebenso wenig wie Ihr Pessimismus oder Ihre Misanthropie. Und Ihren viel zitierten Humor – na ja! – haben wir woanders auch schon besser erlebt. Böser. Schärfer. Treffender. Vernichtender.

Ihre Romane sind – pardon! – Schrott. Aber das wissen Sie ja selbst. Vielleicht hätten Sie doch zum Bundespräsidenten gehen sollen. Der hätte Ihnen wenigstens auf die Schulter geklopft.

Mit der Bitte, uns in Zukunft nicht mehr zu behelligen, sondern in Ruhe zu lassen; stellvertretend für den Rest der Menschheit: Ihre Verleger. Ihre Fastverleger. Ihre Nichtverleger. Ihre Chefredakteure, Fastredakteure und Nichtredakteure, Nichtagenten und ehemaligen Protegés. Freunde, Fans, Bekannte, ehemaligen Verehrer, langjährigen Verächter.

Keine neuen Nachrichten

Keine neuen Nachrichten

20.32 Doch. Eine schreibt mir ja noch. Elfi. Die Wiener Elfi. Sie sitzt gerade bei einem rothaarigen Wikinger, den sie Wickie nennt und der mit seinen Freunden Flugsimulatorfliegen spielt, während sie für ihre Philosophieprüfung lernt: Feuerbach. Marx. Logische Grundsätze. Methodenlehre. Die Wohnung stinkt nach Katze. Nebenbei hat Elfi eine halbe Flasche Wein getrunken und eine dreiviertel Tafel Marzipanschokolade verdrückt. Wickie darf die Mail, die Elfi gerade schreibt, nicht lesen, weil sie nicht will, dass er meinen Namen erfährt. Ich laufe unter »platonische Jugendliebe«. Und jetzt geht Elfi Lulu.

Interessant. Sehr interessant.

21.23 Wieder Elfi.

Sie hat jetzt auf die Schnelle das »Jugendgesöff Wodka-Red-Bull« getrunken. Sie könne sich noch erinnern, schreibt sie, wie ich vor fünfundzwanzig Jahren einmal besoffen gewesen sei. Ich sei auf *Männer* von Herbert Grönemeyer und *Bello e impossibile* von Gianna Nannini gestanden. Wahrscheinlich nur, weil ich betrunken war, sei ich mit ihr in eine Kneipe gegangen. Wir hätten getanzt. Sie habe mich dazu überredet. Ich sei ein echt miserabler Tänzer gewesen. Sie sei sechzehn und ich dreiundzwanzig gewesen. Wenn ich nicht gerade garstig gewesen sei, sei ich ganz offenherzig und naiv gewesen. Sie müsse schon wieder Lulu.

Interessant. Sehr interessant.

»Ich wollte immer Opernsängerin werden. Ehrlich. Habe sogar sehr erfolgreich Gesangsstunden genommen. Hatte am Prüfungstag aber eine extreme Verkühlung/Halsschmerzen/psychosomatisch. (ha/war erst zwanzig Jahre jung und sehr, sehr, sehr feig.) Ich kann/konnte sehr gut singen. Der Film *Wie im Himmel* bedeutet mir auch deswegen sehr viel. Die Geschichte ist in vielen Punkten auch meine Geschichte.

Besoffene, besoffenere Ölfi.«

Interessant. Sehr interessant.

»Pffff. Ölfi betrunkt. Habe vorher zehn Arien angehört. Hatte gerade Sex. Wickie geht gerade arbeiten. Ich musste schon wieder weinen. Er mag es nicht, wenn ich heule. Ich kann nicht anders. Sollte in meinem Zustand nichts mehr schreiben. Aber egal. Ich sage sowieso in allen Zuständen immer alles. Ich denke sonst immer an den Mann, mit dem ich Sex habe. In letzter Zeit denke ich immer an dich. Tja.

PS: Ich schaue mir meine Mails morgen sicher nicht mehr an. Besoffen ist besoffen. Nüchtern ist nüchtern. Ich geniere mich auch (fast) nie dafür, wenn ich betrunken war.

:o)))) Kicher Kicher«

Ich kann nichts machen. Diese Frau weckt das Schlechteste in mir, und ich will nichts mit ihr zu tun haben. Keine Antwort. Ich schweige.

Mechthild, die Ritterin vom Olsathal, sitzt schon in der Melange, als ich bei der Tür hereinkomme. Ich bin zwar höchstens drei, vier Minuten zu spät, aber eine Dame lässt man nicht warten, also entschuldige ich mich höflichkeitshalber und hoffe, dass sie noch nicht lange da sitzt. »Nein, nein«, sagt Mechthild, »sonst müsste ich dich ja gleich beim ersten Mal bestrafen!« Später wird mir die Begrüßung unwirklich vorkommen, und ich werde denken, ich hätte mir diesen Satz aus Mechthilds Mund bloß eingebildet. Aber sie hat ihn gesagt – ich bin Zeuge! – und sie hat ihn *so* gesagt. Natürlich ironisch gemeint, aber auch ironisch muss man so etwas erst einmal meinen. Was man nicht alles tut für einen Roman, von dem man nicht einmal sicher weiß, dass man ihn schreiben wird. Recherchieren ist die Hölle.

Der Satz ist wie aus ihr ausgebrochen, und in den nächsten drei Stunden taucht nichts Ähnliches mehr auf. Fünf Sekunden Domina, und dann wieder sanft und schüchtern. Ich frage Mechthild also, wie man Kommandantin einer Ritterrunde wird, was man als Kommandantin einer Ritterrunde konkret tut, wer die Ritter sind und woher sie kommen. Die Ritter sind Maschinenschlosser, Lehrer, Beamte, der jüngste ist achtzehn, der älteste siebenundfünfzig, die meisten kommen aus Klagenfurt und fahren eigens nach Friesach, werfen sich in die Rüstung und schaukämpfen mit ihren Schwertern. Es gibt Kurzschwerter und Langschwerter, sogenannte Eineinhalbhandschwerter, ihres ist neunzig Zentimeter lang und drei Kilo schwer. Mechthild, die erste Ritterin Europas – sagt sie über sich selbst –, erzählt mir vom Gambeson, einem wattierten Kleidungsstück, das unter dem schweren Kettenhemd getragen wird, von der Gugel unter dem Helm und von den Gerichtsverhandlungen, die nach den Kämpfen manchmal abgehalten werden. Sie spricht von Blutgerichtsbarkeit, vom Richter über Hals und Hand, vom Arschleder, vom Richtblock und von der Fron.

Später, wir sind vom Kaffee zum Wein gewechselt, kramen wir in alten Zeiten nach gemeinsamen Bekannten im Studium. Sehr ergiebig ist die Suche nicht. »Aufgefallen bist mir nur du. Du warst so selbstbewusst und ruhig!«

Ruhig? Ich war überhaupt nicht ruhig. Lüstern war ich, ihre Lippen haben mich erregt, ihr Kittel, ihre Waden, ihre Stöckelschuhe. Ihr Blick und ihr Gang. Wie gern wäre ich mit dieser Frau vor fünfundzwanzig Jahren ins Bett gegangen! Aber ich war schüchtern, und ich hatte faule Zähne.

»Ich war damals zu schüchtern, dich anzusprechen«, sagt sie.

Du? Ich! Ich war schüchtern! Blöd gelaufen!

»Und jetzt, wo wir langsam alt werden, kommen wir drauf! Aber schön, dass wir uns neu kennenlernen. Wir sind ja noch nicht gestorben!«

Verheiratet sind wir, das schon. Ihr Mann hat nicht gar so viel Verständnis für ihr Rittertum und für die schöngeistige Ader auch nicht. Die ganze Wintersaison über ist er in Obertauern. Aha.

»Aufgefallen bist mir nur du.« Jetzt sagt sie das! JETZT! Fünfundzwanzig Jahre später. Fünfundzwanzig Jahre zu spät. Ihren Körper hat Mechthild in einen Hosenanzug verpackt, die Figur dürfte noch ganz okay sein, das Dekolleté einladend. Das Gesicht bereitet sich allmählich auf die Entstellungen des Alters vor. Das ist bei meinem nicht anders, aber meines sehe ich nicht.

Ob wir uns wiedersehen? Würde sie freuen.

Ja, mich auch. Kann sein. Mal sehen.

Aber so richtig will ich nicht.

Nur ja keine so zähe Nähe, die man dann nicht wieder wegkriegt.

Der Salon im alten Villacher Parkhotel ist ein sehr schöner, hoher Raum: Kristallluster, Säulen, dicke Samtvorhänge in Bordeauxrot und Gold. Im Publikumsraum Tische zwischen den Stühlen wie im Kabarett. Eins, zwei, drei, vier … achtunddreißig Leute. Viel für Villach, nicht viel für den größten Starautor der westlichen Welt. Aber der Salon ist voll, genau achtunddreißig Stühle sind da, und genau achtunddreißig Stühle sind auch besetzt. Wie die Veranstalter das immer so präzise hinkriegen, ist mir ein Rätsel. Nirgendwo habe ich ineinandergeschachtelte Ersatzstühle gesehen.

Die Schwester des verstorbenen Landesstudio-Literaturchefs führt ein. Wie heißt sie bloß? Vergessen! Der Literaturchef hat seine Schwester in der Literaturabteilung beschäftigt. Wir haben etliche Interviews geführt. Nach seinem Tod war für die Schwester in der Literaturabteilung kein Platz mehr und wenig später auch kein Platz mehr für die Literaturabteilung im Haus.

Thomas Glavinic – viel schlanker, als ich vermutet habe (alle werden schlank, nur ich nicht), fast kahl (geschoren), schwarzes Leibchen, schwarzes Sakko, schaut aus wie ein deutscher Dramaturg, wie alle halt mittlerweile mit Ausnahme von JOWI –

liest nicht mitreißend, aber gut. Schöne Szenen aus *Das bin doch ich:* Die Zahnarztszene, die Stadtratszene, die Omaszene (ich habe auf der Fahrt nach Villach spekuliert, was er lesen wird und auf die Omaszene getippt: gewonnen!).

Gleich nach Lesungsende lasse ich mir den *Kameramörder* signieren (den neuen Roman habe ich ja schon zu Hause), und in dem Moment, in dem ich Glavinic siezen will, begrüßt er mich mit »Hallo!« und schreibt »Für Egyd« ins Buch hinein. Haben wir uns schon wo kennengelernt? Ich kann mich nicht erinnern. Oder kennt er mich einfach so? Das wäre aber ganz lieb.

Würde gerne ein bisschen plaudern, sag ich, aber ich kann nix trinken, bin mit dem Auto da, muss nach Klagenfurt.

Er besteht ja nicht auf Alkohol, sagt Glavinic.

Ich weiß, sag ich, aber ich.

Und ciao. Ich bin schüchtern einem Autor gegenüber, der zehn Jahre jünger ist – und eh so freundlich. Wirklich zufrieden bin ich wieder nicht mit mir.

Mit dem Zug von Klagenfurt nach Wien: St. Veit an der Glan. Friesach. Unzmarkt. Judenburg. Zeltweg. Knittelfeld. Leoben. Bruck an der Mur …

Im Zug lese ich in einem Buch über eine Zugfahrt von Bern nach Lissabon: Genf. Lyon. Bordeaux. Hendaye. Valladolid. Salamanca. Sehnsuchtsorte. Schreckensorte. Ich kenne sie. In Valladolid, zwischen Leoben und Bruck, unterhalten sich zwei steirische Arbeiter über einen dritten Kollegen, der vor wenigen Tagen während einer Motorradfahrt einen Infarkt erlitten hat, aber selbst gerade noch rechtzeitig die Rettung verständigen konnte. Trotzdem: Deswegen fahre ich nicht so gern mit dem Zug.

In Lissabon, in Mürzzuschlag ist es, obwohl erst Mitte November, bereits tiefster Winter. Auf dem Semmering ein Meter Schnee. Hübsch. Aber gut, dass ich bloß durchfahre.

Das Hasi (der Hase beziehungsweise der Nichthase) erhält den schönen Namen *Schnuffelmuck*, haut bereits am fünften Tag seiner Gefangenschaft ab, ist aber doch zu wenig unternehmungslustig, das Gartenareal zu verlassen, und frisst keine Karotten, ist dafür aber ganz wild auf Bananen. Kaum bei uns, und schon weltfremd.

»lieber herr eggs, danke für das neue ›quergedacht‹. letzte woche hatte ich urlaub, deshalb habe ich ihre kolumne zu peter handke nicht gesehen und meine kollegen haben das gute ding für mich abliegen lassen – heißt: sie haben es mir zugebeutelt, zu entscheiden, ob wir sie bringen oder nicht.

ehrlich gesagt, hätte ich kein gutes gefühl bei einer veröffentlichung. ich kenne handke so gut, dass ich weiß, was er manchmal für einen stuss von sich gibt und danach genießt, wie sich seine gesprächspartner winden. und ich war jedes mal froh, dass ich das privat miterlebte und nicht im dienst. ich finde, das hat in der zeitung nichts verloren.

bei gelegenheit können wir darüber ein bisschen streiten. ich gebe ihnen bescheid, wann die kultur-weihnachtsfeier stattfindet.

lg ihre kulturredaktionsleiterin«

Eine neue Nachricht. Die Kulturredaktionsleiterin hatte letzte Woche Urlaub gehabt, deshalb meine Kolumne zu Peter Handke nicht gesehen, ihre Kollegen hatten das gute Ding für sie abliegen lassen – hieß: sie hatten es ihr zugebeutelt, zu entscheiden, ob man sie bringen würde oder nicht. Ehrlich gesagt, sagte mir die Redaktionsleiterin ehrlich, hätte sie kein gutes Gefühl bei einer Veröffentlichung gehabt. Sie kannte Handke so gut, dass sie wisse, was für einen Stuss er manchmal von sich gebe und es danach genieße, wenn seine Gesprächspartner sich winden, und sie sei jedes Mal froh gewesen, wenn sie das privat miterlebte und nicht im Dienst. Sie finde, das habe in der Zeitung nichts verloren. Wir könnten bei Gelegenheit ein bisschen darüber streiten. Sie würde mir Bescheid geben, wann die Kultur-Weihnachtsfeier stattfinde …

Gutes Gefühl? Gutes Ding? Stuss? Dienst? Was sind denn das für Sachen? Und: bringen oder nicht? Was ist das für eine Frage? Was in der Zeitung nichts verloren hat, das hat wahrscheinlich etwas in einem Buch verloren! Und da wird man es auch finden! Kommt Zeit, kommt Buch! Da werden die Diener des Augenblicks einst von den Dienern der Ewigkeit eingesperrt werden, die nichts Privates kennen und nichts Dienstliches!

»Liebe Kulturredaktionsleiterin! Noch was zu Handke: Ich merke zu meiner Verwunderung, dass immer und überall so weihevoll über ihn geschrieben wird (wie eben jetzt).

Dann bekommt er einen Gossenanfall im Akademietheater, alle drehen sich indigniert weg – und zwei Wochen später schreiben wieder alle so weihevoll über ihn.

Dann beschwert sich eine Schauspielerin, dass sie der Herr Handke mit Bergschuhen in den Unterleib tritt, alle drehen sich indigniert weg – und zwei Wochen später schreiben sie wieder weihevoll über ihn.

Dann schreibt er ein Buch, das kein Verleger der Welt drucken würde, wenn auf dem Umschlag nicht ›Peter Handke‹ stünde – und alle schreiben weihevoll darüber.

Dann geht er zur Beerdigung von Milošević – alle schütteln den Kopf und schreiben zwei Wochen später wieder weihevoll über ihn.

Dann sitzt er an einem Flussufer in der Wildnis, kaut an einem Grashalm und stellt Mutmaßungen über das serbische Volk an. Wenn eine Dichterin, die in Belgrad lebt, ihm widerspricht und sagt, er habe keine Ahnung, wovon er spricht, nennt Handke sie eine ›Westnutte‹. Zwei Wochen später schreiben wieder alle weihevoll über ihn.

Mystisch, mystisch.«

Eine neue Nachricht. Die Litanei zwischen »Gossenanfall u.s.w. und weihevoll« fand die Kulturredaktionsleiterin »natürlich großartig«. In der Form hätte sie meine Handke-Kolumne sofort und gerne gebracht, ich solle sie also einfach bis zum nächsten von weihevollem Schreiben gefolgten Gossenanfall/Bauchtritt/Ausrutscher lagern …

Jetzt ist unser Gefangener auch noch kastriert. Dafür muss er nicht draußen im Gartenhäuschen bei Minusgraden, sondern darf ein, zwei Nächte in der Garderobe übernachten, selbstverständlich im Hochsicherheitskäfig. Zur Belohnung für die Kastration soll er früher oder später Damenbesuch im Gefängnis erhalten. Herr Schnuffelmuck wird aber keinen Schaden mehr anrichten können. Herta sagt noch einmal, der Hase kenne nichts anderes als Gefangenschaft: Er sei schon in Gefangenschaft geboren. Irgendwie beruhigt mich diese Wissensspende trotzdem nicht.

Ira fragt, ob *richtige Männer* auch kastriert werden können. Klar, sagt Herta. Ist der Papa auch kastriert? Nein, zwille ich. Schade, sagt sie. Ira möchte die Liebe ihrer Eltern – und den Platz in ihrem Doppelbett – nicht mit einem Säugling teilen müssen. Die Gefahr ist mittlerweile gering, sag ich.

Mir sind Hasen doch nicht egal.

(2. Dezember) Das Oktobergeplauder mit Fabjan im Musilhaus hat mich wieder zu einer Glosse inspiriert. Fabjan hat mir erzählt, er habe sich »in den Arsch gefickt gefühlt«. So werde

ich es aber nicht ausdrücken – da kommt die Selbstzensur der Zensur zuvor. Die Glosse heißt schlicht und einfach: *Ordnung.*

Les.art, die Literatursendung für Nichtleser, steht wieder am Programm. Ob man es glaubt oder nicht: Auch für ein Literaturmagazin gibt es ein eigenes (Dreh-)Buch, immerhin acht Manuskriptseiten stark.

Der Allzweckintellektuelle Dieter Moor spricht nicht so frei und locker vom Hocker, wie es nichtlesenden Zusehern scheinen mag, sondern hat seinen Text, wie er im Buch steht, (auswendig) gelernt und spult nun vor der Kamera seine Rolle ab, Wort für Wort und Satz für Satz. Frei sind auch die freien Autoren, unabhängig die eingeladenen unabhängigen Literaturexperten nicht. Sie dürfen ein, zwei Standardsätze sagen, die aber nur dazu dienen, von einem Textblock Moors zum nächsten überzuleiten. Unvorhergesehenes, Spontanes, Eigenwilliges dürfen sie nicht sagen, sonst machen sie das Drehbuch kaputt. Diskussionen, Kontroversen sind nicht vorgesehen in einer Sendung über eine Kunst, die von Diskussionen und Kontroversen lebt und sich nicht an die Hand eines Führers nehmen lassen will.

Es muss auch noch Platz sein für »das überschätzteste Buch der Saison« (Und wen nimmt man? Köhlmeier? Menasse? Geiger? Nein, einen Herrn Sautner. Tapfer, der ORF!) und das »literarische Rätsel«. Z. B.: Von wem ist der Satz »Irgendwie geht Ordnung in das Bedürfnis nach Totschlag über«? (Robert Musil)

Ich habe gehört, dass Herr Moor mir sehr böse und auch öffentlich über mich hergezogen ist. Er selbst ist jetzt für alle Zeiten diskreditiert und muss sich wahrscheinlich umtaufen lassen. Aber nachdem auch der ORF beleidigt ist, bin auch ich selbst für alle Zeiten vernichtet und weggeschwiegen. Tja, ich lasse keinen Selbstmord aus.

Ein klirrend kalter Dezembersamstagnachmittag, sogar zum Schneien ist es zu kalt, es dämmert schon: Was macht man da? Man geht ins Kino und sieht sich einen schönen Film an. Pierre ist siebzehn und lebt eine unbescholtene Adoleszenz bei seiner Großmutter. Nach dem plötzlichen Tod seines Vaters wird Pierre in die Gefilde der Ausschweifung eingeführt – von Hélène, seiner eigenen Mutter (Isabelle Huppert), die er bis dahin als reine, von einem abstoßenden Mann unterdrückte Frau erlebt hat. Hélène nimmt Pierre auf ihre ausufernden nächtlichen Streifzüge mit und stellt ihn Réa vor, einer verführerischen jungen Frau, die auch ihre eigene Geliebte ist. Von ihr wird Pierre in einen Strudel aus Orgien und Perversionen hineingezogen. Pierre entdeckt die Ekstase der Verderbtheit, in der sich Qual, Scham und Ekel mit sexuellem Vergnügen und Bewunderung mischen.

Im Foyer des Volkskinos ist außer der jungen Frau an der Kassa nur ein einziger Mensch: JOWI. Hahaha! Das habe ich mir gedacht, dass ich dich hier sehe!, schmunzelt er. Und nun spricht er über mich in meiner (und Hertas) Anwesenheit in der dritten Person: Nie sieht man ihn im Kino, aber *den* Film schaut er sich an! Ausgerechnet! Kennst du den?, fragt er die Kassiererin, das ist der EGGS! Der EGGS! Der mit der Kolumne in der *Kleinen!* Na warte! Jetzt schreib ich auch eine Kolumne! Ja, sagt die Frau, jetzt ohne Kappe kenn ich ihn schon.

Und wenn sie in noch so vielen Jelinek-Verfilmungen mitmacht: Isabelle Huppert hat verwachsene Haxen mit Sommersprossen, mir graust vor der Frau. Als seine Mutter auf Distanz zu Pierre geht, findet dieser bei einer kühlen Mätresse Hansi Liebe und eine gewisse seelische Stabilität (die Mätresse Hansi würde mir schon gefallen, aber mit der würde ich – seit Kurzem selbst gebranntes Kind und Vergewaltigungsopfer – nichts Perverses machen wollen) – bis Hélène zurückkommt und ihn mit der Verwirklichung ihrer gemeinsamen inzestuösen Fantasien endgültig zu sexueller Reife führen möchte …

Obwohl Georges Bataille, dessen Roman – die literarische Vorlage zum Film *Meine Mutter* – erst nach seinem Tod erschien, als einer der wichtigsten französischen Schriftsteller des vergangenen Jahrhunderts gilt, hätte sich Herta, wie sie selbst sagt, beinahe angekotzt. Die Peitsche! Die Schläge! Das Blut! Das Sperma! Obwohl Georges Batailles überaus vielseitiges Werk Romane, Essays und Gedichte umfasst, seine Themen um Poesie, Politik, Erotik und Tod kreisen, Bataille sich immer an der Grenze allgemeiner Moralvorstellungen bewegte, sich für das Verwerfliche interessierte und gesellschaftlich definierte Normen hinterfragte, wäre ich beinahe eingeschlafen. Vielleicht bin ich sogar eingeschlafen: Denn ich habe so gut wie kein Blut und so gut wie kein Sperma bemerkt, und die auftretenden Figuren sind mir samt und sonders sehr unmotiviert vorgekommen. Vielleicht ist mein Verwerfliches schon viel verwerflicher als das von Georges Bataille, vielleicht bin ich einfach so ignorant, dass mir die Sexualität anderer Menschen prinzipiell egal ist. Was natürlich schade wäre. Aber gut für Ehe und Familie. Auf alle Fälle habe ich gefunden, dass der kleine Pierre viel zu hektisch onaniert. Eine Masturbation ist ja kein Hundertmetersprint! Solchen Notmasturbationen kann ich gar nichts abgewinnen. Eine Masturbation ist ein Abendprogramm. Ein Konzert.

Nach der Vorstellung wartet Josef auf uns. Er ist fast jeden Tag im Volkskino. Was hat er denn sonst hier? Ich biete ihm an, ihn mitzunehmen und heimzubringen. Und natürlich kommen wir an der Kreuzung von Villacher Ring und Radetzkystraße auf den kleinen Jungen zu sprechen, der hier von einem

Lastwagen überfahren, überrollt, zerquetscht, getötet worden ist – auf dem Heimweg von der Schule! Auf dem Zebrastreifen! Bei Grün! Einen Monat ist das jetzt her, sechs Wochen, vielleicht auch sieben. Noch ist am Straßenrand eine kleine Insel aus Kerzen, und noch brennen sie. Ich fahre fast jeden Tag hier vorbei, wenn ich Pamina, meine ältere Tochter, zu ihrem Freund chauffiere. Ich denke jeden Tag an diesen fürchterlichen Unfall, daran, dass er nie wieder ungeschehen sein wird, dass der Bub – Lorenz – immer tot sein, nie wieder leben wird. Dass sein Vater, dass seine Mutter … nie wieder, immer. Ich sehe jeden Tag die Kerzen am Straßenrand, und mittlerweile kontrolliere ich im Vorbeifahren, ob wohl noch alle da sind. Dass nur ja niemand auf die Idee kommt, eines Tages diese Kerzen zu entfernen! Diese Kerzen sollen brennen, solang es Straßen gibt, solang es Autos gibt, solang es Kinder gibt. Die beiden Kinder von Josef, meine beiden Kinder: Alle etwa in dem Alter, in dem Lorenz war. Der Josef hat ein paar Tage nach der Tragödie einen Leserbrief geschrieben, der im Grund aus einem seiner Romane geschnitten sein könnte, der einem durch Mark und Bein geht, der eine Satz vor allem: »Weinend ist der Vater vor seinem auf der Straße liegenden toten Kind gekniet und hat seine schneeweiß gewordene Hand gestreichelt.«

Nach einem solchen Satz, nach einem solchen Bild kann ich nicht mehr von alleine atmen. Alles bleibt stehen in mir. Schweren Herzens muss ich den Atem *holen*, von alleine kommt er nicht mehr. Mit eigenen Augen gesehen hat Josef diese Szene freilich nicht. Als er dazu kam, erzählt er beim Heimfahren, hat die Polizei gerade eine Absperrung errichtet. Und auch wenn sie irgendwo ganz in der Nähe wohnen, kennt der Josef die Eltern von Lorenz nicht persönlich. Er hat daran gedacht anzuläuten, erzählt er, aber er hat sich nicht getraut.

Und es ist wahr: Es gibt keine Worte für den Tod. Und schon

gar nicht gibt es Worte für diesen Tod. Aber leider sind die Grenzen meiner Sprache nicht die Grenzen meiner Welt, und auch nicht die Grenzen des Menschseins und Menschseinmüssens.

Abends im Fernsehen eine Aufzeichnung aus den Wiener Kammerspielen: *Eine schöne Bescherung:* Knapp vor Weihnachten müssen zwei Polizisten einen Heimbesuch machen und den Eltern den Tod ihres Kindes mitteilen, das bei einem Verkehrsunfall gestorben ist. Eine Komödie. Britischer Humor, sagt Herta, viele Verwechslungen, am Ende löst sich alles in Wohlgefallen auf, zum Brüllen komisch. Ich muss trotzdem nach zehn Minuten aufstehen, auch den britischen Humor habe ich mittlerweile verloren. Ich lege mich ins Bett und lese bei Anthony Burgess von den Petiezen, den Dewotschkas und den Tschelluffjeks mit ihren Gewitterlitsos und den horrorshow Slowos, die sie quorietschen. Ira kommt und kuschelt sich an mich. Ich kuschle zurück. Immer wenn wir kuscheln, habe ich jetzt ein Gefühl von Leben und Tod. Nie bin ich mit meinem Kind allein. Immer ist der Schatten von Lorenz dabei. So schlafen wir ein, während aus dem Wohnzimmer schrilles Gelächter herüberschallt.

In Salzburg Schnee und Eis. Barbara Brunner, die jetzt die Pressearbeit für den Pichler Verlag macht, sagt, sie habe gebrüllt vor Lachen, und das, obwohl sie mit Fußball gar nichts am Hut habe. Sie habe die *Feinen Fallrückzieher* sogar im *Sortimenterbrief* zitiert, der im Jänner erscheint.

Auf dem deutschen Markt sehe sie das Buch nicht (wie einfach das ist, das Wort *sehen* zu verwenden und damit die eigenen seherischen Fähigkeiten anzudeuten), diese Art von Humor verstünden die Deutschen nicht. (Tja. Mit einem Schlag siebzig Millionen weniger. Gottschalk sagte einmal über einen amerikanischen Gast, er habe »einen sehr speziellen Humor«. Über mich würde er das wohl auch sagen. Faktum ist, dass ich es nicht lustig finde, wenn jemand eine Sahnetorte ins Gesicht geschmissen bekommt und ich keine so mit allem einverstandenen Mildkomiker wie Michael Mittermeier schätze, der jetzt auch hier bei uns noch ganz unverhältnismäßig promotet wird. Ich bin kein Homo hallervordeniensis, aber die Frage ist doch: *Wer* hat hier den speziellen Humor?)

Frau Brunner sagt, sie wird als Erstes einmal den Günter Kaindlstorfer anrufen, ob das Buch Chancen auf der ORF-Bestenliste hat. Allerdings, schränkt sie gleich ein, könnte das Buch für die ORF-Bestenliste »zu lustig« sein. In der Jury sitzen ja lauter Leute, die einander an Abgehobenheit überbieten müssen. *Zu lustig:* So. Noch einmal sieben Millionen weniger. Damit wäre der Status quo ante wiederhergestellt. Und dann gehen wir Seite für Seite die Liste der möglichen Rezensenten, Medienleute, Experten, Germanisten, Adressaten für Rezensionsexemplare durch. Bei jedem relevanten Namen höre ich gleich: Trantüte. Schaumschläger. Langweiler. Dampfplauderer. Trauerkloß. Jammertasse. Staubwedel. Rapidfan, immerhin. Dem F. schicken wir besser nichts, weil der ist mit der S. spinnefeind, und er würde alles tun, wenn er ihr nur irgendwie schaden kann. Das ist die Literaturszene Österreichs.

Salzburg interessiert mich an Salzburg überhaupt nicht mehr. Ich schaue nur kurz das Stadion an (es schaut von außen wie eine Fabrik aus, nicht wie ein Stadion) und drehe wieder um. In Eben in der Raststation lese ich im *Kurier*, dass die Nationalbibliothek Handke-Forschungszentrum werden will. Für Manuskripte werden fünfhunderttausend Euro gezahlt: für drei Kartons mit Tausenden handgeschriebenen Blättern aus den vergangenen zwei Jahrzehnten. Fünfhunderttausend Euro.

Ein Drittel zahlt die Nationalbibliothek, zwei Drittel übernimmt der Bund. Ministerin Claudia Schmied: »Handke ist einer der größten, wenn nicht der größte europäische Dichter.« Da sieht man, wie schwer es ist, so ein Ministeramt auszuüben: Kaum vors Mikro gestellt, schon muss man solche Weisheit absondern und so eine Großleistung an Dichtervermessung. Fünfhunderttausend Euro. Er sperre sein Haus in Paris nie zu, hat Handke gesagt, steht im *Kurier*. Deshalb sei er froh, dass seine Manuskripte jetzt in Sicherheit sind. Fünfhunderttausend Euro. Bei allem Respekt, Frau Minister: Ein Schlüssel wäre billiger gewesen. Aber das wäre vermutlich: *zu lustig*.

Der Bundeskanzler verbringt seinen Weihnachtsurlaub in Vietnam – und ich beneide ihn: Nicht um den Vietnamurlaub an sich (zu Weihnachten möchte ich zu Hause sein, einen Christbaum aufstellen, einen Weihnachtsspaziergang durch gefrorene Wälder über knirschende Schneeböden machen, Kekse essen, Punsch trinken, mit dem Auto am sonnendurchfluteten Zollfeld vorbei durch Karnburg und durch die putzige Hügellandschaft rund um Tanzenberg zum Hörzendorfer Teich fahren und bis zum Abendrot meine Runden auf Schlittschuhen ziehen, schlappschlappschlapp, abends unter dem vor Kugeln glitzernden Weihnachtsbaum in einer schönen, gebundenen Ausgabe von Adalbert Stifter schmökern: Oh holde Behaglichkeit!), sondern ich beneide ihn darum, dass eine Vietnamreise für den Bundeskanzler ganz prinzipiell kein ganz schrecklicher Gedanke ist; keine Strafe, sein Hab und Gut zurückzulassen, das Notwendigste zusammenzupacken, sich in ein Flugzeug zu setzen und um die halbe Welt zu flüchten. Ich beneide ihn darum, dass ihm allein das Wort Vietnam keine Panikattacken verursacht: Dieses Wort ist aber fast beliebig austauschbar: Madagaskar. Thailand. Sydney. Mexiko City. Tokyo. Peking.

Moskau. Johannesburg. Jaunde. Lima. Santiago. Delhi. Haidarabad. Nichts als Panikattacken. Schluckbeschwerden in Santiago. Augenschmerzen in Lima. Darmverschluss in Delhi. Druckstellen in Vietnam. Eine kleine Fachsimpelei mit dem vietnamesischen Ärztenotdienst und einer Hilfskraft einer vietnamesischen Zahnambulanz.

Ich habe meine Panikattacken nicht gerne. Ich habe sie einfach. Ich hätte sie lieber nicht. Ich glaube, der Bundeskanzler hat mehr vom Leben als ich: Nicht weil er Bundeskanzler ist; weil er nicht ich ist. Natürlich bekomme ich ausgerechnet am Heiligen Abend einen Schnupfen. Natürlich bekomme ich ausgerechnet am Heiligen Abend eine Druckstelle. Mein Unterkiefer: auf des Messers Schneide. Und mein Weihnachtsglück ist: Ich bin nicht in Vietnam.

Lorenz bekommt zu Weihnachten einen kleinen weißen Tonengel auf seine Verkehrskerzeninsel.

Es ist finster, kalt und spät, und Herta kommt und kommt nicht. Also spaziere ich zum Dom und hole sie ab. Der große Silvestergottesdienst mit dem ehrwürdigsten Herrn Bischof (der, der so gerne Tiere abschießt) müsste längst zu Ende sein, ist es aber nicht. Denn nachdem der »gütige und treue Gott« die Menschen im vollbesetzten Kirchenschiff segnen sollte (zu meiner Zeit war er noch »allmächtig« – auch Gott ändert sich mit der Zeit), setzt von oben unvermutet eine Mäusequietschmesse ein, unterbrochen nur durch die Eurovisionshymne. Schaut Gott jetzt Skispringen? Oder bereitet er sich auf die EURO vor? Zahllose Male glaube ich, es ist überstanden – da geht es wieder los. Rund um uns *Mäusequietschmessenmassenflucht*. Das letzte schöne Wort des Jahres. Herta klärt mich später auf, das sei nicht die Eurovisionshymne, sondern ein Te Deum und keine Mäusequietschmesse, sondern die Krönungsmesse von Mozart gewesen. Mozart war früher auch besser.

2008. Jänner. Papa ist seit zehn Jahren tot. Ira, die fünfundvierzig Tage nach seinem Tod als Würmchen auf die Welt gekommen, geschnitten, operiert worden ist, dient mir als Zeitmesserin und Maßstab seines Nichtseins. Heute reicht sie mir schon bis zur Brust.

Zehn Jahre: Haider, Schüssel und jetzt Gusenbauer, Euro, Osterweiterung, Handy, PC und E-Mail. Zehn Jahre: Portugal, Spanien, der Infarkt, das Rauchverbot, die *Nichtstuer des Südens*, die Kolumnen, mein Atelier auf dem Dach. Viel mehr war nicht. Zehn Jahre: Was ist von Papa geblieben? Ich. Ich bin geblieben als postume Auffanggesellschaft. Ich spiele in anderen Kulissen das Theaterstück seines Lebens nach. Ich schaue mein Leben lang aus seinen Augen heraus. Ich sitze am Schreibtisch, wie ich ihn sein Leben lang am Schreibtisch sitzen gesehen habe. Ich behandle meine Frau, wie ich ihn seine Frau behandeln gesehen habe. Ich behandle meine Kinder, wie ich ihn seine Kinder, uns, mich behandeln gesehen habe: Hilflos und liebevoll. Aber immer da seiend. Ich glaube, ich onaniere, wie er onaniert hat. Ich fürchte mich vor meinem Niedergang, weil ich ihn groß und stark und stolz, am Ende verzweifelt niedergehen gesehen habe. Ich erledige mein Sein, wie er sein Sein erledigt hat. Ich ertappe mich beim Denken seiner Gedanken. Ich bemerke, wie ich ihm im Älterwerden bis in einzelne Handbewegungen und Gesichtsausdrücke immer ähnlicher werde. Dabei habe ich mich als junger Mensch mit Händen und Füßen gegen jede Ähnlichkeit gewehrt. Aufrichtig! Entschlossen! Nur ja nicht so werden!

Die Unterschiede, die bleiben und auf die ich bestehe: das Katholische und das Faschistische (oder sagen wir: das prinzipiell Faschistoide seiner Generation). Die Technik, die Wirtschaft, der Handel: seine Spezialgebiete, die mit meinen gar nichts zu tun haben. (Habe ich überhaupt ein »Spezialgebiet« außer mir selbst?) Aber dagegen steht die unendliche Wüste des genetischen Programms. Und noch ein Unterschied: Nie, nie, nie könnte ich meinen Schreibtisch gegen die Wand stellen.

Eine Woche ist das neue Jahr jetzt alt, und ich habe noch nicht einmal onaniert und war noch nie im Internet. Stattdessen lese ich jeden Abend in Adalbert Stifters *Nachsommer*. Wie gut, dass ich das Buch nicht früher im Leben zur Hand genommen habe: Ich hätte es gleich wieder weggelegt. Einem mittelalten, schwerfälliger, unbeweglicher und übergewichtiger werdenden Mann im Ehebett mit einer Religionslehrerin als Gattin aber leistet es keine schlechten Dienste: Eine gleich am Anfang über hundert Seiten ausgebreitete Wettervorhersage samt anschließender Begründung – das beruhigt ganz ungemein! Und wenn Stifter doch zu langweilig wird: Rüdiger Safranski, *Schopenhauer und Die wilden Jahre der Philosophie.* Heute nur noch schwer vorstellbar, dass die Philosophie jemals wirklich wilde Jahre gehabt hat. Häufig denke ich beim Lesen: Alle Philosophie ist in erster Linie Sprachphilosophie, und das heißt auch: Sprachkunst. Die Philosophie ist einfach eine literarische Gattung, die großen Philosophen sind Sprachschöpfer, die große Leistung der großen Philosophen ist die Benennung. Das Hervorragende, Bleibende, Ewiggültige am Kant'schen *Ding an sich* ist einfach, dass er es *Ding an sich* genannt hat. Das Entscheidende am Satz »Die Welt ist alles, was der Fall ist«, ist dieser Satz selbst: sein Vokabular, seine Grammatik. Ob er stimmt oder nicht oder was er bedeutet: Das ist völlig einerlei. Paraphrasieren oder parodieren muss man die Sache können. Dahinter stecken auf alle Fälle Nebelsuppen: Die können die Philosophiebeamten an der Universität auslöffeln, denen trotz ihrer lebenslänglichen vierzehn

Monatsgehälter keine originellen Wendungen einfallen. *Penisneid. Waschzwang. Triebverzicht. Ekklesiogene Kollektivneurose: Inkompetenzkompensationskompetenz.* Keine Entdeckungen. Erfindungen. Aber große Erfindungen, die der Welt viel gegeben haben. Freud war ein immenser Sprachkünstler.

Und Schopenhauers Sprachbravourstücke sind eben der *Wille* und die *Verneinung des Willens*: »Der Wille zum Leben wendet sich.« Auch ich, denke ich unter der Tuchent, sollte endlich vom Willen loskommen, in der philosophischen Besonnenheit, in der Kunst und zuletzt im »besseren Bewusstsein«. Das »bessere Bewusstsein« ist der lichterlohe Augenblick, in dem der Wille erlischt. Das Staunen steht am Beginn der ganzen Metaphysik, die Verneinung an ihrem Ende. Das *Abstaunen*.

Aber es hilft nichts: Dauerlösung ist das keine. Ob Stifter oder Safranski, Kant oder Schopenhauer: Die Hoden werden unbarmherzig voller, und über kurz oder lang werde ich sie ausbeuteln müssen.

Am Neujahrstag beende ich die Fahnenkorrekturen für das neue Fußballbuch. Am Dreikönigstag gehe ich in die Familiensauna. Herta erzählt mir im Ruheraum, kommende Woche halte Haider seine Almosenverteilungsaktion in St. Veit ab. Alle Bedürftigen können sich in der Bezirkshauptmannschaft bei ihm persönlich hundert Euro als Teuerungsausgleich abholen. Die politische Konkurrenz nennt die Aktion naserümpfend eine Demütigung des kleinen Mannes und einen Beweis für die schlechte Wirtschafts- und Einkommenssituation im Land unter der Herrschaft Haiders, was ihr nächstes Jahr nicht eine einzige Wählerstimme einbringen wird. Sie müsste hundertfünfzig Euro verteilen. So macht man Politik.

Beschämt hat ihr Vater Herta gestanden, auch er werde sich kommende Woche um die hundert Euro anstellen. Herta war entsetzt. Aber der Schwiegervater hat ihr gesagt, wenn jemand wie er mit neunhundert Euro sich und seine Frau durchbringen muss, sind hundert Euro zusätzlich viel Geld, Demütigung hin oder her. Erst komme das Fressen, dann die Ideologie: Das hat er nicht *so* gesagt, aber er hätte ja recht. Er hat auch nicht gesagt: Wes Brot ich ess, des Lied ich sing. Aber zumindest das Lied der Konkurrenz wird er in der Wahlzelle schwer singen können.

Ich biete Herta an, den Schwiegereltern die hundert Euro aus meiner Tasche zu bezahlen dafür, dass sie sich nicht bei der Geldabholaktion des Landershauptmanns beteiligen. Widrigenfalls drohe ich mit dem Boykott der nächsten drei Familiensonntagsessen. Herta schluckt. Später sagt sie, ich hätte sie da in eine unangenehme Situation gebracht: denn eigentlich dürfe ich von der Geschichte ja nicht wissen. Es sei eben demütigend für ihre Eltern. Ich biete Herta an, die hundert Euro aus meiner Tasche *ihr* zu geben, damit *sie* sie als ihr Geld ihren Eltern geben kann, sodass ich von der ganzen Geschichte offiziell gar nichts wissen muss. (Zugegeben: Ich fühle mich kurzzeitig ein bisschen edel. So widerständlerisch! So selbstlos!) Noch später meint Herta, wenn sich ihre Eltern etwas in den Kopf gesetzt hätten, dann zögen sie das auch durch. Sie gingen ja bloß zur Bezirkshauptmannschaft. Man wird das Geld ja nicht schenken. Ich gebe wieder einmal auf.

So. Also doch Handke gelesen. Zufällig. *Don Juan*. Sechs Euro. In der Ramschkiste auf dem Gehsteig vor der Buchhandlung am Neuen Platz gesehen – ein Exemplar der ersten Auflage 2004. Tja. Jedenfalls kein Bestseller trotz Großverlag und Bestvertrieb und synchron erscheinenden flächendeckenden Doppelseitenrezensionen in allen deutschsprachigen Medien sofort beim Erscheinen. Hymnen hin, Hymnen her: Das ist die Realität.

Knapp hundertsechzig Seiten, fünfundzwanzig Zeilen pro

Seite – aber doch sehr lang. Und ich bin wieder ganz ehrlich erschüttert, welchen Käse dieser Mensch schreibt. Was sind das bloß für Menschen, die ihm nachlaufen? Wie kann man nur so etwas *so* erzählen wollen? Schade um die Zeit! Schade um das Papier! Nebelsuppe für Nierenkranke im Endstadium!

Ich lese jetzt also gleichzeitig Stifter und Handke, und deswegen kann ich es ganz genau sagen: Handke ist noch viel langweiliger als Stifter! Und outriert und lächerlich. Stifter ist nur langweilig, nicht lächerlich. Handke ist langweilig *und* lächerlich: Die Kombination an sich freilich ist doch ein Kunststück. Keine der hundertsechzig Seiten, fast keine der fünfundzwanzig Zeilen dieser hundertsechzig Seiten ohne Kopfschütteln lesbar. Stifter ist immerhin so spannend wie eine Gebrauchsanweisung (und es sind ja ganz gute Gebrauchsanweisungen zu Rosenzucht und Gartenbau dabei). Handke hingegen ist noch viel weniger spannend als eine Gebrauchsanweisung. Da wacht keine schlafende Seele auf. Da schläft die Seele ein!

Immer habe ich den Satz im Ohr: Das Stilistische ist die Nagelprobe jeder Prosa. Wohlan. Ich lese: »Und wie der Wind die gelbgelben Sträucher auseinander- und durcheinandergeweht hatte.« Ich halte im Lesen inne: Was sagt mir das Adjektiv »gelbgelb«? Was sagt es mir über die Welt? Was sagt es mir über seinen Autor? Was sagt es mir über die geistige Situation des Autors? Und was hätte meine Volksschullehrerin zum Adjektiv »gelbgelb« gesagt? Was sagt mir das Adjektiv »gelbgelb« über den Bundespräsidenten der Republik Österreich, der mit Peter Handke anlässlich des Ankaufs seiner Manuskriptschachteln durch die Nationalbibliothek (zur Erinnerung: fünfhunderttausend) mit Unterstützung des Kunstministeriums in der Hofburg frühstückt, weil er ihn offenbar für das Gelbgelbe vom Eiei hält. Worüber reden die beiden hinter verschlossenen Plüschtüren, während sie ihr weiches Ei verzehren und ihren

Tee schlürfen? (Der Bundespräsident schüchtern zum Dichter: Sagen Sie, anderer König, ist gelbgelb gelber als gelb? – darauf der Dichter, nuschelnd: Arschloch! Gelbgelbes!)

Ich lese: »... was an dem Gewand auseinanderklaffen konnte, klaffte mehr oder weniger auseinander.« Ich halte im Lesen schon wieder inne: Was will mir der Autor mit der Beschreibung des Auseinanderklaffens des Gewandes sagen? Oder was will er sich selbst damit sagen? Wenn Gewand schon auseinanderklafft, liegt es dann nicht ganz automatisch auf der Hand, dass es *mehr oder weniger* auseinanderklafft. Wäre es nicht ebenso denkunmöglich, dass es *nicht* mehr oder weniger auseinanderklafft, wie es denkunmöglich ist, dass es in der Früh früher oder später mehr oder weniger hell (eher: mehr!) und am Abend früher oder später mehr oder weniger dunkel wird?

Ich lese: »Insbesondere die blonde oder blondierte Frau verwandelte die abseitige Halbwildnis zwischen blühenden Ginsterbüschen nah der Zeder ...« Ich halte abermals im Lesen inne. Die Rezensenten schreiben ja in jeder Rezension, Handke entziehe sich ungenauer Lektüre. Man muss ganz genau lesen, was er ganz genau geschrieben hat. Und deswegen ist die blonde Frau, die er beobachtet, nicht einfach blond, sondern »blond oder blondiert«, wie eben prinzipiell jede blonde Frau der Welt auf den ersten Blick genau genommen »blond oder blondiert« ist, es sei denn, man kennt sie persönlich und weiß, dass sie blondiert oder eben nicht blondiert ist – auch wenn man eine solche blonde oder blondierte Frau keine *blonde oder blondierte* Frau, sondern einfach eine *blonde* Frau nennen würde – und dabei ganz tollkühn und sorglos das Risiko eingeht, dass sie blondiert ist. So weit, so gut, so genau, so schön. Aber es gibt bei Handke ja auch Personen, deren Haare (und insbesondere deren Haarfarbe) nicht oder bloß eindeutig beschrieben werden, ohne dass eine Vermutung beigefügt ist, ob beispielsweise schwarze Haare eines Mannes nicht bloß schwarz gefärbt sind. Und was ist mit den blühenden Ginsterbüschen? Warum blühen die bloß? Warum blühen die gleich neben der blonden oder blondierten Frau nicht wenigstens mehr oder weniger? Ist das nicht unfair? Und was heißt schon blühen? Blüht nicht eine Blüte des Busches, während die andere schon am Verblühen ist oder ihre Blütenblätter gar abzufallen drohen, sodass die Ginsterbüsche tatsächlich einem Auseinanderunddurcheinanderblühenundverblühen ausgesetzt sind? Weil's wurscht ist, wie diese Blüten blühen! Weil's wurscht ist, ob diese Frau blond oder blondiert ist! Weil's wurscht ist, ob diese Sträucher gelb oder gelbgelb sind! Weil's wurscht, ist, Tepperter! Hätte er noch Eltern, man müsste sie eigentlich sorgenvoll zu sich zitieren und fragen: »Sagen Sie, gibt es bei Ihnen zu Hause eigentlich Blüten, die auch ohne jedes Windaufleben immer wieder in das besondere Holundergras herabpfeilen?«

Ich lese die Beschreibung Don Juans: »… nicht wenige der Falter hockten auch still auf ihm (…) auf den Ohrmuscheln, nippend – der immerzu und jetzt im Nachhinein, im Ausruhen, umso ergiebiger dem Mann entquellende Fluchtschweiß diente ihnen als Tränke.« Und ich lese: »Die Schillerstadt Marbach am Neckar hat die Tagebücher von Peter Handke erworben.« Es sei der Wunsch des fünfundsechzigjährigen Autors gewesen, dass seine insgesamt sechsundsechzig Notizbücher, zwischen 1975 und 1990 auf seinen Reisen geführt, dort aufbewahrt und der Forschung zur Verfügung gestellt würden.«

Welt! Verschwinde in den Kosmos! Und nimm das ganze Gesindel deiner Experten mit! Hau ab! Ekel! Ekel! Ekel! Welt! Verschwinde in den Kosmos und mach Platz für eine neue und andere und richtige Welt!

Du, armes Österreich (infelix Austria) aber, leidest an Gelbgelbsucht, unheilbar!

Immerhin: Herta hat es sich überlegt: Es sei eine Frage der Ehre, sagt sie und hat sie auch ihrem Vater gesagt, und die hundert Euro kommen jetzt doch nicht von Haider, sondern von uns, zu gleichen Teilen. Ihr Teil ist das Weihnachtsgeschenk ihrer Eltern, das sie gerade erst bekommen hat und das sie jetzt schweren Herzens refundiert. Respekt. Und das Gute daran: Sie verachtet Haider jetzt noch mehr als früher.

Das Eis am Lendkanal ist geräumt – und es ist perfekt. Die Schlittschuhe unter dem Arm schnell über die Straße und hinunter in den Hafen, wenn die Dämmerung hereinbricht. Von den meterhohen, steilen Böschungen gesäumt schlappschlapp den Kanal entlang ein ganzer Kilometer Natureis: Unter dem Jergitschsteg und der altehrwürdigen Rizzibrücke aus dem Jahr 1902 hindurch bis zur Eisenbahnbrücke und zurück: schlappschlapp, schlappschlapp, schlappschlapp. Die Sensation des Winters. Verkehrslärm dringt nur dumpf von oben aus der hektischen Wirklichkeit in die frostige Idylle herunter und das milchige Licht, der fahle Schein der Straßenlaternen, ihr dichter und dichter werdender Hof, der sich seinen Weg durch den Nebel wie aus dem Altlondon Sherlock Holmes' bahnt! Oh sanctus Ianuarius! Das ist ein triftiger Grund, hier zu leben. Eine nächtliche Schlittschuhfahrt durch den Lendkanal gehört zum Winter wie die Bäder im Wörthersee zum Sommer. Gäbe es nicht so viele Gegenbeweise – eine solche Lendkanalschlittschuhfahrt könnte man fast als Gottesbeweis durchgehen lassen. Aber schon der Wettergott ist erbarmungslos. Zwei Nächte hält die Seligkeit, dann kommt ein Föhn und macht alles kaputt.

Ich bin gut aufgelegt: Aus einem kleinen Viereck links oben auf dem Titelblatt der *Presse* schaut mein Gesicht gut, klar, kompetent und souverän in die Welt unter besonderer Berücksichtigung des Staates Österreich hinein. So soll es sein! Fast könnte man sagen: Feuer in den Augen. Wenn ich ich wäre, ich würde mich Hals über Kopf in mich verlieben! Aber weil ich nicht ich, sondern ich bin und mein Gesicht nicht nur in der Zeitung, sondern gleichzeitig auch im Spiegel sehe, wo es noch nicht einmal eine Persiflage davon ist, nehme ich von einer übertriebenen Verliebung Abstand.

Jedenfalls habe ich eine neue Kolumne, bis zur EURO befristet zwar, also ein halbes Jahr, aber immerhin. Im Leitartikel auf Seite zwei heißt mich der Chefredakteur (der mich vor einem halben Jahr per Mail abserviert hat) herzlich willkommen. Daneben noch einmal mein Bild. Mit verhaltenem Stolz zeige ich Herta die *Presse*. Sie erschrickt und meint: »Du schaust drein wie ein Verbrecher!« Gut, auch wahr!

Dreihundertachtunddreißig! Dabei dürfte der Triglyzeridwert hundertfünfzig nicht überschreiten! Dreihundertachtunddreißig! Trotz der Medikamente, trotz Omacor, obwohl ich von Sortis zu Lescol und von Lescol zu Crestor gewechselt bin und seit einem Jahr statt Crestor 10 Crestor 20 schlucke! Obwohl ich nichts trinke und nicht rauche und jogge und radle und schwimme und skate und Tennis und Fußball spiele! Obwohl ich die Blutabnahme extra schon vor den Weihnachtsfeiertagen habe vornehmen lassen, um mir die Blutfettwerte nicht von den Weihnachtskeksen und Mehlspeisen verderben zu lassen (und umgekehrt). Und dann das! Dreihundertachtunddreißig! Seit dem Herzinfarkt, seit sechs Jahren, ist der Triglyzeridwert trotz aller Maßnahmen ein Problem. Aber dreihundertachtunddreißig hat er sich schon seit Jahren nicht mehr erlaubt! Verzweiflung. Ein Benommenheitsgefühl. Risse in der Brust, verästelnde Blitze, ein plötzliches Stechen hier, ein Zwicken da. Das Herz verklumpt zu Mondgestein. Mir wird schwindlig.

Mir wird schwarz vor Augen. Eindickung im Kopf. Ich sehe Sterne. So beginnt die Ewigkeit. Ich sterbe.

Dabei habe ich mich bis vor ein paar Minuten, bis ich die Laborwerte gesehen habe, pudelwohl gefühlt. Ich muss ein ernstes Wort mit dem Kardiologen reden. Medizin macht krank, nicht gesund.

Draußen plätschert ein milder Jännerregen auf das Glasdach meines Ateliers: Das sollte eigentlich Schnee sein, aber dieser Regen kommt nicht einmal in die Nähe von Schnee. Ich habe es mir auf der Couch behaglich gemacht und treibe mein kleines Leseprojekt *Grantige Männer in großen Städten* weiter. Eben mit Safranskis großem Schopenhauerwälzer fertig geworden (Dresden wäre zu entdecken! *Die Welt als Wille und Vorstellung* hat Schopenhauer hauptsächlich in Dresden geschrieben. Schade, dass Dresden nicht am Meer liegt), schlage ich die neu erschienene Cioran-Biografie von Bernd Mattheus auf. Cioran war – wie Schopenhauer – der große, dunkle Liebling meiner Studienzeit, obwohl beide reine Privatlektüren waren und auf keiner Leseliste der dialektisch verseuchten Philosophiebeamten des Instituts gestanden sind. Selbstmordgedanken als Medikament: Das hat mir immer sehr eingeleuchtet. Bilder unserer Parisreise kommen mir in den Sinn. Die Metro, die Wolkenkratzer an der Seine, die schwer bewaffneten Sicherheitsmänner unter dem Eiffelturm, die Inder, die unter dem Eiffelturm kleine Eiffeltürme als Schlüsselanhänger verkauften. Damals war es mir noch zu kindisch und peinlich, Souvenirs zu kaufen. Letztes Jahr hab ich das aber nachgeholt und einen Eiffelturm in Strasbourg gekauft. Montmartre. Die Gare du Nord. Die vielen Schwarzen. Cioran berichtet empört von der Aggression wider eine befreundete Ärztin, die eine Gruppe Schwarzer mit dem Spruch »die Metro ist für uns da!« aus dem Waggon vertrieben hatte. Es gebe wahrlich auch umgekehrten Rassismus. Und in der Goutte-d'Or- oder Pigalle-Gegend wähnte man sich praktisch in Afrika und als Weißer in der Minderheit, der auf dem Trottoir auszuweichen hat. Zum Ausgleich dagegen dieser andere nordafrikanische Hotelportier, der seine paar Brocken Deutsch zur Anwendung bringt – im Gegensatz zur Mehrheit der Franzosen, die sich nicht dazu herablässt, irgendeine Fremdsprache zu benutzen. So Cioran. Oder Mattheus.

Ich war neun Jahre nach Cioran in Paris und habe damals gar nicht an Cioran, immer bloß an Houellebecq gedacht. Ich habe weder umgekehrten noch einen sonstigen Rassismus bemerkt, aber die weißen Franzosen schienen mir tatsächlich so in der Minderheit wie die im französischen Nationalteam zu sein. Dann die Dramen der Langeweile und der Schlaflosigkeit noch in Sibiu, in Hermannstadt, in Ciorans rumänischer Heimat. Insomnia noctis. Schlafentzug wie Schlafsucht, vermutet Mattheus, dürften nur die Varianten ein und desselben Symptoms sein, das in der Depression wurzelt. Ein Übermaß an offenen Fragen, ein Exzess an Kränkungen und Demütigungen, ein Zuviel an Zweifeln und Ängsten.

Die Lektüre führt natürlich dazu, dass mir nachts um halb zwei, als ich mich niederlege, beim Versuch einzuschlafen andauernd Gedanken über Schlaflosigkeit kommen, wodurch ich nicht einschlafen kann. In Warschau, erinnere ich mich im Bett, habe ich nicht geschlafen – und in den Wochen vor der Reise nach Warschau. In Strasbourg und Zürich habe ich nicht geschlafen, in Rom nicht, nicht einmal in Sopron und Opatija. In anderen Städten schlafe ich überhaupt nicht mehr. Xanor, dann wird es für ein paar Stunden in mir finster, ein paar Stunden bin ich mit Xanor schwarz und tot im Kopf, sonst nicht. Man erwacht dann aber auch nicht wie aus einem Schlaf, sondern wie aus einer Ohnmacht infolge eines K.-o.-Schlags.

Um halb drei bin ich noch immer wach. Mir scheint, ich habe zu wenig Platz. Herta begeht in ihrer Embryonalstellung immer wieder Territoriumsverletzungen im Doppelbett, Ira sowieso. Je länger ich im Bett liege, desto weniger ist an Schlaf zu denken. Je müder ich werde, desto wacher bin ich. Am nächsten Vormittag versäume ich beinahe den Termin beim Kardiologen. Mein Kardiologe ist der beste Kardiologe der Stadt, das sagen alle. Da habe ich Glück. Sehr gewissenhaft. Sehr vorsichtig. Sehr kompetent. Die Leute kommen aus dem ganzen Land zu ihm. Das Wartezimmer ist immer gedroschen voll. Auch mit Termin warten die Menschen hier drei Stunden, vier Stunden, fünf Stunden. Die Wartenden könnten ihrem Alter nach alle meine Eltern sein. In dem Alter besucht man ja auch gewöhnlich Kardiologen.

Seit man weiß, wer ich bin, werde ich beim Kardiologen bevorzugt behandelt. Seine Gattin lotst mich am Wartezimmer mit den Eltern vorbei und setzt mich freundlich nickend ins Labor. »Der Herr Doktor wird gleich für Sie da sein.« In Ordnung finde ich das nicht und unfair den anderen Herzpatienten gegenüber (die müssen ja denken, ich sei etwas Besseres und wolle mir Sonderrechte herausnehmen), nehme die Ungerechtigkeit zu meinen Gunsten aber doch jedes Mal dankbar hin. (Das Warten machte mir nicht so viel aus. Ich habe immer ein Buch bei mir. Aber gemeinsam mit so vielen kommunikativ inkontinenten Menschen zu warten, die stundenlang in Zimmerlautstärke ihre schrecklichen Krankheiten oder die schrecklichen Krankheiten ihrer Haustiere oder ihre schrecklichen Kochrezepte oder ihre schrecklichen Gartenarbeitsabenteuer austauschen und mich damit ständig in meiner Lektüre unterbrechen: Das ist unerträglich.)

So aber sitze ich in tiefster Zufriedenheit ein paar Minuten allein im Labor, lese auf der Kastentür *Bei Harnprobe bitte*

Einmalhandschuhe verwenden! Und bei Cioran, dass es »keine Frauen gibt, die in ihrem persönlichen Leid das *Wesen* des Leidens entdecken, denn gegenüber dem Universalen sind sie stumpf«. »Für Cioran«, heißt es ein paar Seiten weiter, »stand eine Dissertation oder gar Promotion nicht mehr zur Debatte, da ihn mit dem Schlaf auch der Glaube an die Philosophie verlassen hatte.« Genau an der Stelle ruft mich der Kardiologe zu sich. Anders als Cioran scheint er, seit ich ihn das erste Mal gesehen habe, stets, als wäre er im allerletzten Augenblick vor dem Einschlafen, und ich habe oft das Bedürfnis, ihn zu piksen, einfach um einen narkoleptischen Anfall zu verhindern. Diesmal begrüßt er mich mit »Herr Professor«, und es kann gut sein, dass er seit dem letzten Mal wieder vergessen hat, wer ich bin. Ich halte ihm den Laborbefund mit dem dramatischen Triglyzeridwert hin. Fett gedruckt! Ich beobachte den Kardiologen ganz genau, bin aber nicht sicher, ob er den Triglyzeridwert registriert hat. Nüsse, sagt er, treiben den Triglyzeridwert in die Höhe. Ich esse niemals Nüsse. Fetter Fisch. Niemals fetter Fisch, sag ich. Dörrobst. Niemals, unter gar keinen Umständen: Dörrobst!, sag ich ziemlich resigniert. Es gibt jetzt etwas Neues, sagt der Kardiologe, greift in die Schublade hinter sich, kramt herum, greift zwei Packungen eines unverkäuflichen Ärztemusters heraus und drückt sie mir in die Hand. Ich werfe einen Blick darauf und sehe aus den Augenwinkeln, dass sie in vierzehn Tagen ablaufen. Es ist immer das Gleiche mit dem Neuen. Wieder auf der Straße besteige ich mein Winterrad und muss den Kopf schütteln, wie man so bevorzugt und doch so ignoriert werden kann.

Die mitteleuropäische Familie ist endzeitlich lasch. Der letzte Wert des Mitteleuropäers ist Egoismus. Das höchste Ziel des mitteleuropäischen Menschen ist es, selbstverwirklicht in kleinen Wohnungen allein, einsam, frustriert und verhärmt hässlich, alt und krank zu werden und gestorben erst Tage oder Wochen später anhand des Leichengestanks entdeckt zu werden.

Das mitteleuropäische Christentum ist endzeitlich lasch. Im Christentum ist Gott im Großen und Ganzen gestorben und durch ein bisserl zeitgeistige Ethik ersetzt, die sich so ziemlich mit allem arrangiert, was gerade am Platz und en vogue ist. Der Gott des Islam lebt, ist groß und stark, vital und allmächtig, und wenn er oder der Imam gerade Lust dazu haben, kann er durchaus auch mal furchtbar sein.

»Tatsächlich sollte man dort leben und sterben, wo man das Licht der Welt erblickt hat«, schreibt Cioran in einem Brief an Bucur Tincu. Allerdings hat er sich selbst auch nicht daran gehalten.

Und was für ein berührendes Bild bei Cioran, dem Sinnlosigkeitspriester, der gegen Ende seines Lebens in einen gnädigen Nebel versunken ist, der ihm das Sterben verschleiert hat: Ein Sarg für zwei …

Ein guter Tag beginnt mit einem neuen Buch. Während des Frühstücks läutet draußen ein Mann von der Spedition und händigt mir ein Paket aus: Die ersten Exemplare von *Feine Fallrückzieher*, frisch aus der Druckerei. So ein Paket öffne ich nicht sofort. Man muss seine Neugier bezähmen, die Vorfreude ausdehnen. Alle anderen Erledigungen zuerst. Ich schleiche um das Paket wie das Rumpelstilzchen um das Lagerfeuer. Zu Mittag mache ich es auf.

Der erste Eindruck: Es ist schön geworden, und bei einem ersten Durchblättern habe ich auch keine Fehler entdeckt (mit einer kleinen Ausnahme: Der Fotograf des Autorenporträts auf dem Umschlag, Johannes Puch, ist nicht ausgewiesen. Das könnte Ärger geben). Abends in Velden werden die *Fallrückzieher* ihre erste Bewährungsprobe erleben.

Ich setze mich ins Auto, und kaum bin ich auf der Autobahn, packt mich bei einem ganz gewöhnlichen Atemzug ein wilder, stechender Schmerz in der ganzen linken Brust, sodass ich fürs Erste nicht mehr atme. Nach ein paar Sekunden der nächste vorsichtige Atemversuch, und wieder der rasende Schmerz. Ich sollte bei der nächsten Abfahrt von der Autobahn hinunter. Zwei Dinge, zwei Organe fallen mir ein: das Herz und die Lunge. Ich glaube nicht, dass es das Herz ist. Allerdings habe ich auch damals beim Herzinfarkt nicht ans Herz geglaubt, sondern an den Magen. Der Magen ist es diesmal sicher nicht. Und die Herzschmerzen waren damals nicht an die Atmung gekoppelt. An die Lunge glaube ich aber noch weniger – abgesehen davon, dass ich ja nicht umsonst Zwangsnichtraucher bin –, weil meine Lunge ja unverwundbar ist. Das weiß ich von der Lunge meines Vaters, die er mir vererbt hat. Alles andere war schon total kaputt, aber der lebenslängliche Kettenraucher hat eine kerngesunde Lunge mit ins Grab genommen. Verschwendung eigentlich. In Panik falle ich diesmal nicht, weil ich zu Hause bin: Die Wörtherseeautobahn ist nicht die fremde Wildnis von Salamanca.

In Velden lerne ich Josef Hickersberger kennen, den amtierenden österreichischen Nationaltrainer. Er redet dauernd vom Tod, obwohl er kerngesund ausschaut. Das macht ihn mir sympathisch. Eine Partie möchte er bei der Europameisterschaft hinterlassen, an die er sich noch am Totenbett erinnern wird. In seinem Alter könne man nicht mehr auf Jahre hinaus planen, meint er, und ich denke, Hickersberger ist Realist genug zu wissen, dass ihn im Totenbett ohnehin andere Sorgen plagen werden, wie immer die EURO auch ausgeht. Dass ich mich in meinem Alter alt fühle, kann er nicht glauben. Wenn wir einmal nicht über den Tod plaudern, stöhnt er über die katastrophalen Entwicklungen an der Börse in der letzten Woche. Man muss gar kein Fußballtrainer sein, um in ein Debakel zu schlittern.

Der Kärntner Fußballverband veranstaltet ein Trainerfortbildungssymposium und hat zur Eröffnung zu einer Podiumsdiskussion ins Casino geladen. Ich bin auf dem Podium der einzige Artfremde und entledige mich meiner Aufgabe, indem ich das Vorwort der *Fallrückzieher* vorlese und das erste Exemplar des neuen Buches anschließend coram publico Josef Hickersberger schenke. Ob es ihm recht ist oder nicht: Dagegen kann er sich gar nicht wehren. Aber der Teamchef bedankt sich höflich und bittet um eine Widmung. Diese Bitte erfülle ich später beim Buffet. Ich will schreiben: *Für Josef Hickersberger. Alles Gute bei der EURO!* – aber der Kugelschreiber schreibt nicht! Wenn das kein schlechtes Zeichen ist. Noch dazu wird der Fehlversuch von den Seitenblickekameras des Fernsehens festgehalten. Außerdem filmt man mich, wie ich Hickersberger die Hand schüttle und gleichzeitig mit vollem Mund zu ihm spreche. Peinlich! Peinlich!

Jedenfalls ist das neue Buch jetzt Wirklichkeit, es ist gestartet, es ist angepfiffen, und ich bin neugierig, wie es sich in den nächsten Monaten machen wird. Wie lange habe ich mir dieses Buch gewünscht! Wie viele Absagen habe ich bekommen! Beide Hausverlage haben abgewunken. Ohrlinger wollte nicht. Bitsche war interessiert, aber letztlich nicht entschlossen genug. Ich hatte das Projekt schon aufgegeben, denn mir fiel keine Adresse mehr ein und die Zeit lief davon. Vor der Europameisterschaft im eigenen Land oder nie: Das war klar. Die Bedenken der Verleger konnte ich schon nachvollziehen: Das Fußballpublikum ist männlich. Das Lesepublikum weiblich.

Die gemeinsame Menge verschwindend klein. Das Risiko, einen Verkaufsflop auf den Markt zu werfen, groß.

Schließlich war ein ganz unglaublicher Zufall ausschlaggebend. Beim Joggen überholt mich ein anderer Jogger im Nebel eines Wintertags, sieht mich, erkennt mich, spricht mich an, stellt sich als Fan von mir vor, außerdem als Redakteur eines Special Interest Magazins für Trend-Ausdauersportarten in Wien und nur auf Heimatbesuch hier. Er hat schon lange insgeheim den Wunsch, mich als Kolumnisten zu gewinnen. Das Magazin erscheine nur alle zwei Monate: wenig Arbeit, freilich auch wenig Honorar. Und letztlich wenige Leser.

Na ja. Kein wirklich verlockendes Angebot. Ausdauersportarten interessieren mich herzlich wenig, noch dazu für wenig Geld. Der junge Mann ist sehr nett und freundlich, aber besonders kompetent oder einflussreich scheint er mir nicht zu sein. Kompetente, einflussreiche Leute überholen mich nicht im Nebel beim Joggen und bieten mir irgendwelche Haupttreffer an. Aber da in meinem Berufsleben gerade völlige Flaute herrscht, schlage ich ein, bevor der Herr Alfred weiterläuft.

Zwei Monate später – er ist wieder in der Heimat – treffen wir uns auf einen Kaffee. Herr Alfred ist begeistert von den beiden lustlosen Durchschnittsglossen, die ich ihm zum Thema Joggen geliefert habe. Ich erzähle ihm von meinem gescheiterten Fußballbuchprojekt. Er sagt, er wird sich umhören. Wieder eine Woche später finde ich eine E-Mail von Herrn Alfred in meinem Posteingang: »Das Buch kommt fix bei Styria! Liebe Grüße.«

So und nicht anders passieren Erfolge: Alle meine Bemühungen, Angebote, Versuche – völlig umsonst und zwecklos. Wäre ich an jenem Nebeltag nicht joggen gewesen, hätte ich heute Josef Hickersberger nichts zu schenken gehabt! Und das Erstaunlichste: Ein jedenfalls dem Namen nach renommierter

Verlag hat das Buch angenommen, ohne dass bis dahin irgendjemand das Manuskript gelesen hätte!

Februar. Dass meine Heimatstadt als sogenannte *EURO-Host-City* mit öffentlichen Geldern nur so um sich wirft, wie in den Zeitungen immer wieder zu lesen, kann ich nicht bestätigen. In meinem Fall geht sie geradezu – ja, ähem: – verantwortungsvoll mit ihrem Geld um. Als Buchpräsentation für die *Feinen Fallrückzieher* habe ich mir nämlich eine ganz große, glänzende Kulturveranstaltung der Stadt vorgestellt, entweder im Schloss Loretto oder im VIP-Club des neuen Superstadions.

Und die Stadt lässt sich nicht lumpen. Der Präsidiumsdirektor erklärt sich zur Mitveranstaltung bereit und übernimmt mein Auftrittshonorar, das immerhin ein (einmaliges) Zwölftel der Tagesgage von Armin Assinger als städtischer Euroleidenschaftsbotschafter beträgt, also viel Geld. Dafür darf der Bürgermeister am Veranstaltungsbeginn ein bisserl Eigenlob betreiben. Was den Veranstaltungsort betrifft, gibt es aber ein Problem: Denn das Schloss Loretto ist schön, aber draußen am Seeufer ist im Winter nichts los, auch im EURO-Winter nicht – ob da überhaupt Leute kommen würden? –, und man müsste auch extra einheizen. Das Stadion gehört zwar der Stadt Klagenfurt, aber seinen VIP-Raum müsste man eigens anmieten, was leider sehr teuer ist. Also wäre es dem Präsidiumsdirektor doch am liebsten, wenn die Buchpräsentation einfach wie immer in der Landhausbuchhandlung stattfindet. Er erklärt sich aber zusätzlich bereit, siebzig Stühle zu verleihen, außerdem ein Mikrofon.

Ob ich ein großer Sohn der Stadt bin beziehungsweise war, das werden spätere Generationen zu entscheiden haben. Faktum ist, dass die Stadt von meinem Buch ja nicht direkt etwas hat, weil sie es im Unterschied zur Buchhändlerin nicht verkauft. Außerdem handelt das Buch nicht hauptsächlich von der Stadt oder seinem Stadion. »Wir sind ja keine Wohltäter«, sagt der Präsidiumsdirektor rundheraus ganz freundlich lächelnd. Offensichtlich leider nicht. Deswegen bringe ich als Hobbymanager meiner selbst den Präsidiumsdirektor auf die glänzende Idee, dass man die geplante Veranstaltung der Stadt bewerben könnte und sollte – und dass Plakate ein hervorragendes Mittel dafür wären. Ich könnte meiner Heimatstadt diesbezüglich entgegenkommen, als sie nämlich keine eigenen Plakate produzieren müsste, sondern die kostenlos verwenden könnte, die der Verlag drucken lässt. Nur müsste sie, die Stadt, die Plakate in sich selbst, also in der Stadt plakatieren lassen. Das sei insofern ein Problem, erklärt der Präsidialdirektor, als die Aufgabe des Plakatierens nicht der Stadt selbst, sondern dem Stadtmarketing der Stadtwerke obliegt, deren Gesellschafter die Stadt wohl ist, aber nichtsdestotrotz Rechnungen gestellt bekommt. Schwierig, schwierig. Das kann er jetzt also nicht ad hoc sagen, ob es sich die Stadt leisten kann, Gratisplakate für ihre eigenen Veranstaltungen zu plakatieren. Die Buchhändlerin bringt als Thema noch die Möglichkeit eines bescheidenen Buffets ein, was dem Präsidiumsdirektor nun endgültig die Luft nimmt. Man überlegt hin und her, woraus, von Luft abgesehen, dieses Buffet bestehen könnte: In kürzester Zeit erweist sich alles als zu teuer, und als konstruktiver Vorschlag bleiben am Ende ein paar Flaschen Mineralwasser übrig. Im Fall einer Wiedergeburt bin ich nicht sicher, ob ich noch einmal als Bürger dieser Stadt zur Welt kommen möchte. Ich fürchte, ich bin einfach zu unbescheiden.

Faschingsdienstag, das heißt: Frau Houtz, die neue Kassiererin in der Spar-Filiale, trägt einen bunten Drehkegel auf dem Kopf und hat sich schwarze Punkte rund um die Nase ins Gesicht getupft. Schwer zu sagen, was die darstellen sollen: Ich vermute Pocken oder Pest. Die Frau Houtz will also wahrscheinlich einen Krankenstand herausschlagen. Aber offenbar glaubt ihr der Chefarzt nicht. Deswegen muss Frau Houtz mit ihrem Drehkegel auch am Faschingsdienstag das machen, was sie immer macht. Sie darf beim Kassieren keine albernen Witze reißen und nicht albern lachen. Sie darf beim Kassieren nicht saufen, grölen, Zoten singen. Sie darf keine Regeln brechen, und ihre Verkleidung hat einen bestimmten Grenzwert nicht zu überschreiten, sodass unter dem Narren immer noch der Sklave sichtbar bleibt.

Den Waidmannsdorfer Faschingsumzug darf und kann sich die Frau Houtz natürlich nicht anschauen, weil er während der Geschäftszeit stattfindet. Ich hingegen darf und kann und muss ihn mir schon ansehen, weil Ira ihn anschauen will. Wir kommen zu spät und rollen den Umzug von hinten auf. Da ist auch schon der lustige Telefongesellschaftslastwagen mit den lustigen Telefongesellschaftsmädchen, gezogen vom lustigen Telefongesellschaftstraktor. Während sie lustige Telefongesellschaftszuckerln, Telefongesellschaftsluftballone und Telefongesellschaftsschlüsselanhänger in die Menge am Straßenrand werfen, schauen die lustigen Telefongesellschaftsmädchen unter ihren Telefongesellschaftskäppis genauso gelangweilt und angeekelt drein wie die Spar-Filialen-Kassiererin beim Kassieren. Gleich vor dem lustigen Telefongesellschaftslastwagen der lustige Baugesellschaftslastwagen, der vom lustigen Baugesellschaftstraktor gezogen wird und von dem lustige Baugesellschaftsmädchen Baugesellschaftszuckerln und Baugesellschaftsgirlanden werfen. Aus den Baugesellschaftslastwagenboxen schallt lustige Baugesellschaftspopulärmusik, *We Will Rock You* und *Heidi, Heiiiidiiii*. Dann der lustige Brauereilastwagen, der lustige Vizebürgermeisterlastwagen mit den lustigen Vizebürgermeistermädchen, der lustige Bürgermeisterlastwagen mit den lustigen Bürgermeistermädchen, und so geht es quälend lustig weiter bis zum lustigen Landeshauptmannlastwagen mit den lustigen Landeshauptmannmädchen, dem lustigen Landeshauptmannkonfetti und den lustigen Landeshauptmannzuckerln.

Am Aschermittwoch geht der Fasching ganz normal weiter, nur Frau Houtz hat ihren Drehkegel entfernt.

Der Hase ist dem Menschen ein unbekanntes Wesen, und was im Hasenhirn konkret vor sich geht, das bleibt noch zu erforschen. Was unseren lieben Strafgefangenen, Herrn Schnuffelmuck, betrifft, dem von den verschiedenen Familienmitgliedern die unterschiedlichsten Namen gegeben werden, die nur das Eine gemeinsam haben, dass sie allesamt eigentlich keine Namen sind, so lässt sich eine gewisse Strafentschärfung feststellen: Denn so mild kann auch der mildeste Winter nicht sein, dass man kein schlechtes Gewissen hätte, das arme Tier über Nacht im Freien, im Gartenhäuschen zu lassen. Und so übersiedelte er für die Wintermonate in den Partyraum im Keller, wo nun, damit er etwas sieht, rund um die Uhr das Licht eingeschaltet ist. Hoffentlich fasst er diese Maßnahme nicht etwa als psychische Folter, sondern so freundlich auf, wie sie gemeint ist.

Ohne Party ist es im Kellerpartyraum aber doch sehr einsam, und die Kinder tragen den Hasen abends zum Fernsehen in die Wohnung. Herr Schnuffelmuck hat sich im Wohnzimmer schnell akklimatisiert, und was die Kinder betrifft, ist er auch sehr zutraulich geworden. Was mich betrifft: nicht. Ich bin dem Hasen unsympathisch. Während er aus Paminas Teetasse mit Hochgenuss und gespitzten Ohren Brennnesseltee trinkt und Ira den Nacken abschleckt, erstarrt er, wenn eines der beiden Mädchen ihn mir auf den Schoß legt, wie das Kaninchen vor der Schlange. Dabei habe ich ihm gar nichts getan! Dabei sorge ich mich so um ihn! Herta meint, er riecht, dass ich ein Mann bin, und sieht mich als Rivalen! Ich, der Rivale eines Zwergkaninchens! *Zur Liebe will ich dich nicht zwingen, doch geb ich dir die Freiheit nicht.* Mittlerweile springt er, wenn ich nicht darauf sitze, auch auf die Couch, von dort weiter auf das Fensterbrett, wo die Weihnachtskrippe steht. Eine seiner ersten Adaptionsmaßnahmen war, das Christkind, die Jungfrau Maria, den heiligen Josef und alle Krippenfiguren mit der Schnauze aus der Krippe zu checken und sich selbst hineinzuquetschen: sein neues Haus im Haus. Von dort aus schaut er sich interessiert die *Zeit im Bild* oder *Narrisch guat* an.

Nach dieser Sendung ist etwas Besorgniserregendes vorgefallen: Offensichtlich in Stimmung gekommen, wetzte der Hase durch das Zimmer, machte riesige Luftsprünge und erlitt mitten im Luftsprung einen Stromschlag. Fast hätte es den Hasen zerrissen! Können Hasen mitten in der Luft ganz einfach zerreißen? Können Wohnzimmerhasen im Wohnzimmer ohne Vorankündigung und Countdown ganz einfach explodieren? Und wenn ja: Woran liegt es? Hasenepilepsie? Erleiden Hasen Hasenpsychodramen? Man weiß es nicht. Der Hase ist dem Menschen fremd. Meinen Vorschlag, zum Tierarzt zu gehen, lehnte Herta ab: Ich sei bloß erstmals in meinem Leben Zeuge der Tatsache geworden, dass Hasen Haken schlagen. Nicht nur mich, sondern auch Herta verblüfft es, wie freiwillig stubenrein unser Hase ist: Entkommt ihm ausnahmsweise ein Kügelchen, frisst er es sofort selbst vom Teppich weg. Gewöhnlich wartet er aber gar nicht so lange, sondern holt es mit der Schnauze aus dem After heraus und schluckt es wieder hinunter, ohne dass auch nur das Geringste an die Außenwelt gekommen wäre. Ein ewiger Kreislauf. Der Hase weiß, was sich gehört. In gewissem Sinn.

Nach Mariä Lichtmess räumte Herta die Krippe weg, und der Hase saß so traurig und obdachlos auf der Couch, dass es mir fast das Herz zerriss. Einem wehrlosen Geschöpf das Dach über dem Kopf unter dem Dach wegzuräumen! Wie kann man nur! Postwendend holte ich die Krippe zurück und stellte sie wieder auf die Fensterbank. Aber weil sie ja jetzt von mir kommt, interessiert sie den Hasen nicht mehr.

Auf dem Weg zur Buchpräsentation in die Landhausbuchhandlung spüre ich deutlicher und deutlicher, dass ich doch noch zu Hause auf die Toilette hätte gehen sollen: Da braut sich etwas zusammen, was mehr als heiße Luft sein könnte. Und das halte ich nicht durch, zwei Stunden lang die Hinternbacken zusammenzupressen. Also biege ich zum Café Sandwirth ab, verschwinde auf der Toilette und lasse eine meiner berüchtigten Motorradflatulenzen: Sie ist feucht und braun und will gar nicht mehr aufhören. Nach einer Minute atme ich erleichtert auf. Das Problem ist aber noch nicht beseitigt. Zwei Minuten später in der Landhausbuchhandlung ist meine Unterhose an der Stelle rund um das Poloch klitschnass. Ich schüttle dem Bürgermeister, der Kulturchefin der Zeitung und der Buchhändlerin die Hand, verschwinde auf der Buchhandlungstoilette und wechsle die Unterhose. Wie gut, dass ich immer eine Ersatzunterhose in meiner Arbeitstasche habe!

Ist das peinlich? Egal. Ich bin krank. Mein Vorsatz ist, die Wahrheit zu schreiben, ungeachtet dessen, ob sie peinlich ist oder nicht. Gewöhnlich sind die peinlichen Wahrheiten ohnehin wahrer als die nichtpeinlichen. Und derartige Peinlichkeiten sind eben die Nebenwirkungen meines Überlebens, mit denen ich seit meinem Herzinfarkt zurande kommen muss. Als ich in der Buchhandlung eintraf, absichtlich spät, fünf Minuten vor Beginn, waren noch die Hälfte aller Stühle leer: Ein schreckliches Bild! Ein Albtraum. Aber der Albtraum vergeht: Hundertdreißig Stühle waren aufgestellt. Als ich zu lesen beginne, sind doch genau hundertdreißig Stühle besetzt. In Wien bei Morawa vorgestern waren dreißig Stühle aufgestellt: Also sind auch genau dreißig Leute gekommen. Ein kulturelles Naturgesetz, das noch nicht restlos erforscht ist.

Zuerst spricht der Bürgermeister. Dann der Laudator, Walter Ludescher (lieb und lang). Dann lese ich (nicht gar so lang und auch nicht gar so gut), am Ende gibt es ein bisschen Applaus und ich signiere Stapel von Büchern. Gestern eine Seite in der Zeitung, heute eine Doppelseite in der anderen. Nachmittags waren wir mit dem Horstl im Stadion unterwegs und haben den Fernsehbeitrag für das Regionalfernsehen gedreht (der zweite in den letzten vier Monaten, und alle anderen Schreibenden im Land gehen jahrelang leer aus, weil der Willi keinen Narren an ihnen gefressen hat und Literatur in der Öffentlichkeit ganz einfach irrelevant geworden ist). Der Clip wird morgen gesendet. Eigentlich müsste ich sehr zufrieden sein. Aber ich komme mir selber lächerlich vor, ebenso alles rundherum. Ich stehe im Mittelpunkt, allerdings im Mittelpunkt eines Kleinstadtereignisses. Mehr ist nicht.

Nachtrag 1: Beim Bier sagt Alois, JOWI wäre auch gern gekommen, wollte aber nicht dem Bürgermeister über den Weg laufen: Denn er gibt ihm ja die Schuld am Tod des kleinen Lorenz. Der kleine Lorenz sei der erste Tote der EURO, findet Josef. Der Bürgermeister aber habe die EURO nach Klagenfurt geholt (was so nicht ganz stimmt). Wegen der EURO sei ein neues Stadion gebaut worden. Wegen des Stadionbaus seien Bauarbeiter vom Ringausbau abgezogen worden, weshalb der Ringausbau länger als geplant gedauert habe. Wäre er aber rechtzeitig beendet gewesen, wäre der kleine Lorenz vielleicht noch am Leben: etwas weit hergeholt für meinen Geschmack.

Eine Katastrophe wird nicht weniger katastrophal, wenn man krampfhaft einen Sündenbock sucht. (Der Sündenbock ist, wie man weiß, eine biblische Figur.) Die Kerzen und der kleine Engel stehen noch am Straßenrand der Kreuzung.

Alois hat mir auch das Exemplar von *Roppongi* gezeigt, das er von Josef signiert haben wollte, und auf das er so lange – Monate – warten musste. Josef hat ihm eineinhalb Seiten mit Schmiersilber aus Varanasi vollgekleckst: Ich weiß nicht, ich weiß nicht: Das ist schon Wichtigtuerei!

Nachtrag 2: In Wien habe ich am Tag vor der Präsentation Herrn Dr. Potyka von Picus besucht und ihm den *Michelstaedter* mitgebracht, den ich im Jänner noch zum Friseur gebracht und dem ich einen neuen Titel verpasst habe: *Der Mensch kann nicht fliegen*. Ich denke, das sagt sehr viel. An der Komposition wollte ich nach langem Überlegen doch nichts mehr ändern. Sprachlich war aber nach Jahresfrist noch genug auszumisten, etwa fünfzehn Seiten: Im Zeugungsrausch lässt man Recherchereste im Manuskript, auf die man stolz ist, die aber für die Geschichte unerheblich sind und sie bremsen und lähmen. Dr. Potyka ist ein freundlicher Mann, wir führen ein nettes Gespräch. Kernthesen: Picus ist nicht reich, verkauft aber zwei Drittel in Deutschland. Glück muss man haben. (Tja.) Vor etwa einem Monat hatte Dr. Potyka in der Jännerdämmerung angerufen, als ich gerade beim Joggen war, und mir gesagt, es sei nicht seine Art, Autoren abzuwerben, aber falls ich Interesse hätte: Er hätte Interesse. Man möchte es nicht für möglich halten, was beim Joggen alles passieren kann. Entscheidend für den Buchverkauf, sagt er jetzt, kann eine Erwähnung in *Brigitte* sein. *Brigitte*: Mehr können Sie für Ihre Bücher nicht tun. Mein Fehler: Mein Leben lang habe ich niemals eine *Brigitte* gehabt, gekauft, gelesen. Nie! Bin nicht einmal auf die Idee gekommen.

Wir trinken heiße Schokolade in einer Bar in Udine an der Piazza Matteotti unter freiem Himmel, und plötzlich kommt mir der Satz: »Wir alle werden sterben, ohne jemals Menschen gewesen zu sein.« Darauf gekommen bin ich, weil wir gerade über die Unmenschlichkeit der hoch entwickelten Zivilisationen gesprochen haben, in denen einander Menschen mit Methode ignorieren, und darüber, dass der allerärmste Bauer in Afghanistan zwar das unvorstellbarste Elend zu erdulden, aber rein menschlich mehr von seinem Leben hat als wir von unseren. Zugegeben: Tauschen möchte ich trotzdem nicht.

»Wir alle werden sterben, ohne jemals Menschen gewesen zu sein.« Der Satz, meint Marcello, wäre prädestiniert für den ersten oder letzten Satz eines Romans. Ob er mir den klauen dürfe? Wenn er Verwendung dafür hat ... Aber Marcello schreibt ja keine Romane, soviel ich weiß. Eine Zeit lang habe ich insgeheim damit spekuliert, er würde unsere Strandbadbezichtigungen aufschreiben, aber jetzt glaube ich nicht mehr daran – Eckermann will nicht Eckermann sein –, und so tue ich es eben selber. Wie viel prächtiges Material ist bereits verschwendet, liegen gelassen, unwiederbringlich verloren!

Wie auch immer: Der *Michelstaedter* ist geschrieben, und er hat sowohl einen ersten, als auch einen letzten Satz. Die lassen sich nicht mehr so ohne Weiteres auswechseln. Dabei würden wir jetzt gar nicht hier auf der Piazza Matteotti sitzen, wenn es Michelstaedter nicht gegeben und ich den *Michelstaedter* nicht geschrieben hätte: Denn dann hätte es gar keinen Grund gegeben, Emy kennenzulernen, und sie hätte Marcello und mir nicht beim Übersetzen der Michelstaedter'schen Tagebücher assistieren können. Sie hätte heute an der Universität von Udine wohl trotzdem ihre Diplomprüfung absolviert und ihr alter Schulfreund aus Gorizia hätte der Dottoressa Emanuela Fabbricatore trotzdem seinen selbst gebastelten Doktorhut aufgesetzt und immer wieder *Dottore, Dottore nel buso del cul, vaffancul, vaffancul!* angestimmt, aber wir wären zu dieser akademischen Feierlichkeit nicht eingeladen gewesen. Wie ich Emy mit ihrem Doktorhut sehe, fällt mir Frau Houtz ein, die Spar-Kassiererin. Emy hat also erlebt, was Carlo Michelstaedter hundert Jahre vor ihr nicht mehr erlebt hat, nämlich ihre Graduierung. Aber die Prozedur der öffentlichen Prüfung war abstoßend. Marcello ist die Kommission sehr autoritär vorgekommen, und auch wenn ich natürlich nichts verstanden habe, so doch das, dass die Prüfer mit der *Tesi* nicht wirklich zufrieden waren. Als ob es da um irgendetwas ginge! Akademisches Affentheater wie bei uns! Verkleidete Pfauen! Lächerlich! Menschen in meinem Alter, aber durch Amt und Position verbohrt wie ihre Väter und Vätersväter. Wir alle werden sterben, ohne dass wir jemals Menschen gewesen wären: Den Satz kann man schon auch in Udine noch verwenden.

Eines meiner Probleme als Mensch ist es, dass ich mich bei den Gebräuchen akademischer Feiern nicht so recht auskenne. Meine beiden eigenen – wie lange ist das her! – habe ich vor lauter Ekel verweigert. Bei anderen bin ich nie gewesen. Und so bin ich gar nicht auf die Idee gekommen, ein Geschenk für die Promovierte mitzubringen. Alle, alle haben milde Gaben, nur ich nicht. Nicht einmal Blumen. Emy wird mit Schmuck und Ketten überhäuft, und von allen Seiten werden ihr Billets und Kuverts zugesteckt, während ich mit leeren Händen dasitze, dumm schaue und Marzemino trinke. Peinlich, peinlich. Die Peinlichkeit wird maximiert dadurch, dass am Ende *wir* beschenkt werden – mit Bonbons. Aber Bonbons von fremden Menschen lutsche ich aus Angst um Leib und Leben nicht. Letztlich sind ja alle Menschen fremd.

Ein guter Sonntag. Prächtigstes Frühlingswetter im Februar. Matinee in Villach im Warmbaderhof: fünfzig Leute, nicht wirklich viel, aber dreizehn mehr als bei Glavinic. Gute Resonanz, guter Verkauf. Abends rufe ich noch E-Mails ab, was eigentlich überflüssig ist. Wer wird am Sonntag schon schreiben? Aber da ist eine Nachricht von Alexander Potyka: Der Michelstaedter-Roman hat ihm gut gefallen. Er will ihn gleich ins Herbstprogramm aufnehmen!

Durchatmen. Tief durchatmen. Die Mundwinkel ganz ein bisschen nach oben. Wie viele tausend Jahre habe ich auf diese Nachricht gewartet! Endlich bin ich bei einem richtigen Literaturverlag! Picus: Kein Starverlag, aber ein solider. Franzobel, Habringer, Susanne Schaber: Keine schlechten Namen. Und wie immer ist der Kontakt nicht auf mein Zutun, auf meine Initiative zurückzuführen. Was man als Künstler, von der Kunst abgesehen, selber tut, kann man sich sparen.

Von der Edition Atelier, von Axmann und Frau T. werde ich mich gern verabschieden. So schlecht das letzte Jahr war, so gut scheint sich dieses anzulassen. Noch sage ich niemandem etwas, auch Herta nicht. Aber ich bin guter Dinge.

In Graz das Hotel zum Dom nicht gleich gefunden, keinen Parkplatz gefunden, in die falsche Parkgarage eingefahren, umparken müssen. Im Hotel das Zimmer nicht gefunden: So bin ich. Man hat mir die Suite gegeben, die Nummer achtzehn, da schau her, aber die Nummer achtzehn ist nicht angeschrieben, oder wirklich nur ganz blass, wie auch die Rezeptionistin zugibt, als sie mich treppauf, treppab zum Zimmer lotst, und auch der Schlüssel sperrt nur, wenn man eine ganz bestimmte Technik anwendet. Eine Suite will erklommen und erobert sein. Stress.

In der Buchhandlung Moser wartet W. K. schon. Er ist leise, langsam, ein wenig überflüssig und für meine Begriffe allerhöchstens pseudointellektuell, vielleicht nicht einmal das. Die Styria-Vertriebschefin ist mir hingegen auf Anhieb sympathisch. Eine gute Frau, hemdsärmelig und knuddelig, lebendig, offen, adrett, vielleicht vierzig, Wencke-Myhre-Typ. Sie erzählt, ich sei letzten Samstag auf der Bestsellerliste gewesen. Platz neun – aber immerhin: das erste Mal in meinem Leben auf der Bestsellerliste. Ich habe nichts anders gemacht als früher. Aber ich misstraue Bestsellerlisten auch dann, wenn sie mich enthalten. Dann umso mehr. In der Grazer *Kleinen* ist heute ein ganzseitiges Interview erschienen. Trotzdem sind wenige Leute gekommen, dreißig, vielleicht fünfunddreißig. Aber die waren immerhin anständig bei der Sache und haben auch brav Bücher gekauft. Gestern in Wolfsberg war es genauso. Morgen in Wien werden es ein paar mehr sein.

Da fällt mir wieder ein, dass der Sonntag nach der erlösenden Picus-Mail ja doch noch mit einem Frustrationserlebnis geendet hat. Nach längerem Winterschlaf hatte Herta plötzlich wieder einmal Lust, und bockte sich vor mir in der Hundestellung auf. Für ihr Alter hat Herta einen sensationellen Körper. Ich habe großes Glück. Wenn man heiratet, weiß man nicht, was daraus wird. Aber über die Weihnachtsfeiertage war mein Bauch leider so angewachsen, dass er mir die Sicht auf unseren Koitus verstellte. Weder sah ich meinen noch ihre. Nichts. Nur Bauch. Da überkam mich eine solche Wut auf mich selbst, dass ich mir noch in Herta steckend vornahm, mein Sexualleben zu beenden, jedenfalls mein zwischenmenschliches. Schluss! Aus! Vorbei! Zum ersten Mal im Leben auf der Bestsellerliste. Zum ersten Mal im Leben seinen Schwanz beim Ficken nicht gesehen. So wird man alt.

Um Mitternacht in die Hotelzimmerbadewanne. Wenig und schlecht geschlafen, wie fast immer in Hotels. Wie verbringt man einen freien Vormittag in Graz? Ein Spaziergang durch die Herrengasse, Inspektion der neuen Burberry-Kollektion bei Brühl, bei einem Trafikanten die *Presse* besorgt (Donnerstag ist mein E-Mail-Glossen-Tag), am Jakominiplatz in die Fünfer eingestiegen, mit der Tram zum Zentralfriedhof. Die Friedhofsbediensteten tragen schwarze Nicki-Pullover mit der Rückenaufschrift *What we do is for you*. Wo ist denn das Grab von Wolfi Bauer? Gleich da hinten in der Kurve neben Jochen Rindt. Die bibeldicke Speisekarte im Braun de Praun brauche ich nicht. Ich esse immer Backhendl mit Reis und grünem Salat – und weil Fastenzeit ist nur eine halbe Portion Kastanienreis als Nachtisch. Aber die halbe Portion ist dort immer noch größer als eine ganze anderswo. Und dann zurück auf die Autobahn nach Wien.

März. Dass ich Pamina an Winterabenden zu ihrem Freund chauffiere und auch wieder abhole, geschieht nicht, um ihre Bequemlichkeit zu unterstützen, sondern weil ich das Risiko minimieren will, dass ihr etwas zustößt.

Jedenfalls führt mich mein Weg täglich über den Villacher Ring und durch die Radetzkystraße, und ich komme täglich an jener Stelle vorbei, an der im vergangenen Herbst der kleine Lorenz auf dem Zebrastreifen von einem Lastwagen überrollt und getötet worden ist. Die Kerzen stehen noch auf der Verkehrshalbinsel, seit Weihnachten auch ein kleiner weißer Steinengel. Auch von JOWI weiß ich, dass er geistig, körperlich und auch publizistisch Mahnwache hält.

Eines Tages aber werden die Kerzen auf der Verkehrshalbinsel bei der Radetzkystraße abgebrannt sein und ihre Plastikbehälter entsorgt werden müssen. Und *Wenn es soweit ist* (ein Winkler-Titel!), fordere ich von den Stadtvätern, hier an dieser Stelle ein Denkmal aufzustellen, ein Mahnmal für den armen Lorenz, ein Kreuz, vielleicht aus Marmor, darauf der weiße Engel, darunter eine Inschrift, die davon kündet, was unfassbar Schlimmes hier geschehen ist. Soll niemand die Pietätlosigkeit besitzen, in diesem Fall von Budgetengpässen zu sprechen! Dadurch würde zwar natürlich nichts wieder gut. Aber niemand in der Stadt soll jemals vergessen, dass an dieser Stelle einem unschuldigen Kind sein Leben gestohlen worden ist. Niemand soll jemals vergessen, dass an dieser Stelle das Leben seines Vaters und das Leben seiner Mutter zerbrochen worden sind.

Gleich nach Erscheinen meiner Glosse unter dem Titel »Ein Kreuz auf die Kreuzung« hat mich der Josef angerufen, und wir treffen uns im Theatercafé und beratschlagen, wie man so ein Mahnmal initiieren könnte. Ein Spendenaufruf ist ja nicht schwer – es haben auch schon etliche Leute in E-Mails und Leserbriefen (auch finanzielle) Hilfsbereitschaft bekundet. Die unangenehmere Frage ist die, ob man das darf und wen man um Erlaubnis fragen müsste. Gar den Verkehrslandesrat und Vizelandeshauptmann, diesen Pannenjackenrambo von Haiders Gnaden? Das wäre ja fürchterlich demütigend für alle – und böte ihm noch die Gelegenheit, mit einer Kinderleiche politisches Kleingeld zu machen. Wir sind ratlos und beschließen, dass ich einmal den Redakteur H. fragen werde.

Der Vater von Lorenz hat sich bei Josef gemeldet. Die beiden sind ebenfalls hier im Theatercafé gesessen, an dem Tisch dort drüben, und Josef hat »eine Stunde lang öffentlich geweint«, sagt er. Wie Josef mir erzählt, was der Vater des toten Kindes ihm erzählt hat, wird mir wieder schlecht bis zum Erbrechen. »Der Bub wird nie wieder leben«, kommt es aus mir gemeinsam mit nicht enden wollendem Kopfschütteln heraus. Josef geht zur Theke, holt einen Kassazettel und schreibt den Satz auf. Nietzsche ist auf offener Straße zusammengebrochen wegen eines Pferdes, das sein Kutscher gepeitscht hat. Er hat das Pferd mit Küssen überhäuft und dann den Verstand verloren. Wie soll man nicht implodieren, innerlich zusammenbrechen, den Verstand verlieren nach dem, was hier passiert ist?

Josef bringt heuer im Herbst wieder ein Buch heraus, einen kleinen Erzählband – auch der Lorenz ist drinnen. Er will jetzt jedes Jahr ein Buch machen, sagt er. Er erzählt, wie er Daniel Kehlmann einmal einen Preis vermittelt hat, von Casarsa, wo Pasolini begraben liegt und ein wunderhübsches Theater stehen soll, wie das Jugendstiltheater hier gegenüber mit Logen und Balkon und allem Drum und Dran, nur in Zwergenformat für hundertzwanzig Zuschauer. Nächste Woche fliegt er mit Gerhard Lapan nach Varanasi für das Porträt, für das sie schon in Mexiko waren.

Als ob nichts vorgefallen wäre, schrieb mir Frau T. in einer Mail, man habe die ersten Wochen des neuen Jahres genutzt, die gesamte Struktur der Edition Atelier auf neue Beine zu stellen, mit »positiver Unterstützung« des Eigentümers. Man habe »so manche alte Last abgeworfen«, und nun würden David Axmann und sie gerne das Michelstaedter-Projekt angehen. »Idealerweise sollten nicht dieselben Fehler wie im vergangenen Jahr passieren.« Grundsätzlich passe das Werk sehr gut in ihr »strategisch angedachtes Programm«, man wolle wieder mehr auf Österreich und seine Nachbarn zurückgreifen. Und sie schickte mir auch schon einen ersten Cover-Entwurf …

»Sehr geehrte Frau T.«, antwortete ich, »danke für Ihre Mail. Für den *Michelstaedter* ist es jetzt aber viel zu spät. Wir hatten mit David Axmann abgesprochen und vereinbart, dass die Vorarbeiten für die Produktion, PR und Vertrieb bis Mitte November auf Schiene stehen und allerspätestens bis zum

Jahreswechsel sichtbare Ergebnisse wie Cover und Broschüre zumindest als Entwurf wahrnehmbar sein sollten.

Verabredet war aber auch, dass ich die fehlerhafte Erstauflage von *Meine besten Niederlagen* nur aufgrund des Versprechens freigebe, umgehend (jedenfalls bis Mitte November) eine korrigierte Neuauflage zu produzieren. Gesehen habe ich wohl Fahnen (die allerdings, wie auch David Axmann zerknirscht feststellen musste, neuerlich fehlerhaft waren), allerdings bis heute keine Belegexemplare. Ich habe auch nirgendwo in einer Buchhandlung ein Exemplar einer solchen Neuauflage finden können – und daher glaube ich nicht, dass sie tatsächlich existiert.

Bekommen habe ich im alten Jahr nur noch eine Mitteilung, dass bis auf das *Mädchen* und die *Niederlagen* offenbar mein gesamtes bei der Edition Atelier aufliegende Werk verramscht werden soll, darunter die Trilogie *Die Nichtstuer des Südens* und der Roman *Horror Vacui*, der zu dem Zeitpunkt gerade einmal vier Jahre auf dem Markt war. Das sind Mitteilungen, die einen Schriftsteller nicht freuen und weder mutig noch vertrauensvoll in eine gemeinsame, von literarischen Werten bestimmte Zukunft blicken lassen.

Seither sind Monate vergangen, ohne dass ich von Ihnen und dem Verlag irgendeine Nachricht oder ein Lebenszeichen erhalten hätte, und jetzt schreiben wir Mitte März. Nach den vielen unliebsamen Erfahrungen des letzten Jahres bin ich zu dem Entschluss gelangt, den *Michelstaedter* nicht in Ihrem Verlag zu publizieren und denke, dass Sie Verständnis für diese Entscheidung haben werden.«

Das Land kauft sich einen Fußball: Genau dieses unerquickliche Thema liegt mir seit einem halben Jahr im Magen. Gar nicht so sehr die Erschließung einer neuen Vorfeldorganisation des BZÖ, das ja in dem kleinen Land, in dem ich von

Geburts wegen zufällig lebe, alles vereinnahmt, was sich nicht expressis verbis dagegen wehrt, sondern die ungeheuerliche Unverschämtheit, sich einen Fußballverein en gros zu kaufen, ihn umzusiedeln und ungeniert als etwas Eigenes auszugeben. Schwindel! Lüge! Niedertracht! Betrug! Das kann man überhaupt nur dann tun, wenn man nicht weiß, was ein Fußballverein bedeutet, das heißt einmal bedeutet hat. Es ist Geschichtsdiebstahl! Das Schlimmste daran ist, dass man dafür Massen an Menschen mobilisieren kann, die tatsächlich ein Stadion füllen. Ihr Menschen! Ihr Ungeheuer! Nein, schlimmer! Ihr Vollidioten! Dass alle Mächtigen, Entscheidungsträger, Medien im Land mitspielen, dass die Liga sich nicht dagegen verwehrt und dass es im gesamten Bundesgebiet Vereine gibt, die diese fußballkaputtmachende Gemeinheit nicht ächten und boykottieren, sondern Runde für Runde gegen sie spielen, als wäre das die normalste Sache der Welt. Sogar ein Karrierepriester lässt sich willig einspannen und segnet den Schuppen vor der johlenden Menge.

Selbst wenn man sich um den Posten einer Putzfrau im Krankenhaus bewirbt, muss man sich einem Hearing stellen und seine Qualifikation nachweisen. Überall wird geprüft, gecastet – nur der Präsident der Fußballfirma ist bekennender Nichtfußballfan und stolz darauf, nie vor seiner Ära als Fußballpräsident in einem Stadion gewesen zu sein.

Ich war fünfunddreißig Jahre lang im Stadion, von Kindesbeinen an, gegen den Wunsch und Willen meines geliebten Vaters, bei Wind und Wetter, Schnee und Eis, Frost und Finsternis, auf dem Stehplatz, auch gegen Neusiedl und Untersiebenbrunn, und ich weiß, wovon ich rede, wenn ich über Fußball rede. Seit einem halben Jahr gehe ich nicht mehr ins Stadion – schwersten Herzens. Der Kronen-Zeitungs-Journalist C. L. hat das neue Stadion als »Freudenhaus« bezeichnet.

Er hat das natürlich nicht so gemeint, aber ganz recht damit gehabt. Und ich gehe nun einmal nicht ins Österreichische Bordellzentrum. Ich kürze es nicht einmal ab. Aus rechtlichen Gründen. Aber dafür trage ich mich mit dem Gedanken, einen Essayband aus kapitalistischen Zeiten zu schreiben und dieses Buch *Käufliche Liebe* zu nennen. Darin sollen alle möglichen Menschen und Personen aus allen möglichen Branchen und gesellschaftlichen Bereichen auftreten, nur keine armen nackten Mädchen in Etablissements. *Elf Huren müsst ihr sein.*

Bevor der plötzliche Fußballpräsident Fußballpräsident wurde, war er vom BZÖ bestellter Klagenfurter Kulturstadtrat – und stolz darauf, nie vor seiner Ära als Kulturstadtrat in einer Galerie gewesen zu sein – geschweige denn bei einer Lesung. Er ist Manager, und was ein Manager managt, ist egal: Der Manager muss beim Management vom Gemanagten keine Ahnung haben. Hauptberuflich ist dieser Mann bei Intimissimi, und daher liegt die schreckliche Vermutung nahe, dass dieser Mann auch von Damenunterwäsche nicht viel Ahnung hat.

Was außerhalb dieses Landes nur die wenigsten wissen: Dieser Mann ist der Nachbar von Jörg Haider. Und Haider hat diese Mistinselbekanntschaft schwuppdiwupp zum Vizebürgermeister gemacht und mit der Mission betraut, dem amtierenden Bürgermeister das Leben schwer zu machen. Der Bürgermeister hat im Gegenzug die Koalition mit dem BZÖ aufgekündigt und dem Vizebürgermeister den Vizebürgermeistertitel und alle Referate entzogen – mit Ausnahme der Kultur. Da wurde der auf der Kultur sitzen gebliebene Kulturstadtrat so depressiv, dass er sein Gehalt verspendete und wenig später zurücktrat. Kultur war ihm zu fad. Kultur nein danke. Und jetzt wurde er von Haider mit einer neuen Mission betraut, nämlich der Führung eines Fußballretortenvereins. Geld spielt dabei absolut keine Rolle.

Wir haben jetzt ein schönes Stadion, sagte Haider, also brauchen wir auch einen schönen Verein darin. Wir müssen das Stadion füllen. Nicht das Haus ist für die Menschen da, die Menschen sind für das Haus da. Also stampfen wir wieder einmal einen »Traditionsfußballverein« aus dem Boden, wie wir schon einmal vor ein paar Jahren einen »Traditionsfußballverein« aus dem Boden gestampft, grellgelb angezogen und dann auf dem Boden brach liegen gelassen haben. Wie immer brechen wir dabei ungeniert alle ungeschriebenen Gesetze, erklärte Haider seinem Mann fürs Operative. Den Leuten hier kann man alles verklickern: die Ehrlichen, Fleißigen, Anständigen, Hörigen und Dummen sind das Prostitutive schon gewöhnt, die haben das Prostitutive längst internalisiert. Wir kaufen einfach einen oberösterreichischen Club und schreiben »Kärnten« darauf, ergänzen ihn mit den besten Spielern, dem besten Trainer und spielen schwuppdiwupp in der Bundesliga. Anything goes. Superidee. Warum das nicht gleich alle so machen? Der Chefredakteur beantwortet einen Leserbrief und schreibt von einem »anerkennenswerten Coup«. »Wir« (die Zeitung) »haben die Bestrebungen des Landeshauptmanns von Anfang an unterstützt und positiv bewertet.« Auch dem vom Landeshauptmann eingesetzten Ex-Vizebürgermeister-Vereinspräsidenten-Chefverhandler, der »bisher beste Figur gemacht« habe, gelte »in dieser Hinsicht Anerkennung.« Woher das Geld – die Millionen und Abermillionen – kommt, das ist eine Frage, die niemals restlos beantwortet wurde. Interessiert auch niemanden. Genauso wenig interessiert irgendjemanden, warum die Landesbank so reich und potent ist, seit der Landeshauptmann Landeshauptmann ist. Warum in Kroatien und speziell in Istrien immer mehr prächtige Filialen der Landesbank aus dem Boden schießen. Warum es an der istrischen Küste immer weniger Naturschutzgebiet und immer mehr touristische Nutzfläche gibt. Wie es zu den Umwidmungen kommt, die eine plötzliche Wertsteigerung um das Zweihundertfache bedingen, und wer davon profitiert. Warum immer wieder äußerst obskure Personen in Zusammenhang mit solchen Geschäften gebracht werden: Mafiabosse, Balkan-Kriegsverbrecher … Warum selbst in Veit-Heinichen-Krimis levantinische Bösewichte an den Alpe-Adria-Platz kommen, dicke Geldkoffer abstellen und den Landeshauptmann schön grüßen lassen … Ein Krimi beweist natürlich nichts.

Und wie nennt man den Hauruckbundesligisten? Austria Klagenfurt ist umgebracht – aber der Name rechtlich geschützt. FC Kärnten liegt am Boden. Also nennen wir ihn Austria Kärnten. Ob ich einen Namen für den neuen Verein hätte, fragte mich der Redakteur bei seiner telefonischen Umfrage.

»Ja, zum Beispiel FC Cash oder FC BZÖ.«

Da lachte der Redakteur und fragte nach, ob ich einen realistischen Vorschlag auch hätte. »Der Vorschlag *ist* ernst gemeint und realistisch«, sagte ich. »Selten war mir etwas so ernst«, sagte ich. Jetzt schluckte der Redakteur und wusste nicht mehr weiter.

Weitere Vorschläge wären »FC Cashpoint BZÖ« oder »Austria Komm und Kauf Kärnten« So wie es Callgirls gibt, gibt es jetzt also auch einen Callclub, den Callclub Carinthia (CCC).

Irgendjemand flüstert dem neuen Traditionsvereinspräsidenten zu, dass ein Traditionsverein auch eine Traditionsvereinsfarbe braucht.

Aha. Gut. Und was nehmen wir?

Ob Wien, Salzburg oder Klagenfurt: Austria hat traditionell immer Violett.

Von mir aus: Violett.

Aber die Herstellerfirma sagt: Violett ist selten. Das dauert drei Monate. So lange existiert vielleicht der ganze Traditionsverein nicht. Die Meisterschaft beginnt in vierzehn Tagen.

Violett nicht. Egal. Was dann?

Am einfachsten wäre schwarz-weiß. Das geht schnell unter dem Gesichtspunkt der Produktion. Aber die »Traditions«-Farben hat schon jeder: Sturm. LASK. Juventus Turin. Schwarz-weiß-Bregenz. Valencia. Trondheim. Udinese. Bis vor Kurzem Österreich. Deutschland.

Passt. Nehmen wir. Jetzt haben wir ein Stadion. Wir haben einen Verein. Einen Präsidenten. Einen Sponsor. Einen Trainer. Eine Mannschaft. Einen Namen und Vereinsfarben. Was wir jetzt noch brauchen, das ist: Publikum! Es muss nicht unbedingt etwas von Fußball verstehen. Es muss sich auch nicht unbedingt für Fußball interessieren. Es muss nur kommen. Und das machen wir so: Frauen und Kinder haben freien Eintritt. Die restlichen Freikarten verteilen BZÖ-Politiker bei Zeltfesten, Brauchtumsveranstaltungen, Platzkonzerten, in Einkaufsparadiesen am Samstagvormittag. Außerdem gibt es massenhaft Freikarten in allen BZÖ-Bezirksorganisationen im ganzen Land, die auch den kostenlosen Bustransfer zum Stadion organisieren. Die An- und Rückfahrt im Bus kann der eifrige Funktionär für Propaganda nützen, vom Beifahrersitz aus mit dem Mikro in der Hand den Landeshauptmann zu preisen. *Unseren Landeshauptmann.* Denn erst er hat dieses Märchen möglich gemacht. Das ist Fußball. Wenigstens hier. Als zusätzliche Maßnahme vor jedem Heimspiel ganzseitige Inserate in der Zeitung, die dafür den Gesäßsponsor macht und in einem Aufwaschen auch noch positiv und affirmativ von den Spektakeln berichtet. »Warum sollen wir nicht Meister werden?«, fragte der Fußballpräsident bei einer Pressekonferenz vor dem ersten Spiel, und alle Journalisten lauschten andächtig. Welcher Sportjournalist fühlt sich nicht persönlich bedeutender, wenn er von einem Bundesligaspiel berichtet als von einem elenden Hickhack aus der zweiten Liga? (Die zweite

Liga heißt übrigens Erste Liga, um sie besser zu machen als sie ist, und warum soll man es mit der Wahrheit gar so genau nehmen? *Die Erste Liga ist dem Menschen zumutbar.* In Wahrheit ist sie ja leider schlechter als sie ist.) Den Einwand, in ganz Europa gebe es kein zweites Beispiel für einen sportlich nicht legitimierten und qualifizierten Club, der ganz einfach die Stadt wechselt und mir nichts, dir nichts mit einem en gros angeheuerten Personal fußballerisch herkunftslos in der höchsten Liga spielt, und man mache damit die Grundvoraussetzung für authentischen Fußball überall im Land (im Staat) kaputt – diesen Einwand wischen die Journalisten auf ihrer schönen neuen Arbeitstribüne mit den Laptops und den gepolsterten Stühlen locker weg: In Amerika gibt's das. Im Baseball. Ah!

Moment! Etwas fehlt noch! Aber was? Genau: der Vorstand! Damit das Ding wie ein Verein aussieht, muss es ja so etwas haben, das wie ein Vorstand aussieht. Und da nehmen wir natürlich lauter dem BZÖ nahestehende Personen. Der Landeshauptmann selbst zieht sich gleich nach der Gründung bescheiden wieder zurück und überlässt seinen Platz seiner Frau, der Lamu (»Landesmutter«): Die versteht genauso viel vom Fußball wie er selbst. Also ideale Voraussetzungen! Damit er nicht gar so fehlt, tritt der Landeshauptmann aber vor dem Spiel mit einem Trachtenverein auf und in der Pause mit der Blasmusik. Außerdem hat er als Landeshauptmann doch so viele Termine und Verpflichtungen, und zwischendurch will der Landeshauptmann ja auch noch Zeit haben, in Spittal an der Drau zu seinen Enkerln in die Disco zu gehen, denn er hat keine Begrapschungsängste und möchte als adoleszentester Discomethusalem der Geschichte in die Geschichte eingehen. So. Das Ding ist auf Schiene. Fahr los!

Anlässlich seiner Gründung habe ich gesagt: Die nächste Meldung, die mich von Austria Kärnten interessiert, ist die über die Selbstauflösung des Vereins. Dazu ist es bisher – ein halbes Jahr später – noch nicht gekommen. Die Winterpause ist vorbei, und Austria Kärnten ist Tabellenletzter. Aber das ist egal. Man braucht nicht auf Gerechtigkeit zu hoffen und darauf, dass das Gute und Wahre sich durchsetzt und das Schlechte und Falsche unterliegt. Wie soll ein nie aufgestiegener Verein absteigen? Solange Geld für ihn keine Rolle spielt, wird er immer eine Rolle spielen. Und nach der EURO und nach der Wahl verkaufen wir den ganzen Krempel wieder an den Bestbieter. Etliche russische Kommunen jenseits des Urals reißen sich angeblich schon um Austria Kärnten, und schwuppdiwupp wird Sibiria Wladiwostok daraus … Hauptsache, der Landeshauptmann bleibt Landeshauptmann.

Wir haben die Leute hier im Griff. Und wenn sie nicht spuren, wird aus dem Griff ein Würgegriff. Das ist hier immer so gewesen. Den Leuten hier kann man alles verkaufen. Wer sich betrügen lassen will, den betrügt man gerne. Und wer sich nicht betrügen lässt, den bestraft man. Irgendwann wird wohl der Tag kommen, an dem niemand etwas gewusst und niemand etwas gesehen haben will und an dem auch die Verantwortlichen nur das Beste für das Land gewollt haben werden – die Politiker ebenso wie die Medien. Eines Tages werden alle alles vergessen haben. Und weil sie ja am Fußball der Fußball am allerwenigsten interessiert hat, werden sie auch kein Schuldbewusstsein und schon gar kein schlechtes Gewissen haben, dass sie den Fußball kaputtgemacht, dass sie den Fußball für ihren Eigennutzen erstickt haben. Dass sie die Gesellschaft kaputtgemacht haben. Das Problem an den Fans ist eher, dass sie keine Fachfans sind. Sie jubeln, aber sie wissen nicht wann und warum. Sie jubeln, aber sie wissen nicht wem zu. Das Problem war eher, dass auch der freie Masseneintritt an Attraktivität verliert, wenn ein Verein keinen Sinn und keine Geschichte hat und keine Familie und nicht einmal eine Generation einer Familie ist, sondern eine Zirkusvorstellung einer mittelmäßigen Artistentruppe auf Durchreise von irgendwoher nach irgendwohin. Ohne Geschichte hat kein Leiden einen Halt – und auch keine Freude. Das Problem war, dass man sich im Nachhinein zur Gegenwart keine Geschichte dazuerfinden kann. Das Problem war eher, dass auch der freie Masseneintritt im Herbst zusätzlich an Attraktivität verliert, wenn es kühler und dunkler wird und Hansi Hinterseer hier nicht und nicht auftreten will. Überdacht sind die Tribünen jetzt alle, nur beheizt sind sie nicht. Beheizt ist nur der VIP-Club, wo die, die mit Fußball nicht viel am Hut haben, am liebsten sitzen, weil man hier am besten nicht zuschauen kann, obwohl man da ist, und wo man vor und während und nach einem langweiligen Spiel am besten essen und trinken und ratschen und Geschäfte machen kann. Das Problem wird sein, dass – falls es überhaupt einmal zu einer Geschichte kommt – diese Geschichte auf einem mindestens moralischen Gaunerstück basiert.

Es ist völlig verfehlt, in Zusammenhang mit diesem Konstrukt die erste Person Plural zu verwenden – und auch kein Possessivpronomen. Das sind nicht wir. Das sind nicht unsere. Dieses geschwindelte WIR, in dem niemand von uns ist: Sinnbild der Verlogenheit und Falschheit, der schändlichen Geldmacht und Geldbrutalität, Sinnbild der Entwertung der Welt durch völlige Käuflichkeit, Musterbeispiel der Niedertracht, Sinnbild der Charakterlosigkeit der Mächtigen im Land. (Und man sollte den Begriff der Macht nicht zu eng fassen: Es basteln viele mit an den Machtverhältnissen zu ihrem persönlichen Vorteil, und es sind viele notwendig, die Machtverhältnisse zu stabilisieren.)

Zum ersten Spiel sind über zweiundzwanzigtausend Menschen gekommen – so viele wie niemals zuvor in der Geschichte Kärntens zu einem Fußballspiel (ich war selbstverständlich nicht dabei). Beim nächsten Spiel waren es zehntausend (ich nicht), dann sechstausend (ich nicht), fünftausend (ich nicht) und so immer weniger. Bezahlt haben kann hier kaum noch wer. Wohlmeinende Journalisten können die Zuschauerzahl schätzen, nach oben runden und aus dreitausend viertausend und aus fünftausend sechstausend machen. Aber im Fernsehen sieht man dann doch nichts als leere Plätze, und man sieht recht brutal, dass die sechstausend ebenso wenig stimmen können, wie hier irgendetwas stimmt.

In der einen oder anderen Weise vom durch und durch korrupten politischen Establishment nicht unabhängig, haben die Medien dieses plötzlich präsente, unermesslich reiche Unternehmen die ganze Herbstsaison lang wie den normalsten Fußballverein der Welt beschrieben mit der Einschränkung, dass sie dieses unermesslich reiche Unternehmen auf seinem Gang vom Nichts zum Schlusslicht ungewöhnlich mild und schonungsvoll behandelt haben – wohl aus Angst, das eben erst huschpfusch zusammengesetzte Ding könnte gleich wieder zerbrechen. »Eine Stunde lang die tonangebende Mannschaft – dann unglücklich verloren. Trotz eines Lattenschusses verloren. Dreißig Minuten, auf denen man aufbauen kann – dann null zu vier. Alles hat diesmal gepasst: Nur kann man nicht gewinnen, wenn man vorne keine Tore schießt, sondern hinten welche bekommt. Fünfzehn großartige Minuten, die berechtigte Hoffnungen wecken – dann leider null zu zwei.« Und so fort. Erst nach und nach bemerkten die Journalisten, dass man auch in einem solchen Kunststoffclub einen Spieler kritisieren und über einen Trainer diskutieren kann, nur eben so moderat, dass nicht gleich die Existenz des ganzen Clubs zu wackeln beginnt.

Winterpause. Tabellenende. Trainerentlassung. Die gute Nachricht: Das Sinnbild der Schamlosigkeit und Unverfrorenheit ist trotz aller Privilegien Tabellenletzter. Der Fußballpräsident, der nichts vom Fußball versteht, will dem beurlaubten Fußballtrainer, der etwas vom Fußball versteht, keine Abfertigung zahlen. Daher beschäftigt er den als Fußballtrainer beurlaubten Fußballtrainer als Sportdirektor weiter und setzt ihn in ein Büro, wo der Sportdirektor, der etwas vom Fußball versteht, dem Fußballpräsidenten, der nichts vom Fußball versteht, bis auf Weiteres für dreißigtausend Euro monatlich seine Nachfolger als Fußballtrainer empfehlen soll. Alles ist möglich in einem Fußballverein, in dem es so wenig um Fußball geht wie in diesem. Damit ist der Moment gekommen, in dem sogar ein paar einheimische Sportjournalisten den Kopf zu schütteln beginnen, aber aus Rücksicht auf ihre eigene Chefetage doch so vorsichtig, dass das Gesamtprojekt nicht in Gefahr gerät. Anything goes if everything is broken.

Doch da fährt schon wieder ein Hammer nieder: Die Lamu tritt aus dem Vorstand des Traditionsvereins zurück! Um Himmels willen! Nach einem ganzen halben Jahr der ununterbrochenen Mitgliedschaft! Von der legendären Gründung weg hat diese Fußballlöwin den Traditionsverein ein ganzes halbes Jahr lang bis jetzt durch alle Höhen und Tiefen begleitet – na ja: Höhen hat es ja keine gegeben. Aber durch alle Tiefen hat sie ihn begleitet. Durch dick und dünn ist sie mit ihm gegangen, eine Frau der ersten Stunde – na ja: Dick hat es nicht gegeben. Durch dünn ist sie mit dem Traditionsverein gegangen, treu und ergeben, dann ist sie gegangen. All die fremden Oberösterreicher im Stadion mit ihren schmucken schwarz-weißen Trainingsanzügen fragen sich bange: Was soll jetzt werden? Wer wird jetzt im Stadion Rosen verteilen? Die Lamu hat sich ja schon deshalb unermessliche Verdienste um den Verein erworben, weil sie bei den Heimspielen die Tribünen auf und ab gerannt ist und an die Gratisbesucher Gratisrosen verteilt hat.

Der Witz des Tages: Zwei Politiker, der Landeshauptmann und der Bürgermeister, geben gemeinsam eine Pressekonferenz und erklären, sie wollen den Verein »entpolitisieren«. Unterdessen ist das Unternehmen, das Karten an Frauen und Kinder und BZÖ-Wähler verschenkt, auf undurchsichtige Weise in Geldnot geraten. Der »Präsident«, also der Statthalter und Nachbar, hat sich scheinbar völlig verkalkuliert (konnte nach eigener Aussage nicht ahnen, dass die Stadionkosten dreimal so hoch sein würden wie von ihm budgetiert – ein Wirtschaftsfachmann!!). Und schon droht der »Präsident« für den Fall, dass er keine zusätzlichen öffentlichen Gelder, zusätzliche Millionen aus dem Zukunftsfonds bekommt, damit, »seinen Verein« mitsamt der Lizenz unter der Saison an den Bestbieter zu verkaufen. Nach einem halben Jahr! Was für eine Bindung der Präsident zu seinem Verein haben muss! Aber wer Augen hat zu sehen, dem muss das ja klar gewesen sein.

Also dann, weg damit! Verkauf den Krempel, Präsident, verkauf den Taschenspielertrick, verkauf das Lügengebäude, je eher, desto besser, je weiter weg, desto besser! Aber wer bezahlt für den Schaden, der hier angerichtet ist? Wer bezahlt für die verbrannte Erde? Wird man alle Mitschuldigen stellen und zur Verantwortung ziehen? Alle Mitläufer? Alle Mitspieler? Alle Mitzahler? Alle Mitschreiber? Alle Jasager? Werden sie mit dem Falschprojekt mit untergehen, oder werden sie auch danach oben schwimmen und locker weiterpaddeln zum nächsten Cashpoint – hinter ihnen die Sintflut und die Tauernliga? Kippt jetzt die Stimmung im Land?

Im Jänner 2008 holt die Zeitung telefonisch Expertenmeinungen zum gewünschten Griff in den Zukunftsfonds ein und bekommt geschlossen Absagen und Gegenstimmen: Der Präsident der Wirtschaftskammer ist moderat dagegen. Der Rektor der Universität Klagenfurt ist moderat dagegen. Der Generaldirektor der Raiffeisenlandesbank ist dagegen. Der Präsident der Arbeiterkammer Kärntens ist moderat dagegen. Ich bin dagegen. Mein Statement wörtlich: »Ich wünsche mir kein Geld aus dem Zukunftsfonds für Austria Kärnten, weil ich mir wünsche, dass Austria Kärnten keine Zukunft hat.« Tags darauf ist Haider wieder einmal schwer beleidigt. Unter dem Titel *Kein Geld in Sicht: SK Austria droht Ende* ist zu lesen: »Landeshauptmann will für Fußballklub keine Förderung aufstellen. ›Präsident‹ soll den Verein verkaufen. Schuld seien Kritiker einer Finanzierung aus dem Zukunftsfonds.« (Also auch ich! Ich, Retter des Vaterlands, Pater patriae! Jawohl! Triumph! Also, »Präsident«, verkauf endlich! Lieber heute als morgen!)

Die Zeitung laviert sich so durch: Sie ist gegen den Griff in den Zukunftsfonds, aber doch für eine Unterstützung des Unternehmens. Die Ungehörigkeit, Widersinnigkeit und Unsportlichkeit des erkauften Aufstiegs leuchten den Verantwortlichen nach wie vor nicht so richtig ein. Aber man hat sie vor dem »Aufstieg« auch noch nie im Stadion gesehen.

Als ich im Juni letzten Jahres anlässlich der schändlichen Gründung eines Callclubs als Erster im Land laut und deutlich meine »Gegenstimme« in der Zeitung erhob, dachte ich, ich sei mit meiner Meinung ganz allein – und habe mich dementsprechend unwohl gefühlt: Keiner der Menschen, die im Land in einflussreichen Positionen sitzen und etwas zu sagen haben, ist mir damals gefolgt. Aber ich war und bin nicht allein: Am meisten lassen mir in den letzten Tagen und Wochen die Leserbriefe das Herz aufgehen. Viele der Kärntnerinnen und Kärntner haben doch ein viel sensibleres Instrumentarium für Sportlichkeit und Unsportlichkeit, als ihre Führer das meinen mögen. Das kommt dabei heraus, wenn Unfußballer für Unfußballer Fußballbegeisterung erzeugen wollen. Haider hat das Wesen des Fußballs nicht begriffen: Er kann nicht verlieren. Und das ist eine menschliche Schwäche. Allenfalls könnten sich seine Büttel für das Guinnessbuch qualifizieren mit dem Rekord, in der kürzesten Zeit die meisten Vereine ans Tabellenende und in den Konkurs geführt zu haben.

April. Herta zu ihrem theologischen Fortbildungskurs nach Salzburg chauffiert, zum zweiten Mal heuer schon. Ich kann mir meine Zeit ja einteilen, sagt sie immer, und mir ist es so lieber. Führe sie und stieße ihr was zu, entgleiste mein Leben. Es macht mir Freude, wieder einmal durch die Altstadt zu flanieren, durch die Getreidegasse, in den Dom, die Salzach entlang, zum Landestheater, zur Rupertusbuchhandlung (in der Auslage Herbert Fux' *Wiederkehr und Abschied*, bei Otto Müller herausgekommen, ein unansehnlicher Umschlag), zum Höllrigl (Bin ich vertreten? Ich bin. So soll es sein. Dagegen leider nur ein Exemplar von Habringers *Island-Passion*). Salzburg (Salisburgo) ist an diesem Vormittag voller italienischer Schulklassen. Jetzt macht sich Mozarts Kooperation mit da Ponte bezahlt. Im Dom weist eine Marmorplatte unter der Kuppel auf einen Besuch von Johannes Paul II. im Jahr 1998 hin. Das »Glockenspiel« ist von Demel übernommen worden, man versinkt in den Sitzen, die Torte heißt Tarte und ist teuer, klein und alt. Der Cappuccino mit Milchschaum besteht zu neunundneunzig Hundertstel aus Milchschaum.

Aber dafür das Café Bazar an der Salzach: Ein wunderbares altes Jugendstilkaffeehaus, wie es auch in Österreich leider nur noch ganz wenige gibt! Eine Entdeckung! Obwohl: Es liegt ja offen da, gleich neben dem Österreichischen Hof (jetzt: Sacher) und dem Salzachgrill, wo ich als Kind mit Papa war. Dass ich hier noch nie hereingefunden habe! In so einem prächtigen Kaffeehaus werden auch gleich die Menschen schöner. Ab sofort können mir Demel und Tomaselli gestohlen bleiben! Und wen trifft man gleich auf der Speisekarte des Bazar? Natürlich! Thomas Bernhard! »Wie andere in den Park oder in den Wald, lief ich immer ins Kaffeehaus, um mich abzulenken und zu beruhigen, mein ganzes Leben.« Vom »Salzburger Todesboden« steht in der Speisekarte natürlich nichts. Aber es ist ja auch verständlich, dass man Gäste beim Kaffeetrinken nicht gleich existenziell verschrecken will.

Zum Mittagessen in die Bürgerstube des Sternbräu. Zwei junge Touristinnen, eine Deutsche, eine Amerikanerin, entdecken die österreichische Küche. Die Amerikanerin zückt ihre Digitalkamera, hält sie weit von sich gestreckt über den Teller und fotografiert ihren Schweinsbraten und den Knödel. Was ich nicht ganz verstehe: Den Krautsalat fotografiert sie extra. Jedenfalls ein bisschen Nationalstolz: Niemand würde bei McDonald's Hamburger fotografieren. Draußen hinter den Fensterscheiben das Gefälle, das überall auf der Welt Regen und hier Schnürlregen heißt.

Zwischen den Gängen lese ich hier an einem der Originalschau-/schreibplätze *Schönheit ist die erste Bürgerpflicht*, den eben erschienenen Briefwechsel von Peter Handke und Alfred Kolleritsch, von Handke viele Postkarten mit lässig-launigen Anreden »Alfred the Knallfred«, »Don Alfredo« et cetera, von Kolleritsch die langen Briefe mit der stereotyp hochachtungsvollen Anrede »Lieber Peter«. Les hommes de lettres! Große Männer der Wortwerdungsliteratur! Lieber Peter, dein Hingerichtet-Sein auf die Welt et blablabla, blablissima. Wer ist hingerichtet? Lieber Peter, es ereignet sich ein Ordnen! Wow! Während noch bei Heidegger das Nichts nichtet, etwast das Etwas bei Kolleritsch! Wohlgemerkt: Das Etwas etwast nicht auf etwas zu, es etwast einfach vor sich hin.

Jetzt kommt das Salzburger Nockerl.

Lieber Peter! Darf ich dir wieder ein bisschen Sondersprache nach Salzburg rüberwichsen? Lieber Peter, bitte, bitte gib mir was für die *manuskripte!* Völlig wurscht was, es muss nur von dir sein. Bitte, bitte. Lieber Peter! Ich bin nicht würdig, dass du eingehst in mein Inhaltsverzeichnis. Aber wenn du die *manuskripte* boykottierst, sterbe ich! Ehrlich! Bittebittebitte. Lieber Peter! Bitte, bitte schreib mir ein kurzes Vorwort für mein Büchlein! Nur eine Seite! Bitte, bitte! So wird meine Seele gesund.

Alfred Kolleritsch, der Harald Serafin Peter Handkes. Der rutscht vor Handke nicht auf Knien. Der robbt vor Handke auf dem Bauch. Sadomaso at its best. Lieber Peter! Schrecklich, wie man dich verleumdet! Schrecklich, wie diese Dummköpfe da draußen in der Außenwelt dich nicht als Geweihten akzeptieren und niederknien. Schrecklich, wie alle bloß dem Thomas Bernhard nachlaufen! Danke, dass du mich mit deinem Text gereinigt hast! Nun hast du in mir die Katharsis eingeleitet – deren Wirkung es war, dass ich ganz mit deinem Schauen mitdenken kann … Du möchtest nach Österreich kommen? (Erbarme dich unser!) Du möchtest »in einigen Städten« lesen? Oh Herr! »Solltest du« (in deiner unergründlichen Güte, Weisheit und Allmacht) »Graz miteinbeziehen, lass mich mitüberlegen, wer der Veranstalter sein könnte – oder wir sitzen im Süden, in der Natur + die hören wollen, kommen, eine Hügelpredigt mit Brot + Wein.«

Harald Serafin ist zu wenig: Der Petrus Handkes! Der neoklassizistische Paradejammerlappen mit seinen lächerlichen Partizipialkonstruktionen als Petrus Handkes!

Meister! Messias! In deine Hände lege ich meinen Geist …

Alfred the Knallfred, was soll ich denn mit deinem Geist?

Lieber Freddy! Gerade geht ein nasser Flusshund an mir vorbei. Ich bin wohl seltsam. (Handke aus Innsbruck.) Nicht wirklich ein Satz, mit dem man in Kaffeehausspeisekarten hausieren gehen kann. Ein Satz, mit dem man eigentlich gar nichts anfangen kann.

Gerade erst war ich im Copyshop und habe für den Fünfziger von Wittgensteinwolfi vorauseilend auf den Brustteil eines T-Shirts flocken lassen: »Gerade krabbelt mir eine Ameise die Wade herauf. Peter Handke (Schönheit ist die erste Bürgerpflicht)«. Ich kann ja nicht den ganzen Briefwechsel auf Leibchen drucken lassen, vor allem nicht die ganze wichtigtuerische Wahrnehmungsdideldumdeierei des Möchtegernneueckermann aus dem Möchtegernneuweimar an der Mur. Es kommt der Punkt, da wird auch Verhöhnung ganz einfach zu kostspielig.

Jedenfalls bleibt am Ende der Eindruck: Peter Handke ist seit Jahrzehnten ein literarischer Machtmensch ersten Ranges, betreibt literarische Hausmachtpolitik – und ist schon deswegen abzulehnen. Schon deswegen eine unangenehme, eine widerwärtige Figur. Ohne Handke würden Gustav Januš, Franz Weinzettl und vor allem Alfred Kolleritsch als literarische Figuren höchstwahrscheinlich nie existiert haben. Handke hat sich sein Rundherum einfach dazuerfunden, durchgesetzt und durchgeboxt. (Der Josef ist zwar keine Erfindung, aber auch einer aus dem Handkeanbetungsverein – noch dazu in der Handkeauftrittsnachahmungssektion. Auch sehr unangenehm bisweilen. Auch ihn meide ich gerne.)

Zahlen!

Krems, Stift Göttweig, »Literatur & Wein«, schönes Festival, Michael, Wolfgang und Sylvia haben da etwas Bemerkenswertes auf die Beine gestellt. Margit Schreiner, Franz Schuh, Jürg Laederach, Arno Geiger, Waldimir Kaminer waren gestern da, morgen kommt Franzobel, heute Helene Flöss, Antonio Fian, Julia Franck, ich – und dreihundert Besucher. Julia Franck (die Thomas Glavinic »geschlagen« hat) singt fast, wenn sie liest. Es geht um eine Mutter, die ihr Kind an einer Haltestelle abstellt, kurz weggeht und nie mehr wiederkommt. Sehr traurig. Außerdem opulente Pilzbeschreibungen. Frau Franck ist mit ihren beiden kleinen Kindern da (zum Glück sind die nie allein). Sie lebt aber, erzählt mir jemand, von ihrem Mann getrennt und muss nun die meisten Lesungsangebote ablehnen, weil sie niemanden hat, der auf ihre Kinder schaut. Antonio Fian, sagt Herta, hat zugenommen. Wir begrüßen uns knapp. Ich muss zugeben, dass in mir Freude aufkommt, als Wolfgang am nächsten Morgen beim Frühstück im Hotel Unter den Linden meint, der Bestseller auf dem Büchertisch letzten Abend sei die *Besten Niederlagen* gewesen. Recht wohl! Wie für Weingegenden typisch ist das Publikum für Anheiterungen dankbar. Aber erfahrungsgemäß halten solche Erfreuungsanfälle nie lange an.

Einschlafen, aufwachen, Graz. Honorarfreie Lesung für den Styria Verlag im Joanneum vor fortbildungswilligen Bibliothekarinnen, bei der der Verlag sinnloserweise meine Bücher auf dem Büchertisch vergessen hat.

Zuvor hält Anneliese Kainer eine Powerpoint-Präsentation, bei der die grauslichsten Grauslichkeiten des Verlagswesens (»Bestsellerlisten werden immer wichtiger«) als einfache Merksätze zum Mitschreiben auf der Wand erscheinen. Außerdem: »Autoren müssen Engagement zeigen« (Tu ich. Bin ja hier).

»Immer öfter schicken Verlage ihre Autoren zum Sprechtechniktraining, damit sie sich besser verkaufen.« (Ich beginne meine Lesung mit den Worten: »Sehr geehrte Damen, sehr geehrter Herr! Ich komme jetzt gerade von der Sprechausbildung. Vor mir hatten Hans Krankl, Toni Polster und Benjamin Raich ihre Stunde!«) Dann ruft mich Michael Appel vom Bayerischen Rundfunk an und fragt, ob ich Lust hätte, ein Fernsehporträt über Klagenfurt zu moderieren. Ich zeige Engagement.

»Lieber David Axmann«, schreibe ich meinem Ex-Lektor, »ja schade. Aber das (und dieses) Ende habe ich weder gewollt noch herbeigeführt. Nach der desaströsen Verlagsperformance der Edition Atelier im gesamten Jahr 2007 (die Sie in allen Details ja kennen) war mir aber spätestens nach dem äußerst unangenehmen Zusammentreffen im Verlag am 3. Oktober 2007 klar, dass die Basis für eine weitere Zusammenarbeit nicht mehr gegeben ist. Jedem Verleger müsste klar sein, dass er einen Autor so nicht behandeln kann, selbst wenn es nicht der am besten verkaufte Autor des Verlags wäre. Die permanenten Kommunikationsaussetzer das ganze Jahr 2007 und das bisherige Jahr 2008 lang habe ich als besonders quälend und demütigend empfunden.

Ich danke herzlich für Ihre Michelstaedter-Anmerkungen, die ich allerdings insofern nur schwer werde beherzigen können, da ich ja mittlerweile selbst eine korrigierte und umgearbeitete Fassung erstellt habe und sich Ihre Korrekturen also auf eine nicht mehr aktuelle Fassung beziehen. Was das Lektorat prinzipiell betrifft, kann und will ich nicht darüber spekulieren, wer im Vergleich mit wem wie gut ist. Faktum ist und bleibt aber, dass auch das beste Lektorat zwar ein wichtiger, aber eben nur ein Teil der Verlagsarbeit ist, der zunichtegemacht und irrelevant wird, wenn der Rest nicht stimmt.

Ich wünsche Ihnen, lieber Herr Axmann, alles Gute und bleibe

mit freundlichen Grüßen Egyd Gstättner«

Augen zu, Augen auf, St. Pölten. Lesung aus den *Feinen Fallrückziehern:* Wieder großes Publikum, und auch Berühmtheiten darunter: Jørn Bjerregaard, Karl Daxbacher, Toni Pfeffer, Peter Schöttel. Gunnar Prokop, Witwer nach der verstorbenen Innenministerin Liese Prokop, mit deren Tod in der Silvesternacht des vorletzten Jahres ja auch mein Tagebuch beginnt, meint, Fußballer bräuchten überhaupt kein Geld zu verdienen: Sie spielen ja gern. Und wenn sie es nicht gern tun, sollen sie es bleiben lassen. So schön wäre die Welt, ginge es nach Gunnar Prokop.

Peter Schöttel scheint mir ein intelligenter Mensch zu sein, denn er lobt mich coram publico. So was kommt bei mir immer gut an. Toni Pfeffer lässt sich mein Buch signieren (das hätte ich mir vor zwanzig Jahren auch nicht träumen lassen!) und ich wähle den berühmten Satz »Hoch werden wir nicht mehr gewinnen!«, der ihm beim legendären 0 : 9 in Valencia in der Pause gelungen ist, als es noch 0 : 5 stand. Ich hab das ehrlich als Kompliment gemeint, bin aber nicht sicher, ob Toni Pfeffer es auch so aufgefasst hat. Jedenfalls nimmt er die Widmung gelassen: »Der Satz bleibt mir für mein Leben!«

Ich lerne aber noch andere Kapazunder kennen, etwa den Architekten (Prof. Dipl.-Ing.) Franz Fehringer, Erbauer des Flughafens Schwechat, und der wiederum erzählt mir eine Happelschnurre: Zu seiner aktiven Zeit absolvierte Rapid einmal eine Skandinavientournee. Ein Spieler namens Glechner (wenn ich nicht irre) kaufte sich ein riesiges Elchgeweih zur Erinnerung, schleppte das Elchgeweih kreuz und quer durch Skandinavien und brachte es auch im Flugzeug unter. Nach der Landung in

München, auf der Zugfahrt nach Wien, soffen Happel und Zeman um die Wette, und knapp vor Wien warf Happel das Elchgeweih aus dem Zugfenster. Da brach für Glechner eine Welt zusammen, aber er traute sich nichts zu sagen, denn Happel war sakrosankt. Später wurde nach Happel das Praterstadion benannt. Nach Glechner nichts. Die ÖBB kaufte Waggons mit Fenstern an, die sich von Fahrgästen nicht öffnen lassen, und irgendwo an der Eisenbahnstrecke zwischen München und Wien muss heute noch ein schwedisches Elchgeweih liegen.

Last but not least: Mein Honorar war auch erfreulich stattlich. Niederösterreich: Wo Lesungen noch Lesungen sind.

Im Hotelzimmer nach dem Frühstück ruft Frau T. an: Ob sie störe? Sie wisse, sie war garstig zu mir und ob ich mit ihr und dem Verlag überhaupt noch etwas zu tun haben wolle. Es habe nämlich ein Gespräch im Verlag gegeben, und jetzt würde alles anders werden. Na, da schau her! Aber das lasse sich schwer am Telefon oder per E-Mail besprechen, man könne ja einmal zum Heurigen gehen …

Eigentlich bin ich fertig. Aber so leicht entlasse ich diese Leute nicht aus der Verantwortung nach einem Jahr Qual und Ärger. Immerhin haben sie noch acht Titel im Programm, und sie können ja jetzt zeigen, was sie dafür tun. Man könnte ja zum Beispiel einmal eine illustrierte Ausgabe des *Mädchens im See* produzieren. Man könnte das *Waidmannsdorfer Weltgericht* zum Beispiel mit dem Umschlag bestücken, den ich seit Jahren haben will, mit dem Bild, auf dem ich im Königskostüm auf dem Herzogstuhl sitze. Man könnte die Romane *Februarreise an den Tejo*, *König des Nichts* und *Horror Vacui* einmal zur Trilogie *Die Nichtstuer des Südens* bündeln – und binden. Zu tun gäbe es genug. Also im Mai ein Gespräch mit Frau T. Aber im Kaffeehaus, nicht beim Heurigen.

Vor dem Auschecken noch ein kurzer Spaziergang durch das Zentrum St. Pöltens. Ein hübscher, autofreier Hauptplatz, der Bahnhof derzeit ausgehöhlt. Leckere Pariser Röllchen im Süßen Eck. Dafür habe ich einen Blick. Viele Schulklassen auf Besichtigungstouren unterwegs. Eine Gruppe neun-, vielleicht zehnjähriger Kinder bleibt mit ihrem Lehrer vor einer Inschrift stehen, die offenbar auf die Besatzungszeit hinweist. Wer waren denn die Besatzungsmächte, will der Lehrer wissen. »Die Amerikaner«, ruft einer. Richtig. »Die Russen.« Ja, die Russen. »Die Franzosen!« Die Franzosen. »Die Deutschen!« Der Lehrer verzieht sein Gesicht, und man sieht ihm an, wie er um die Entscheidung ringt, ob er jetzt lachen oder weinen soll.

Das Fernsehen war wieder da, diesmal der Bayerische Rundfunk, und diesmal war ich kein Interviewter, sondern sollte den Moderator des Stadtporträts von Klagenfurt machen, was eine ganz andere Aufgabe ist.

»Als Moderator musst du immer in die Linse schauen«, sagt Michael Appel, »das Publikum will dich ganz haben! Exklusiv! Ganz dich! Die Kamera ist dein Gesprächspartner. Die ist jetzt deine Geliebte!« Ich spreche also in dieses große schwarze Auge: Da drinnen stecken Mann und Frau, jung und alt, reich und arm, krank und gesund, schön und hässlich, klug und beschränkt, gelangweilt und aufmerksam. Und alle unsichtbar.

Ich lächle das schwarze Auge an, aber es lächelt nicht zurück, reagiert nicht, tut nichts. Es starrt mich unbeweglich an wie ein Toter. Schöne Geliebte! Es ist schwer, sich gleichzeitig auf den Blick ins schwarze Loch und auf den Satz zu konzentrieren, den man gerade sagt: Deswegen passt das Ende des Satzes oft nicht zu seinem Anfang. Das tote Auge bringt mich mitunter so aus der Fassung, dass ich manche Sätze zwanzigmal sagen muss, bis sie wirklich passen. »Und die Kamera, sie läuft!«, sagt Raimund, der Kameramann. Wenn ich fertig bin, jubelt Michael hinter der Kamera jedes Mal, als hätte ich gerade ein Tor geschossen: »Das war schon sehr, sehr gut, das können wir nehmen, aber wir probieren es sicherheitshalber noch einmal.« Der Schauspieler – ein völliger Noname meines Wissens –, den sie in Wien für das Wien-Porträt genommen haben, habe viel mehr Anläufe gebraucht, dabei sei er ja Schauspieler. Ich werde andauernd nur gelobt, gelobt, gelobt, und nach einer halben Stunde wird mir klar, dass das einfach eine Arbeitstechnik ist, die man in redaktionellen Workshops einstudiert hat. Na ja.

Oft wirkt ein Satz beim fünften Versuch auch nicht natürlicher und ungezwungener als beim ersten. Mehr und mehr habe ich mich auch im Verdacht, dass ich hier ausschließlich banale Botschaften absondere. Kompakt formuliert kann man einem schwarzen Loch nur schwer komplexe Zusammenhänge näherbringen. Den klaren Blick bei freier Rede behindernd kommt auch noch Ralf, der Lichttechniker dazu, der mit einer großen goldenen Scheibe vor meiner Nase herumfuchtelt, die mich so blendet, dass ich während des Moderierens vor lauter Blendschmerz die Augen kaum öffnen kann und mir Tränen kommen. Im Bild bringen die das Glänzen der Pupillen gut rüber.

Von Bachmann oder Musil wollen die bayerischen Fernsehfreunde dann – anders als bei den Vorbesprechungen – doch gar nichts wissen, dafür gibt es ja jetzt mich. Sagen sie. Lieber etwas über Hausmannskost sagen, »aber nicht technisch, sondern eher von der menschlichen Seite« (man hat eine Frau Sutterlüty aufgetrieben, die vor der Kamera Käsnudeln kocht. Sutterlüty? Hier? In Kärnten?) Ich fürchte ernsthaft, das Porträt wird ins Rustikale abdriften, während ich bei meinem Slalom durch die weißen Strandbadhäuschen und in »Egyds Büro« peinlich eitel rüberkommen werde. Oje, oje. Ojemine!

Abgesehen von meinen eigenen Hoppalas fallen auch neue Klappen, weil ein Vogel ins Bild fliegt, eine Wolke sich vor die Sonne schiebt, eine Motorsäge angeworfen wird, ein Zug vorbeidonnert, ein plötzlicher Regenguss einsetzt oder aus heiterem Himmel Entenexkrement auf der Moderatorennase landet. Billy Wilder soll einmal gesagt haben, er habe in seinem ganzen Leben nur zwei Wochen gearbeitet, den Rest gewartet und Hoppalas beseitigt. So ist es stundenlange Knochenarbeit, bis man endlich den Satz im Kasten hat: »Herzlich willkommen, liebe Zuschauer!«

Die aufgeregten Gedankenrundgänge in meinem Kopf nach den Drehtagen haben mich bis vier Uhr in der Früh nicht einschlafen lassen. Also hab ich nach einem halben Jahr doch wieder ein Xanor genommen, um ein paar Stunden Ruhe zu finden, wodurch ich am Morgen nach dem Aufwachen aber entsprechend groggy war und Herta den ersten Teil der Strecke nach Budapest bis Loipersdorf fuhr. Die Grenze besteht nach wie vor. Nur sind die Passkontrollen durch den Pflichtkauf der Autobahnvignette ersetzt. Heute ist alles und jedes monetär geregelt. Dann eine eindrucksvolle Fahrt durch die unendlichen Rapsfelder der ungarischen Puszta, der weithin unberührte tiefgelbe Karst des Ostens. Alles in allem fünfhundertsiebzig Kilometer, fünfeinhalb Stunden.

Plan- und orientierungslos nach Budapest hinein, aber nach ein paar unorthodoxen Kehrtwendungen haben wir das Ibis Heroes Square dann doch recht schnell gefunden (meine Vermutung war richtig, es müsse am Heldenplatz – am Ende der Andrássy út – liegen, an den und an die ich mich noch vom letzten Budapestaufenthalt vor elf Jahren erinnern konnte). Der damalige Grund war eine Theatertagung, zu der mich Eva Feitzinger, damals Cheflektorin bei Sessler, geschleppt hatte, und auch der mittlerweile verstorbene Direktor des Schauspielhauses, Hans Gratzer (»Wir müssen einander notwendig werden!«) und dessen Dramaturg Thomas Jonigk waren da (der war schon »notwendig«, und »Wiener Schnitzel machten« ihn »glücklich«).

Jetzt trafen sich hier eine halbe Schweizer und eine halbe österreichische Autorenmannschaft, um (aus Kostengründen) gemeinsam gegen eine ganze ungarische Autorennationalmannschaft zu kicken. Aus der Schweiz waren unter anderen Richard Reich, der *NZZ*-Schüttelreimer Bortlik und Urs Heinz Aerni gekommen, der ein großes Scherzkeks ist und mit dem wir uns auf dem Weg zum Schloss hinauf blendend blödelnd unterhalten haben. Die österreichische Halbmannschaft bestand aus Gerhard Ruiss, Georg Bydlinski, Christoph Mauz, Clemens Berger, Reinhard Prenn, Franzobel und mir. Abends kam auch noch unser Trainer Willi Kaipel dazu. Oben auf dem Schlosshügel die obligaten Fotos auf Donau, Kettenbrücke, Parlament und die Margareteninsel hinunter, Budapest-Teetassen und Miniatur-Parlament besorgt, Dobostorte gegessen, Kaffee getrunken, ein prächtiger Nachmittag. Einer der Schweizer Autoren, Solèr, der noch in Wien und Zürich dabei war, konnte diesmal nicht mitkommen. Krebs. Ausgezehrt von der Chemotherapie. Zuerst Prostata, dann überall. Achtundvierzig Jahre. Zwei Jahre älter als ich. Anfangs hatte er nur Rückenschmerzen.

Ich habe auch Rückenschmerzen.

Budapest rutscht mir unter den Füßen weg. Der Aufenthalt ist mir verdorben. Angst. Panik. Immerhin scheint sich das Herzinfarkttrauma jetzt nach sechs Jahren allmählich zu legen. Krebsangst war mir jahrelang eine zu langfristige Angelegenheit. Abends ein Empfang in der österreichischen Botschaft, die die Botschafterin, wenn nicht gerade ein Empfang stattfindet, auch als Wohnung nützt, hinter einem zugezogenen Vorhang ihr unaufgeräumtes Schlafzimmer, die Bettwäsche zerknüllt. Was man so alles findet, wenn man die Toilette sucht. Robert Menasse ist da, er liest anderentags auf der Budapester Buchmesse, so wie auch einige der Autorenteamautoren, aus der neu erschienenen Sondernummer der *Drei Raben*, die sich im Empfangssalon auf dem Flügel stapelt.

Er hat mich der holländischen Botschaft in Wien für eine Lesung empfohlen, sagt Robert Menasse, danke schön. Tatsächlich haben die sich auch schon telefonisch gemeldet. Das ganze Leben funktioniert durch Empfehlungen und Empfänge. Leider ist dieses ganze Leben auch ein wenig steif. Ich frage Robert nach der Episode bei Glavinic, in der er vorkommt. Er findet sie lustig, ich entbehrlich, das Buch im Ganzen aber gut, und das alles ist eigentlich nur so dahergesagt, Small Talk. Er sagt, mir hätte er ja seinen *Anrufbeantwortertext* zu verdanken. Du liebe Güte, werde ich jetzt rot? Nein, ich schmunzle abgeklärt. Ist da der späte Schatten eines Vorwürfleins zu spüren? Incertus. Du liebe Güte, zwölf Jahre später holen einen solche Dinge ein. War ich gemein damals? Wahrscheinlich. Zuerst die Gemeinheiten, dann die Empfänge.

Nach und nach verabschiedet man sich so halbherzlich, und es trifft sich, dass das Ehepaar Menasse gemeinsam mit einer Botschaftsbediensteten und kurz darauf das Ehepaar Gstättner den Empfang verlassen. Die Menasses betreten den gläsernen Lift, die Gstättners nehmen die Wendeltreppe, die rund um den Lift herum führt. Die Gstättners sind gut zu Fuß und überholen die Menasses auf halber Höhe, was aber auch damit zusammenhängt, dass der Menasse'sche Glaslift zwischen zweitem und erstem Stock plötzlich stecken bleibt und sich weder bewegen noch öffnen lässt, was die Menasses durch lautes Rufen, das dumpf durch den Glaskäfig dringt, der Außenwelt mitzuteilen versuchen. Das Lifttelefon funktioniert nicht, der Alarmknopf im Inneren der Kabine funktioniert auch nicht. Saudumme Geschichte. Wer kann helfen in einem solchen Fall an einem späten Samstagabend in den unergründlichen Tiefen Osteuropas? Ich bin wie immer ratlos, aber doch von einem gewissen Edelmut durchdrungen, der sich wie schon beim guten alten Tamino in der Idee äußert: Menassen retten! Also husche ich zurück hinauf in die Botschaft und bringe der gerade smalltalkenden Botschafterin die schlimme Kunde, die sie meiner Auffassung nach wirklich als Belästigung empfindet. Als könnte *ich* etwas dafür! Il messagero non è importante, Frau Botschafterin! Jetzt bahnt sich die kleine, barocke Frau den Weg ins Stiegenhaus in der Hoffnung, das Unglück könnte sich in den letzten paar Sekunden irgendwie von allein behoben und in Wohlgefallen aufgelöst haben – von oben besehen schaut das Kabinendach ja ganz harmlos und friedlich aus, aber der Blick täuscht. Inzwischen ist im Parterre eine Art Hausmeister erschienen, den die konsternierte Botschafterin anherrscht, der erklärt, man habe die Liftfirma angerufen und warte jetzt auf Rückruf. Das könne aber freilich auch zwei Stunden dauern. Die Botschafterin will wissen, warum der Alarm nicht funktioniert hat. Der Alarm funktioniert natürlich nicht, weil der Lift kaputt ist, erklärt der Hausmeister. Wäre der Lift intakt, dann funktionierte selbstverständlich auch der Alarmknopf. Allerdings bräuchte man ihn dann nicht. Diese Menasseepisode ist sicher viel besser als die Glavinic'sche Menasseepisode: Das ist mir sofort klar. Allein die Zeitungsmeldungen! »Österreichischer Großdichter samt Gemahlin mitten in Budapest von hilflosen Autorenkollegen umringt im Lift erstickt! Botschafterin peinlich berührt!« Das ist fast noch besser, als in Paris von einem Ast erschlagen oder in der Dominikanischen Republik von einem Bus zerquetscht zu werden! Die Botschafterin will Clemens, Herta und mich, die auf der Treppe vor der Glaskabine ausharren, offenbar loswerden. Als hätten wir nicht gerade in ihrer unaufgeräumten Wohnung staatsmännisch hochoffiziell Rindsgulasch, Zürcher Geschnetzeltes, Wiener Schnitzel und Millirahmstrudel mit Vanillesauce gemampft, behandelt sie uns wie ordinäre Schaulustige von der Straße und fordert uns expressis verbis auf zu gehen. Gehen Sie! Gehen Sie! Sie sei ja da, für Hilfe sei gesorgt, und wir könnten ja doch nichts tun. Das nicht, aber man kann das Unternehmen *Menassen retten* nicht einfach so undramatisch auslaufen lassen. Also rufe ich Robert (der einen Meter Luftlinie von mir entfernt ist) mit dem Handy an, frage ihn, ob es für ihn okay ist, wenn wir uns jetzt verabschieden und ob wir irgendetwas für ihn tun können. Robert antwortet: »Nur wenn ihr einen Glasschneider habt!« Wir winken, gehen ab und treten hinaus auf die nächtliche Andrássy út.

Am nächsten Morgen sitzt Robert Menasse aber doch im Hotel beim Frühstück. Es ist zum Glück doch nichts mit dem kuriosen Abgang, und die Zeitungen der Welt haben sich andere Schlagzeilen für die Sonntagsausgabe überlegen müssen. Aber die Menasses haben, wie er erzählt, noch zwei weitere volle Stunden lang im Lift stehend warten müssen. Dann sei die Feuerwehr gekommen, habe im ganzen Haus den Strom ausgeschaltet und den Dichter geborgen. Ich bekunde meine Bewunderung, wie ruhig und gefasst die beiden im Lift gewesen seien. Ich an ihrer Stelle wäre wahrscheinlich nach längstens zehn Minuten in Panik geraten und hätte wie das Rumpelstilzchen mit beiden Fäusten gegen die Glaswände geboxt und mit den Füßen dagegen getreten. Robert meint, es sei nicht bloß Gelassenheit gewesen. Er sei in eine Art Apathie verfallen: Die Situation des Eingezwängtseins und Eingesperrtseins habe er als Knabe im Internat kennen- und durchhalten gelernt. So sei das gestrige Liftmalheur im Grund ein bloßes Déjà-vu-Erlebnis gewesen. Wie das Internatsleben Menschen prägt, gerade schreibende! Wer weiß, ob ich jemals Gelegenheit haben werde mitzuerleben, wie Peter Handke im Lift steckt? Oder wenigstens Alfred Kolleritsch!

Mai. Augen zu. Augen auf: »Schweiz. Entdecke das Plus«, steht auf dem Bus, der uns in Genf vom Flugzeug zum Flughafengebäude bringt. Faszinierend, wie unsere westlichen Nachbarn metaphorisch das Allerletzte aus ihrer Flagge holen. Auf die österreichische Fahne übertragen müsste es analog heißen: »Österreich. Entdecke das Minus«. Gar so schwer zu finden ist es ja nicht, so breit und fett, wie es zwischen den beiden roten Balken liegt. Und da entdecke ich am Kiosk auch schon eine Zeitung mit der Schlagzeile »Le monstre d'Amstetten!« Das Bildnis des Stierschädels verschlingt das ganze Titelblatt. Mon dieu! Dabei bin ich doch hierhergekommen, um als Beobachter des »Beobachters« *Schweizer* Merkwürdigkeiten aufzustöbern. Uns kenne ich ja.

Da wir also in der letzten Eigensinnigkeitsinsel mitten in Europa gelandet sind: Passkontrolle! Geldwechsel! Im Flughafen-Euro-Fanshop sehe ich ein T-Shirt mit dem Aufdruck »Freude herrscht!«, das ich gleich kaufen muss. Selffulfilling Prophecy offenbar. Ich bezahle und bekomme als Wechselgeld einen Zehn-Franken Schein zurück, das Bildnis des Mannes darauf mit der auf die Stirn geschobenen Nickelbrille kommt mir bekannt vor. Ist das Le Corbusier? Der indische Verkäufer zuckt mit den Achseln. Wer? Er hat keine Ahnung. Ich habe beim Umtausch lauter Scheine bekommen. Der Fahrscheinautomat für den Bus in die Stadt nimmt aber nur Münzen. Also gehe ich schnell in die Bar gegenüber, und die Kellnerin erklärt mir, wenn ich das richtig übersetze, sie sei kein Wechselbüro.

Das befinde sich einen Stock tiefer. Ich führe das Missverständnis auf mein minimales Französisch zurück und erkläre der Frau nochmals ganz langsam und deutlich, dass ich ja keine Währung wechseln will, sondern bloß einen Frankenschein in Frankenmünzen für den Automaten. Daraufhin erklärt mir die Kellnerin noch einmal, sie sei kein Wechselbüro. Keine Freude herrscht! Wo sie von Automaten umzingelt sind, werden Menschen auch zu Automaten. Aufgrund der Sprachschwierigkeiten verzichte ich darauf, die Frau zu fragen, ob sie bereits vom Euro-Fieber befallen ist.

In der Straßenbahn in die Innenstadt säuselt eine sanfte Frauenstimme *Broschänaräh! Broschänaräh!* Immer wieder *Broschänaräh*. Bald aber ist Herta hinter das Geheimnis gekommen: Prochain arrêt! Bien! Aber wo aussteigen? Wo umsteigen? Nirgendwo ist auf das Stadion hingewiesen! Wie werden das die Tschechen und die Portugiesen machen, wenn sie hier spielen? Oder sind nur wir so unbeholfen? Also doch ein Taxi. Herta entdeckt ein Plus nach dem anderen, nach dem weißen Schweizer auch das rote von Henri Dunant, la Croix-Rouge. Außerdem gibt es eine muslimische Schwesterorganisation, den Roten Halbmond, le Croissant-Rouge.

Das Ramada Encore Hotel liegt praktischerweise direkt am Stadionareal, ist baulich an das Oval angeschlossen und dient als Verbindungsglied zum Einkaufscenter auf der anderen Seite. Das Stade de Genève selbst ist aber verschlossen, verriegelt und verwaist. Wüsste man es nicht besser, käme man kaum auf die Idee, dass hier in einem Monat Fußballeuropameisterschaft gespielt wird. Ob es eine Möglichkeit gäbe, ins Innere zu kommen, fragen wir den Rezeptionisten. Er winkt gleich ab. »But we came from Vienna by plane, especially for this reason!« Der Rezeptionist denkt nach, blickt argwöhnisch nach links und rechts, dann gibt er uns ein komplizenhaftes Zeichen: »Follow me!« Das Hotel (während der Euro wird es komplett von der UEFA gebucht sein) hat mehrere Konferenzsäle, die heißen »Dunant«, »Voltaire«, »Rousseau« oder »Calvin«. Einer davon hat eine riesige Panoramaglaswand und ist in den VIP-Bereich des Stadions hineingebaut. Hier dürfen wir uns ausnahmsweise umsehen und auch ein paar Erinnerungsfotos schießen. Ich bin ein wenig stolz. Letzte Woche hat mir der Redakteur des Bayerischen Rundfunks erzählt, ihm sei es nicht gestattet worden, auch nur für ein paar Augenblicke ins Innere des Stadions zu kommen und ein paar Sekunden zu drehen. Und das trotz der städtischen Genfer Freundlichkeitskurse. (Say: »Swiss!« Say: »Cheese!«) Die Stühle werden wahrscheinlich noch frisch gestrichen, meint der Rezeptionist.

Naturgemäß hat die französische Schweiz viel von Frankreich, wie Frankreich viel von seinen ehemaligen Kolonien hat. In Genève wird zwar die Schweizer Gruppe gespielt, aber ohne Schweiz. Das ist durchaus symbolträchtig. Wir bedanken uns beim Rezeptionisten für seine Gunst und fragen: »What do you think? Will the Swiss team succeed?« – »I don't know! I'm Portuguese!«

C&A ist total begeistert und bietet jede Menge Suisse-T-Shirts und Suisse-Dessous an, jede Menge España-Leibchen, Italia-Leibchen, natürlich Portugal-Leibchen, seltsamerweise auch jede Menge Brazil-Leibchen für die Autisten unter den Enthusiasmierten, dagegen keine Leibchen für Tschechen und Türken, die hier um die Ecke zweihundert Meter entfernt kicken werden. Plüschzylinderhüte, aus denen Hörner, Zöpfe oder Fußbälle wachsen. Auf allem, wo in Österreich Mozart drauf ist, ist in der Schweiz eine Kuh drauf. Der Mars-Karamellriegel heißt hier »Hopp«. »Hopp« sagt man in l'Autriche, wenn man einen Schoßhund ermuntern will, aufs Sofa zu springen. Fußballer treibt man dagegen mit »Gemma!« an, was auf Deutsch so viel wie »gehen wir!« bedeutet – wodurch man das ungemütliche Wort »laufen« vermeidet.

Barfuß wie Peter Handke sitzt Jean-Jacques Rousseau zu Messing erstarrt auf einem Messingbücherstapel auf seiner Insel. Im Genfer See schwimmt ein Riesenfußball, die Fontaine und den Mont Blanc im Hintergrund, das ist schon einmal sehr begeisternd. Herta fotografiert mich auf der Uferpromenade, wie ich die Hände seitlich so halte, dass durch die perspektivische Verzerrung der Eindruck entsteht, ich finge den Ball gerade aus dem Wasser. Dieses Motiv gefällt einem Passanten, und wir laden ihn ein, auch von ihm ein solches Bild zu machen. »Where are you from?« »Palestine. And you?«, will er wissen. »Austria.« – »L'Autriche! Le monstre d'Amstetten!« »Yes. Terrible story. But we come from far, far away.« Immer dieser widerliche Kerl und seine Das-Gesetz-bin-ich-Visage! Was hatten wir Österreicher im Ausland schon alles zu leiden: Hitler! Haider! Waldheim! Dazu noch Unterweger oder Fuchs. Und jetzt dieser ungenierte Privatkerkermeister und Lustverbrecher. Wenigstens haben wir den nicht gewählt. Und wen haben die Schweizer? Gerade mal Blocher. Lächerlich! Dort Freud – hier Jung. Da sind natürlich auch die Triebverbrechen nicht ganz so spektakulär. Bei der Gelegenheit fällt mir ein: Der österreichische Teamchef stammt – aus Amstetten! Aber Hickersberger ist ein ganz, ganz netter Mensch. Man hat ihn seinerzeit extra aus der Trainerkollektion »Köbi Kuhn« genommen. Amstetten braucht ganz dringend einen guten Menschen, und Hickersberger steht lokal zusätzlich mächtig unter Druck.

In seiner Sterbestadt Genf finden wir übrigens nicht den kleinsten Hinweis auf Musil. Im Exil ist man im Nachhinein oft doch nur ein Bettelpoet gewesen. Werde ich dem Fabjan erzählen.

Von Genf nach Basel fährt man wie aus einem Land ins

andere: Von Nichtganzfrankreich nach Nichtganzdeutschland. An der Innenwand des Zuges fragt Rousseau über dem Panoramafenster: *Heureux, mon jeune ami, le pays où l'on n'a pas besoin d'aller chercher la paix dans un désert! Mais où est ce pays?* Nachdenklich rasen wir an Nyon vorbei, an Neuchâtel und Biel, Moutier und Delémont. Großes Lob der SBB! In der ÖBB habe ich noch keinerlei Innenwandliteratur bemerkt.

»Sorry, no Carlsberg!«, hat der Wirt auf die Tafel vor dem Zum Schmale Wurf (was immer das auch bedeuten mag) am Rheinufer geschrieben. Ein allerletzter Rütlischwur, bravo! Man ist ja nicht tausend Jahre neutral, um sich dann Dänenbier vorschreiben zu lassen! Dann schon lieber eingehaust werden. *»Schkummt wiesch kummt«*, demonstriert Frau Gisela vom Café Spitz Lässigkeit, hier am Rheinufer sei ja das ganze Jahr was los. »Und wenn Basel gegen Zürich spielt …« Sie vollendet den Satz nicht, verdreht aber die Augen. »Viele Gratiskonzerte wird es geben. Das Wetter wird wichtig sein. Man muss d'Lüt beschäftigen!«

Auch wenn man das erste Mal in Basel ist, hat man schnell heraußen, dass die Farben des FC Basel Rot-Blau sind wie die von Barcelona – und von Liechtenstein. Der Club ist im Stadtbild überall präsent. Das Stadion dagegen, der St. Jakobspark, ist das unsichtbarste der EURO, an beiden Längsseiten völlig zugebaut von Bürokomplexen, Einkaufszentren und der Eisenbahnlinie. *»Dasch scholl'n Schtadion schein? Dasch mussma erscht ufblasen!«*, sagt eine Stimme in der (dem) Tram. Die große Menschenmasse und die mit Vollvisierhelmen, Schildern, Knüppeln bewaffnete große Polizeiarmee weisen aber doch auf FC Basel gegen FC Zürich hin: Das könnte ein Fest – oder eine Schlacht werden!

Immerhin: Eine kleine internationale Ablenkung von Amstetten. Mit mir meint es das Schicksal gut und setzt mich auf die andere Stadionseite. Auch die After-Match-Prügelei verpasse ich: Da sitze ich schon in der (dem) Tram und mache Platz für eine alte, offenbar an Parkinson erkrankte Dame. Ihr Kopf wackelt, und darauf sitzt eine Schildkappe »FC Basel 1893«: Der Club war vor ihr. Der Club wird nach ihr sein. Das gilt für alle. Das ist der Sinn des Clubs. So alt wird kein Mensch. So lang bleibt keiner jung.

Von Basel nach Zürich, vorbei an den Juchhofplätzen am Westende der Stadt, wo sich hinter dem Recyclinghof Werdhölzli und dem Zirkuswagenabstellplatz ein großer internationaler Schrebergarten erstreckt: Zu jeder Hütte gehört ein fünf Meter hoher Fahnenmast, darauf wehen die Flaggen von Serbien und Kosovo, Kroatien und Palermo, Türkei und Portugal, Portugal, Portugal. Die Schweiz hat ihre EURO-Gegner längst in sich. Barfuß wie Rousseau, nur mit dem Benfica-Leibchen jonglieren die Kinder hier den Ball zwischen den Gemüsebeeten. Manche schaffen es, mit dem Tretroller zu fahren und gleichzeitig den Ball am Tretfußrist zu führen. Aus denen wird noch etwas! Ihre Väter spielen am Juchhof Kosova Zurique gegen Fenerbahçe und daneben Benfica Zurique gegen Morava. Alles gute Kicker! Aus den Alpen kommen hier nur die Schiedsrichter und die Betreuer: Attila, luag! Supr Roger! Bravo Goran! Hopp Hakan!

Zum Schluss wollen wir noch den berüchtigten »Geist von Feusisberg« erforschen. Zunächst aber entdecken wir ein gar sensationelles gesellschaftliches Verhalten: Beim Besteigen des Busses, der uns von Pfäffikon auf den Berg hinaufbringt, begrüßt der Busfahrer seine Fahrgäste überschwänglich »Grüezi-wol mitnand!« – alle Gäste grüßen überschwänglich zurück, und jeder Einzelne, der den Bus bei einer Haltestelle verlässt, bedankt und verabschiedet sich nochmals laut und deutlich und höflich. Wir steigen vor dem Panoramaresort aus und atmen tief ein: Es riecht ganz intensiv nach Kuh. Und diese Tiere mit den gelben Plaketten in den Ohren grasen tatsächlich rundherum: anders als in Genf, Basel oder Zürich ein authentisches heidieskes Szenario.

Im Inneren der Supernobelanlage hat es sich dann aber ausgekuht. Was aus einem ehemaligen Wienerwaldrestaurant so alles werden kann: ein Paradies! Aber wer will schon, einmal hier eingekehrt, jemals wieder hinaus in die raue Welt der Stadien? Die prächtige Aussicht auf den kompletten Zürichsee und sein Panorama, denke ich lustseufzend auf dem Zimmerbalkon, mag Lust auf alles Mögliche machen, nur auf hartes Training eher nicht. Wer soll in dieser Idylle irgendwelche Defensivtaktiken ausbrüten, Zweikampfverhalten testen oder Viererketten einstudieren? Mehr Traumurlaub als Trainingslager! Also erst einmal hinein in den Indoorpool mit dem Kunststofflaubbaum in der Poolmitte, hinaus in den angeschlossenen Outdoorpool, wo man meint, im Zürichsee selbst zu schwimmen. Oder doch lieber ins Edelsteindampfbad aus Tausendundeiner Nacht mit den Bergkristall anquakenden Fröschen, ins Aromadampfbad, ins Tepidarium, ins Kaldarium, in den Whirlpool oder den Fußwhirlpool? Alles natürlich immer mit Blick auf den See.

Abendessen mit Klavierbegleitung: *Ballade pour Adeline, Save the Last Dance for Me, My Way*. Und was hätten wir denn gern? Rohschinken mit Spänen vom Tessiner Bergkäse? Feusisberger Heucremesuppe mit gebratener Jakobsmuschel? Lammrückenfilet im Brotmantel mit Morchelpolenta? Schwertfischrückensteak mit sautierten Artischockenböden? Schokoladenmousse-Halbkugel mit Passionsfruchtkern auf zweifarbigem Babyananas-Carpaccio und Malibu-Schaum?

Oder Rhabarbermousse mit Johannisbeer-Chilli-Sorbet? Hoffentlich setzen Marco Streller und David Degen hier kein Fett an! Über die Preise reden wir natürlich nicht. Da könnte man ganz Juchhofbenfica eine Woche lang ernähren! Und zum Frühstück? Austern. Krevettencocktail. Gemüsepastete. Lachspastete. Weißwurst. Bircher Müesli. Schinkenomelette. Fruchtleckerli. Roastbeef. Tomatenjuice. Karottenjuice. Champagner! Ein Aufenthalt hier wäre eigentlich der erste Preis, die angemessene Belohnung für die, die schon Europameister geworden sind!

Auf dem Berg gibt es nicht viel Multikulti. Die Gäste sind Schweizer. Im Service arbeiten Österreicher, zum Beispiel die kleine Nicole aus dem Zillertal mit den Sommersprossen und der Stupsnase. Wer weiß: Vielleicht wird sie der Geist von Feusisberg, wenn sie Senderos oder Barnetta von Sieg zu Sieg bedient. Sie ist allerdings kein Fußballfan, bloß ihr Sohn, der hält zu Deutschland, weil sie ihm, als er klein war, ein Bayern-München-Leibchen geschenkt hat. Das war damals gerade im Sonderangebot. Tja.

Dazu passt, was ich tags darauf im Zug auf der Rückfahrt entlang des Zürichsees, wo die ersten Badegäste ihre Zehen ins Wasser tauchen, in der Zeitung lese, dass nämlich die Schweizer EURO-Muffel sind. Und je näher die EURO rückt, desto geringer wird das Interesse an ihr. Das Phänomen gibt es in Österreich genauso. Vielleicht hängt der Überdruss auch mit dem kommerziellen Supergau zusammen. In Kloten wuselt es von Menschen, und der Flughafen quillt vor EURO über: Neben einem Käfig mit einer Torschusswand für Kinder steht ein Fernseherausdemfensterwerfkäfig, wo man schon einmal seine grenzenlose Enttäuschung nach Gegentreffern oder Niederlagen anhand eines gewichtsoriginalen Fernseherimitats einstudieren und beim Fernseherweitwerfwettbewerb Eintrittskarten gewinnen kann. Das Flughafengebäude ist überfüllt, dieser Stand aber völlig leer.

Jahrelange (wenn auch bewusst halbherzige) Vorbereitung – und dann das: Unsere sogenannte *Literaten-EURO* besteht für mich im Grund aus zwei Eckbällen. Der erste, nach etwa einer halben Stunde, gegen Slowenien (die die alten Dichter durch junge Rockmusiker ersetzt haben) ist das Assist zum 1 : 1-Ausgleich (durch Thomas Schafferer). Beim zweiten, zehn Minuten vor Schluss, spüre ich einen plötzlichen Schmerz ganz oben im linken Oberschenkel, und damit ist das Turnier für mich auch schon wieder vorbei. Gegen die Schweiz laufe ich noch ein, wenn ich schon aufgestellt bin, gerade um statistisch bei den Rekordspielern zu bleiben, aber ich spüre schon beim Aufwärmen, dass es nicht gehen wird und lasse mich auch nach fünf Minuten wieder auswechseln. Wir verlieren beide Spiele, was aber ohnehin niemanden außer uns interessiert, das Wetter ist furchtbar, der Zuschauerandrang enden wollend, die ganze Veranstaltung gut gemeint, aber genau genommen ein Rohrkrepierer. (Sagen darf man das natürlich nicht, und es tut auch keiner.)

Was mir von der Literaten-EURO wahrscheinlich am längsten im Gedächtnis haften bleiben wird, ist das Männerschmusen: Vor und nach jedem Spiel, zur Begrüßung und zum Abschied Umarmung und Wangenküsschen rechts und links – nicht nur bei den elf Spielern der Startaufstellung, sondern mit dem ganzen Kader: Weil man den und den geküsst hat, muss man auch den und den küssen, schließlich hat ja der und der auch den und den geküsst, hinzu kommt das freundschaftliche Verhältnis zu den Schweizern, was durch das Schweizerschmusen zum Ausdruck gebracht wird. Bei der nächsten EURO wird sich dann das Slowenenschmusen und das Ungarnschmusen auch nicht mehr vermeiden lassen.

Aber nach einer Woche Wien habe ich wieder stark das Gefühl: An Wien könnte ich mich gewöhnen. Natürlich nicht als Installateur und nicht einmal als Redakteur in einem dieser scheußlichen neuen legebatterieartigen gläsernen Großraumbüros, wie auch die *Presse* in der Hainburger Straße jetzt eines hat (ich bin durchgegangen, als ich den Dr. Woisetschläger besucht habe). Aber als Bonvivant, Grandseigneur und Genie mit Zimmer in einem guten Hotel in guter Lage wie dem Austro Trend Rathauspark zwischen Rathaus und Votivkirche im absoluten Prachtzentrum Österreichs, einen Steinwurf vom Ring entfernt, von der Universität, dem Landtmann, dem Burgtheater, Parlament und so weiter.

Ein Bummel über den Graben und durch die Mariahilfer Straße; die Konditorei (Sluka), die Buchhandlung im Jonasreindl (günstige Julian-Barnes-Mängelexemplare!), das Antiquariat (Winter, noch mehr günstige Julian-Barnes-Mängelexemplare!) entdecken. Im Mozart die Ex-Verlegerin treffen, relaxed ein bisschen über Burberry plaudern und ihr charmant und heiter die Bedingungen für eine eventuelle zukünftige Zusammenarbeit diktieren: Die *Nichtstuer des Südens* als Box, der neue Umschlag für das *Waidmannsdorfer Weltgericht*, die verbesserte Neuauflage der *Besten Niederlagen*, eventuell eine schöne, illustrierte Ausgabe von *Das Mädchen im See*. Einen Kaffee mit dem *Spectrum*-Chef trinken und über alte Zeiten plaudern, im neuen Verlag die Fahnenkorrekturen und den druckfrischen Verlagsfolder abholen: Doch, so ließe es sich schon leben!

Und wenn man eine Woche Zeit hat, kann man auch Dinge erledigen, die sich bei den Kurzaufenthalten schwer ausgehen: Etwa die Egger-Lienz-Ausstellung im Leopold Museum besuchen: Wie man Galeerensträflinge auch für Waldarbeit und Almenabsensen verwenden kann. Der Schnitter im Gewitter

(Lithografie) und all die dumpfen Kampfmaschinen: Vom Nutztier zum Schlachtopfer, vom Schlachtopfer zum Lastenträger, vom Lastenträger zum Kanonenfutter, vom Kanonenfutter wieder zum Nutztier, und wann, wann, wann endlich wenigstens zu einer Art Mensch?

Im Tram in Zürich sagt die Frauenstimme die Station Limmatplatz so an, dass man sich ein »oder?« oder wenigstens ein Fragezeichen dazudenken muss, als wäre sie selber neugierig: Kommt der Limmatplatz jetzt oder kommt er nicht? In der Bim in Wien klingen die Durchsagen ganz anders: »Rathaus.« (Unterton: »Kann man nichts machen.«) »Stadiongasse. Parlament.« (Kann man nichts machen.) Kommt jetzt das Parlament? Es kommt. Außen die Pallas Athene, innen Westenthaler, Hackenmörder und so weiter. Kann man nichts machen.

Oder – seit Jahren immer wieder hinausgeschoben – mit der Tramway nach Grinzing fahren und Thomas Bernhard besuchen. Gesucht, gefunden. Foto mit Bernhard per Selbstauslöser. Von seinem Platz aus ist die Sicht auf die Skyline von Wien durch andere Grabsteine und Friedhofsbäume arg eingeschränkt, auch im Dunst deutlich zu erkennen aber das AKH. Besser als Simmering ist Grinzing wahrscheinlich schon, aber Thomas Mann liegt zweifellos idyllischer. Sein Grab scheint kein Ehrengrab zu sein, anders als das von Doderer, Dr. Heimito von ein paar Friedhofsreihen entfernt, über dessen Tod sich Bernhard so gefreut hat, damit endlich etwas aus ihm wird. Jetzt liegen sie gewissermaßen gemeinsam.

Zu Bernhards Rechten Dipl.-Ing. Franz Metschl, Oberbaurat 1884–1944, und Alex Zuman 1912–1986, zu seiner Linken (nach einem namenlosen Grab mit Tannenbäumchen und Comic-Piepmatzfigürchen) Anna Weinlich 1908–2001, vor ihm geboren, nach ihm gestorben (Liebe Frau Weinlich, machen Sie sich nichts draus – Sie liegen von nun ab für immer neben

T. B.! – Was? Neben dem Ungustl? Der soll mich schön in Frieden lassen!)

Auf ihrem Grabstein steht: »Tot ist nur, wer vergessen ist«. Bei Thomas Bernhard steht außer Thomas Bernhard (klein, fast zugewachsen) gar nichts. Aus seinem ehemaligen Kopf wächst ein Strauch gelber Rosen (ein paar Tage noch, dann werden die Knospen sich öffnen). Messingkreuz, zwei flach gepresste Goldengel mit Harfen hineingearbeitet, darüber eine Sonne IHSV, darunter ein Buch, eine Gebotstafel, aber mit Buchdeckel, Tafeltoren, versperrt, aber ohne Schloss, ich hab daran gerüttelt und gezerrt, ohne alleräußerste Gewalt lässt sich Thomas Bernhards allerletztes Buch nicht öffnen. Ich kann nicht sagen, was darin steht, wahrscheinlich aber nichts.

»Josi Plauen Malschule, Friedhofstraße 23, D-79798 Jestetten« steht auf dem Kleinbus, der an der Promenade parkt. Auf drei Parkbänken daneben sitzen drei Menschen, die an diesem lauen Maiabend zum Wasserfallmalen an den Rheinfall bei Neuhausen bei Schaffhausen gekommen sind.

Meine stille Frage: Ist es schwer, Wasserfälle zu malen? Der Wasserfall bewegt sich, aber er verändert sich nicht. Wenn Wasser schnell tief hinabfällt, schäumt es und wird weiß. Das Wasser ist immer ein anderes, aber es fällt immer gleich. Dieser Wasserfall hier ist dreiundzwanzig Meter hoch, hundertfünfzig Meter breit, transportiert pro Sekunde so und so viele Kubikmeter Wasser (im Sommer mehr als im Winter) – und soll der größte Wasserfall – jedenfalls Flusswasserfall – Europas sein, der Niagara-Fall Europas. (Warum muss Europa alles, aber auch wirklich alles Amerika nachmachen?)

Zwei Malschülerinnen und der Malmeister (erkennbar an seinem schmutzigen weißen Malmantel, der hohen Stirn, den langen Haaren, dem grauen Schnauzbart) sitzen also auf drei

Bänken vor drei Staffeleien, schauen immer wieder prüfend auf den Wasserfall, auf ihr Bild, wieder auf den Wasserfall, wieder auf das Bild und machen einen Strich. Alle drei tragen Sandalen. Auf einer Parkbank auf der anderen Seite der Promenade, noch näher am Wasserfall, sitze ich, schaue auf den Wasserfall und beschreibe die Wasserfallmaler hinter mir beim Wasserfallmalen. Ist ein Wasserfall anregend oder beruhigend? Imposant oder langweilig? Der Wasserfall wird beim Wasserfallen nie fertig, auch dann nicht, wenn die Wasserfallmaler den Wasserfall fertig gemalt haben, zusammenpacken und nach Hause gehen. Der Wasserfall packt nicht zusammen und macht Schluss für heute. Der Wasserfall fällt immer weiter, und er fällt auch gar nicht, er lässt sich fallen, er ist hier zu Hause.

Mit solchen Studien vertreibe ich mir also die Zeit zwischen meinen Auftritten im Literaturboot. Dreimal fahre ich heute den Rhein rauf und runter und lese den Leuten aus Schaffhausen etwas aus den *Feinen Fallrückziehern* vor: nachmittags gemeinsam mit Klaus Theweleit *(Tor zur Welt)*. Da springe ich für Franzobel ein, der unentschuldigt nicht gekommen ist. Man wird die Charakterschwäche einfach unter Allüren subsumieren. Und er wird sich denken: Wer braucht Schaffhausen? Den Leuten gefallen meine Texte, scheint mir, nur haben die meisten meinen Namen nicht verstanden, die anderen werden ihn gleich wieder vergessen. Gstättner: Mein Name ist viel zu kompliziert. Und dann noch dazu: Egyd. Der Zungenbrecher schadet mir mehr als ein unentschuldigtes Fernbleiben von Schaffhausen, wo die Glocke steht, die Schiller zur *Glocke* inspiriert hat, wo es Schaffhauserzungen (ein Läckerli) in der Confiserie Reber gibt und den Munot und den Wasserfall. Mein Name ist ab sofort *Wendel Wörthersee* – wenn's noch nicht zu spät dafür ist.

Am Bahnhof darf man Fahrräder nicht »anstellen« (anlehnen), sonst werden sie »weggeräumt« (abgeschleppt). Auf der

Brust des Müllmanns steht »Schönes Schaffuusen«. Überhaupt ist Schwiizertüütsch ganz leicht zu lernen. Man hängt an jedes Wort als Suffix »oder?« und ersetzt sämtliche Vokale durch den Einheitsvokal »ü«. (zum Beispiel: »Dürüm Take-away«).

Im nächtlichen Literaturboot am Rhein bei meinem eigentlichen Auftritt waren dann außer dem zahlenden Publikum zehn Milliarden Mücken an Bord, die mir beim Lesen zu Tausenden und Abertausenden in den Mund hineingeflogen sind. Überall warten sie massenhaft: in den Gläsern, aus denen das Publikum und ich trinken wollten, auf den Buchseiten, die ich vorlesen wollte. Jedes Mal, wenn ich eine Seite umblätterte, habe ich unabsichtlich tausend Stück erschlagen. Mit mir im Boot waren auch Ralf Schlatter und Pedro Lenz, liebe Schweizer Schriftsteller in meinem Alter. Lenz hat gerade erfahren, dass er zum Bachmannpreis nach Klagenfurt eingeladen ist. Er sorgt sich, ob das wohl das Richtige für ihn ist und ob er den Zug über Deutschland, über Vorarlberg und Tirol oder über Italien nehmen soll. In Venedig hätte er dreißig Minuten Aufenthalt, was schön wäre. Nur traut er der italienischen Bahn nicht so richtig. Sogar in Österreich, in Deutschland und selbst in der Schweiz gibt es kaum noch pünktliche Züge. Jedenfalls werden wir uns demnächst in Klagenfurt wiedersehen. Nach der Lesung erzählt Pedro Lenz vom alten Stadion in Aarau und vom neuen in Bern, außerdem von den alten, verdutzten Aarau-Fans, die im neuen Bernstadion fragen: Wo hat's denn hier Gebüsche? (Sie müssen nämlich pinkeln: In der Schweiz und in ganz Mitteleuropa mittlerweile eine hoch komplizierte Unternehmung).

In Ulm fährt mir der Anschlusszug buchstäblich vor der Nase davon. Den Aufenthalt nutze ich zum Besuch des Toilettencenters »Urinal 50 Cent«: Dazu muss man ein Drehkreuz mit Euroschlitz passieren. Die Klofrau schaut mich groß an und fragt mich, was ich denn da im Mund habe. Wie allen Menschen auf der Welt erkläre ich also auch der Ulmer Bahnhofsklofrau meinen Süßholzstab. Noch gratis. Wendel Wörthersee wird dafür aber eine Honorarnote stellen.

Juni. JOWI bekommt den Büchnerpreis! Die höchste Auszeichnung, die es für deutschsprachige Literatur gibt! JOWI aus Kamering, der in Klagenfurt lebt, nicht einmal fünfhundert Meter Luftlinie von mir entfernt; JOWI in seiner rosa Badeshort und seinem orangen Schildkäppchen, der ... genau in diesem Moment ruft JOWI an: Ob ich schon etwas bezüglich der Stadtsenatssitzung weiß (nein, die findet heute statt), dass er übermorgen nach Holland fährt, »mit der Schwichtenberg«, dass er bis Anfang September bleiben will (»sofern mein Sohn es zulässt«), dass sich bis dahin die Wiener Freunde wegen des Büchnerpreises vielleicht wieder beruhigt haben werden (»nicht einmal den Staatspreis hat einer von ihnen zum Trost gekriegt«), »ja, mit dem Neid musst du jetzt natürlich leben«, sag ich, »da muss man durch«, dass ich mir nicht vorstellen könne, wie viele Einladungen er jetzt in Zusammenhang mit dem Büchnerpreis absagen müsse, »per E-Mail ist das ohnehin angenehmer, also, wir hören uns morgen« – ich kann jetzt nicht mehr weiterschreiben.

Also dann, Klappe die zweite: JOWI bekommt den Büchnerpreis! JOWI aus Klagenfurt, Entdeckung und Erfindung des germanistischen Instituts der hiesigen Universität, der mich in seiner rosa Badehose und seinem orangen Schildkäppchen im Strandbad sucht und die Bootsbrücke unruhig rauf- und runterläuft, bis er mich gefunden hat.

JOWI aus Kamering, aber vom Suhrkamp Verlag. Den Büchnerpreis bekommt man nur, wenn man bei Suhrkamp, Fischer oder Hanser ist. Oder bei einem anderen der großen deutschen Verlage. Kein Autor eines österreichischen Verlags hat jemals den Büchnerpreis erhalten. Es funktioniert wie in der Formel 1: Du musst von einem großen Stall engagiert werden. Der Rest ergibt sich. Wer bei einem Formel-1-Rennen zu Fuß an den Start geht, wird nicht gewinnen. Suhrkamp, Fischer, Hanser sind leider nicht auf mich gekommen. Und die Spinnen, die die Netze flechten, aus denen irgendwann ein Netzwerk wird. Ein österreichischer Autor bei einem österreichischen Verlag ist eine arme Sau. Mir fallen sofort tausend gute Autoren ein, die den Büchnerpreis nicht bekommen haben, da bin ich noch nicht einmal dabei.

Friederike Mayröcker hat den Büchnerpreis bekommen, fällt mir gerade ein, vor etlichen Jahren. Will ich einen Preis, mit dem schon Friederike Mayröcker ausgezeichnet worden ist? Nein! Wir wollen weniger erhoben, doch häufiger gelesen sein. Das ist immerhin ein Trost. Das Geld würde ich allerdings schon nehmen. Dem Josef gönne ich den Preis. Gelesen wird übrigens auch er kaum. Wie viele Menschen haben mir schon gesagt, dass sie JOWI nicht lesen oder nicht lesen können! Buchhändlerinnen rümpfen die Nase – als Leserinnen und Verkäuferinnen! »Mein Vater war Bestattungsunternehmer«, hat mir eine Buchhändlerin bei einer Autofahrt erzählt, die ich von meiner Lesung mitgenommen habe, bei der sie den Büchertisch ausgerichtet hat. »Nach meiner Kindheit brauche ich jetzt als Erwachsene keinen JOWI mehr.« Wir übrigen Schriftsteller und Nicht-Büchnerpreisträger würdigen die Kraft und Wucht und Eindringlichkeit der Winkler'schen Sprache. Das deutsche Feuilleton fragt, ob Winklers Werk »wirklich zum Besten und Wichtigsten gehört, was unsere Literatur zur Zeit zu bieten hat«. Weil es keine Antwort bekommt, beantwortet es sich die Frage selbst. Die *Frankfurter Allgemeine* nennt seines ein »schmales, scharf akzentuiertes literarisches Programm, das thematisch und ästhetisch tief in den siebziger Jahren verwurzelt ist«. *Die Welt* titelt: »Die Entscheidung für Josef Winkler ist falsch.« »Der 55-Jährige steht für eine rückwärtsgewandte Form von Literatur, die längst überholt ist. Nur den Katholizismus zu verdammen, reicht nicht aus. (...) Es wird einer bestimmten Sorte von Intellektuellen immer gefallen, wenn sie sich für eine Literatur des Aufbegehrens engagieren kann. Ob deren Erregungspotential von der Wirklichkeit her gerechtfertigt ist, erscheint dann sekundär. Die Zeit ist über die Dämonisierungen des Josef Winkler hinweggegangen. Aber man ist eben dankbar, wenn es noch Schriftsteller gibt, die vorgeben, genau zu wissen, wo die Bösen sitzen und was ihre Methoden sind.« Balsam auf die Wunden der Nicht-Büchnerpreisträger. Eine deutsche Zeitung spekuliert sogar, dass sich die Darmstädter Akademie für Sprache und Dichtung mittels des Winkler'schen Büchnerpreises für die Freistoßbombe Ballacks im Happel-Stadion entschuldigt hat, mit der Deutschland Österreich aus seiner Heimeuropameisterschaft geballert hat! Wiedergutmachung! Aber egal: Preis bleibt Preis, und Geplapper bleibt Geplapper.

Da das offizielle Deutschland das große Vorbild des offiziellen Österreich ist, wird Josef nun bei nächster Gelegenheit ganz sicher den Großen Österreichischen Staatspreis bekommen. Und wenn er den Großen Österreichischen Staatspreis bekommen hat, dann wird er auch das Allergrößte bekommen, was man bekommen kann: den großen Kulturpreis des Landes Kärnten.

Wo war ich stehen geblieben? Schaffhausen! Du liebe Güte, das ist über einen Monat her! Aber mein Tagebuchsäumnis ist diesmal nicht meiner Nachlässigkeit zuzuschreiben. Ich bin vor lauter Reisen, Arbeiten, Fußballschauen wirklich zu nichts anderem mehr gekommen: Einen Monat lang jeden Tag ein Spieler-Porträt für die Zeitungen (*Kleine, Presse*), dazu den Doppelpass mit Richard Reich, jeden Tag einen Kommentar für das Radio, zuerst von der EURO, dann vom Bachmannpreis, dazwischen die Fahnenkorrekturen von *Der Mensch kann nicht fliegen* und außerdem noch elf Auftritte in drei Wochen.

Von Schaffhausen nach Villach, von Villach nach Nürnberg, ein Matchchen im großen Frankenstadion neben dem Reichsparteitagsgelände, ein paar Beweisfotos im Dress, bei der ersten Ballberührung mit dem linken Bein ist die Verletzung wieder virulent geworden: Muskelfaserriss im Oberschenkel! Sechs Wochen Sportkarenz! Stadtbummel, Teehäferl, Burgmodell, Dürerhaus, U-Bahn fahren, »Plärrer«, ein recht gelungener Kurzauftritt in der Tafelhalle. Christian Futscher war auch gut, Franzobel weniger. Um vier Uhr morgens ausgecheckt, in der Morgendämmerung auf die Autobahn, Sonnenaufgang, Herta am Stadtrand von Salzburg aussteigen lassen (sie ist mit dem Bus ins Zentrum zu den Profikatholiken weitergefahren), um Punkt elf Uhr vormittags in St. Pölten eine Radio-Talkshow, weiter nach Wien, nachmittags im Hotel gedöst, abends eine Lesung in Grinzing für ein Unternehmen, von dem ich bis heute nicht herausgefunden habe, was es eigentlich unternimmt. Und ich sollte einmal nachprüfen, ob das Honorar mittlerweile auf dem Konto ist. Firmenfeiermäßig herausgeputzte Leute, mit denen ich nichts zu tun habe: unangenehm! Schnell weg! Beim Frühstück im Hotel in der Zeitung von Cannavaros schwerer Verletzung gelesen.

Eine Lesung in der Keltenwelt in Rosegg am Vorabend der EURO, mit wachsender Landschaftsneugier in der Abenddämmerung durchs verregnete Rosental heimgefahren, tags darauf verliert die Schweiz gegen Tschechien 0:1 und ist praktisch schon nach dem Startspiel ausgeschieden, Wundenlecken in Feusisberg, Österreich wird es natürlich genauso gehen, aller medialen Euphorieindustrie zum Trotz. Im Grazer Literaturhaus gemeinsam mit Thomas Brussig aus Berlin die Regenschlacht Schweiz gegen Türkei kommentiert. Schwierig! Brussig war besser als ich, mir ist nicht viel eingefallen. Es gibt einen Unterschied zwischen kommentieren und kommentieren müssen. Gemeinsam im Gollner gefrühstückt, Thomas hat sich nach dem Fall Fritzl erkundigt. Zurück nach Klagenfurt, Deutschland spielt gegen Kroatien. Ich habe die Karte »Entrance West 2, Level 1, Block A9, Row 12, Seat 18«, um die ich ein halbes Jahr, eigentlich sechseinhalb Jahre gekämpft habe, und sehe die Kroaten gegen Deutschland 2:1 gewinnen. Und ich sehe, wie prächtig das Stadion ist, wenn es bis oben hin mit echten Fans gefüllt ist. Ein Bild von mir in diesem Stadion bei diesem Spiel, das werde ich mir als Poster ausarbeiten lassen und in mein Kellermuseum hängen: Immerhin *ein* Lebenstraum ist jetzt in Erfüllung gegangen. Unwiderruflich.

Augen zu, Augen auf, ab nach Krieglach, wo die Peter-Rosegger-Hauptschule ihr Sechzig-Jahre-Jubiläum mit einer Lesung von mir feiert. Vorher werden Luftballons mit Friedensbotschaften in den steirischen Himmel gelassen und ich darf mithelfen, vor der Schule einen Baum zu pflanzen. Den Spaten, auf dem »Peter-Rosegger-Hauptschule-60-Jahre« steht, darf ich als Geschenk behalten. Als Trophäe. Nicht gerade der Büchnerpreis, aber Peter-Rosegger-Hauptschulspatenehrenbesitzer ist besser als nichts. Die Lesung in der Turnhalle. Schnell zurück nach Klagenfurt, Fußballschauen, Porträtschreiben und spätnachts ins Landesstudio, um meinen EURO-Senf abzugeben.

Augen zu, Augen auf, dieselbe Strecke noch einmal nach Krieglach, noch eine Lesung, diesmal für Erwachsene. Auf der

Autobahn bei Judenburg klingelt das Mobiltelefon, wer ist denn das um diese Zeit? Ah, der Büchnerpreisträger ruft den Peter-Rosegger-Hauptschulspatenträger an und fragt nach, ob es im Fall Lorenz schon etwas Neues gibt. Gibt es noch nicht. »Bist schon wieder unterwegs?«, will der Büchnerpreisträger vom Peter-Rosegger-Hauptschulspatenträger wissen. »Ja, nach Krieglach. Ich eröffne die Peter-Rosegger-Woche.« »Was du alles machst!« Tja, Büchnerpreisträger, zügle deinen Neid! Viele sind berufen, die Peter-Rosegger-Woche in Krieglach zu eröffnen, aber nur wenige sind auserwählt. Hier gerät die deutsche Literaturmafia an ihr natürliches Ende. Lesung vor fünfzehn Besuchern, zurückrasen, Fußballschauen, Fußballerporträt, Landesstudiosenf um Mitternacht.

Augen zu, Augen auf, Berlin. Sieben Jahre ist es mittlerweile her, dass ich zuletzt da war, damals war es eine Stadt in Euphorie, und ich war auch so einer. Diesmal bin ich gerade eineinhalb Tage da, und schon ist Berlin eine Stadt, die ich ziemlich uninteressant finde. Aber klar, wenn man aus Klagenfurt kommt … Auf dem neuen Hauptbahnhof steht ja groß und breit: »Guten Morgen in Europa: Wien, Basel, Klagenfurt«. Deswegen bin ich auch da: Fußballlesung im ARD-Hauptstadtstudio direkt am Ufer der Spree gleich hinter dem Reichstag und dem Brandenburger Tor gemeinsam mit Franzobel. Auf der deutschen Seite Frank Willmann und Jochen Schmidt, der wie schon letztes Jahr in Klagenfurt sehr witzig ist. Bei der Vorbesprechung im Café sieht Frank Willmann Stefans Fußballbuch und sagt ohne Hochnäsigkeit ganz spontan aus reinstem Herzen: »Dein Buch sieht aber scheiße aus!« Stefan schluckt und sagt gar nichts. Überhaupt hat er mit dem (kleinen) Berliner Publikum wenig Freude. Mir geht's besser als ihm. Aber noch immer fehlt mir der durchschlagskräftige Künstlername.

Mittlerweile taugt mir das Fliegen, ich muss auch immer

den Fensterplatz haben und hinunterschauen. Die Angst ist weg. Mittlerweile bin ich oft genug abgehoben, gestiegen, in der Luft geblieben und heil wieder gelandet, dass ich mir Flüge *vorstellen* kann und daran glaube, dass sie funktionieren. Vielleicht hat man, wenn man so viel unterwegs ist wie ich, auch einfach keine Zeit, seine Ängste zu kultivieren. Jetzt möchte ich am liebsten jede Woche einmal fliegen und in jeder europäischen Stadt landen. Aber die EURO geht langsam zu Ende, und wer lädt mich dann noch ein?

Augen zu, Augen auf, Deutschland hat gegen Österreich gewonnen – und JOWI den Großen Österreichischen Staatspreis! Ich hab es ja gesagt! Gönne ich ihm den? Weiß ich nicht. Zum Glück fragt mich keiner danach. Als Peter-Rosegger-Jubiläumshauptschulspatenträger sollte man über derart niedrige Emotionen wie Neid eigentlich erhaben sein! Am besten macht man es wie alle anderen übergangenen Dichter: scheißfreundliche Ignoranz. Nicht jammern, das schadet. Nur wer hat, kriegt noch geschenkt, heißt es bei Erich Kästner in einem Weihnachtsgedicht, fällt mir ein. Wenigstens meine Vorhersagen funktionieren. Ich sollte mich um den großen österreichischen Staatspreis für Prophezeiungen bewerben. Mein Pech, dass es den nicht gibt.

Juli. Die EURO ist zu Ende, ich stehe vor dem Nichts. Die Klagenfurter haben sich auf diese EURO gefreut wie auf einen Atomkrieg. Jetzt haben sie ihn überstanden. A. H. kriegt den Fried-Preis. Also, ich glaube, jetzt bringe ich mich um. Oder ich erschlage die deutsche Literaturmafia en gros mit meinem Peter-Rosegger-Jubiläumshauptschulspaten! *Schick mir Erde aus Steiermark, die Drecksbagage zu bewerfen!* Der liebe, langweilige, schüchterne H., der alle fünf Jahre einmal ein Büchlein auf den Markt wirft, das keiner liest und niemand will. Leserlose Literatur. Die meisten Bücher heute sind reine Verlagsbehauptungen, und je größer ein Verlag, desto lauter die Behauptung. Aber wenn ein Verlag aufhört, ein Buch zu behaupten, ist es um seine Existenz auch schon wieder geschehen.

Bei der Eröffnung des Bachmannpreises war mehrmals die Rede davon gewesen, dass Dichter schwierige Menschen sind, und seit Menschengedenken gibt es das Klischee, dass der Dichter kein Gesetz über sich duldet. Umso erstaunlicher, dass sich doch jedes Jahr Dichter finden, die sich bürgerlichen und medialen Grundregeln unterwerfen und zum Beispiel bereit sind, in aller Herrgottsfrüh um neun Uhr Lesungen zu halten – ich bin zu dieser Zeit noch im Morgenmantel (schon deswegen könnte ich nie beim Bachmannpreis teilnehmen!), meckere ich siebensprachig im Radio – das heißt: im Radio auf Deutsch und im Internet auf der Bachmannpreis-Homepage in tschechischer, englischer, französischer, italienischer, slowenischer und spanischer Übersetzung.

Auf Spanisch habe ich also zum Beispiel gemeckert: »Resulta, por tanto, sorprendente que si se encuentren todos los anos escritores que se sometan a las reglas fundamentales civiles y mediáticas y que, por ejemplo, están dispuestos a efectuar lecturas a las 9.00 h de la manana. A esas horas aún llevo la bata puesta (ya sólo por eso no podría participar en el Premio Bachmann)«, was wiederum auf Tschechisch so viel bedeutet wie: »O to zajímavejsí je skutecnost, ze se kazdým rokem najdou básníci, kterí se poddají obcanským a mediálním pravidlûm a jsou dokonce ochotni brzy vstát a císt ze svého díla zu v 9 hodinb ráno. V takovou ranní dobu jsem jeste v zupanu (zu z

tohoto dûvodu bych se nikdy nemohl zúcastnit této souteze).«
Lässig, nicht, liebes Tagebuch?

Schon bei der ersten Samstag-Lesungskritik sagte die Jurorin Ursula März: »Wir alle wissen, dass Alleinsein doof ist …« Ich habe das bis heute nicht gewusst, mich aber über den sorglosen Umgang einer so renommierten Literaturkritikerin mit dem Wort »doof« gewundert, und noch mehr über ihren sorglosen Umgang mit dem Wort »wir«, abgesehen davon, dass Frau März die Zeugenaussagen von Samuel Beckett (»Einsamkeit ist Paradies«) oder Cioran (»Die Pflicht des Einsamen ist es, noch einsamer zu werden«) konterkariert. Wer sich da von Hölderlin bis Kafka alles im Grab umdrehen würde … das also ist Literaturkritik.

Na jedenfalls: Pedro Lenz ist nach Klagenfurt gekommen, er ist nicht gut behandelt worden, und ich habe siebensprachig den Rächer gemacht. Ich habe der Jury siebensprachig ausgerichtet, dass sie sich blamiert hat, denn selten war eine Debatte dem vorhergehenden Text so unangemessen. Die ganze Diskussionszeit hat die Jury mit nebensächlichen erzähltechnischen Fragen verplempert, ohne jemals zum Wesen, also zur Seele der Geschichte vorzudringen. Und eine Seele hatte die Geschichte von Pedro, so wie alle großen, einfachen, exemplarischen Texte der Literaturgeschichte.

Wenn ich denke, dass Pedro Lenz zwölf Stunden mit dem Zug angereist ist, der Juror Ijoma Mangold ebenfalls zwölf Stunden aus dem ebenfalls neunhundertneunundneunzig Kilometer entfernten Berlin, die beiden also insgesamt vierundzwanzig Stunden unterwegs waren, bloß damit der Juror dem Dichter die zwei Adjektive »unbedeutend« und »belanglos« an den Kopf werfen konnte, dann hätte sich zumindest der Juror die Reise sparen können. Für die zwei unargumentierten Adjektive lohnt sich so ein Aufwand nicht. Insgesamt haben die

Jury-Diskussionen nichts Zwingendes. Sie wirken beliebig und austauschbar. Es bleibt der Eindruck, im Grund kann man je nach Lust, Laune, Geschmack und Macht über jeden einzelnen Text alles und dessen Gegenteil behaupten. Die Juroren wehren sich zwar gegen alles, was sie für eine Anekdote halten, verwenden als literaturdeskriptives Instrument aber ihrerseits andauernd Anekdoten aus ihrer eigenen Jugend. Und sie sind froh, dass die Suchmaschine Karl Corino heuer nicht mehr da ist, eifern ihr aber fleißig nach.

Urlaub. Holland ist ein lässiges Land. Und wenn JOWI in Holland weilt … Vor allem Amsterdam ist eine lässige Stadt. Vor allem die Grachten sind lässige Grachten. Rund um die Grachten herrscht emsiges Leben: keine große Stadt, aber eine Großstadt. Auf dem Dach eines Hauses am Bahnhofsplatz in Leuchtschrift: »*Jesus loves you*«. Im Fenster des Nachbarhauses ebenfalls in roter Neonschrift »*God bestaat niet*«. Eine lange Menschenschlange vor dem Anne-Frank-Haus, wann immer man auch hinkommt.

Überall herrscht strengstes Rauchverbot, es sei denn, man raucht Shit, das geht natürlich. Um *coffee* geht es im Coffeeshop am allerwenigsten. Überall in der Stadt kann man in Souvenirläden Andenkenpenisse kaufen. Sie sind zwischen fünf Zentimeter und eineinhalb Meter lang; die meisten Andenkenpenisse sind mit dem Stadtwappen Amsterdams, den drei X versehen, man kann sie als Salzstreuer und Pfeffermühle verwenden. Die besten Geschichten schreiben die Penisse, nur dass Penisse nicht schreiben können. In allen Auslagen der Walletjes posieren Huren zwischen Sexmuseum und Sextheatern und Sexshops. »*Kamer te huur*« steht am Fensterglas. Neben den Riesenpenissen kann man in den Andenkenläden auch klitzekleine Miniatursexshops kaufen. Allerdings sind die Amsterdamer Nichthuren, wenn sie in ihren kessen Wollstrümpfen, über denen sie kurze Röcke und schwarze Lederstiefel mit Absätzen tragen, im Schnitt viel erotischer und begehrenswerter als die bemitleidenswerten Schaufensterhuren des Grachtengeflechts, an denen die Herren in ihren Julistaubmänteln vorbeischlendern.

Am Dam, dem zentralen Platz Amsterdams, zwischen dem Koninklijk Paleis, dem ehemaligen Rathaus, dem Nationaal Monument vor dem Grand Hotel Krasnapolsky, schräg gegenüber der Nieuwe Kerk steht das Kaufhaus von Peek und Cloppenburg, und darin ist auch die Madame-Tussauds-Zweigstelle Amsterdam untergebracht: Statt der britischen hier natürlich die holländische Königsfamilie (aber Königsfamilien sind ohnehin Wachsfiguren; die hier also Wachsfiguren von Wachsfiguren), etliche holländische Berühmtheiten, die außerhalb Hollands kaum jemand kennt, dazu ausrangierte Figuren: Pim Fortuyn zum Beispiel (Wachsfiguren sterben nicht; Wachsfiguren werden nicht ermordet, sondern ausgemustert), Michail Gorbatschow – wer braucht den heute noch? – Frank und Roland de Boer und Johannes Paul II. Als ich das letzte Mal in London war, war JPII auch in London und hat (gerade) noch gelebt. Jetzt, wo ich in Amsterdam bin, ist Johannes Paul II. auch nach Amsterdam übersiedelt und tot. Einer der zahllosen Sprüche auf den T-Shirts in den Souvenirläden lautet: »Good boys go to heaven. Bad boys to Amsterdam.«

Aus London habe ich zum ersten Mal ein Teehäferl als Souvenir mitgebracht: Sherlock Holmes und Watson sind darauf in einem Zugabteil zu sehen. Seither bemühe ich mich in jeder ausländischen Stadt, in die ich komme (und die weiter entfernt ist als, sagen wir, Ljubljana, Udine oder Venedig) um ein für sie charakteristisches Teehäferl: Ich habe eines aus Zürich daheim, eines aus Strasbourg, Warschau, Rom. Heuer in Budapest habe ich erstmals zwei Teehäferl gekauft, neben dem Souvenir ein Ersatzsouvenir, damit ich nicht eigens nach Budapest muss, falls mir mein Budapestteehäferl zu Boden fällt und zerbricht. Aus Nürnberg habe ich drei Teehäferl mitgebracht, aus Berlin ebenfalls drei und nun aus Amsterdam fünf: eines davon aus dem Van-Gogh-Museum: Es zeigt aber keinen van Gogh und auch nicht van Gogh, sondern den *Schrei* von Edvard Munch (jetzt muss ich nicht so schnell nach Oslo – hoffentlich merkt den Schwindel niemand), genau genommen sogar zwei Schreie, einen links vom Griff, einen rechts davon. Van Goghs *Sonnenblumen* sind eine große Enttäuschung, überhaupt die meisten seiner Stillleben. Hirnrissig, alte Schuhe zu malen (auch wenn sie als Modelle natürlich ungleich billiger sind als zum Beispiel lebende Prostituierte)! Noch hirnrissiger ist nur, sechzehn Stunden mit dem Zug zu fahren, in ein Museum zu gehen und dreißig Euro Eintritt (Familienticket) zu bezahlen, um sich dort alte Schuhe anzusehen. Noch hirnrissiger ist nur, um wer weiß wie viele Millionen Euro diese alten Schuhe zu kaufen oder sie vielleicht noch ins Wohnzimmer zu hängen.

»›Wenn wir uns einmal scheiden lassen, dann in Verona!‹ Kannst du dich noch erinnern, Herta? Zwanzig Jahre ist es jetzt her, dass ich die Geschichte geschrieben habe, die mit diesem Satz endet!« – »Natürlich kann ich mich erinnern, mein Lieber! Verona war ja unsere Hochzeitsreise! Eine Reise voller Pannen: Zahnschmerzen, Sonnenstich, Kupplungsschaden und Geldnot – und doch so wunderschön! Wenn man bedenkt, dass wir die Ersten in unserem Bekanntenkreis waren, die geheiratet haben! Mittlerweile sind wir die Letzten, die noch immer verheiratet sind (so wie vor uns Giuseppe und Giuseppina Verdi), alle anderen haben sich wieder scheiden lassen, nur wir nicht.«

Und deswegen fahren Herta und ich zwanzig Jahre danach noch einmal nach Verona, nehmen die Kinder mit und erzählen ihnen unsere Geschichte an den Originalschauplätzen. »Schaut, Kinder, der Fiume Adige! Schaut, das Castelvecchio, so schön und erhaben wie damals! Schaut Kinder, die Portoni della Bra mit dem Torre Pentagona (hier bei dieser Bude hat es vor zwanzig Jahren noch original deutsche Bratwurst gegeben, jetzt Döner mit Fladenbrot. Das deutsche Klischee ändert sich), die Piazza Bra, der Palazzo Barbieri, die Arena, das Römische Amphitheater, dieser prächtige Koloss aus dem ersten Jahrhundert nach Christus – und das Ristorante Rialto dahinter gibt es auch noch immer! Nach wie vor machen sie dort die besten Tortelloni alla panna der Stadt! Genau da sind Mama und Papa nach *Rigoletto* gesessen, Kinder, bevor uns mitten in stockdunkler Nacht auf dem Weg zum Hotel draußen vor der Stadt der Wagen eingegangen ist! War das ein Abenteuer mit Lepanto due, dem italienischen Abschleppdienst. Wir sprachen ja nicht ein Wort Italienisch und wussten gar nicht, wo wir waren! Wir hatten auch nichts, weder Handy noch Mastercard noch Geld, weder Euro (die gab's auch noch lang nicht) noch Lire. Jung und arm waren wir, unsere Studien hatten wir gerade abgeschlossen, aber noch nichts angefangen. Der Mann vom Abschleppdienst hat uns, die beiden ragazzi austriaci, aufgelesen wie zwei Schiffbrüchige, nur nicht an der Küste, sondern am Straßenrand, und weil wir so hilflos und mitleiderregend ausgesehen haben, hat er uns auf eine Portion Spaghetti pesto in einer Trattoria irgendwo auf dem Land eingeladen. So haben wir Pesto kennengelernt.

Tags darauf *Nabucco*, anschließend noch einmal ins Rialto, noch einmal Tortelloni und die Torta della Nonna. Zwanzig

Jahre später fahre ich einen besseren Wagen, und wir sind in einem besseren (und teureren) Hotel in der Via Tre Marchetti fünfzig Meter hinter der Arena einquartiert, die Klimaanlage funktioniert (auch wenn sie weniger der *Ab*kühlung als der *Ver*kühlung dient). Ich fahre in das Gässchen ein, es ist fünfzig Zentimeter breiter als mein Auto; allerdings stehen rechter Hand auch noch die neunundvierzig Zentimeter breiten weiß gedeckten Tischchen der edlen Trattoria Tre Marchetti an der Hauswand mit exquisitem Geschirr und exotischen Speisen darauf, sodass ich all meine in zwanzig Jahren angesammelten Fahrkünste aufwenden muss, um Schaden zu vermeiden. Man kennt diese Bilder aus Werbeclips für Tiefkühlpizzen. Akustisch denkt man sich am besten Mandolinen dazu. Schadenfreiheit erzeugt freilich keine guten Geschichten. Das Einparken in die Hotelgarage, keine Zentimeterarbeit mehr, sondern Millimeterarbeit, nimmt mir Mahatma, der Hoteldiener ab. Meine kleine Ira auf dem Hotelbalkon: »Uff, es ist heiß draußen! Zieht euch etwas Kaltes an!«

Für die Kinder ist schon das ein großes Abenteuer, drei Tage – und das sind ununterbrochene zweiundsiebzig Stunden! – ohne Fernseher, PC und Gameboy auskommen zu müssen. Nach schweren Entzugserscheinungen in den ersten Stunden eröffnet sich ihnen die Realität nun aber als völlig neue Dimension des Lebens. Die Wildnis des Wirklichen! Das Schuharsenal Paminas besteht ausschließlich aus Converse-Patschen. Hier aber erkennt sie im Vergleich mit anderen jungen Damen in mondäner Adjustierung ihre Modesünde und lässt sich von der Mama ausnahmsweise zu einem Einkaufsbummel in der Via Roma überreden, bei dem auch das Rammstein-T-Shirt mit der Aufschrift »Immer weiter, immer weiter ins Verderben. Wir müssen leben, bis wir sterben!« (Ein Geschenk von Papa für eine gute Mathe-Schularbeit) ersetzt werden soll. Gibt es ein Ballkleid mit dem Aufdruck »Va, pensiero?« Der Papa lädt Ira währenddessen auf ein Eis ein und liest ihr aus dem Stadtführer die tragische Geschichte von Romeo und Julia vor.

»Du, Papa, Shakespeare hat aber einen hässlichen Kopf gehabt! Du, Papa, hat es die Julia und den Romeo wirklich gegeben?« – »Ja klar, und die beiden verfeindeten Familien, aus denen sie stammten: Die Montecchi und die Capuleti. Alles wahr!« – »Du, Mama, die Julia war aber schön dumm! Hätte sie sich nicht denken können, dass Romeo denselben Trank wie sie genommen hat, der ihn wie vorher sie bloß für achtundvierzig Stunden in einen todesähnlichen Schlaf versetzt, der aber nicht tötet? Man muss sich doch nicht wegen jedem Schmarren immer gleich umbringen … !«

»Tja, Kinder, die Liebe! Die Liebe! Wenn man sich gleich umbringt, wird sie legendär und tragödienfähig und bühnentauglich – und man kann für ein Einzelzimmer in der Innenstadt hundertvierzig Euro verlangen. Wenn nicht, und wenn man sich um die Liebe nicht bemüht, vergeht sie. Wenn man sie nicht imprägniert und mit Freundschaft behandelt, ist sie gar nichts wert, und am Ende stehen Scheidung, Alimente und Besuchszeitregelung.« – »So wie bei Onkel und Tante?« – »Genau. Jetzt schaut einmal in diesen völlig vollgekritzelten Hauseingang hinein: Da drinnen in diesem Innenhof seht ihr den legendären Balkon der Julia! (Balkone und Frauen regen zu billigen Wortspielen an, die man in meiner ersten Verona-Geschichte aus dem letzten Jahrhundert nachlesen könnte (als ihr beide noch nicht auf der Welt wart), denen ich in meiner zweiten Lebenshälfte aber widerstehen möchte.) Sechs Milliarden Liebespaare und solche, die es werden wollen, und solche, die es gewesen sein wollen, haben seit Julias und Romeos kindlichem Gemetzel auf den Hauswänden des Eingangs zum Innenhof ihre Unterschriften hinterlassen, Wojciech &

Teresa aus Polen, Miguel & Concepcion aus Spanien, Igor & Diana aus der Ukraine, Ragnar & Ellen Lien aus Norwegen, Fatih und Fatima aus Deutschland. Nur wir sind auch ohne Signatur noch zusammen.

Damals hatte ich außer meinem Größenwahn noch gar nichts, jetzt habe ich eine Einladung von »Verona Tuttintorno« zur »Anteprima OPERA« vor der Aufführung selbst um viertel sieben im Palazzo Verità-Poeta, der nicht nach einem wirklichen Poeten, weder nach Shakespeare noch nach sonst einem benannt ist, sondern einer Familie mit dem sensationellen Familiennamen Verità-Poeta gehört. Kein Witz! So einen Familiennamen hätte ich auch gerne: Aber Einheiraten ist in meinem Fall nicht mehr möglich. Jedenfalls habe ich in lässiger Hochsommersockenlosigkeit die Lederschuhe mit den vielen Luftlöchlein ohne Weiteres auf die Barfüße gesteckt, schneeweiße Hose, schneeweißes Hemd (zwei Knöpfe offen!), ein orangebraunes Leinensakko angezogen und einen winterweißen Strohhut mit breiter Krempe aufgesetzt (ein Lustkauf in Sirmione am Gardasee), damit ich noch dandyartiger aussehe als der Schriftsteller in Thomas Manns Sommernovelle *Mario und der Zauberer*, meine drei Grazien tragen elegante und doch ein wenig kesse Abendkleider. So setzen wir uns im herrlichen Saal des Palastes mit den großartigen Fresken nieder und werden mit Kopfhörern für die Dolmetschung ausgestattet, damit wir den Maestro am Flügel, ein runderneuerter Marcel Prawy des Südens, bei seiner musikalischen Konversation verstehen, wenn er zum Beispiel über die Wasser- und Flussmusikalität in *Va, pensiero* philosophiert. Das Volk, habe ich schon den Kindern erzählt, sang *Va, pensiero* den Besatzungsmächten zum Trotz auf der Straße und schrieb *Viva Verdi* auf die Hauswände. Viva Verdi bedeutete unter der Hand freilich auch Viva V(ittorio) E(manuEle) R(e) D'I(talia) – der Wunschtraum aller

Italiener: Viktor Emanuel, der König von Sardinien, als König eines geeinten Italien. Begleitet wird der Maestro bei seinen Ausführungen von dem Sänger der Fondazione Arena di Verona, der abends den Nabucco geben wird. Sein Stimmvolumen ist so gewaltig, dass er eine ganze Arena damit ohne Mikrofon, ohne jedes technische Hilfsmittel akustisch opulent füllen kann. Hier im Palast führt es freilich zu den Rissen und Sprüngen in den Wänden des Saals und seiner Fresken. »Das kannst du aber nicht schreiben!«, wendet Herta später im Lustgarten des Palazzos beim Cocktailbuffet zwischen mondänen Amerikanern ein, die über ihre Langstreckenflüge plaudern, »das ist ja gar nicht wahr. Alle sind hier so nett und zuvorkommend zu uns! In zwanzig Jahren musst du ja gelernt haben, dass man nicht immer so übertreiben darf!« Ja, das habe ich gelernt.

Und dann der Höhepunkt der Wiederholung unseres Festes, die Vorstellung! *Nabucco*. Als junges Paar haben wir uns in brütender Nachmittagshitze in kurzen Hosen, T-Shirt und Sandalen bei den Eingängen zur Seconda Gradinata angestellt, für die unnumerierten Plätze hoch oben im Oval. Bis zur Ouvertüre waren wir schweißnass von drei Stunden des Wartens. Rund um uns Hitzeschläge. Heute hat Paola, die Tourismuschefin Veronas, Pressekarten für uns! Erste Reihe, fußfrei! Für die ganze Familie! Wahnsinn! Ich bin jetzt Cheftourist und Anführer einer Touristenfamilie: Das ist ein schöner Beruf! Die Tourismuschefin will, als sie mir die Luxuskarten übergibt, bloß wissen, für wen ich arbeite/schreibe. »Für die Nachwelt, cara Donna Paola, für die Nachwelt!«

Manches bleibt sich gleich, und ich könnte es heute nicht treffender formulieren als damals als junger Mensch: »Alle wahre Musik entspringt dem Weinen«, heißt es an einer Stelle bei Cioran, fällt mir ein, »da sie aus der Sehnsucht nach dem Paradies hervorgeht«. Verdi hat Cioran verstanden. Wer nie in der Arena unter dem Sternenzelt gesessen ist und seine Rührungstränen im Jubel sublimiert hat, hat etwas versäumt fürs Leben: Einundzwanzigtausend aus dem einundzwanzigsten Jahrhundert, zusammengepfercht im steinernen Oval aus dem ersten Jahrhundert; jeder Einzelne hat ein Kerzchen in der Hand, da sind unsere Friedhöfe zu Weihnachten gar nichts dagegen.

Wegen unmenschlicher Arbeitsbedingungen unter der Festspieldirektion und wegen einer ungerechtfertigten Entlassung ist ein Teil der Bühnenarbeiter in Streik getreten. Damit die Bühne der Arena nicht völlig nackt ist, hat man nun in aller Eile ein Gerüst aus der Werft von Monfalcone herangekarrt, auf dem Assyrer und Hebräer herumturnen dürfen. Außerdem tragen sie alle ebenso wie Zacharias, Ismael, Abigail und Nabucco kollektiv graue Kartoffelsäcke. Zum Zeichen, dass der Blitz unmittelbar neben Nabucco einschlägt (wodurch er schlagartig wahnsinnig wird), schaltet ein Bühnenarbeiter kurz einmal einen Scheinwerfer ein. Es gibt dramatischere Varianten auf den Bühnen der Welt, diese Kernstelle der Oper zu inszenieren.

Aber trotzdem: Verdi bleibt Verdi, Nabucco Nabucco und die Arena die Arena. Ein Streik gehört ja zu Italien wie die Oper, wir haben zwei Fliegen auf einen Streich, und jetzt singt der Chor der Gefangenen den Gefangenenchor eben aus dem Werftgerüst heraus. Oder soll das ein modernes Großraumbüro darstellen? »Bravo, Maestro!«, ruft einer lauthals nach jeder Arie, »Brava! Bravi!« Das hat er schon vor zwanzig Jahren getan, ich hab die Stimme wiedererkannt. Vielleicht hat er einen Posten als Claqueur. Aber nach dem Gefangenenchor eröffnet sich unter dem Sternenzelt ein Kerzenmeer auf den Tribünen. Zwanzig Minuten enthusiastischer Applaus fast wie bei einem Sieg von Hellas Verona über Juve oder Inter; kaum scheint er einmal zu verebben, wieder eine neue Flut an Ovationen, worauf der Maestro die Oper kurzerhand unterbricht und den Gefangenenchor wiederholen lässt: *Va, pensiero, sull'ali dorate …* Die Wiederholung der Wiederholung: Das ist hier offenbar immer so.

Das Wunder aller Wunder: Die Kinder sind bis zum bitteren Ende (Abigails) bei der Sache, keiner war langweilig, keine hat gemurrt. Fast möchte man meinen: Es hat ihnen gefallen! Fast möchte man meinen: Der Kiddy Contest, Marilyn Manson, Rammstein und System of a Down haben Konkurrenz bekommen. Vielleicht, vielleicht haben Herta und ich, nach all den Jahren getrennt nur durch die Kinder in unserer Mitte, etwas fortgepflanzt. Vielleicht wird es wieder zwanzig Jahre dauern, aber dann werden sie uns – und unsere Enkel – nach Verona einladen.

Ist das schon das Ende der Geschichte? Nicht ganz. Die Tankstelle am Stadtrand Veronas ist auch sonntags »aperto 24 ore«. Das bedeutet auf Deutsch: Das Tankstellenhäuschen ist verschlossen und verriegelt, weit und breit keine Menschenseele, bloß ein Automat mit italienischer Gebrauchsanweisung, ohne dessen kryptische Kommandos die Zapfsäulen fremdländischen Möchtegerntankern den Mittelfinger zeigen. Manche Dinge bleiben immer gleich, und diese gehört zu den Situationen, in denen sich ein weltfremder, zu Fatalismus neigender Künstler wie ich – Sonnenhut hin oder her – einfach im Türkensitz in den Staub setzen, die Atemluft aus Protest gegen die wüste Wirklichkeit anhalten, die Welt und Italien verfluchen und auf bessere Zeiten oder den Hungertod warten möchte. Zum Glück bin ich verheiratet, und noch dazu mit einer praktischer als ich veranlagten Frau. Ich weiß nicht, wie Herta es geschafft hat, auf dieser unmenschlichen Tankstelle zu tanken. Aber sie hat es geschafft. Ich hätte es nicht geschafft.

Kaum waren wir startbereit, fuhr ein Wagen mit ungarischem Kennzeichen und geplatztem Reifen in die Tankstelle ein. Der Ungar war verzweifelt und fragte uns, was er tun solle. Ich habe ihn getröstet, von Selbstmord abgeraten, eine überlegte Liebesheirat, Spaghetti pesto oder Tortelloni alla panna empfohlen und als Sofortmaßnahme die Kummernummer von Lepanto due gegeben. Die hatte ich noch.

August. Heute gibt es (Herta sei Dank!) pürierte Zwetschkenknödel. Gestern gab es (Herta sei Dank!) pürierten gebratenen Leberkäse. Es ist die sechzehnte pürierte Mahlzeit hintereinander, sie hängen mir beim Hals heraus. Die pürierten Zwetschkenknödel sind das erste Gericht, das ich jetzt verweigert und nicht an meinem pürierten Unterkiefer vorbei in mich hineingelöffelt habe: Lieber hungern!

Das ist der Status quo einer Geschichte, die ich mir selber und vorsätzlich eingebrockt habe. Oder habe ich sie mir doch eher aufschwatzen lassen von der lieben Zahnarztassistentin, die mir seit Jahren jedes Mal, wenn ich mit einer Druckstelle in die Praxis gekommen bin, von der Möglichkeit der Implantate vorgeschwärmt hat? An denen könne man die Prothese befestigen, sodass sie nicht mehr verrutscht, nirgends reibt und daher auch keine oder weniger Probleme verursacht. Jetzt gibt es welche aus Titan, tolle Sache. Hat gut geklungen. War ich zu blauäugig? Zu voreilig? Zu vertrauensvoll? Wie konnte ich nur davon ausgehen, dass bei mir einmal etwas klappt wie bei anderen Menschen? Hätte ich vorerst andere Expertenmeinungen einholen sollen? Aber das kennt man ja: Fragt man drei verschiedene Experten (gerade zu medizinischen Themen), bekommt man drei verschiedene Antworten. Sinnlos. Kontraproduktiv.

Jedenfalls bin ich froh, dass ich Amsterdam und Verona schon absolviert habe und nur noch in die Fotoalben kleben muss. Jetzt – und bis auf Weiteres und auf unabsehbare Zeit hinaus – wären Amsterdam und Verona nicht mehr machbar. So vieles habe ich heuer schon in Angriff genommen und hinter mich gebracht. Nach Amsterdam und Verona sollte es in diesem Sommerprogramm aber noch einen dritten Höhepunkt, ein drittes großes Abenteuer geben: nach zwei Reisen in die Welt hinaus noch eine Reise in mein Inneres, eine Reise des Bohrers des Zahnarztes in meinen Unterkieferknochen.

In Amsterdam habe ich gedacht: Never mind, ich habe ja noch zehn Tage Galgenfrist. In Verona: Immerhin noch vier. Aber schließlich war der Tag doch unwiderruflich angebrochen, an dem es galt, Heldenmut zu beweisen: Mit einem intakten Unterkieferknochen – das waren noch Zeiten! – ohne Schmerzen und aktuell selbst ohne Druckstelle, aber mit großer Angst und Sorge schwang ich mich auf das Fahrrad und machte mich auf den Weg in die Praxis. Würde der Eingriff etwas bringen? Würde er gelingen? Oder würde mir der Zahnarzt mit seinem Bohrer den Unterkiefer spalten? Sprengen? Zermalmen? Ich tröstete mich damit, dass ein Zahnarztbohrer kein Pressluftbohrer ist. »Na, bleiben wir dabei?«, fragte mich der Herr Doktor freundlich lächelnd. Was meinte er damit? Warum sollen wir nicht bei dem bleiben, was vereinbart war? Was riskiere ich? Was blüht mir?

Die Operation dauerte knapp zwei Stunden. Der Herr Doktor hatte meinen Unterkiefer gut weggespritzt, sodass ich keine Schmerzen im eigentlichen Sinn spürte. Davon abgesehen vibrierte mein Kopf aber so, dass ich doch den Eindruck hatte, mit einem Pressluftbohrer behandelt, penetriert, zermalmt zu werden. Ich lag so da mit weit aufgesperrtem Mund; die Augen blickten zum Plafond, der aber sehr eintönig und uninteressant war. Ich hatte während des Bohrens den Gedanken, man könnte den Plafond von Zahnarztbehandlungszimmern für kleine Texte, Gedichte, Liedtexte, Aphorismen nutzen, für Malerei (Munch, *Der Schrei)* – oder besser noch für Werbung. So aber versuchte ich, dass Gesicht des Zahnarztes beim Bohren zu beobachten und zu interpretieren: Vielleicht konnte ich ja etwas aus seiner Miene herauslesen – Besorgnis oder Zufriedenheit. Aber der Herr Doktor trug nicht nur eine Brille, sondern darüber auch noch ein Visier, in dem sich die Fensterscheibe des Behandlungszimmers spiegelte, wodurch ich jetzt auf dem unsichtbaren Gesicht des Zahnarztes nicht nur das sich im Visier spiegelnde Fenster, sondern auch die sich im Fenster spiegelnde Häuserfront der anderen Straßenseite und den Himmel darüber sah, der allmählich aufklarte und sommerlich blau wurde. Schön!

Auch ein junger Mann mit grüner Mundmaske, dafür ohne Brille, der sich mir nicht vorgestellt hatte und mir auch nicht vorgestellt wurde, sah bei dem munteren Treiben zu. Ihm schien meine Operation sehr gut zu gefallen. Irgendwann wurde noch ein Zwischenröntgen gemacht (mir schienen die Kanäle, die jetzt im Knochen zu sehen waren, windschief. Aber das musste wohl so sein), und dann irgendwann nach unendlich langer Zeit – trara! Trara! – schraubte der Herr Doktor die beiden Titanimplantatsdübel triumphierend, aber doch auch mit zusammengebissenen Zähnen in meinen Unterkieferknochen hinein. Krack. Krack. Krack. Zum guten Abschluss eine ausgedehnte Näharbeit. Es war vollbracht. Das war der angenehmere Teil der Geschichte.

Von der Operation nach Hause gekommen (die untere Zahnprothese noch im Hosensack) fand ich im Briefschlitz einen gelben Verständigungsschein der Post von der Hinterlegung eines Pakets. Absender: Mein neuer Verlag. Mein Buch! Mein

Roman! Mein *Michelstaedter!* Drei Wochen zu früh eigentlich! Aber lieber zu früh als zu spät! Also fuhr ich (wie es mir im Nachhinein scheint: recht benebelt) mit pampigem, geschwollenem, zahnlosem, zahnprotheselosem, noch betäubtem Unterkiefer zum Bahnhofspostamt und nahm das Paket in Empfang, das ich erst am nächsten Tag öffnete, eines der Exemplare hervorholte – schön geworden! –, eine kurze Dankesmail an den Verlag schickte – und mein Buch gleich wieder vergaß. Ein paar Tage, wenn nicht Wochen würde es ja ohnehin dauern, bis die Welt mein Werk entdecken würde. Und so lange wollte auch ich mir Zeit geben für meine – ja, wie soll ich das nennen? – Rekonvaleszenz. Den Empfang des Buches und die große Freude würde ich dann rechtzeitig feierlich nachstellen.

Nach dem Nachlassen der lokalen Narkose war mein Kiefer ein Gemisch aus Schlamm und Schmerz. Wo war mein Kinn hin? War das Kinn hin? Nicht berühren! Bei Berührung Schmerz! Außen wie innen. Schmerzmittel: Schmerzen zugeschüttet, nur Gatsch. Wenn die Schmerzmittel nachließen: Wieder Schmerzgatsch. Zuerst war ich meine Zunge. Mein ganzes Wesen war auf meine Zunge reduziert, konzentriert. Was machte ich als meine Zunge? Ich hatte Angst. Ich zog mich zurück. Ich verschanzte mich. Ich vermied jegliche Berührung. Einen vollen Tag lang hielt sich meine Zunge die Augen, die Ohren und vor allem den Mund zu. Dann glaubte die Zunge, das Ärgste überstanden zu haben, und wagte sich langsam, langsam aus der Deckung, aus ihrer Höhle heraus! Ein Irrtum! Was war das? Nähte! Überall stichelnde, stechende Nähte! Nicht bloß an zwei Stellen! Überall! Am ganzen Kiefer! Was man halt so Kiefer nennt: Nähte wie Drähte! Schmerzen in der Zungenspitze, als wischte die Zunge über die Enden eines rostigen Maschendrahtzauns. Das war der erste Tag.

Der zweite Tag. Mein Frühstück: Grießbrei. Etwas anderes

geht einfach nicht. Ich könnte statt Brei etwas mondäner vielleicht das Wort *Creme* verwenden. Aber das würde meiner inneren Verfassung keinen adäquaten Ausdruck verleihen. Erste Kontrolle. Der Zahnarzt ist zufrieden, jedenfalls zufriedener als ich. Die Implantate sind stabil. Der Kieferknochen ist nicht zerborsten. Brei. Brei. Parkemed. Dalacin. (Antibiotikum, prophylaktisch.)

Dritter Tag: So wie meine Zunge bin auch ich ein Feigling, habe bis heute Realitätsverweigerung betrieben, habe es also vermieden, mich mit geöffnetem Mund vor den Spiegel zu stellen und Introspektion zu betreiben. Allmählich kommt aber doch die Neugier, ich mache den Mund auf, und was sehe ich, vom Maschendraht abgesehen? Nichts als eine rote Hölle mit zwei Metallknöpfen. Ich weiß nicht einmal, was Gaumen, was Kiefer, was Zunge ist und mache das Inferno gleich wieder zu.

Vierter Tag, Sonntag: Inferno hin, Inferno her, die Schmerzmittel überschatten den Schmerz, und niemand hat mir verboten, mich aufs Fahrrad zu schwingen und wenn auch zahnlos und artikulationsunfähig bei Sonnenuntergang eine Runde im See zu schwimmen. Auf halbem Weg überholt mich plötzlich ein schneidiger Radfahrer mit schnittigem Visier, bleibt auf meiner Höhe, bremst und lacht mich an: Es ist mein Zahnarzt. Er bleibt mitten auf dem Radweg stehen und stellt so ein erhebliches Hindernis und Unfallrisiko für die übrigen Verkehrsteilnehmer dar, und alles nur, weil auch ihn die Neugier übermannt hat und er wissen will, wie es mir geht. Ein guter Arzt findet seine Patienten überall.

Fünfter Tag: Nach und nach kann ich mich in meiner Mundhöhle wieder ein wenig orientieren. Das linke Implantat passt wie angegossen. Rechts aber habe ich außerplanmäßig etwas, was ich nicht haben will: Schmerzen. Am oder im Zahnfleisch neben dem Implantat zieht und zerrt und drückt und brennt es. Man soll sich nicht davon täuschen lassen, wenn ein Patient im Sonnenuntergang eine Runde schwimmen geht. Links ein Titan, rechts eine Titanic. Wenn der Zahnarzt die betreffende Stelle mit seiner Mikrogartenkralle berührt, steigert sich der Schmerz gar ins Wurzelbehandlungsartige. Eine leichte Spritze (er hat nur leichte Spritzen, lacht der Zahnarzt und jongliert mit dem Ding), der Zahnarzt legt die Stelle im Grenzzahnfleisch frei und stopft einen Streifen hinein, den er zuvor in Alkohol getränkt hat. Prost und vergelt's Gott!

Am sechsten Tag haben sich Implantatsrheumatismus und Zahnfleischzerrung nicht wesentlich gebessert, also wieder ein Alkoholstreifen. »Den nehmen wir jetzt aber nicht mehr heraus!«, sagt, nein: deklariert der Zahnarzt. Habe ich etwas gesagt? Gemeint? Gewünscht? Begehrt? Nein. Nein. Nein. Warum sagt der Zahnarzt so einen Satz? Verdächtig. Außerdem das Wort *wir*: Wie sollten *wir* meine Titanic herausnehmen? Wie vor allem *ich?* Hilf mir mal, Doktor! Hau ruck! Nein, nein! Was der Zahnarzt in den Kieferknochen hineinoperiert hat, soll der Mensch nicht wieder herausnehmen. Übrigens habe ich seit ein paar Tagen Schweißausbrüche wie noch selten zuvor in meinem Leben, außerdem Speichelausbrüche. Dabei ist das Wetter alles andere als hochsommerlich, sondern für die Jahreszeit zu kühl, windig, bewölkt und regnerisch. Aber in der Früh ist mein Pyjamaoberteil nass, ebenso mein Gesicht, mein Hals, mein Oberkörper, und das Schwitzepizentrum ist – man wird es nicht für möglich halten – mein Kinn! Schwitzen ist bekanntlich gesund. Im Schweiß scheidet der Körper Krankheitserreger und Schadstoffe aus. So ein rührend liebes Dummerchen, mein Körper: Mit Schweiß will er die Implantate aus sich hinaustreiben! Ja, die Irritationen, sagt der Zahnarzt.

Zwei große Zahnschmerzlektüren gab es bisher in meinem Leben, also Bücher, die ich während großer, lang anhaltender

Zahnschmerzen in überfüllten Zahnarztwartezimmern gelesen habe und die ich schon deshalb niemals vergessen werde: Im Winter vor meiner Matura Thomas Manns *Zauberberg* und irgendwann während des Studiums Oscar Wildes *Dorian Gray*. Erstmals in meinem Leben habe ich jetzt etwas, was ich nicht wirklich gebraucht habe: zahnlose Zahnschmerzen. Das große Buch zu den zahnlosen Zahnschmerzen dürfte Robert Menasses *Die Vertreibung aus der Hölle* werden. Begonnen habe ich es im Zug nach Amsterdam (ich wusste schon, dass es zum Teil dort spielt), hundert Seiten auf der Hinfahrt, hundert Seiten auf der Rückfahrt, den Rest jetzt schön aufgeteilt bei meinen Wartezimmeraufenthalten: doch ja, ein Meisterwerk. Die Titanic rechts bereitet auch am siebten Tag dieselben Probleme, ein dritter Alkoholstreifen, und jetzt endlich sagt der Zahnarzt das Wort: WEICHTEILTRAUMATISIERUNG. Der Höhepunkt der Behandlung aus meiner Sicht! Ein Wort wie aus dem Wörterbuch der Psychoanalyse. Ein Wort, das Sigmund Freud persönlich erfunden und verwendet haben könnte! Weichteiltraumatisierung: So ist mein ganzes Leben!

Am See sagt Marcello, seine Chefin an der Universität habe ihm erzählt, in der *Presse* sei gestern die *Michelstaedter*-Rezension erschienen. Ziemlich groß. Das geht aber schnell diesmal! Mitte August, das Buch ist da und die Besprechung auch schon. Gut oder schlecht? Das weiß er nicht. Er hat sie selbst nicht gesehen.

Ich hab die *Presse* gestern ohnehin wie jeden Sonntag beim stummen Verkäufer besorgt (um nicht zu sagen: geborgt), nur wegen Schönwetters noch nicht hineingeschaut. Ich werde die Besprechung abends studieren. Eigentlich ist ja schon Abend. Das Sonnenlicht glänzt schon golden über dem See, die Luft ist lau und lind – nicht so, dass man unbedingt noch einmal ins Wasser müsste. Eher schon ein wenig frisch. Ich werde heimfahren. Schnelle, große Rezensionen sind natürlich wichtig, wenn auch die Bedeutung von Rezensionen im Literaturkapitalismus insgesamt nachlässt. Das Produkt muss den Ladentisch überschwemmen, alle Konkurrenzprodukte einfach wortwörtlich verdrängen. Kein Buchhändler bestellt ein Buch wegen einer guten Besprechung, denke ich auf dem Fahrrad am Heimweg. Wie viele gute Besprechungen habe ich schon gehabt, und was haben sie meinen Büchern genützt? Weniger als wenig! *Horror Vacui:* Sehr gut besprochen, keine fünfhundert Stück verkauft. *Das Mädchen im See:* Euphorische Besprechungen, knapp über zweitausend Stück verkauft, aber doch jenseits der Bestsellerlisten. Daniela Strigl hat das *Mädchen* gleich bei seinem Erscheinen hymnisch im *Standard* gefeiert, und ich hab die Kritik überhaupt nicht gelesen: Von ihr gehört, sie aber nicht gelesen. War ich zu lässig? Zu überheblich? Zu bescheiden? Weiß nicht. Aber die ungelesene gute Kritik hat mir für lange Zeit ein gutes Gefühl erzeugt. Als ich die Kritik Jahre später doch angeschaut habe, ist sie mir gar nicht so überschwänglich vorgekommen. Aber da war es schon egal.

Vielleicht sollte ich auch die jetzige Kritik nicht lesen: Nur kurz anschauen, ausschneiden und archivieren, aber nicht lesen. Den Titel würde ich zumindest sehen. Oft gibt der Titel keinen rechten Aufschluss über die Kritik. Über guten Kritiken können auch halblustige, lakonische Titel stehen. Titel sind meistens flapsig, verkalauert, selbstgerecht. Rezensenten führen sich in Rezensionen oft so auf, als hätten *sie* hier gerade ein Werk gestiftet. Es ist auch immer die Frage, wer rezensiert, wen die Redaktion beauftragt. Seine Meinung muss nicht der der Redaktion entsprechen (die hat meistens gar keine, oft aber ein Vorurteil), aber gedruckt wird sie auf jeden Fall. Vielleicht hat man einen pingeligen Italienexperten genommen, einen pedantischen Jahrhundertwendespezialisten, der in seiner Borniertheit sämtliche Details auflistet, bei denen ich mich vertan haben könnte?

Schlechte Kritiken sind schwer zu verkraften, denke ich auf dem Nachhauseweg, vernichtende so gut wie gar nicht. Wenn ich an die ungerechte, selbstgerechte, vernichtende Rezension denke, die Thomas Glavinic letzten Herbst einstecken musste! Pubertäre Entgleisung et cetera. Daran hat er sicher tagelang laboriert, wochenlang, wahrscheinlich laboriert er bis heute. Auch Rudolf Habringer ist im Frühjahr zwar nicht schlecht, aber unter seinem Wert besprochen worden. Dafür hat der Rezensent (um es dem Autor gleichzutun) Platz dafür aufgewendet, darauf hinzuweisen, *wo* er seine Rezension verfasst hat. Und Michael Scharang hat Ronald Pohl voriges Jahr mit seiner Kritik förmlich dem Erdboden gleichgemacht und ausgelöscht. Es raucht aus den Ruinen dieses Eintagsschriftstellers, der nun wohl ein Einbuchschriftsteller bleiben wird … Der grimmige Apokalypse-Scharang! Was für ein Beruf, sich öffentlich beurteilen, verurteilen, verreißen, zerreißen lassen zu müssen, bloß um ein ganz klein bisschen Aufmerksamkeit zu erregen …

Zu Hause angekommen nehme ich das *Spectrum*, falte es, ohne auch nur hineingeschaut zu haben, zusammen, schiebe es in eine Plastikfolie und hefte es ungelesen und ungesehen in den Rezensionsleitzordner. Im Zweifel entscheide ich mich für: *Bescheidenheit*, und schon geht es mir ein klein wenig besser.

Lorenz: Die Stadtpolitik verschleppt die Geschichte. Ende Juni hatte ich einen Termin bei Verkehrsstadtrat Kogler. Der hat mir versprochen, sich schnell und unbürokratisch für ein Mahnmal zu verwenden (da könne ja angesichts der traurigen Geschichte niemand etwas dagegen haben), bat mich aber, noch einen schriftlichen Antrag nachzureichen. In den nächsten Wochen habe ich mehrmals urgiert. Immer bekam ich zur Antwort, es sei noch keine Entscheidung gefallen, der Antrag wurde da- und dorthin weitergeleitet, müsse noch dieser Arbeitsgruppe und jener Kommission vorgelegt werden et cetera. Ende August teilt mir der Stadtrat Kogler mit, der Bürgermeister werde persönlich mit mir sprechen, und er hoffe, mir damit gedient zu haben. Dass der Bürgermeister mit mir sprechen wird, ist kein großes Wunder, weil ich den Termin bei ihm in meiner unermüdlichen Ungeduld selbst besorgt habe. Es geht ja sonst nichts weiter.

Jetzt sagt mir der Bürgermeister in seinem Büro also, der Stadtsenat habe »wenig Freude« mit dem Antrag. (Ein von einem Lastwagen bei Grünlicht auf einem Zebrastreifen zu Tode gequetschtes Schulkind mitten in unserer Stadt ist ja auch kein Anlass zur Freude.) »Dieser Winkler« habe aber weit übers Ziel hinausgeschossen, als er den Buben als den ersten EURO-Toten bezeichnet habe; »dieser Winkler« habe sich laut Verkehrslandesrat Dörfler übrigens auch im Ton vergriffen, indem er ihn, Dörfler, »Bierjokl« genannt habe. »Dieser Winkler« erkundigt sich in E-Mails nach dem Fortgang der Dinge und bittet mich auch, den Vater des Buben kennenzulernen und ihn auf dem Laufenden zu halten, überlässt die Politikerbesuche und Interventionen aber vertrauensvoll mir. Das Laufende läuft wie gesagt leider nicht.

Der Bürgermeister sagt mir, er wollte dem Vater des Buben helfen, indem er ihn im Magistrat anstellt. Aber das ging nicht, denn – und jetzt kommt es – der Mann sei ein Mörder und habe vierzehn Jahre eingesessen. Ja, was sagt man da in seiner Sprachlosigkeit? Das sind aber Neuigkeiten! Tatort Klagenfurt! Haben die Kommissionen das herausgefunden bei der Überprüfung der Ortsbildverträglichkeit? Und was hat die eine Sache mit der anderen zu tun? Wie hängen sie miteinander zusammen? Hat ein getötetes Kind die eventuellen Untaten seines Vaters auszubaden, indem es postum auf ein Mahnmal verzichtet? Ist eine (doch sehr plötzliche) Mörderschaft des Vaters des bei einem grauenhaften Verkehrsunfall zu Tode gekommenen Kindes ein Argument – und wenn ja: wofür? Oder wogegen? Ich erkläre noch einmal die Einzigartigkeit der Tragik des Falles, die vielen Stadtbürger (Wählerstimmen!) hinter den vielen Kerzen auf der Verkehrshalbinsel, und der Bürgermeister verspricht mir, noch einmal damit in den Stadtsenat zu gehen. Aber ich habe jetzt wenig Hoffnung, dafür viel Ekel.

Später einmal werde ich vielleicht als ein Mann in die Geschichte eingehen, der sich in der Früh ins Auto setzt, drei Stunden oder dreihundertdreißig Kilometer von Klagenfurt nach Wien fährt, den Wagen in die Operngarage stellt, zum Lobkowitzplatz geht, in der Wohnung von Kurt Waldheim ein Foto von sich machen lässt, ins Auto steigt und drei Stunden oder dreihundertdreißig Kilometer von Wien wieder nach Klagenfurt zurückfährt. Und zwei Wochen später noch eine Anonymverfügung (was für ein Wort!), also ein Strafmandat wegen Schnellfahrens, kassiert. Oder vielleicht werde ich als Vollidiot in die Geschichte eingehen. Oder vielleicht werde ich als Vollidiot gar nicht in die Geschichte eingehen.

Aber es musste sein. Zu meiner Verteidigung kann ich nur vorbringen, dass der Fotograf (angeblich ein Starfotograf, dessen Namen ich mir aber nicht gemerkt habe) aus Italien – ich glaube: aus Rom – kommt und also mit Sack und Pack und Ausrüstung einen noch viel weiteren Anfahrtsweg für dieses Foto hatte.

Egal. Jedenfalls waren die Waldheims zuletzt Nachbarn der *Furche*-Redaktion hier am Lobkowitzplatz. (Die Waldheims waren immer schon da, die *Furche* ist später dazugekommen.)

Letztes Jahr ist der Skandalaltbundespräsident hochbetagt gestorben. Danach hat auch seine Witwe hier nichts mehr gehalten, nun ist sie ausgezogen und hat die Wohnung an die *Furche* verkauft, die sie für neue Redaktionsräumlichkeiten adaptieren will. Derzeit ist die Waldheimwohnung leer geräumt und wird frisch ausgemalt. Nichts ist für die Ewigkeit. Gerade einmal zweiundzwanzig Jahre ist es her, dass Peter Handke Kurt Waldheim im *profil* einen »Lemuren, einen Wiedergänger aus Transsylvanien« genannt hat. Ich sehe mich noch, wie ich als Student dieses *profil* am Klagenfurter Bahnhofskiosk gekauft und den Handke'schen Furor noch in der Bahnhofshalle hochachtungsvoll verschlungen habe. Handke hat aber nichts daran geändert, dass die Österreicher sich diesen transsylvanischen Wiedergänger zum Bundespräsidenten gewählt haben, der dann wegen sich selbst eine Historikerkommission einberufen musste und sechs Jahre lang nichts als Zores wegen sich selbst hatte. Die sechs Jahre hat er hauptsächlich hier in dieser Wohnung verbracht, weil man ihn, den nationalsozialistischen Mitreiter, den Watchlist-Kurti, nirgendwo in der Welt haben wollte. Aber zu Österreich hat er eigentlich ganz gut gepasst. Als erster und bisher einziger Bundespräsident hat sich Kurt Waldheim um keine zweite Amtsperiode beworben.

Bloß zwei Jahrzehnte später sind sie alle tot: Waldheim selbst, Ronald Reagan, in dessen Ära Waldheim auf die Watchlist gesetzt wurde, der ÖVP-Generalsekretär Michael Graff, der gemeint hatte, solang Waldheim nicht sechs Juden persönlich erwürgt habe, bekomme er kein Problem, Waldheims Vorgänger Kirchschläger, Waldheims Nachfolger Klestil (bei beiden Staatsbegräbnissen war Waldheim wackliger Ehrentrauergast), Fred Sinowatz, der Waldheim ein Bein stellen wollte, dann aber selbst über das Bein gestolpert ist, das er Waldheim gestellt hat. Bloß zwei Jahrzehnte später, und ein italienischer

Starfotograf bittet mich in die leere Waldheimwohnung mit den plastikfolienverpackten Parkettböden, an den Malergesellen und am ebenfalls eingewickelten Kachelofen vorbei ins Turmzimmer, ins Rundzimmer, in den Denkersalon mit den großen Fenstern und der prächtigen Aussicht auf die Albertina und die Staatsoper – und übrigens auch das Hrdlicka-Mahnmal mit dem asphaltputzenden Juden aus Stein. Die Albertina und die Staatsoper – das ist der richtige Hintergrund für ein Porträtfoto von mir. Vor der Albertina und der Staatsoper soll ich meine Stirn für die *Furche* in Furchen legen, meint die *Furche*-Bossin, und neben dem Porträtfoto wird dann ein Satz stehen, der mit den Worten beginnt: »Egyd Gstättner liest die Furche, weil …« Der *Furche* steht nämlich ein Relaunch bevor, und in Zusammenhang mit dem Relaunch startet sie eine Kampagne (auch in anderen Medien), in der Prominente wie ich (!) (!!) sich für die relaunchierte *Furche* stark machen sollen. Vollenden muss ich meinen *Furche*-Satz erst noch. »Egyd Gstättner liest die *Furche*, weil der pingelige Kulturredakteur schon seit einem halben Jahrzehnt nichts mehr von mir veröffentlicht« wird man mir wohl nicht durchgehen lassen. Der *Furche*-Bossin wird dieser kleine Missstand und die damit verbundene Einkommenseinbuße meinerseits vor lauter Verehrung wahrscheinlich noch gar nicht aufgefallen sein. »Egyd Gstättner liest die *Furche*, weil die *Furche*-Bossin gleichzeitig auch die Bossin der Styria-Verlagsgruppe ist, die heuer ein schönes Fußballbuch von Egyd Gstättner gemacht hat und nächstes Jahr hoffentlich ein anderes schönes Buch von ihm produzieren wird.« Das stimmt schon eher, aber wen sollen solche Antichambrierinterna interessieren? Also sagen wir vielleicht: »Egyd Gstättner liest die *Furche*, weil er österreichischer Bundespräsident werden will.« »Sehr schön!«, sagt der Starfotograf, »perfekt!« Aber sobald ich österreichischer Bundespräsident geworden bin, setz ich mich ins Auto und fahre wieder zurück nach Klagenfurt. In der hohen Politik ist es schon so: Man muss andauernd scheinbar völlig sinnlose Dinge tun, die aber in Wirklichkeit völlig sinnlos sind.

Unterdessen ist jetzt auch das Buch – Büchlein – von JOWI erschienen, aus dem hervorgeht, was mir im Grund bekannt war, dass – wie der strenge Vater den zehnjährigen Josef immer wieder ungeniert, skrupellos und rücksichtslos in den Stall oder aufs Feld getrieben hat, der dreiundfünfzigjährige Josef die vierjährige Tochter und den elfjährigen Sohn immer wieder ungeniert, skrupellos und rücksichtslos nach Indien und nach Mexiko treibt, sodass dem elfjährigen Sohn später einmal nichts übrig bleiben wird, als entweder Schriftsteller oder Bauer zu werden – und die vierjährige Tochter wird wohl noch viel ärmer dran sein.

Leider werde ich auch diese Notiz meiner Lektüreeindrücke nicht veröffentlichen können, weil sie mir ja postwendend als blanker Neid ausgelegt und dann ohne viel Federlesens und Argumentation ad acta (wenn überhaupt) gelegt würde. Aber diesmal verdichtet sich jedenfalls mein Eindruck, diese Winkler'schen Sätze kolportieren keine Qual mehr, sondern bloß eine Fixierung. Das sind keine Sätze mehr, deren Dringlichkeit unter die Haut geht, sondern Sätze, die aufgeblasen vor dem Spiegel stehen wie eine Diva. Aber wenn's grad so wie geschmiert funktioniert! Wenn die deutsche Literaturmafia so eine Freude mit Schachtelsätzen und Endlosschleifen und Wiederholungswiederholungen hat, dann soll sie eben Schachtelsätze und wieder Schachtelsätze und Endlosschleifen und wieder Endlosschleifen und Wiederholungswiederholungen und wieder Wiederholungswiederholungen haben. Der Josef ist sein Vater geworden. Der Josef ist ein Bauer geworden, der den Hof mit dem Kino vertauscht hat und mittlerweile ziemlich wahllos alles, was stirbt und jemals gestorben ist in seinen Texten zusammenpfercht. Durch die stereotype Wiederholung der Tödlichkeit wird die Tödlichkeit selbst belanglos. Dass Wiederholungen einprägsame Wirkung und einen Sog haben, ist nichts Neues und nichts Revolutionäres – schon gar nicht literaturtechnisch –, sondern ein altbewährtes pädagogisches Dorfschullehrerkonzept. Drill. Hier also: Leserdrill. Aber nach der Schule und nach dem Buch ist alles schnellstens wieder vergessen, wenn man dahinterkommt, dass das Wiederholte die Wiederholung nicht wert gewesen ist. Übrig bleiben höchstens Ekel und blaue Flecken. Mittlerweile tun mir die beiden Mädchen doppelt leid, die vor zwanzig Jahren vom Stadtpfarrturm in die Tiefe und in den Tod gesprungen sind, weil sie seither Jahr für Jahr und Buch für Buch und fast Text für Text vom Stadtpfarrturm in die Tiefe und in den Tod springen, als wären sie noch gar nicht unten gelandet und gestorben, sondern als hätten sie unterwegs wieder umgedreht und wären neuerlich gesprungen, immer wieder, immer wieder, damit JOWI jedes Mal, wenn er zur Stadtpfarrkirche geht und auf den Stadtpfarrturm schaut, an die beiden Mädchen denken kann, die vor vielen Jahren hier heruntergesprungen sind, die er dabei aber gar nicht gesehen hat und auch gar nicht kennt oder gar etwas mit ihnen zu tun hatte oder hat, wobei er aber auch in noch so langen und verschachtelten Sätzen, in denen noch solches Wortgedränge herrscht, weder der vierjährigen Tochter noch dem elfjährigen Sohn, die also beide noch nicht auf der Welt waren, als die Mädchen in höchster Verzweiflung vom Stadtpfarrturm gesprungen waren, sagen kann, was er konkret denkt, wenn er an die beiden ihm völlig unbekannten Mädchen denkt, die vor vielen Jahren in seiner Abwesenheit vom Stadtpfarrturm in die Tiefe und in den Tod gesprungen sind. Wäre ihm an den

Menschen hinter den Mädchen gelegen, könnte er sich ja ohne Weiteres an die Arbeit machen, sorgsam ihr Leben und ihr Schicksal recherchieren, eindringlich ihre Familienverhältnisse, ihre Welt und ihren Weg erzählen, der die beiden Mädchen bis hinauf auf den Stadtpfarrturm geführt hat! Aber immer wieder stereotyp nachplappern, was vor zwanzig Jahren in der Zeitung gestanden ist, zwei Mädchen sind vom Kirchturm gesprungen, zwei Mädchen sind vom Kirchturm gesprungen, zwei Mädchen sind vor zwanzig Jahren vom Kirchturm gesprungen, der Pfarrer hat gesagt, von unten habe er gesehen, wie sich deren Röcke wie Fallschirme aufgebläht haben – das wird dann mit den Jahren doch eine beliebige, banale Todeshinausschluderung. Josef schreibt überhaupt ganz selten, was er denkt, sondern fädelt einfach Wahrnehmungen aneinander und schmückt fast jedes Substantiv mit einem Adjektiv, sodass die Substantiva vor allem wegen der unaufhörlichen Wiederholungen schwer vor Adjektiva sind, die wiederholten Adjektiva hängen von den wiederholten Substantiva förmlich an allen Seiten überreif herunter wie die Äpfel von einem Apfelbaum vor der Apfelernte. Dass die Leute dieses belanglos-manische Winklerwerk, wohin man hört, für einen Dreck halten, tut nichts zur Sache und ist vielleicht sogar das Beste, was ihm passieren kann, solang bloß die Professoren von der Literaturmafia weiterhin andächtig und immer andächtiger lauschen. Und die Politiker plappern natürlich nach, was die Professoren vorplappern.

Das alles werde ich dem Josef also nicht sagen, weil er es mir nicht glauben würde und weil ich nicht als neidisch gelten will. Aber ich werde, um nicht ganz falsch zu sein, sein Büchlein auch nicht über den grünen Klee loben, wenn ich ihn sehe. Komplimente werde ich ihm keine machen. Ich werde ihm wenn schon nicht *die*, so zumindest *eine* Wahrheit und also einfach sagen: Josef, ganz ehrlich: Du bist besser als Peter Handke!

September. Iras erster Tag im Gymnasium: Jetzt wird also auch mein zweites Kind endgültig systematisch verdorben. Jetzt muss ich auch mein zweites Kind an die Giftpflanzen des Dschungels da draußen abtreten. Aber es existiert keine Alternative.

Jetzt hat er sich schon Sorgen gemacht, sagt mein Apotheker, als ich ihm knapp vor der Mittagspause das Rezept, mein übliches pharmazeutisches Menü, über die Theke reiche. Lange nicht gesehen.

Ja, aber Sorgen muss er sich meinetwegen nicht machen. Falls ich sterbe, steht es ohnehin in der Zeitung. »So wie gestern der Professor Schmidt-Dengler!«, sagt er. Mein Apotheker kennt sich aber aus! Schrecklich, ja! Vor drei Monaten bin ich noch bei einer Podiumsdiskussion mit ihm zusammengesessen, hier in der Johanneskirche. Es ging um Religion, Fußball und Literatur. Etwas in der Art: Unsere Leib- und Magenthemen. (Geärgert habe ich mich damals über den völlig unvorbereiteten und entweder betrunkenen oder im Delirium tremens befindlichen Moderator des ORF-Landesstudios, der nicht nur meinen Namen nicht richtig aussprechen konnte, sondern auch zwischen »Schmidt« und »Dengler« in seinen Unterlagen nachsehen musste. Peinlich! Peinlich! Herta hat mich dann aber auf der Fahrt nach Nürnberg am Tag darauf beschwichtigt: Der Moderator, der arme Mann, sei an einem schlimmen Schicksal zerbrochen: Seine Frau habe sich vor den Augen seiner Kinder erhängt. In dem Land ist alles so furchtbar, wenn man genauer hinhört und hinsieht. Und neben dem Normalsten und Allerliebsten steht völlig unvermittelt das Furchtbarste.

Jedenfalls hat der Moderator mich gefragt, was Literatur und Religion miteinander zu tun haben, und ich habe geantwortet: »Viel. Zum Beispiel sitze ich ja gerade neben dem *Literaturpapst.*« Da hat der Herr Professor geschmunzelt, wie auch ich bei seinem ebenso launigen wie engagierten Einstiegsreferat geschmunzelt habe, wo er zum Beispiel preisgegeben hat, was Materazzi damals im Berliner WM-Finale 2006 zu Zidane gesagt hatte, nämlich: »Du spielst wie ein Österreicher!« Und Rapid-Fan sei Schmidt-Dengler schon deswegen, weil es der wohl einzige Fußballclub der Welt sei, in dessen unmittelbarer Nachbarschaft gleich zwei Literaturnobelpreisträger wohnten … (Es gibt freilich auch eine Menge Rapid-Fans, aus deren Verhalten man schließen kann, dass sie das nicht wissen und auch keinen Wert darauf legen …) Der Literaturpapst war einer der Letzten, der auf hohem Niveau von der immer geheimer werdenden Weisheit überzeugt war, Fußball sei Religion. Ohne es zu wissen, hat mir Wendelin Schmidt-Dengler damals in Spanien gewissermaßen ein bisserl das Leben gerettet. Als ich – im letzten Augenblick gerade noch im Sein gehalten – nach meinem Herzinfarkt im Universitätsspital von Salamanca lag, brachte mir die österreichische Lektorin Danielle Bachel Lektüre mit ans Krankenbett, was eben gerade in der Handaufstellung des germanistischen Instituts greifbar war, etwa ein Aufsatz von Thomas Mann *(Deutschland und die Deutschen)* oder *Die Stimmen von Marrakesch* des einen Literaturnobelpreisträgers in Hanappistadionumgebung. Und es war ein großer, dicker, bordeauxroter, steif gebundener Reclam-Prachtbildband von Wendelin Schmidt-Dengler dabei, *Österreichische Literatur nach 1945.* Auf Seite zweitausendirgendwas stolperte ich da mitten in meiner Verzweiflung mitten in der kastilischen Hochebene über ein schönes Bild von mir in diesem repräsentativen Werk des Literaturpapstes, das Jahre zuvor im Wiener Literaturhaus anlässlich eines Zsolnay-Verlagsjubiläumsabends aufgenommen worden war. »Das ist der Grabstein, den mir die Universität Salamanca spendiert hat«, murmelte ich in meinem Krankenbett in der kastilischen Hochebene weit weg von meiner Welt, den Schmidt-Dengler'schen Prachtband an meine Brust gepresst, wie der Videoclip zeigt, den Herta im Spital gedreht hat. Aber ich werden nicht sterben, sondern leben! Ich existiere! *Schmidt-Dengler cogitat ergo sum.* Gracias! Ich war würdig, dass er einging unter mein Dach. So wurde meine Seele gesund.

Und jetzt ist der arme Professor tot. »Tja, Lungenembolie«, sagt mein Apotheker, »das ist wie ein Herzinfarkt, da hast du keine Chance.« Und bei diesen Worten legt er mir mein Menü auf die Theke, das ich seit meinem Herzinfarkt von Salamanca, seit über sechs Jahren, täglich zu mir nehmen muss: eine Packung HerzschutzASS, eine Crestor 20 mg, eine Atenolol 100 mg, eine Hypren 2,5 mg, dazu eine Dose Omacor. Mmmmh! Das Konklave wird länger dauern als bei einem regulären Papst. Intra omnes!

Wo ich gewesen sei, möchte der Apotheker gerne wissen. Ach, in der letzten Woche bloß in Jesolo (in Jesolo ist unsereiner immer »bloß«), aber zuvor sei ich in Amsterdam gewesen, in Verona, in Berlin, in Nürnberg, in Zürich, Genf und Basel, in Budapest und, und, und. Das letzte halbe Jahr sei ziemlich stressig gewesen …

»Aufpassen«, warnt der Apotheker und deutet mit der Hand aufs Herz.

»Ja, aber es war positiver Stress. Schlimmer wäre es, wenn gar nichts los wäre, gar keine Anfragen, gar keine Angebote kommen. Das wäre negativer Stress. Da sprösse sofort die Existenzangst …«

»Wieso?«, fragt der Apotheker. »Dafür haben Sie ja Ihre Frau ...«

Jetzt muss ich lachen. »Ah ja, genau! Ich werd's ihr ausrichten.« In dem Moment – ich öffne gerade die Apothekentür – ruft sie auch schon an. Essen ist fertig. Die Omama hat gekocht. Idylle. Im Elektropostkasten eine Anfrage bezüglich einer Lesung. Ob ich denn nach Allerheiligen käme?

Nach Allerheiligen? Aber selbstverständlich.

Ich war zu voreilig. Josef ist doch ein großer Autor und jeden Preis wert. Das Buch – *Ich reiß mir eine Wimper aus und stech dich damit tot* – wird von Text zu Text besser, nach und nach verlieren sich die anfängliche Outriertheit und Manieriertheit. Und da ist vor allem der eine Text über Lorenz, bei dem mir, obwohl ich die Geschichte schon so lang und so gut kenne, beim Lesen die Luft wegbleibt und ich Atemnot bekomme. Hier ist die Sprachgewalt ganz natürlich und notwendig. Ein kleines, dunkles Meisterwerk, erbaut auf einer Katastrophe. Kapitel für Kapitel hatte ich auch stärker den Eindruck, hier handelt es sich weniger um Texte, schon gar nicht um Geschichten, sondern um Gemälde. Gemälde aus Sprache, Gemälde aus Sätzen und Worten. Also: Hut ab!

Mitten im letzten Satz klingelt das Handy: Josef Winkler! Ob es etwas Neues gibt? Etwas Neues gibt es, aber nichts Erfreuliches. Der Verkehrsstadtrat verhält sich waschlappig, die offenbar seriösesten Chancen für die Errichtung des Lorenz'schen Mahnmals hätten wir ausgerechnet beim BZÖ-igen Landeshauptmannstellvertreter. Der Bürgermeister habe mir erklärt, dass der Stadtsenat nicht so recht will. Er selbst will auch nicht so recht, weil nämlich der Vater des getöteten Buben ein rechtskräftig verurteilter Mörder sein und vierzehn Jahre eingesessen haben soll.

Da ist auch der Büchnerpreisträger sprachlos, verspricht aber, bis nachmittags auf der Bootsbrücke im Strandbad seine Sprache wiedergefunden zu haben. Diese Spätsommernachmittage im September im Strandbad mit ihrem golden glänzenden Sonnenlicht sind die schönsten, auch das Wasser hat noch zweiundzwanzig Grad. Kaum habe ich also draußen auf dem Plateau der Brücke meine Liege aufgestellt und es mir mit meinem eigenen Buch *Der Mensch kann nicht fliegen* gemütlich gemacht, in dem ich jetzt nach Fehlern suche, die aber zum Glück nicht zu finden sind, warnt mich Marcello vor, dass JOWI, wie er sagt, in seiner orangen Schildkappe die Brücke herauskommt, immer nach links und dann nach rechts und wieder nach links und wieder nach rechts schauend und offenbar mich in meiner Burberry-Schildkappe suchend, und da hat er mich auch schon gefunden. Zwei Monate habe er jetzt überhaupt nicht schreiben können (ich auch nicht, aber ich hatte gar keine Lust und Veranlassung), in Holland war an dreiundzwanzig von dreißig Tagen schlechtes Wetter (ich weiß, ich weiß), der Schmidt-Dengler ist jetzt auch gestorben. – Ja, der Ärmste. – Der Schmidt-Dengler hätte die Laudatio bei der Büchnerpreisverleihung in Darmstadt zu Allerheiligen auf ihn halten sollen. Jetzt wird es der Ulrich Weinzierl machen, der der erste Dissertant von Schmidt-Dengler war.

Der Josef verabschiedet sich und geht auf dem langen, breiten Holzbadesteg wieder zurück zum Ufer und zur Liegewiese mit den weißen Umkleidehäuschen, ist aber keine Viertelstunde später schon wieder hier bei mir heraußen und sagt, dass er also den mutmaßlichen Mörder anrufen und ihm sagen wird, dass von der Stadt keine Hilfe zu erwarten ist und er sich also am besten an das Bürgerbüro des Landes wenden solle, während ich eine Glosse über die waschlappige Stadt schreiben und außerdem versuchen werde, Kontakt mit dem

Landeshauptmannstellvertreter herzustellen. Er könne nicht. Er schreibe jetzt gerade die Dankesrede für den Büchnerpreis und habe auch schon den Titel, nämlich *Das tägliche Brot und die Nachtigall*, sofern es freilich dabei bleibt. Für den Großen Österreichischen Staatspreis werde er keine eigene Dankesrede schreiben, das könne niemand von ihm erwarten, dass er in so kurzer Zeit für zwei Preise zwei Dankesreden fabriziere, in denen er ja im Grund dasselbe sagen würde müssen. Kurz überlege ich, JOWI anzubieten, ihm die Dankesrede für den Großen Österreichischen Staatspreis zu schreiben, wenn er mich im Gegenzug am Preis beteiligt, komme dann aber davon ab, weil mir scheint, dass es doch eine recht unangenehme Tätigkeit sein muss, so eine Dankesrede zu verfassen und weil sich JOWI in der Zwischenzeit wieder verabschiedet und auf den Weg zurück zur Liegewiese gemacht hat. Insgesamt scheint mir, dass JOWI auch hier im Strandbad permanent unterwegs ist und immer, sei es den Badesteg, auf dessen Plateau ich mich von Mai bis September heimisch gemacht habe, auf und ab, sei es auf der Liegewiese zwischen den weißen Umkleidehäuschen unruhig hin und her wandert, bis die Blätter treiben. Ich glaube nicht, dass er auch nur fünf Minuten lang irgendwo liegen und lesen oder einfach nur schauen kann.

JOWI, erzähle ich Marcello, nachdem JOWI sich verabschiedet hat, hat geschrieben, er sehe sich prinzipiell nur lebenswichtige Filme an. Das klingt nach den Worten eines großen, eines entschlossenen, durchschlagskräftigen Mannes, der weiß, was er will. Ich kann so entschieden Prinzipielles jedenfalls in dieser Angelegenheit nicht von mir behaupten: Bevor ich mir einen Film anschaue, weiß ich nämlich nicht, ob er lebenswichtig sein wird oder nicht. Wenn ich ihn aber angeschaut habe und mir eingestehen muss, dass dieser Film nicht lebenswichtig gewesen ist, kann ich die Anschauung, das Gesehen-Haben nicht mehr rückgängig machen. Das passiert leider sehr oft. Neun von zehn Filmen stellen sich im Nachhinein als nicht lebenswichtig heraus. Was sag ich: Neunundneunzig von hundert Filmen. Und selbst bei *Night on Earth* von Jim Jarmusch, um ein Beispiel für einen solchen nach dem neunundneunzigsten kommenden hundertsten Film zu nennen, habe ich Zweifel, ob ich ihm das Adjektiv *lebenswichtig* ankleben kann. *Gut* ist ja auch nicht schlecht. Wenn jedenfalls einer – dieses prinzipielle Paradoxon und Dilemma einmal ausgespart – nur lebenswichtige Filme anschaut und im Strandbad jahrein, jahraus immer nur auf und ab und hin und her geht, dann entwickelt er natürlich auch einen anderen Schreibstil als einer, der mit guten Filmen auch zufrieden ist, vor lauter Nonchalance, wenn nicht gar Ruhe, im Strandbad seine Liege aufklappt und die Plauderpartner zu sich kommen und wieder abziehen lässt. Orange Schildkappe, Burberry-Schildkappe, jeder gemäß seiner Eigenart. Nächstes Jahr kriegt den Büchnerpreis dann wieder ein Noname, jedenfalls aus unserer Sicht. Deswegen werde es auch nächstes Jahr vermutlich nicht ich sein.

Leider liegen auf dem Plateau der Bootsbrücke nicht nur Marcello und ich und JOWI (der nicht liegt, sondern also geht und steht), sondern auch eine Gruppe Pubertierender, die ungeschlachten Burschen in der Mehrheit, die noch nicht ganz erblühten Mädchen in der Minderheit. Und immer ist es das größte Vergnügen für zwei Burschen, wenn sie ein Mädchen an Armen und Beinen packen, das kreischende Opfer zur Kante des Badestegs schleppen und mit großem Schwung ins Wasser werfen, wobei der Kopf der Mädchen, die sich im Sturzflug noch wie Fische verdrehen, meistens bloß wenige Zentimeter an den Holzplanken vorbei in die Tiefe stürzt. Ich entwickle bei diesem immer gleichen primitiven und brutalen Schauspiel überhaupt keine sadistische Freude, sondern kann gar nicht hinsehen: Ich sehe vor meinem inneren Auge Blut, Schädelbasisbrüche, Mädchenleichen und triefend dumm dreinschauende Burschenvisagen. Bis etwas passiert.

Und es passiert etwas: Zwar keine fahrlässige Tötung und kein Schädelbasisbruch; aber wenn die Mädchen in hohem Bogen in den See geworfen werden, spritzt in hohem Bogen das Wasser aus dem See heraus – und genau in mein Buch hinein. Da haben wir das Malheur! Ob er mir das Buch bezahlen wird, frage ich das Pickelgesicht. Er nuschelt »Entschuldigung«, aber merkwürdigerweise verstehe ich: »Leck mich am Arsch, Alter«. Das regt mich auf, und ich sage unter Verwendung von zusätzlichen Dezibel: »Davon wird es nicht wieder gut!« Das Pickelgesicht sagt, er möchte einmal mein Buch sehen. Ich rege mich weiter auf. Er hat hier nichts zu möchten. Er ist der Täter, ich bin hier der Möchter. Er will ja bloß sehen, ob wirklich Wasserspritzer in meinem Buch sind. Ein guter Schachzug des Pickelgesichts. Mir wird heiß. Das wäre vielleicht eine Blamage, stellte sich heraus, dass die Wasserfontäne mein Buch gar nicht erwischt hätte und gar keine Spritzer drinnen wären. Die ganze Clique schaut jetzt zu, und keiner von denen hält zu mir. Ich schaue verschämt nach, aber zum Glück sind wirklich zwei dicke Spritzer auf der Seite! Haha! Ich hab's gewusst. Und jetzt bietet mir das Pickelgesicht an, dass es mir die beiden Wasserspritzer mit der Hand aus dem Buch herauswischt. So viel Verhaltenskreativität macht mich nun endgültig zornig und wild. Das Pickelgesicht will mir weismachen, nasses Papier könne durch Trocknung in seinen Originalzustand rückgeführt werden und würde also weder wellig noch runzelig noch bröselig. Da hat er aber in Physik geschlafen.

Ich bleibe also coram publico bei der einmal eingeschlagenen recht massiven Lautstärke und fordere das Pickelgesicht auf, nachdem es Schaden angerichtet habe, nicht auch noch solchen ärgerlichen Schwachsinn abzusondern, sondern zukünftig Abstand davon zu nehmen, in meiner Nähe Mädchen ins Wasser zu werfen und dadurch mein Buch zu benässen. Darauf wiederum reagiert der pickelige Buchnässer schlagfertig mit dem Substantiv *Wichser*. Ohne mich auf Diskussionen über den Wahrheitsgehalt des Wortes Wichser einzulassen, erhebe ich mich nun aus meiner Strandbadliege, stelle mich Nasenspitze an Nasenspitze zum Pickelgesicht und schreie nicht mehr bloß, sondern brüllte es an: »Wenn du mich noch einmal Wichser nennst« – kurz sondiere ich in meinem Inneren die sich mir realistisch bietenden Drohmöglichkeiten –, »dann gehen wir zum Bademeister!« Das erscheint mir jetzt selbst ein wenig schwach. Aber das Mädchen, das um Haaresbreite einem Schädelbasisbruch entgangen und völlig ohne Schuld faktische Auslöserin der Szene war, meint: »Es hätte auch gereicht, wenn du dir *Wichser* bloß gedacht hättest, Strugger!«

Diesen Strohhalm, diese plötzlich sich auftuende Chance packe ich beim Schopf und sagte: »… dann gehen wir zum Bademeister, STRUGGER!« Jetzt ist das Pickelgesicht am Ende, denn um seine Anonymität ist es geschehen. Jetzt, denkt es wenigstens selbst, ist es belangbar. Die Clique macht nun dem Mädchen Vorwürfe, dass es Strugger verraten hat. STRUGGER, jetzt kennt die Welt dich und deine miesen Taten!

Ich habe mich noch nicht beruhigt, mein Herz schlägt wie wild vor Aufregung und ich denke, es stehe nicht dafür, hier auf der Bootsbrücke einen Herzanfall wegen zwei Wasserspritzern in einem Buch zu riskieren, da tippt mir jemand mit dem Zeigefinger über den Rücken meiner Liege hinweg auf meine Schulter: Es ist ein Mann mit oranger Schildkappe, ein Büchnerpreisträger, JOWI, denn gestern hat ja die Schule begonnen, und wir beide haben ja unsere Kinder im Gymnasium, noch dazu im *Bachmann*-Gymnasium, er den zwölfjährigen Sohn, ich die zehnjährige Tochter und die sechzehnjährige Pamina. Ich halte mich aus schulischen Fragen aber soweit möglich heraus. Da bin ich traumatisiert und befangen. Er könne seinem Sohn schon jetzt nicht mehr bei den Aufgaben helfen, sagt Josef, dabei gehe der erst in die zweite Klasse. Er kenne sich bei den Rechnungen nicht mehr aus. Er, Josef, habe ja gar keine Schule gemacht.

Da winke ich gönnerhaft ab: »Da hast du nichts versäumt, Josef!«

Es klingelt das Telefon und bringt eine schlechte Nachricht, die unvermittelt in mein Leben platzt und mich und meine Gedanken schlagartig völlig durcheinanderbringt, obwohl sie mich doch gar nicht betrifft. Diesmal tut das der Intendant des Carinthischen Sommers, Dr. Thomas Schlee, den ich nicht einmal dem Namen nach gekannt habe und der mich gleich mit der Mitteilung überfällt, er befinde sich in einer entsetzlichen Situation. Das habe ich gern: Fremde Menschen, die bei mir anrufen, wenn sie in entsetzlichen Situationen sind! Es gehe nämlich um das Libretto einer Kirchenoper und um den Librettisten, mit dem ihn, den Intendanten, eine tiefe Freundschaft verbinde, der aber im Sterben liege. Er müsse den Librettoauftrag am sterbenden, aber noch nicht gestorbenen Freund vorbei anderweitig vergeben, und dabei habe er an mich gedacht, unter der Voraussetzung, dass ich kein »wilder Agnostiker« sei. Bei der Oper handle es sich um die Bearbeitung des Noah-Stoffes und dessen Dilemma, ob er als Privilegierter Gottes den von Gott angekündigten Genozid überlebend auf seiner Arche begleiten und mitverfolgen soll (um anschließend eine neue und natürlich viel bessere und gläubigere Menschheit zu gründen), oder ob er sich aus Solidarität zu seiner eigenen Menschheit umbringen (lassen) soll. Der

Komponist, mit dem der sterbende Librettist bereits in intensivem Briefwechsel und Gedankenaustausch gestanden habe, sei Jyrki Linjama, ein tiefgläubiger Finne meines Jahrgangs.

So. Jetzt sitze ich da und schaue zum Fenster hinaus. Mein Tag ist verdorben, die Arbeit, die vor mir auf dem Schreibtisch liegt, verpfuscht oder zumindest schockgefroren. Irgendwo absolviert einer, den ich nicht einmal dem Namen nach kenne, seine letzten Chemotherapien vor dem Tod, und das bietet mir die Möglichkeit zu einem Gedankenaustausch und sogar zu einer künstlerischen Koproduktion mit einem komponierenden Finnen, wo ich doch im Lauf meiner gesamten Karriere noch nie irgendetwas mit irgendjemandem innerhalb oder außerhalb Finnlands gemeinsam produziert habe. Manchmal wollen Lesungsveranstalter bei meinen Lesungen Musikumrahmung und fragen mich, ob mir der eine oder der andere Musiker recht sei und ob sie dieses oder jenes Stück spielen sollen, und ich antworte dann immer: Das ist mir völlig wurst! Ich mache mein Ding, und andere sollen ihre Dinger machen. Oder drehen. Oder was weiß ich. Natürlich habe ich schon für das Theater gearbeitet – aber nicht so Hand in Hand. Ich schreibe einen Text, dann soll ihn der Regisseur inszenieren und die Schauspieler spielen. Aber nacheinander! Wenn die ihre Arbeit beginnen, ist meine zu Ende, und ich bin weg! Ich glaube nicht, dass ich mich gut mit gläubigen finnischen Komponisten vertragen würde: Das wage ich zu behaupten, ohne sie überhaupt zu kennen. Im Übrigen bin ich kein gläubiger Mensch. Außerdem, wie soll ich es formulieren? – Der Noah-Stoff ist interessant. Aber er interessiert mich nicht. Damit er mich vielleicht interessierte, müsste ich ihn einmal auf meine Art in meine Zeit und meine Welt verlegen, und etwaige finnische Musiksachzwänge könnten mich bei der Verlegung kreuzweise … Neben mir die Sintflut!

Ach, ach, ach! Die Konzentration ist weg, der Tag verdorben! Wer übernimmt die Ausfallshaftung? Immerhin hat der Intendant des Carinthischen Sommers mich nicht angerufen, weil er mich für einen Satiriker hält. Selten erhalten Hofnarren Aufträge für Kirchenopern! Den Agnostiker habe ich zugegeben, den Wilden aber immerhin bestritten und den metaphysischen Interessenten geoutet. Außerdem ist auch meine Frau in der Religionsbranche tätig. Ein sicheres Geschäft. Diesbezüglich hat sie es besser als ich. Ich weiß heute noch nicht, wovon ich nächstes Jahr leben soll! Wenn einer eine solche Existenz führt wie ich – noch dazu auf dem Land! –, dann sollte er nicht leichtfertig von vornherein alle Angebote ausschlagen! Schon ist die E-Mail mit Attachment im Postfach: Ausgangspunkt und Gedanken zu *Noah am Strand*, ein Text von Leszek Kołakowski: *Noah oder die Versuchungen der Solidarität*, Auszüge aus dem Briefwechsel zwischen dem finnischen Komponisten und dem schwer kranken Librettisten, der zum Teil aus dem Krankenhaus schreibt und das Wort *Therapie* unter Anführungszeichen setzt, Brainstorming zur Handlung, mögliche Besetzung und Resümee. Oh weh! Mir ist der Tag verdorben! Nur nicht den Hörer abnehmen, wenn es klingelt. Es kommt nichts Gutes dabei heraus.

Das Angenehme am Tagebuchschreiben ist: Man muss sich nicht groß um die Komposition kümmern, um Entwicklungen, um Spannungsbögen. Das Leben ist über einen längeren Zeitraum hinweg betrachtet nicht wirklich spannend. Kein Leben! Und dramaturgisch völlig unbrauchbar! Irgendwelche Geschichten an irgendwelchen Schauplätzen mit irgendwelchen handelnden Personen passieren immer. Zwar streben sie gewöhnlich auf keinen Höhepunkt zu, sondern retardieren, verkümmern, versanden, verlaufen sich im Nirgendwo, enden, falls überhaupt, dann ergebnislos (durch Tod, Abreise, Wetterwechsel oder den zufälligen Beginn einer anderen Geschichte), aber sie tun das so unauffällig, dass es trotzdem möglich ist, das Publikum, also sich selbst, bei der Stange zu halten. Außerdem spielen ja immer verschiedene Geschichten in unterschiedlichen Stadien gleichzeitig, zwischen denen man narrativ ständig hin und her wechselt: viele Schicksale, parallel. Das Hohe neben dem Tiefen, das Komische neben dem Tragischen, das Belanglose neben dem Unerschöpflichen. Das Leben ist kein Drama. Das Leben ist eine dieser Endlosfernsehserien im Vorabendprogramm, nur mit dem Unterschied, dass in Wirklichkeit niemand unsichtbar im Hintergrund lacht oder wiehert. Sitcoms.

Man muss sich beim Tagebuchschreiben also nicht um Komposition oder Erfindung bemühen. Das ist alles da und liegt abholbereit. Aber um die Perspektive muss man sich doch kümmern, und auch die ist erzähltechnisch keine Kleinigkeit: Die literarische Ambition besteht immer, nämlich Schönheit und Wahrheit zu schaffen (und zwar in dieser Reihenfolge – selbst beim Tagebuch). Das Problem: Man darf den realen Menschen, die im Tagebuch vorkommen, auf gar keinen Fall sagen, dass sie im Tagebuch vorkommen. Die meisten würden sich mit Händen und Füßen und Kopf und Kragen dagegen wehren, und der Rest würde sich inszenieren. Daher hat man immer ein schlechtes Gewissen seinem Personal, seinem Menschenmaterial bei dessen klammheimlicher Ausbeutung gegenüber. Daher ist man immer hinterlistig und falsch und ein wenig unehrlich, wenn man besonders ehrlich und authentisch sein will. (Durch Ehrlichkeit würde man die Wirklichkeit verändern: Das Wahre hätte eine verfälschende Wirkung …)

Jedes Tagebuchmanuskript ist im Geist überschrieben mit den Worten: *Nicht zur Veröffentlichung bestimmt! Unter gar keinen Umständen zu Lebzeiten des Autors publizieren! Hundert*

Jahre nach dem Tod des … Dadurch schreibt es sich desto herrlicher und ungenierter! Hier darf man endlich ohne Rücksicht alles über alle sagen, einschließlich sich selbst. Hier lässt einer die Hosen herunter! Aber wenn die eine oder andere Episode wirklich trefflich gelungen ist, tut es einem doch leid, dass niemand das Meisterwerkchen zu Gesicht bekommen kann: Und postum interessiert es womöglich keinen mehr, von meinem Einkommensentgang einmal ganz zu schweigen.

Der einzige Ausweg aus dem Dilemma wäre, die Namen im Manuskript (inklusive meinem eigenen) zu ändern, als Gattungsbezeichnung »Tagebuch« auszustreichen und stattdessen »Schlüssellochroman« hinzuschreiben. Die Maßnahme ermöglicht zwar kurzfristig einen gewissen Verkaufserfolg des Buches. Man macht sich damit aber langfristig mehr und erbittertere Feinde, als einem zuträglich ist: Im Grund alle, die gegen ihren Willen notdürftig maskiert im Buch auftreten.

Ich habe Rudolf Habringer eine Lesung (aus *Island-Passion*) hier in der Landhausbuchhandlung vermittelt. Zweiundzwanzig Zuhörer sind gekommen: Fünfzehn weniger als letztes Jahr zu Glavinic in Villach. Bei den zweiundzwanzig habe ich aber die Buchhändlerin und mich selbst auch schon dazugezählt, den ehemaligen Buchhändler, dessen Familie, seinen isländischen Schwiegersohn, natürlich Alois. Kurzum: Eine Familienfeier.

Anschließend zwei kleine Bier bei Wienerroither. Habringer erzählt, vor vielen Jahren habe er einmal den Peter Turrini gefragt, wie man es in der Literatur zu etwas bringe, und Turrini habe wie aus der Pistole geschossen geantwortet: »Sei mafiös!«

»Lieber Herr Dr. Schlee,

vielen Dank für Ihr ehrenhaftes Angebot. Trotz der äußerst

traurigen Umstände freut es mich natürlich, dass Sie an mich gedacht haben. Mittlerweile habe ich Ihre Unterlagen durchgesehen. Der Noah-Stoff und Noahs Dilemma sind ebenso bedrückend wie spannend, sie sind, ein wenig abstrahiert betrachtet, ebenso zeitlos wie modern, und sie fordern zu einer philosophischen Debatte geradezu heraus. Angesichts der Brutalität, vor allem aber der intellektuellen Unvollkommenheit des alttestamentarischen Gottes, der nicht nur eines seiner Geschöpfe in eine so unerträgliche Konfliktsituation bringt, sondern meint, ein Genozid wäre ein möglicher Weg zur eventuellen Verbesserung der Menschheit, würde ich dann aber doch eine ›wild-atheistische‹ Position einzunehmen mich gezwungen sehen. (Si Deus, unde malum …) Schopenhauer sagt, wie Sie sicher wissen: ›Wenn ein Gott diese Welt gemacht hat, so möchte ich nicht der Gott seyn: ihr Jammer würde mir das Herz zerreißen.‹

Ob die philosophisch spannende Situation auch eine dramatisch tragfähige wäre – und ob ich der Richtige wäre, ein solches Libretto zu verfassen, das könnte ich erst sagen, wenn ich die Geschichte wirklich in Angriff nähme. Wenn ich Ihnen leider absagen muss, dann aber aus zwei pragmatischen Gründen: Erstens bin ich es gewohnt, allein zu arbeiten (was freilich nicht ausschließt, dass jemand anderer meine fix und fertigen Vorlagen anschließend musikalisch, dramatisch, filmisch oder sonst wie weiterbearbeitet). Zweitens ist soeben ein neuer Roman erschienen, mit dem ich in den nächsten Wochen viel unterwegs sein werde, und es liegt auch sonst viel Angefangenes auf dem Schreibtisch, das schon dringend auf seine Fertigstellung wartet. Ich würde bei einem solchen Projekt wie dem Noah ungern hudeln müssen und bräuchte eine längere Vorlaufzeit.

Ich bitte um Verständnis und danke nichtsdestotrotz sehr herzlich für Ihre freundliche Anfrage. Mit lieben Grüßen Eggs«

Würde ein Mafioso abgesagt haben? Würde er *so* abgesagt haben? Von Geld war nicht einmal die Rede. Wenigstens ist das jetzt vom Tisch. Und wie immer: Vor mir die Sintflut.

Der Mensch kann nicht fliegen ist erschienen: Das für mich wichtigste Buch der Saison! Neuer Roman. Neuer Romanverlag. Neuer Karriereschritt aus Nacht und Verzweiflung heraus.

Nach meiner Lesung im gedroschen vollen Zelt zwischen Burgtheater und Café Landtmann beim Vierundzwanzigstundenfestival *Rund um die Burg* kommt eine Dame, der ich gerade ein Buch signiert habe, aufgeregt auf mich zu und will wissen, warum ich mit »Wallner« unterschreibe. »Tu ich nicht«, sag ich. »Was soll denn das dann heißen?«, fragt sie und weist mit dem Finger auf meine Unterschrift, auf mein Gekritzel. »Das heißt nie und nimmer Gstättner!«, sagt sie. »Aber es ist meine Unterschrift.« »Warum unterschreiben Sie mit Wallner?« »Ich unterschreibe immer so!« Zum Beweis zücke ich meine Geldtasche, hole meinen Führerschein heraus und zeige ihr das Gekritzel auf meinem Führerschein. »Schauen Sie: Seit fünfundzwanzig Jahren unterschreibe ich so« – Wallner! Service is our success! Meine neue Lektorin steht dabei, schaut bei der Szene zu, und ich fühle mich wieder einmal unbehaglich. Was noch: Peter Altenberg im Café Central ist frisch gestrichen, ganzkörperrenoviert und umgesetzt (neu positioniert). Die Glatze schimmert wieder schweinchenrosa.

Es ist saukalt in diesen Septembertagen in Wien, und weil der Unternehmergeist ruht, machen wir (Herta und ich) nichts anderes als die Tutanchamun-Ausstellung im Museum für Völkerkunde zu besuchen. Ich habe einmal eine sehr spannende Dokumentation gesehen, wie Howard Carter 1922 das sagenumwobene Grab gefunden, wie er die Schatzkammern und die Grabkammer ausgegraben und den Schatz des Pharao geborgen hat. Faszinierend. Jetzt, wo der Schatz in Schaukästen und auf Podesten brachliegt, fasziniert er mich gar nicht mehr. Menschenschlangen an der Kassa, Menschenschlangen am Eingang, überhitzte Räume, dunkle Wände, schummriges Licht, Schaulustige, die einander auf die Zehen treten, Schaulustige, Schaulustige, Schaulustige. Dreitausend Jahre, viertausend Jahre, viertausendfünfhundert Jahre, alt, älter, am ältesten, Wiege der Menschheit, trotzdem muss ich mich zur Ehrfurcht zwingen, außerdem habe ich plötzlich Bauchschmerzen. Keine Ahnung, woher die so unvermittelt kommen. Und natürlich Blähungen. Manchmal habe ich den Verdacht, meine Blähungen sind auch psychosomatisch motiviert: die obligaten Theater- und Ausstellungsblähungen!

Mit zusammengepressten Arschbacken sehe ich also die Statue der Schepensopdet, den Sarkophag für Prinz Thutmosis' Katze, eine Latrine/Toilet Seat, die kniende Statue der Hatschepsut, die von Benermerut und Meritamun, die von Senenmut und Neferure, die Statue von Shepenupet, und auch sonst viel Tschechisch, Ungarisch, Polnisch, Slowakisch. Anweisung für den Pharao: Niedersetzen! Falschen Bart anlegen! Knie zusammenpressen, Augen geradeaus, Zehen nach vorn, Hände auf die Oberschenkel – und schon wird losgemeißelt! Tutanchamun hatte kein Karies, aber einen schlimm entzündeten Weisheitszahn. Er starb mit neunzehn Jahren. Ich bin schon siebenundzwanzig Jahre älter. Eigentlich ein Supergefühl.

Jetzt habe ich dem mutmaßlichen Mörder an der Stelle, wo sein Kind gestorben ist, die Hand geschüttelt. Er trug einen Anorak und wirkte ganz abwesend und apathisch, so als gehörte er gar nicht zu der Runde, die hier auf der Todeskreuzung wegen eines Mahnmals konferierte. In der Runde war noch H. P. Maja, der bildende Künstler (der Büchnerpreisträger dagegen natürlich nicht …), ein Gehilfe des Verkehrslandesrats und der Verkehrslandesrat selbst, der Herr Landeshauptmannstellvertreter. Wenn der die Ärmel hochkrempelt, dann kommen Unterarme zum Vorschein, na also! Jetzt gibt es keine Bürokratie mehr, jetzt soll alles ganz schnell gehen und die Marmortafel mit Lorenz' Namen und seinem Sterbedatum rechtzeitig zum ersten Todestag fertig und in die Grünfläche eingelassen sein.

Ich bedanke mich zum Abschied beim Landeshauptmannstellvertreter, und der hat auch noch eine Bitte. Seine Tochter sei eine große Verehrerin von mir, und ob sie eine Widmung in ein Buch haben könnte. Kann sie. Sie sei aber in Wien und absolviere ihr Praktikum. Das trifft sich gut, ich bin morgen ebenfalls schon wieder in Wien. Sie soll einfach ins Italienische Kulturinstitut zur Buchpräsentation kommen.

Tatsächlich ist die Tochter des Landeshauptmannstellvertreters in die Ungargasse ins Palais Sternberg gekommen. Hübsche Veranstaltung mit italienischer Einführung. Die erste Reihe war ausschließlich mit Groupies besetzt, die mittlerweile zu jeder Lesung kommen, die ich in Wien halte. Die Emy war auch da, die Elfi – eine andere Nelly Mann – ich hab sie diesmal aber schon fast überkorrekt auf Distanz gehalten –, der Wienerliedsänger Helmut Emersberger, Christian Futscher, der frischgekürte Dresdner Lyrikpreisträger und, und, und. So waren fünfzig Leute da, der Saal bis auf den letzten Platz gefüllt.

Noch während ich am darauffolgenden Vormittag mit dem *Standard*-Journalisten Martin Putschögl im Landtmann sitze und das Interview in die Länge ziehe, bis die frischen Maroniblüten endlich eintreffen (wir reden natürlich über das Buch, aber auch darüber, was vom literarischen Jahrhundertherbst vom letzten Jahr heuer noch übrig ist, also praktisch nichts), ruft die *Furche*-Bossin an: Mein persönlich gehaltener *Furche*-Bestelltext sei (beim besten Willen) nicht das, was sie haben wollte. Ich solle ihr nicht böse sein. Sie habe sich etwas Soziologisches vorgestellt, etwas mit Headlines und Zielgruppen, nur eben humorvoll aufgepäppelt. Böse bin ich nicht, aber eben – was allgemein vielleicht leider viel zu wenig bekannt ist – kein Soziologie und schon gar kein Humorsoziologieaufpäppler. Selbst mit meinem Zielgruppenhumor ist es nicht weit her, womöglich, weil ich der Auffassung bin, dass ein Zielgruppenhumor gar keiner ist. Jedenfalls schreibt jetzt ein Soziologe den soziologischen Text, was mir recht ist. Ich konnte nicht Nein sagen. Und wenn man nicht Nein sagen kann, muss man eben Nein tun.

Die vierte Lesung binnen sechs, die dritte in drei Tagen, und die dritte allein in der Landhausbuchhandlung innerhalb von nicht einmal zwölf Monaten: Nach den *Besten Niederlagen* und den *Feinen Fallrückziehern* nun *Der Mensch kann nicht fliegen*. Als Konkurrenz hatte ich diesmal die sogenannte Elefantenrunde der Spitzenkandidaten vor den Nationalratswahlen am kommenden Sonntag zu schlucken. Trotzdem sind noch immer etwa sechzig Leute gekommen. Damit müssten andere hochzufrieden sein. Aber ich hatte hier freilich schon den doppelten Besuch. Und das Schlimmste: In der ersten Reihe sind vier Stühle leer geblieben! Das hat mich so deprimiert, dass ich viel schlechter gelesen habe als am Tag zuvor, wodurch mir über Nacht auch mein Buch schlechter gefallen hat und ich wieder Zweifel am Text bekommen habe. Sogar schlecht geschlafen habe ich! Jetzt frage ich mich ganz ohne Kokettetrie: Was hat das alles für einen Sinn? In den nächsten Wochen sollte ich bereits dringend den nächsten Kurzprosaband fertigstellen, damit er im Frühjahr (bei Amalthea) erscheinen kann, ein halbes Jahr darauf einen Prosaband für Pichler, und die Picus-Damen und auch viele Leute aus dem Lesepublikum da und dort fragen andauernd, ob ich schon wieder an etwas Neuem arbeite.

Und in nicht einmal einem halben Jahr könnte ich wieder in der Landhausbuchhandlung lesen, dann wird es Landtagswahlen oder Gemeinderatswahlen oder die Champions League geben, und vielleicht werden in der zweiten Reihe auch Stühle frei bleiben – und immer so weiter mit der Inflation und dem schleichenden Verfall. Ich sollte Schluss machen. Ganz aufhören zu schreiben. Zu publizieren. Öffentlich zu lesen. Zuerst sollte ich abstinent werden, und dann sollte ich mich umbringen. Aber wie?

Nach der Lesung hat die Witwe nach Humbert Fink mich zugeschwatzt, und sie hat mir vorgeworfen, für das Radio Wetterberichte aus dem Collio zu fälschen und meine Leser und Hörer zu verspotten. Ich hatte keine Ahnung, wovon sie sprach, habe aber gesagt, ich werde mir die Bänder aus dem Rundfunkarchiv besorgen und ihre Anschuldigungen gegen mich nachprüfen. Da hat sie gleich abgewunken und beschwichtigt, die Sache sei ja nicht so wichtig, und sie habe sie mir ja vertraulich unter vier Augen mitgeteilt. Der *Josef Kardinal-Ratzinger-Fänger* (wie sich JOWI neuerdings nennt) war da und hat verlauten lassen, er wolle die Führung im Literaturhaus an sich reißen und neuer Musilhaus-Direktor werden. Na unbedingt! Mit seinen internationalen Kontakten könne er nämlich von Martin Walser angefangen alle möglichen literarischen Topstars nach Klagenfurt lotsen und eine neue Lesehochblüte entfachen. Alois war da und hat mich im Anschluss beim Hefeweizenbier im Wienerroither in beinahe väterlicher Güte gefragt, wann ich denn meinen Groll aufgeben und wieder ins Stadion gehen werde. Er sei nämlich in letzter Zeit bereits zwei- oder dreimal dort gewesen, weil ihm sein Nachbar immer seine Abo-Karte zur Verfügung stelle. Außerdem sei der Trainer sehr sympathisch. Aber wie schon letzte Woche habe ich dem Alois geantwortet, dass er als gebürtiger Oberösterreicher der Einzige sei, für den es nach meinem Dafürhalten legitim sei, das Stadion zu betreten und dort einem oberösterreichischen Club die Daumen zu drücken.

Im Stiegenhaus zeigt mir Mutter ein Schreiben der Friedhofsverwaltung: Die zehnjährige Pacht (beginnend mit Papas Tod) ist abgelaufen. Beiliegt der Erlagschein für die nächsten zehn Jahre. Die Pacht ist mittlerweile dreimal so teuer geworden, fast sechshundert Euro. Ein Jahr im Grab liegen kostet schon so viel wie eine Saison im Strandbad liegen. Die Mutter wollte mir nun mitteilen, dass sie bei der Friedhofsverwaltung angerufen und die Grabpacht nicht mehr um zehn, sondern nur noch um fünf Jahre verlängert hat. (Man weiß ja nie, und postum wäre es ihr lieber, wenn ich statt ihr zahle.)

Nach meinem Tod möchte ich nicht wiedergeboren werden. Seine eilfertigen Diener haben es wieder einmal nicht erwarten können, den Souverän zwischendurch zu fragen, was ihm denn belieben würde. Der Souverän erhebt sich angeekelt aus dem Schaukelstuhl und raunzt: Was ist denn jetzt schon wieder? Ihr wart doch gerade erst startklar, quellfrisch und wanderlustig!

Da bricht ein Stimmengewirr los: Hält Wort! Gibt Sicherheit! Gibt Ruhe! Gibt Pfote! Sozial! Entschlossen! Zuverlässig! Lässig! Alles billiger! Aufrichtig! Charakterstark! Supermilliardenaufträge aus dem Osten! Österreich den Österreichern! Die ganze Welt muss Innsbruck werden! EADS! Deinetwegen! Volle Härte bei Kindesmissbrauch!

– Was? Wie ist das gemeint?

– Sie wissen schon! Natürlich nicht so, sondern anders.

– Ah! Wie wär's für Sie mit einem Deutschkurs?

– Klar! Ich bin eh für Deutschkurse! Unbedingt! Volle Härte bei Deutschkursen …

– So, Schluss jetzt. Worum geht es eigentlich wirklich?

– Gnädiger Souverän, um nicht mehr oder weniger als um den Kanzler!

– Verstehe, um den Kanzler, also um eine völlig unwesentliche Person, die jederzeit demontiert und abserviert werden kann, die dann nicht mehr das Geringste zu sagen hat, nirgendwo mehr vorkommt, als wäre sie plötzlich gestorben, ohne dass ihr Tod irgendjemandem auffallen würde. Ein Kanzler ist einer, ohne den es genauso weitergeht wie mit ihm. Und deswegen stören Sie meine Sonntagsruhe? Wenn sich zwei streiten, freut sich der Vierte und Fünfte! (Und am Kärntner Wesen soll die Republik genesen, ruft der rechte Unterschenkel des Souveräns aus voller Kniekehle. Rechtsstaat, nein danke, hipp, hipp, hurra!) Wir hatten vier Nationalratswahlen binnen nicht einmal zehn Jahren – fast zwei Jahre davon hat man sondiert. Die Italianisierung, wenn nicht Bananisierung der Republik schreitet voran. Und jetzt kann man gleich vier Jahre weitersondieren – es sei denn, man unterbricht die Sondierungsgespräche für vorgezogene Neuwahlen …

Um eine der vielen Geschichten meines Lebens abzuschließen: Zwei Monate und sechs Tage nach der Operation ist die Prothese heute an den Implantaten befestigt worden, und jedenfalls am Tag eins funktioniert alles schmerzlos und wie geschmiert! Heureka!

Die paar Rezensionen, die zu meinem *Michelstaedter* in den ersten zwei Monaten nach dem Erscheinen erschienen sind, waren – jedenfalls die, die ich gesehen habe – durchwegs positiv. Zwei Charakterisierungen der Person Michelstaedter sind mir allerdings aufgefallen – und aufgestoßen. Beide kamen von Frauen. Eine hat ihn »Weichei« genannt, die andere »Sensibelchen«. (Ein Sensibelchen mit Kalaschnikow, habe ich mir als Erstes gedacht.) Dazu zwei kurze Klarstellungen: Mir sind Sensibelchen viel, viel lieber als die unzähligen Barbarchen und Brutalchen. Und: Ich bin ein Weicheifan, ich bin selbst ein Superweichei, und ich bin angetreten zum Kampf gegen alle Harteier dieser Welt!

»Liebe Geschäftsführerin, eine kleine Anekdote möchte ich Ihnen nicht vorenthalten. Gerade habe ich nämlich vom Strafamt Voitsberg eine ›Anonymverfügung‹ über fünfzig Euro erhalten, weil ich packabwärts auf der wunderbar ausgebauten Autobahn statt der erlaubten hundert die realistischen hundertzwanzig Stundenkilometer gefahren sein soll, die man abwärts schon dann fährt, wenn man am Gaspedal gar nicht ankommt – und eben für ein paar Augenblicke auch nicht am Bremspedal. Wie auch immer: Begangen soll ich die Verkehrssünde am 4. September haben, was ja sein kann, weil ich da auf dem Weg nach Wien zur *Furche*-Redaktion war.

Nun ist das natürlich allein mein Pech und meine Schuld, für die ich selbstverständlich geradestehe und das Land Steiermark finanziell eben ein wenig unterstütze. Da aber der einzige Grund, warum ich an diesem 4. September nach Wien und gleich wieder zurückgefahren bin, das Foto war, das Dario Santangelo von mir gemacht hat (und aus dem begleitenden Text nun auch nichts geworden ist), ist dieses wohl eines der kostspieligsten Fotos, die es von mir gibt. Ironie des bisherigen Schicksals ist, dass ich dieses schöne, teure Foto von mir mit der Albertina und der Oper im Hintergrund überhaupt nicht zu Gesicht bekommen habe. Daher wollte ich Sie nun bitten, ob Sie mir das Foto, sozusagen als kleinen Trost, zur Ansicht schicken könnten. Mit Dank im Voraus und lieben Grüßen!«

(9. Oktober) Lesung in Weiz. Die Weizerinnen und Weizer werden es ja nie erfahren, aber für mich wird die Lesung insofern unvergesslich bleiben, weil es die erste Lesung mit der an die Implantate angehängten Unterkieferprothese ist: Ein einwandfreies Lesegefühl!

Davon abgesehen stellt der Auftritt keinen wirklichen Höhepunkt meiner Karriere dar: In der Dämmerung angekommen (in dieser Gegend ist es sogar, wenn es dämmert, diesig), dann das Hotel nicht gefunden (doch ein Kunststück in einem so kleinen Städtchen), dann hat es auch noch zu nieseln begonnen, und der Publikumsandrang war ähnlich mäßig wie bei Glavinic in Villach. (So viele andere Veranstaltungen gleichzeitig, blablabla, ich kann es schon nicht mehr hören.) Helga Plautz ist eine der letzten Buchhändlerinnen alten Schlages, eine tatsächlich verehrungswürdige Person, die in der Literatur mehr als irgendeinen beliebigen Verkaufsartikel sieht. Schwarze Zahlen hat sie an diesem Abend bestimmt keine geschrieben: Denn sie hatte ja nicht nur mein Honorar und die Nächtigungskosten im Hotel zu bezahlen, sondern hat mich und ihre netten jungen Mitarbeiterinnen anschließend auch noch zum Abendessen eingeladen: Sogar für Kastanienreis war gesorgt! Früher war solche Betreuung üblich. Heute ist sie nur noch die Ausnahme.

Bevor ihre Angestellten nachkamen, die die Sessel für das Publikum wieder wegräumen und die Buchhandlung wieder in ihren Originalzustand bringen mussten, bin ich mit der Buchhändlerin allein am Tisch gesessen, und worüber spricht man da: Über das ständig sinkende Niveau des Lesepublikums ebenso wie der Buchhändler, die ja meistens gar keine mehr sind. Ihre jüngste Angestellte, diese fesche Blondine (ich hab sie gar nicht fesch gefunden), gestand mir die Buchhändlerin, habe mein Buch zu lesen begonnen, ihr aber gleich am nächsten Tag verzweifelt ihr Scheitern bei der Lektüre eingestehen müssen. Da komme sie nicht mit, da kenne sie sich nicht aus, das verstehe sie nicht. Was würde diese Jungbuchhändlerin erst machen, drückte man ihr *Ich reiß mir eine Wimper aus und stech dich damit tot* in die Hand drückt? Die Neuerscheinung habe ich übrigens noch in keiner österreichischen Buchhandlung ausgestellt gesehen, Büchnerpreis hin, Staatspreis her.

Beim Abschied, nachdem sie mein Buch mehrmals überschwänglich gerühmt hatte, stellte mir die Buchhändlerin dann aber doch noch eine Sachfrage. Sie wisse nämlich nicht und wolle gern wissen, was denn *Irredentisten* seien. Natürlich war ich höflich und freundlich und habe den Begriff erklärt, so gut ich eben konnte. Vor dem Einschlafen, im Hotelbett, dachte ich mir dann aber leicht beschwipst: Das hat doch alles keinen Sinn! Ich hätte ganz einfach sagen sollen, Irredentisten sind, wie der Name schon sagt, verrückte Zahnärzte.

Beim Frühstück im Hotel in Weiz lese ich in der Zeitung von der Staatspreisverleihung an Josef gestern Abend. Sein germanistischer Schöpfer K.A. hat gesagt, Josef stehe »wie ein Monolith in der literarischen Landschaft …« Mit ein paar Phrasen solcher Art dreschen die Literaturwissenschaftler seit Jahrzehnten Literatur und machen sich selbst ein schönes Leben damit. Gestern habe ich im *Standard* von der sensationellen Entdeckung gelesen, es gehe bei Winkler nicht um Kärnten, sondern um Sprache. Ja, da schau her! Das ist aber spätestens seit Peter Handkes *Wunschlosem Unglück* so, seit den Siebzigern des letzten Jahrhunderts, mittlerweile also germanistisches Basiswissen und Binsenweisheit und eigentlich nicht der Rede wert. Langsam müsste aus der Sprachgeilheit doch eine Sprachgeilheitsselbstverständlichkeit erwachsen: ein alter Sprachgeilheitshut. Und die Interviewerin rühmte, dass Josef »einen vier Seiten langen Satz gebaut hat«. Bei aller Freundschaft: Die Länge von Sätzen ist kein literarisches Kriterium (obwohl es natürlich in unsere Zeit passt: Die morgige Schlagzeile: Megasensation! Weltrekord in Klagenfurt: Winkler baut fünf Seiten langen Satz!). Glavinic baut ganz, ganz kurze Sätze: In *Die Arbeit der Nacht* ist, wenn meine Leseerinnerung mich nicht täuscht, auf vierhundert Seiten nicht ein Gliedsatz zu finden. Trotzdem – oder deswegen – entwickelt der Text einen unwiderstehlichen Sog. Die unterschiedlichsten Texte werden stereotyp so gerühmt: Der Autor verwendet die Sprache wie ein chirurgisches Besteck. Es hängt mir *sooo* beim Hals heraus! Wenn man die Sache aus Sicht des Patienten Wirklichkeit betrachtet, sind übrigens sämtliche Operationen misslungen. Oder es heißt über den Poeta laureatus: Er steht wie ein Monolith in der literarischen Landschaft. Gewiss, das tut er. Die Wahrheit ist aber die: Die literarische Landschaft wimmelt nur so von Monolithen, die in ihr herumstehen. Und von keinem Monolithen kann man sagen, wozu er gut ist. Manche werden halt beleuchtet, viele nicht.

Am Samstag klingelt das Handy in aller Herrgottsfrüh und reißt mich aus dem Schlaf. Es ist der Wittgensteinwolfi, mein befreundeter Redakteur. Er sagt, dass er unseren geplanten Wochenendausflug zur Marunada nach Opatija leider absagen müsse. Er sei auf dem Weg in die Redaktion, Jörg Haider sei in der Nacht bei einem Unfall gestorben. Wörtlich sagte er mir in meiner Schlaftrunkenheit: »Da Haida is hin!«

Was? Wie? Blödsinn! So plötzlich? Gut, ja, Unfälle passieren immer plötzlich. Nicht, dass ich dem Freund nicht glauben würde. Aber trotzdem kommt mir die Nachricht im ersten Augenblick so absurd vor wie eine zweitklassige Satiresendung im ORF-Nachtprogramm: Österreich wird Fußball-Europameister und Jörg Haider stirbt bei einem Autounfall. Aber manche Fantasien sind eben nicht dazu da, in Erfüllung zu gehen. Ich tapse, gefolgt von Herta, ins Wohnzimmer, schalte noch immer schlaftrunken den Fernseher ein, sehe das Autowrack und die Unfallstelle, über die ich selbst – wie wohl die meisten Klagenfurter – schon Hunderte Male gefahren bin. Gar nicht gefährlich eigentlich. Es ist, nur zwei, drei Kilometer vom südlichen Stadtrand Klagenfurts entfernt, der Weg ins Rosental, ins Bärental, aber auch der Weg nach Slowenien, der Weg nach Istrien, nach Opatija, ans Meer. Der Weg, auf dem wir in ein, zwei Stunden fahren wollten, der Wittgensteinwolfi, seine Lebensgefährtin, Herta, die Kinder und ich. Blickte man an der Unfallstelle in den Rückspiegel, sähe man vielleicht noch das neue Klagenfurter Europameisterschaftsstadion, vielleicht den Friedhof von Viktring-Stein, wo vor ein paar Tagen der Altlandeshauptmann Wagner beerdigt worden war, Jörg Haider in der ersten Reihe der Trauergäste.

Ich bleibe auch zu Hause. An diesem Tag – der Tag nach dem Landesfeiertag, den ich nie feiere – will ich auf dieser Strecke nicht fahren (und es ginge auch nicht: Sie bleibt ja angeblich bis zum Nachmittag gesperrt), an diesem Tag will ich das Land nicht verlassen. Ich muss wissen, was passiert ist. Ich würde auch am Meer nur an zu Hause denken, auf Nachrichten warten. Jörg Haider war zwölf Jahre älter als ich, aber so fit und zäh, unverwüstlich und unzerstörbar wie kein zweiter. Und er schien hervorragendes genetisches Material zu haben: Sein Vater war fast hundert Jahre alt geworden, seine Mutter ist neunzig. Ich habe gedacht: Jörg Haider wird ebenfalls hundert. Ich habe gedacht: Er bleibt noch mindestens fünfzehn Jahre Landeshauptmann. (Nicht, dass ich das auch gehofft habe …) Ich habe nicht gedacht, dass ich (mit meinen vermaledeiten Blutwerten) jemals in die Situation kommen werde, meine Gedanken an seinem Todestag zu notieren. Ich bin betroffen, ja. Wenn seit zwanzig Jahren an keinem Tag eine Zeitung erschienen, keine Nachrichtensendung gesendet worden ist, die ihn und seinen jüngsten Streich nicht enthalten hätte, wenn ein Mensch zu Lebzeiten so omnipräsent war wie Jörg Haider, dann ist er postum ganz besonders weg. Ist mir jetzt auch mein publizistischer Hauptfeind abhandengekommen? Trotzdem ist es mir recht, dass ich diesen Tag erlebe, den so viele andere nicht mehr erleben konnten: der vom Krebs hinweggeraffte Rektor der Universität Klagenfurt Günther Hödl etwa, der vom Krebs hinweggeraffte Stadttheaterintendant Dietmar Pflegerl, der Literaturchef von Radio Kärnten Fred Dickermann, der einer heimtückischen Krankheit erlegene Verleger Hubertus Czernin, der diffamierte Dichter H. C. Artmann. Es ist mir recht, dass sein Tod Teil meines Lebens ist und nicht umgekehrt.

Ich bin betroffen. Man kann fassungslos und bestürzt sein über den Tod eines Mannes, auch wenn man in vielen politischen und insbesondere kulturpolitischen Fragen anderer, oft gegenteiliger Meinung gewesen ist. Wenn man seine Handlungsweisen, vor allem seine Worte verachtet hat. Und wenn ich einmal mit dem Zweck einverstanden war, dann haben mir die Mittel nicht gepasst. Man kann gar nicht anders als bestürzt sein, umso mehr, wenn es ein so vorzeitiger, plötzlicher und schrecklicher Tod ist. Man kann fassungslos und bestürzt sein über diesen Tod, auch wenn man – gerade als Landeshauptmann, Volksvertreter und strahlendes Vorbild des einfachen Mannes – eigentlich nicht mit hundertzweiundvierzig Stundenkilometern bei Nacht und Nebel durch

Ortsgebiet rasen und gerade als Mann, der in seinem politischen Leben so viel mit Tafeln und Taferln zu tun hatte, nicht mit hundertzweiundvierzig Stundenkilometern eine Fünfzig-Stundenkilometer-Geschwindigkeitsbeschränkungstafel niedermähen sollte. Man kann betroffen und bestürzt sein über diesen Tod, auch wenn es in diesem Fall nicht ganz so einfach ist, das Gesetz des *De mortuis nihil nisi bene* zu beherzigen. Denn bei jedem anderen Raser hätte es ja vorwurfsvoll geheißen: »Er gefährdete mit seinem rücksichtslosen Verhalten nicht nur seine eigene, sondern auch die Sicherheit anderer Verkehrsteilnehmer.« Jetzt aber liest man in vielen Zeitungen von den hundertzweiundvierzig Stundenkilometern, als wären sie einfach Schicksal, Pech und höhere Gewalt gewesen, als wäre niemand dafür verantwortlich zu machen. Man kann betroffen und bestürzt sein über diesen Tod ebenso wie über die sofort anschließende Heiligenverehrung. In der vorabendlichen ORF-Sendung *Kärnten heute*, produziert vom Landesstudio Klagenfurt, das zum Amtsantritt Haiders durch und durch parteipolitisch postenbesetzt und tiefrot gewesen, in der kürzesten Zeit dann tiefblau (und schließlich eben tieforange) und mit entsprechend in die Positionen gehievten Vertrauensleuten der Haussender für Haider-Belangsendungen geworden war, sah man, wie Hunderte, wenn nicht Tausende Menschen zur Unfallstelle oder zur Landesregierung pilgerten, um ein Kerzenmeer aufzustellen und sich ins Kondolenzbuch einzutragen. Aber es entstand der Eindruck: Das sind nicht Tausende. Das sind *alle*. Ausnahmslos alle. Grins, grins, grins. Griaßdi, griaßdi, griaßdi, hundert Euro, hundert Euro, noch mal hundert Euro. Das war im Großen und Ganzen das Rezept im Land. Da kam die verknöcherte, versteinerte Konkurrenz nicht mit. Mogelfußball? Egal. Hauptsache Show! (»Immerhin hat J. H. geschafft, was weder mein Vater noch meine Professoren noch meine Freundinnen und meine Frau in all den Jahrzehnten meines bisherigen Lebens geschafft haben: Er hat es geschafft, dass ich nicht mehr ins Fußballstadion gehe! Das werde ich ihm nie vergessen! Nie verzeihen!« – Das war meine allerletzte Notiz zu J. H. zu seinen Lebzeiten.) Wen interessieren im Land angesichts der Griaßdi-Orgien schon ausländisches Naserümpfen, Rechtsstaatlichkeit, Waffen-SS oder ordentliche Beschäftigungspolitik im Dritten Reich? Die öffentliche Anpöbelung von Verfassungsgerichtshofpräsident und Präsident der Israelitischen Kultusgemeinde bei öffentlichen Aschermittwochsmassenbesäufnissen in der Turnhalle von Ried im Innkreis oder Freundschaftsbesuche bei Saddam Hussein? Griaßdi, und unsere Seele wird wieder gesund. Die Moderatorin Sonja Kleindienst verabschiedete sich ungefähr mit den Worten: »Liebe Kärntnerinnen und Kärntner, ich wünsche Ihnen so viel Kraft, wie Sie jetzt brauchen.« Dass in Kärnten die Sonne untergegangen ist, wie Haiders Stellvertreter in der ersten Pressekonferenz sagte, mag eine dem Anlass entsprechend emotionelle und menschlich verständliche Reaktion sein. Aber der Satz ist falsch. Die Sonne scheint in Kärnten. Man muss nur hinschauen. Dass die Sonne hier so oft scheint, ist der Hauptgrund, warum ich in Kärnten geblieben bin. Und man sollte schon erwähnen, dass der Landeshauptmann keinem Attentat zum Opfer gefallen, keiner heimtückischen Krankheit erlegen und auch nicht von einem rücksichtslosen Autofahrer auf dem Heimweg abgeschossen worden ist. Der rücksichtslose Autofahrer war *er*. Der Rücksichtslose war immer er. Der Landeshauptmann hat sich überschlagen und erschlagen. Aber diese Wahrheit hier und jetzt zwischen Tod und Beerdigung zu sagen, wäre in diesem Land eine höchst gefährliche Unternehmung, ganz abgesehen davon, dass man kein Medium fände, das sie verlautbaren würde. Und wer macht sich schon gern freiwillig zum Volksfeind? Ein anderer politischer Repräsentant im Land, der Bürgermeister – kein Parteifreund Haiders, aber – wie so viele – mit ihm befreundet, den ich an Haiders Todestag zufällig beim Mittagessen im Schweizerhaus am Kreuzbergl getroffen habe, sagte mir, er sei sehr traurig. Haider sei aber letztlich so gestorben, wie er gelebt habe. Wie Lady Diana. Er sei einen Popstartod gestorben. (Man könnte freilich auch sagen: Immer rücksichtslos auf der Überholspur – und dann übersehen, dass am rechten Rand die Bankette nicht befahrbar sind.) So schnell ist er (für immer) weg gewesen, dass er nicht einmal die Zeit gehabt hat zu sagen: »Bin schon weg.« Und er kann jetzt natürlich auch nicht mehr sagen: »Bin wieder da. Die niederträchtige Geschichte von der nächtlichen Tempobolzerei hat nur das rot-schwarze Schlangengebrüt und Natterngezücht in Wien in die Welt gesetzt, um mich zu vernichten!« Aber jetzt singen wir lieber ein Liadle: Pfiat Gott, liabe Alm, da Summa is uma!

Gleich darauf, noch beim Mittagessen, hat sich auch der Redakteur, der Wittgensteinwolfi, noch einmal am Handy gemeldet und mich um ein Statement gebeten. »Eine menschliche Tragödie«, habe ich gesagt, »mein Beileid der Familie und insbesondere der Gattin. Alles andere kann an diesem Tag nicht Thema sein.« Es gab wenig Verkehr in der Klagenfurter Kreuzberglgegend an diesem Samstag. Die Autos krochen auf der Straße. Als ich einen Zebrastreifen über die Sterneckstraße betrat, blieb eines schon fünfzehn Meter vor dem Zebrastreifen stehen. Viele Leute standen wirklich unter Schock.

Nihil nisi bene: Wenn mich an Jörg Haider etwas wirklich beeindruckt oder verblüfft hat, dann war es einerseits sein Wandlungsreichtum, andererseits sein Tempo, seine atemberaubende Geschwindigkeit: Er war schneller und wendiger als alle seine Mitbewerber, Konkurrenten, Kritiker. Er war unberechenbar und plötzlich, er war nicht zu erwischen. Bei Debatten wechselte er nach Belieben Themen und Tonfälle je nach dem Publikum, das anwesend war. Im Fall von Niederlagen war er nicht zu sprechen, ganz einfach um sie nicht bestätigen zu müssen. Abgewählt wurde er nie: Wenn diesbezügliche Gefahr in Verzug war, schob er schnell eine andere Figur vor, die er dann abservierte. Gewonnen hat immer er. Er war nicht zu stoppen, außer eben durch sich selbst. Ich, den so viele Ängste plagen, habe Angst gehabt vor einem, der auf die Frage, wovor er Angst hat, geantwortet hat: »Vor nichts.« Wohin soll das führen?, habe ich mich gefragt. Vielleicht hat der Samstag so eine Art Antwort gegeben.

Nicht nur Themen und Tonfälle, auch Trachten und Garderoben hat Haider rasend oft gewechselt. Allein die Fotos, die am letzten Tag seines Lebens, dem Landesfeiertag, von ihm geschossen wurden, zeigen ihn in zwei grundverschiedenen Kostümen: Dem Kärntner Anzug für die Feierveranstaltungen untertags, Designerdiscoklamotten für die Feierveranstaltung am Abend, die *Blitzlicht*-Party, und dann noch die Familienfeier. Von Feier zu Feier zu Feier. Es mag viele Kärntner geben, die diesen Kärntner Anzug tragen, viele andere bevorzugen legere Kleidung. Aber es wird nur sehr wenige geben, die an ein und demselben Tag in beide Dressen schlüpfen. Haider wollte alles und dessen Gegenteil sein, das war auf Dauer vielleicht ein bisschen viel und – wenigstens für mich – auch unglaubwürdig.

Gerade rufe ich eine E-Mail meines portugiesischen Übersetzers aus Braga ab, der hofft, »die Rechtsextremen mögen seinen relativ frühen Tod nicht dazu nützen, Haider zum Märtyrer zu machen« und der mich um detaillierte Informationen zu den Umständen bittet, die er im Minho natürlich nicht hat. Bevor ich mich an die Antwort-E-Mail nach Portugal mache, möchte ich noch den dritten Anruf festhalten, den ich am Todestag

Haiders von einem guten Bekannten bekommen habe: In der Nacht vom 10. auf den 11. Oktober wurde fast auf die Minute genau zu dem Zeitpunkt, als Jörg Haider dort tot eintraf, im LKH Klagenfurt ein Kind geboren: Ein kleines Mädchen, das, wie ich gehört habe, Angelina heißen soll: Engelchen. Die erste Nichtzeitgenossin. Angelina war – Ironie des Schicksals – eine Frühgeburt.

In leicht gekürzter Fassung habe ich meine Todestagsnotizen in der *Kleinen* und im *Standard* untergebracht.

»Ciao Marcello, in der Samstagausgabe der *Wiener Zeitung* findest du eine recht euphorische Rezension unseres Michelstaedter-Romans. Als einzige Einschränkung findet der Kritiker die Stelle nicht gar so lustig, sondern übertrieben, als Freud von der Aalhodenforschung erzählt. Ist das nicht lustig?

Ciao E.«

Jennifer A. hat mich bedient. Das kam so: Über Nacht ist mir mein Fahrrad gestohlen worden wie letztes Jahr das von Pamina, meiner Größeren, und vorletztes das von Herta, obwohl mein Rad abgesperrt war und im Carport stand, der freilich nicht verschließbar ist. In den Reifen meines Ersatzfahrrads war kaum noch Luft, also habe ich es zum Fahrradgeschäft Samonig geschoben. Der Verkäufer dort hat mit einer Druckluftpistole Luft in die Reifen geschossen, bis es einen lauten Knall gab und der Hinterreifen platzte. »Das dauert jetzt eine Viertelstunde«, sagte der Mann. »Okay«, sagte ich, weil mir nichts Besseres einfiel. Statt zwei hatte ich nun null Fahrräder.

Die Viertelstunde nützte ich, um ins Landesreisebüro zu schlendern und den Flug nach Leipzig im kommenden März zu buchen. Weil die Reiseberaterin Jennifer A. gerade frei war, setzte ich mich gleich zu ihr. Jennifer A. tippte endlos lang in ihren PC, schlug mir alle möglichen Verbindungen vor – über Wien, über München, die haben wir dann genommen. Direktflüge von Klagenfurt aus gibt es nach Leipzig ebenso wenig wie in die meisten anderen Städte der Welt; das kommt vom Kleinstadtleben. Aber das war eigentlich alles einerlei. Jennifer A. ist eine Traumfrau. Ein Wunderweib. Ihre Haut ist glatt wie eine frisch geplatzte Rosskastanie, ihr Dekolleté breit und tief wie – wurscht wie, sehr breit und sehr tief jedenfalls. Liebliche Wölbungen zeichnen sich da ab. Seit Wochen war ich nicht mehr so unruhig in Anwesenheit eines anderen Menschen. Weil die Kollegin neben ihr mit einer Kundschaft am Telefon lauthals stritt und gar nicht mehr damit aufhören wollte, entkam Jennifer A. ein Verlegenheitslächeln direkt in mein Gesicht hinein: ein Sonnenaufgang! Zwischendurch stand Jennifer A. auch auf, wendete mir den Rücken zu und ging in den Raum nebenan, um irgendwelche Unterlagen zu holen. Sie trug knallenge Jeans und schwarze Lederstiefel. Jennifer A. hat einen Prachtarsch.

Dann ist die Buchung fertig, sie händigt mir die Flugtickets und die Bestätigung der Stornoversicherung aus und bittet um meine Kreditkarte. Ich zahle, verabschiede mich, hole mein repariertes Ersatzfahrrad und zahle nochmals. Ich wiederhole: Jennifer A. hat einen Weltarsch!

Ist das jetzt privat? Ist das von öffentlichem Belang? Wer will das entscheiden? Was sagt diese Notiz über mich aus? Über mein Es? Nichts Besonderes eigentlich. Soll ich streichen? Ich entscheide: Das ist jetzt öffentlich belangvoll!

Am ersten Todestag des armen kleinen Lorenz steht der Gedenkstein auf der Unglückskreuzung, und damit ist die Geschichte des einen ungeheuerlichen Verkehrsunfalls zu Ende erzählt. Die Geschichte des anderen ebenso ungeheuerlichen, aber ganz unterschiedlichen Unfalls entwickelt und enthüllt sich aber weiter. Am fünften Tag nach dem Unfall wird nun bekannt gegeben, dass Haider mit 1,8 Promille im Blut unterwegs war! Was für ein lächerliches Ende! Ein Landeshauptmann, oberster Repräsentant und Vorbild seines Volkes, der stirbt, indem er sich stockbesoffen mit hundertzweiundvierzig Stundenkilometern im Ortsgebiet überschlägt! Vielleicht sollte man zum Kerzenmeer vor der Landesregierung noch ein paar leere Wein- und Schnapsflaschen dazustellen. Das würde sich schon gehören! Der Sprecher, Lebensmensch und blutjunge beste Freund des Landeshauptmanns appelliert nun an die Medien, die Unfallberichterstattung einzustellen. Der Landeshauptmann habe ja die schlimmstmögliche Strafe, den Tod, ausgefasst, und der Rest sei privat. Das könnte ihm so passen!

Ich blättere die Zeitung durch: Fünf Seiten nur Partezettel von »Dr. Jörg Haider« – und guter Mensch bin ich auch keiner: Allmählich kommt beim Partezettelblättern doch ein schändliches Genussgefühl auf. Nur mit dem armen OStR. Prof. Dipl.-Ing. Heinz Meidl, der nach schwerer, mit viel Geduld und Würde ertragener Krankheit kurz nach seinem zweiundsechzigsten Geburtstag von uns weg in ein anderes Leben aufgebrochen ist, habe ich Mitleid, denn er schaut durch ein einziges kleines Fensterchen aus dem Haiderpartezettelfriedhof aus der Zeitung heraus und wird von den Haiderpartezetteln förmlich erschlagen. Es sind nicht alle Menschen gleich.

Noch habe ich den Diebstahl meines versperrten Fahrrads aus der Garage nicht ganz verwunden. Daher biete ich meinen im *Standard* erschienenen Haidernachruf der *Süddeutschen Zeitung* an, um mich auf diese Weise durch das Porträt eines kleinen Gauners für eine andere Gaunerei schadlos zu halten. Alexander Gorkow mailt sofort zurück und sagt zu.

Und dann: »Bitte um kurze Übersetzungshilfe: was sind Bankette? Böschung? Blumenbeete? Danke!«

Huch, ich dachte, das sind deutsche Wörter. Also: »Bankette sind im Grund die gewalzten, nicht mit Randsteinen befestigten Erdflächen anschließend an den Fahrbahnasphalt. Die meisten Straßen (jedenfalls in Österreich) sind leicht erhöht gebaut, auf aufgeschütteten und gewalzten Erdwällen/Dämmen/Deichen. Die schiefe, meist begrünte Ebene hinunter zum Feld nennt man hier Böschung. Und ein Blumenbeet ist der eigens abgetrennte Teil eines Gartens, in dem gepflanzte Blumen wachsen.

Jetzt aus persönlicher Neugier: Wie heißen diese Begriffe in Deutschland?«

»ich höre gerade, dass es das wort bankette im deutschen auch gibt. jedenfalls kennen es hier alle preußen außer mir. verzeihung für den aufwand. ich habe die hundert euro und den gekauften verein noch reingemacht, weils natürlich zu schön ist. und soeben wird bestätigt, dass der herr haider 1,8 promille hatte. das bauen wir akkurat noch ein. und wenn er beerdigt ist, erst dann sag ich ihnen, was ich gemacht hab, als ich gehört hab, dass es ihn zerbröselt hat … ok? besten dank, ihr eiliger ag«

Logbuch-Nachtrag: Mein Fahrrad ist gar nicht gestohlen worden! Pamina ruft gerade an: Das Rad steht am Fahrradständer vor dem Eurospar-Markt, und im Gepäckkorb liegt meine Burberry-Jacke. Ich muss das Rad vor zwei Tagen nach einem Einkauf einfach hier vergessen und stehen gelassen haben. Es ist ein gutes Land, die Menschen hier sind ehrlich, fleißig und anständig. Nur mein hirnorganisches Abbausyndrom nimmt dramatische Formen an.

Falls ich es bis dahin nicht vergessen habe, treffe ich mich morgen mit Kate Connolly von *The Guardian*, und das Honorar der *Süddeutschen*, das ich jetzt doch nicht für einen neuen Drahtesel brauche, werde ich, falls ich es nicht vergesse, den anonymen Alkoholikern spenden.

An dem Tag, an dem Jörg Haider in Klagenfurt am Neuen Platz vor zigtausend Menschen in Form eines Staatsakts wenn schon nicht begraben, so doch beerdigungsähnlich verabschiedet wird, sitze ich – was für ein Glück! – aus beruflichen Gründen auf der Insel Krk, am Strand von Malinska, schaue von der anderen Seite auf die Kvarner Bucht, die Skyline von Rijeka, und lerne zwei Worte Kroatisch: Otok ist die Insel, Most die Brücke. Hypo heißt auch hier Hypo.

Abends lese ich kroatischen Deutschlehrern und dann auch noch Deutschen vom Goethe-Institut Zagreb vor und lerne nach acht Jahren meinen kroatischen Übersetzer Bozidar Vid persönlich kennen. Überhaupt ist das die Woche des Übersetzerkennenlernens: Drei Tage später ist in Wien der Professor DDr. Vladko Murdarov aus Sofia an der Reihe, der den *Schopenhauer* und *Silvester* ins Bulgarische übersetzt hat. Auf der Fahrt nach Wien zu Murdarov denke ich darüber nach, wie viel ich im letzten Jahrzehnt zu oder auch an Haider geschrieben habe, angefangen mit den großen Essays *Der politische Gummimensch* und *Die Geschichte vom kleinen Mann und den Kampfkeulen* über den energischen Aufruf, die weihnachtliche Kulturpreisverleihungsfeier zu boykottieren und zahllosen Glossen oder Mikrodramen bis zum Nekrolog in der *Süddeutschen*, den ich – Grandseigneur – im Café Wagner in Opatija, die Kvarner Bucht im Hintergrund, studiere. Gesammelt gäbe das einen schönen Band und ein schönes Stück Zeitgeschichte. Titel: *Der Haider Jörg zieht übers Gebirg. Zehn Jahre im satirischen Widerstand.* Die Geschäftsführerin des Pichler Verlags rufe ich von der Autobahn aus an. Sie ist aber in Eile, auf dem Sprung zu einem Seminar in Kärnten, und winkt ziemlich kratzbürstig ab. Am Tag darauf trage ich die Sache Alexander Potyka bei Picus vor. Der ist interessiert, aber gespalten. Das bin ich freilich auch – und nach den letzten Erfahrungen obendrein sicher, mir hauptsächlich Wirbel einzuhandeln. Die Vertreter meinen zwei Tage später, die Verkaufschancen stünden für einen solchen Band, noch dazu bei einem Schnellschuss, eher schlecht: Den Haider-Gegnern hängt Haider zum Hals heraus, und sie würden kein eigenes Buch dazu kaufen. Die Haider-Fans kaufen Haider-Kritik sowieso nicht. Also den News-Haider-Gedenkkalender und Haider mit nacktem Oberkörper an einer Gebirgsquelle im Juli und August kann man machen, aber keine Antihaiderartikel. So wird es von *Der Haider Jörg zieht übers Gebirg* eben nur ein einziges Exemplar als Privatdruck geben.

Bei einer Schullesung tags darauf in St. Ursula dem Landhaus gegenüber, wo Haider aufgebahrt war, werde ich bei der anschließenden Diskussion zu meiner Meinung nach dem Unfalltod des Landeshauptmanns gefragt, und ich sage, dass es der erste Spitzenpolitiker der Zweiten Republik ist, der bei einem Gesetzesbruch ums Leben gekommen ist. Daran ändern auch die Tatsache des Staatsbegräbnisses vor fünfundzwanzigtausend Menschen und die Lichterinseln vor der Landesregierung und an der Unfallstelle nichts. Und zur Privatheit von 1,8 Promille und hundertzweiundvierzig Stundenkilometern: Der Papst geht nach der Abendmesse auch nicht ins Bordell und lässt seinem Kardinal ausrichten: Das geht niemanden etwas an. Das ist sein Privatleben!

Ein Mädchen fragt mich, warum ich nicht Politiker geworden sei. Ich sei ja so gescheit …

»In Kärnten hat eine Person der politischen Führungsspitze von heute auf morgen alles stehen und liegen gelassen und ist als gewähltes Regierungsmitglied und Parteivorsitzende zurückgetreten. Gerade von dieser Person, die von sich in Anspruch nahm, für Anstand, Ehrlichkeit und Sauberkeit zu stehen, hätte man wohl

anderes erwartet. Und doch hat diese Person die Kärntnerinnen und Kärntner, aber auch ihre Partei und damit jene, die für sie eingestanden und gelaufen sind, die für sie gekämpft haben, kläglich im Stich gelassen. Ohne Vorwarnung. Ohne für eine geordnete Nachfolge zu sorgen. Und ohne Rücksicht auf ihre Wählerinnen und Wähler, die ihr vertraut haben …«

Harte, vielleicht sogar pietätlose Worte, gewiss: Aber sie sind nicht von einem Lebenden über einen Toten gesagt worden, sondern von einem Toten über eine Lebende, am 13. Juli dieses Jahres nämlich von Jörg Haider in der Kärntner Kleinen Zeitung in einem ganzseitigen Inserat mit dem Briefkopf des Landes Kärnten über seine zurückgetretene politische Widersacherin (Gabriele Schaunig).

Wie oft habe ich in den letzten Tagen gelesen: Pietät! Über Tote nichts Schlechtes! Im Tod sind alle gleich! Meine Frage: Wirklich? Natürlich sind alle Toten tot, also nicht existent. Aber hinterlassen deswegen auch alle dasselbe Erbe? Dasselbe Vermächtnis? Dürfen, sollen und müssen Erbe und Vermächtnis gerade öffentlicher Personen postum nicht Gesprächsthema sein? Sind Adolf Hitler und Lady Di gleich, da doch beide tot sind? Darf man nicht über sie reden? Sind Franz Fuchs und W. A. Mozart gleich? Gandhi und Dschingis Khan? Jack Unterweger und Thomas Bernhard? Jörg Haider und Dietmar Pflegerl? Dann hätten sie aber umsonst gelebt.

Wer darf Pietät einmahnen? Die Frau, die Kinder, die Familie. Aber auch die Partei? Die Sänger vom Gesangsverein? Discobekanntschaften? Irgendwelche alleingelassenen Wähler? Ist es schon pietätlos, Todesursachen zu analysieren? Ich höre: Privatsache! Meine Frage: Wenn ein amtierender Landeshauptmann mit dem Dienstwagen des Landes auf einer öffentlichen Straße mit 1,8 Promille und über hundertvierzig Stundenkilometer eine Fünfzig-Stundenkilometer-Tafel niedermäht – ist das privat? Was würde man über jeden anderen sagen, der das tut? Ist es schon pietätlos zu fragen, ob der Landeshauptmann zurücktreten hätte müssen, falls er den Crash überlebt hätte? Zurücktreten? In einem Land, in dem Rechtsbeugung längst zum Prinzip erhoben ist? Was denn nicht noch alles? Hätte der Herr Landeshauptmann zum Psychotest müssen? Darf man einen, der bei einem Gesetzesbruch ums Leben gekommen ist, auch postum noch Gesetzesbrecher nennen? Gilt das auch für den ersten und einzigen Spitzenpolitiker der Zweiten Republik, der bei einem Gesetzesbruch gestorben ist?

Letzte Frage: Muss man sich kollektive Trauer vorschreiben lassen? Bei allem Respekt: Ich habe auch beim Tod von Thomas Klestil oder Leopold Wagner nicht getrauert. Ich trauere, wenn ein Familienmitglied oder ein guter Freund stirbt. Das war nicht der Fall.

»Sehr geehrter Herr Doktor!«, schrieb mir mein Chefredakteur, der offenbar außer Haus war, als ich meine Glosse an die Redaktion mailte, als Gernleser meiner Kolumnen müsse er zu meinem heutigen Beitrag Stellung nehmen. Er finde den Bezug, den ich durch die genannten öffentlichen Personen zu Jörg Haider hergestellt habe, in höchstem Maße unpassend. Der einfache Leser (»so wie ich« – schrieb er von sich selbst bescheiden) sehe Jörg Haider in einer Reihe mit Adolf Hitler, Jack Unterweger und Franz Fuchs. Der verstorbene Stadttheaterintendant Dietmar Pflegerl wiederum werde mit Personen wie Lady Di, Wolfgang Amadeus Mozart und Thomas Bernhard in Verbindung gebracht. Beide angedeuteten Beziehungen seien unpassend. Am schlimmsten sei dies aber im Fall Jörg Haider, der weder Bomben gelegt noch Frauen ermordet und auch keine sechs Millionen Juden ins Gas getrieben habe. Hätte er diesen Beitrag vorher gesehen, hätte er ihn so nicht erscheinen lassen. Ich könne dies Zensur nennen, er nenne es

Verantwortungsbewusstsein – nur helfen täte das im Nachhinein ohnehin nichts. Mit besten Grüßen Ihr Chefredakteur

»Lieber Herr Chefredakteur,

das tut mir sehr leid. Ihre Lesart ist natürlich berechtigt, aber so habe ich den Vergleich selbstverständlich nicht gemeint. Allerdings möchte ich darauf hinweisen, dass die meisten (toten) Persönlichkeiten zu Lebzeiten in der einen oder anderen Weise mit J. H. in Zusammenhang gebracht worden sind und die Analogien nicht von mir stammen. Gerade Hitler und Lady Di sind in den letzten Tagen in vielen in- und ausländischen Medien erwähnt worden. (Lady Di ist ja auf Haider gemünzt gewesen, niemand hat jemals den Stadttheaterintendanten Dietmar Pflegerl mit Lady Di verglichen.) Daher muss man die Frage auch so stellen: War er eher das eine oder das andere? Und weiter: Eher Bernhard oder eher Unterweger? Eher Mozart oder eher Fuchs (wie oft habe ich von dem gelesen, dass er genial war, und wenn zwei, drei Lebensentscheidungen anders verlaufen wären, hätten wir mit F. F. einen Nobelpreisträger …)? Und die Conclusio ist bloß die: Es sind nicht alle gleich. Nicht mehr und nicht weniger.

Gegensatzpaare habe ich deswegen zur Illustration (nicht zur Gleichsetzung) genommen, um eben die These zu erhärten, dass nicht alle das gleiche Erbe hinterlassen. Thomas Bernhard z. B. war zu Lebzeiten (und ist bis heute) zwar ein großer, aber auch ein im Volk umstrittener (und zum Teil verhasster) Autor. Jack Unterweger habe ich als Beispiel für einen prominenten, aber eindeutig literarisch miserablen Autor genommen (wobei seine außerliterarischen Taten hier für mich sekundär waren). Hätte ich einen der zahllosen namenlosen schlechten gewählt, hätte eben niemand gewusst, wovon ich spreche.

Selbstverständlich will ich Herrn Dr. Haider nichts unterstellen, was er nicht getan hat und wofür er nicht verantwortlich ist. Erinnern kann ich mich aber, dass ihm damals zur Zeit der Briefbombenanschläge in den Neunzigern in vielen ›Runden Tischen‹ und ähnlichen Debattensendungen der Vorwurf gemacht worden ist, er habe die Stimmung geschürt und ein Klima geschaffen, in dem ›Bajuwarische Befreiungsarmeen‹ agieren können. Wie gesagt: Die Analogie habe nicht ich erfunden, selbstverständlich mache ich auch nicht den Vorwurf, Jörg Haider hätte sechs Millionen Juden ins Gas getrieben. Als Nichthistoriker und Nichtpolitikwissenschaftler, sondern als einfacher Zeitzeuge 1991 kann ich mich aber erinnern, dass er die ›ordentliche Beschäftigungspolitik im Dritten Reich‹ gelobt hat. Nicht erinnern kann ich mich hingegen, dass er dieses Lob jemals in entsprechender Weise zurückgenommen und sich dafür bei all den Nachkommen der Opfer entsprechend entschuldigt hätte, die er damit zutiefst verletzt hat. Und die ›ordentliche Beschäftigungspolitik‹ hat nun einmal mittelbar, wenn nicht unmittelbar zur Errichtung von Konzentrations- und Vernichtungslagern geführt (die Herr Dr. Haider auch anders genannt hat).

Ich bitte um Verständnis für meine Haltung – und um Nachsicht, wenn der Vergleich in der Glosse missverständlich aufgenommen worden ist, was nicht meine Absicht war. Von Zensur hätte ich in diesem Fall ohnehin nicht gesprochen. Ich bin nicht unfehlbar, ich diskutiere gerne meine Texte und freue mich, wenn sie ernst genommen und mit Interesse behandelt werden. Wenn wir gemeinsam übereinkommen, aus diesem oder jenem Grund ein oder zwei Sätze umzubauen, sollte das kein Problem sein. Viele positive Zuschriften zeigen mir schließlich, dass viele Menschen die heutige Glosse gut, erfreut und erleichtert aufgenommen haben.«

So eiert man herum in diesem Land.

Wir leben in einem Schurkenland. Nachdem der Schurke zehn Jahre Zeit hatte, sein Schurkenimperium zu etablieren und an allen Schaltstellen seine gefügigen Unterschurken zu installieren – und obendrein nicht alt und krank, nicht abgewählt und abgeschoben, nicht entmachtet und im Ausgedinge, sondern an der Macht, geradezu am Höhepunkt der Macht, ganz plötzlich und spektakulär gestorben ist, hat er auch nach seinem strafrechtlich peinlichen Tod einen glänzenden Abgang. Dazu müssen viele mitspielen, nicht nur seine Vasallen, der neue Landeshauptmann, sein Stellvertreter, der jetzt schon zehn Jahre älter wirkt als der alte, obwohl er vier Jahre jünger ist, der sich selbst als »Politiker regionalen Zuschnitts« definiert und der als Erstes veranlasst, dass das Land keine Regressansprüche wegen des Achtzigtausend-Euro-Dienstwagens stellt, den der alte mit 1,8 Promille und hundertzweiundvierzig Stundenkilometern im Ortsgebiet zu Schrott gefahren hat.

Da muss aber auch die Konkurrenz, die politische Opposition, mitspielen, die nicht zu opponieren oder zu kritisieren oder die naheliegende Wahrheit zu sagen wagt, weil sie ja das Stimmvieh nicht verschrecken will, das sie ja selbst so schnell wie möglich genauso verlottert und verludert befehligen und melken will. Im Gegenteil überbietet sich die verlogene politische Konkurrenz geradezu an Vorschlägen, was nun alles nach dem Schurken benannt werden könnte. Die Wahrheit interessiert niemanden. Die Macht ist dem Menschen zumutbar. Auch die Medien tun da fleißig mit und bringen postume Hofberichterstattung und die pietätvollsten, vor Rücksichtsschweigen triefenden Allerheiligentrauerinterviews mit der Nebenwitwe, die zu Lebzeiten alleinstehend verheiratet gewesen ist. Die Chefredakteure tun ebenso mit (wie hat er selbst es auszudrücken gepflegt: »Kranke Journalistengehirne!« Quod erat demonstrandum) wie nach guter, alter Manier natürlich der Klerus mit seinen traditionell prächtigen

Beziehungen zu den Mächtigen. Gleich zwei Bischöfe vom *Bodenpersonal, das wieder einmal der Hafer gestochen hat,* lassen sich herbei, den toten Landeshauptgesetzesbrecher beim Requiem für einen Rowdy mit haspelnder Eilrede einzuweihräuchern. Ein Waldbesitzer hackt dem anderen keinen Balken aus dem Auge.

Einer allein macht noch kein Schurkenland, und sei es der unverschämteste und skrupelloseste Schurke. Da müssen viele zusammenwirken. Und viele leben noch heute und sind nicht gestorben.

Bei allem Ingrimm dann doch immer wieder Augenblicke ganz unmittelbarer Freude, dass – mögen seine Jünger ihn auch noch so ausschlachten – der Gauner nicht mehr ist und selber nichts mehr von sich und seiner abgeschmackten Glorifizierung hat. Ich bin und er ist nicht: Das muss ich mir immer wieder laut vorsagen! Es hätte auch umgekehrt kommen können. Was für ein Geschenk des Schicksals!

Für die Zugfahrt zur Lesung nach Innsbruck habe ich mich hauptsächlich entschieden, um mich endlich ohne große Ablenkung Fabjan Hafners Handke-Buch widmen zu können. Ich werde ihm später einmal schreiben, er habe mir den Weltniemand Handke nähergebracht. (Aber Handke selbst würde mich dann wieder von Handke entfernen.) In Spittal an der Drau steigen Leute zu und unterhalten sich über die amerikanischen Präsidentenwahlen in der vergangenen Nacht.

»Endlich ist der Zirkus vorbei. Zum Glück haben sie diesmal einen Jungen gewählt.«

»Ja, der wird aufpassen müssen, dass man ihn nicht gleich abknallt.«

»Das müssen alle dort.«

»Ja, nur wir nicht. Deswegen werden wir ja keine Präsidenten, hahaha!«

In Mallnitz steigen die Nichtpräsidenten wieder aus, sodass ich weiterschreiben und weiterlesen kann. In Wörgl erfahre ich von der slowenischen Zwergenrepublik Kobarid, die es im Zweiten Weltkrieg als antifaschistischen Widerstandshort gegeben hat. Unbedingt restaurieren! Zwergenstaatschef und Zwergenstaatsgründer würde mir gefallen. Republik Egydien, Waidmannsdorfer Straße 3, 2. Stock. Bei Fabjan, bei Handke, bei Wittgenstein ist die Rede von der historischen Belastetheit des Vokabulars der deutschen Sprache, »Kraft durch Freude« zum Beispiel, detto Begriffe wie »Heimat« oder gar »Heil«. Das Pejorative passiert eben durch den Bedeutungshof, der um die Worte entstanden ist. Man muss – nach Wittgenstein –, denke ich, die Worte aus der Sprache herausnehmen und zur Reinigung geben, um sie dann wieder einbauen zu können. Im Menschengewühl am Innsbrucker Bahnhof verabschiedet sich ein Bursche vom anderen mit den Worten »Heil derweil!«

Apropos Fabjan: Er hat mir zu *Der Mensch kann nicht fliegen* gemailt:

»Lieber Egyd, mit Deinem Buch ist Dir etwas Furchtbares oder Schreckliches geglückt: ohne es (Gott sei Dank) nachvollziehbar zu machen, wird der freiwillige Abgang einsichtig und plausibel. Das Zwingende wird durch den Humor nur gesteigert, die ›leichteren‹ Abschnitte sind keine Erholung, sondern nur Atempausen, in denen das Grauen unverdrossen weitermacht. Das alles ist keine Kleinigkeit, sondern das Gegenteil davon: Hut ab!

Dein Fabjan«

Der Tiroler Christoph Grissemann hat im Fernsehen plötzlich losgeplärrt wie ein Schoßhund, nein wie ein Petzner, Dirk

Stermann einen Kärntner Anzug getragen und verkündet: Jörg Haider lebt! Er ist schon einigen Kärntnern in einer brennenden Ortstafel erschienen! Das war genug, um im Land für Empörung zu sorgen. Wieder wurde laut »Geschmacklosigkeit!« und »Pietätlosigkeit!« gebrüllt. In etwas mehr als einem Monat hätte das Duo einen Kabarettabend an der Uni Klagenfurt geben sollen (ein altes Programm!). Sofort hat der neue Landeshauptmann Dörfler beim Rektor der Uni interveniert, den Auftritt zu verbieten, den Abend abzusagen. Der hat dem Interventionsdruck zwar standgehalten. Aber im Internet tauchten Morddrohungen gegen Grissemann und Stermann auf: Sie würden Kärnten »im Sarg verlassen«. Am Tag darauf wurde das Auto des Kabarettveranstalters sabotiert: Die Radmuttern wurden gelockert, in letzter Sekunde konnte er sein Fahrzeug stoppen und so einen Unfall verhindern. Nach diesem versuchten Anschlag – Mordanschlag – sagte der Veranstalter den Abend mit Stermann und Grissemann ab. Auf Anfrage meinte der neue Landeshauptmann, möglicherweise habe der »Herr Konzertveranstalter gerade Reifen gewechselt und nicht alle Muttern angezogen«. Und: »Wenn Kunst so provozierend ist, dann muss sie sich eben zurücknehmen.«

Das alles weiß ich aus der Zeitung, in der ich selbst seit einem Jahrzehnt regelmäßig publiziere, die mir sozusagen die finanzielle Grundsicherung meiner Existenz ermöglicht, aber darüber hinaus auch meinen Bekanntheitsgrad im Land gewährt, die hier dank ihrer Reichweite quasi allmächtig ist und als die einzige liberale im Land gilt. Und in dieser Zeitung beginnt ihr Chefredakteur an dem Tag, an dem ich aus Innsbruck wieder zurückkomme, seine Glosse *Aufwecker* mit den Worten: »Dass jetzt eine Grundsatzdiskussion darüber ausbricht, was Kunst darf und was nicht, haben wir noch gebraucht. Das ist die Sache nicht wert.« Wenn man den Satz liest, muss man wissen, wie viel es geschlagen hat. Der Satz könnte von Jörg Haider persönlich gesagt worden sein (mit dem die Chefetage mit den Jahren offenbar ein recht freundschaftliches Verhältnis entwickelt hat. Rotwein löst die Fronten auf, auch wenn auf den Fotos nur Kamillentee zu sehen ist).

Nein, eine Grundsatzdiskussion über die Freiheit der Kunst brauchen wir (wir? Wer sind wir denn? Wer ist denn im Wir alles drinnen?) natürlich nicht. In einer Demokratie bräuchte man eine Grundsatzdiskussion über die Freiheit der Kunst. In einer Diktatur braucht man eine solche Grundsatzdiskussion nicht, wie man überhaupt keine Grundsatzdiskussionen braucht. Hier soll der brave Bürger, die brave Bürgerin am Tage fleißig arbeiten, die hiesige Zeitung lesen und glauben, ein bisschen fernsehen und früh schlafen gehen, damit sie auch am nächsten Tag wieder fleißig arbeiten, die hiesige Zeitung lesen und glauben, ein bisschen fernsehen und wieder früh schlafen gehen können. Alles andere ist die Sache nicht wert, meint der einfache Leser, und zwar nicht irgendein einfacher Leser, sondern der erste einfache Leser seiner Zeitung, der Chef. Aber warum *Aufwecker*? Er ist ja ein *Einschläferer*!

Er wendet sich zwar ein bisschen dagegen, der Kunst ihre Freiheit zu nehmen (mit dem seltsamen Argument, weil man dadurch die provozierenden Kleinkünstler noch »aufwertet« und »innerhalb einer bestimmten Klientel« zu »Helden« macht, was »zu viel der Ehre für einen gefühllosen Fernsehbeitrag« wäre), aber er nennt den Beitrag des »oft durchaus witzigen Duos Dirk Stermann und Christoph Grissemann« »geschmacklos«. Hört! Hört!

Grissemann/Stermann kommentierten in den Neunzigern jahrelang den Song Contest alternativ im Radiosender FM4, und Zigtausende Österreicher schalteten den Fernsehton ab, um im Radio zu hören, wie die beiden einen dänischen Sänger »Erhard Busek im Fasching« nannten, einen schwedischen Rockmusiker »Elmar Oberhauser auf LSD«, eine slowenische Sängerin »schlimmer als drei Verkehrsunfälle zusammen«, einen kroatischen Beitrag »ein Lied über die Einsamkeit beim Morden in der Vorstadt«, es wimmelte bei den Interpreten von Zuhältern, Prostituierten, Dominas, Busfahrern, innerfamiliären Gewalttäterinnen, Raumpflegerinnen, Zeckenschutzimpfungsopfern und Fiat-Lux-Anhängerinnen.

Kurzum: Geschmackvoller als heute waren die Großmeister falscher Bezichtigungen niemals und nirgendwo, und sie erlangten bei Zigtausenden Österreicherinnen und Österreichern eben dadurch Kultstatus. Mehrheitsfähig waren sie dadurch natürlich nie, und deswegen haben sie den Song Contest ja auch nicht im Fernsehen, sondern im Radio übertragen, und ihr Fernsehkabarett wird auch nicht zur Primetime, sondern nach dreiundzwanzig Uhr gesendet, wenn der brave Bürger im Bett liegt und friedlich schläft, damit er auch am nächsten Tag wieder fleißig arbeiten und so weiter kann. Aber die »Geschmacklosigkeit« ist gerade das Identitätsmerkmal und das Arbeitsprinzip der beiden »oft durchaus witzigen« Kabarettisten, und ihnen »Geschmacklosigkeit« vorzuhalten, ist so, als würde man Mick Jagger vorwerfen, zu laut zu singen oder Hundertwasser, zu bunt zu malen.

Aber was mache ich jetzt mit meinem Chefredakteur? Und was macht er mit mir? Und warum muss ich mich immer damit herumschlagen, in einem Land zu leben, über das man außerhalb seiner Grenzen nur noch den Kopf schüttelt und in das immer weniger ernsthafte Künstler kommen wollen, weil sie vor der Rückständigkeit der Obrigkeit zurückschrecken und vor der Obrigkeitshörigkeit der Untergebenen und vor der ungebremsten Gewaltbereitschaft des Pöbels? Aber wer nähme mich auf? Samt Familie und Pipapo? Wer honorierte mein Heldentum? Meinen Dissidentenmut? (Im wortwörtlichen Sinn: *honorierte*?) Man muss nur ein paar Kilometer mit dem Zug fahren. Schon in Tirol ist das, was hier passiert, gerade mal eine Anekdote in der Abendunterhaltung: »Die Sache nicht wert.«

Am nächsten Tag lässt sich der neue Landeshauptmann in der Zeitung zitieren, er halte das, was Grissemann & Stermann machen, nicht für Kunst, sondern für Blödsinn. Den sollen sie woanders machen. Ich lebe in einem Land, in dem der Landeshauptmann bestimmt, was Kunst ist und was nicht, und die Zeitung verlautbart kommentarlos diese Bestimmungen. So einfach ist das.

Ich lebe und er ist tot: Der Satz wird von Tag zu Tag triumphaler. Da tun mir auch die wütend vorgebrachten Pietätsforderungen der Polithinterbliebenen nichts. Man könnte wirklich den Eindruck haben, hier sei gerade Rilke oder Klopstock gestorben, nicht der größte Schreihals Österreichs, als wäre hier ein mutterteresaartiger Grandseigneur nach langem Leiden erlöst worden, und nicht, als hätte der umstrittenste Politiker der Zweiten Republik auch noch die peinlichstmögliche Todesart erwischt.

Von Innsbruck zurück gleich weiter nach Opatija, zwei Tage Erholung im milden Nieselregen im Kvarner: Schwimmen, planschen und saunieren im wunderbaren Dachhallenbad im Adriatic, ein Spaziergang am Lungomare, der übliche Fischteller im Knezgrad in Lovran, die mit Shrimps gefüllten Calamari im Mali raj, dem piccolo paradiso, das Kest pire im Café Wagner. Und weil wir schon da sind, schauen wir uns auch noch das Miramar an, wo ich im kommenden Frühjahr lesen soll. Es ist der Showdown für diese Saison, morgen wird das Haus über den Winter geschlossen, anders als die meisten anderen Hotels, die das ganze Jahr über offen sind und gerade einmal im Jänner für ein paar Wochen pausieren. Auf der Hotelterrasse spielt die Post Big Band Salzburg vor begeisterten österreichischen Hotelgästen mit Pauken und Trompeten in ohrenbetäubender Lautstärke Udo Jürgens' *Ehrenwertes Haus*. Zum Schluss spielt man laut, falsch und mit Begeisterung Rainhard Fendrichs *I am from Austria*. Das Lied enthält die Zeile »Do bin i her. Do g'her i hin.« Aber das ist einfach so ein Satz, der wie alle Sätze bei Rainhard Fendrich nicht viel zu bedeuten hat. Und ich halte mich ja auch nicht daran.

November. Heute spreche ich mit der italienischen Journalistin Andrea Affaticati. Wie vereinbart hole ich sie vom Konzerthaus ab, wo das BZÖ seinen Haidernachfolge-Landesparteitag abhält (und Claudia Haider eine große Rede auf ihren verstorbenen Mann hält). Wir gehen ins kleine Café in der Burg, und sie erzählt mir, sie sei gestern Abend im Stadtkrämer gewesen und habe herausgefunden, dass der Pächter der Neffe von Ingeborg Bachmann sei. Da schau her! Aber was schließe ich daraus? Nicht viel. Kärnten und Österreich zwischen Bachmann und Haider, das sei im Großen und Ganzen ihr Thema. Wessen nicht? Andrea Affaticati spricht perfekt und akzentfrei Deutsch, denn sie ist in Wien geboren, Mutter Österreicherin, Vater Italiener, und erst mit zehn Jahren ist sie mit den Eltern nach Mailand gezogen, wo sie bis heute lebt. (Sie ist vielleicht ein paar Jahre älter als ich.) Anders als die übrigen Kärntner, mit denen sie bis jetzt gesprochen habe, könne sie mich sehr gut verstehen.

Abends im Volkskino die seichte, wenn auch bezaubernde französische Komödie *Willkommen bei den Sch'tis.* Der kleine Kinosaal ist gedroschen voll. JOWI ist diesmal nicht da, dafür sitzt drei Reihen vor mir – erste Reihe fußfrei – die trauernde Witwe Claudia Haider mit ihren beiden Töchtern. Ich versuche vor und nach der Vorstellung Blick- und sonstigen Kontakt zu vermeiden (ich wüsste nicht, was ich sagen sollte), was gar nicht so leicht ist, denn lange gibt es an Frau Haider kein Vorbeikommen. Aber schließlich ist es mir doch gelungen.

Am kommenden Morgen steht auf dem Titelblatt der großen Tageszeitung *Österreich* schon wieder sie: *Claudia Haider über Jörg. Erstmals spricht sie über sein Vermächtnis und ihren Abschied.* Bei den wichtigen Punkten in ihrem Leben seien sie immer zusammen gewesen, meint Frau Haider. (Wenn sie meint ...) Sie hätten zweiunddreißig schöne Jahre miteinander gehabt, aber sie hätten noch länger dauern können (wie meint sie das? Na gut, da mischt man sich besser nicht ein, das ist ja ihre Privatangelegenheit, die sie hier in *Österreich* verlautbart und unerzwungen unters Volk bringt). Wenn Gott ruft, meint Frau Haider, dann muss man gehen. Jörg ist aber nicht gegangen, sondern gefahren. Wäre er gegangen, wäre nichts passiert. Er ist gefahren. Gerast. Hundertzweiundvierzig. Ich habe auch schon Gerüchte von Spitzengeschwindigkeiten bis zu zweihundertelf Stundenkilometer gehört. Was hat Gott bloß gerufen? Schneller, Jörg! Komm schon! Trau dich was, Jörg! Und die Hinterbliebenen, meint Frau Haider, sollten kein Fragezeichen setzen, wo Gott einen Punkt setzt. Wenn sie meint. Gott war also am Freitagabend gerade im Stadtkrämer (Gott ist ja überall) und hat Jörg eine halbe Flasche Wodka eingeschenkt. »Und ex, Jörg!«, hat Gott gekichert, denn er verstand ja die Doppelbedeutung seiner Worte. Schopenhauer sagt über Gott, dass er … aber das habe ich ja dem Direktor des Carinthischen Sommers schon geschrieben …

Huch, ich glaube, ich bin gerade wieder pietätlos gewesen. Zum Glück ist das hier bloß mein Tagebuch und nicht zur Veröffentlichung bestimmt. (Schließlich habe ich gerade erst die Reifen wechseln lassen!) Und die arme Frau hat es schwer genug. Doppelseitige *Österreich*-Interviews gehören ganz einfach zur Trauerarbeit, das weiß jede Witwe. Nur dreißig Gehminuten vom Privathaus der Haiders entfernt fand Jörg Haider vier Wochen nach seinem tragischen, tödlichen Unfall die letzte Ruhe, und auch die Hoffnung Claudia Haiders auf eine würdige, sehr besinnliche Trauerfeier erfüllte sich zum Glück. Ich war nicht so indiskret, sie danach zu fragen. (Wie gesagt versuche ich Kontakt mit allen Mitteln zu vermeiden, wie ich es schon bei ihrem Mann gehalten habe.) Sie hat mir das alles selber und von sich aus erzählt. Das Bärental sei eine wunderbare Ruhestätte für ihren Mann, denn hierher wollte er auch an seinem Todestag. Es sei ein feierliches Begräbnis mit drei Priestern gewesen (drei Priester halten besser als einer, wie auch schon zwei Bischöfe besser halten als einer. Aber *Er* hat ja den Religionsunterricht auch in den Berufsschulen einführen lassen, was natürlich neue Arbeitsplätze für Religionslehrer bedeutet, die das Land bezahlt, aber die Kirche bestellt, und so wäscht eben auch postum eine Hand die andere). Die gesamte Familie sei beim Begräbnis gewesen (da schau her!). Nach der Beerdigung habe man im Haus noch lange weitergebetet.

Die letzte Ruhestätte von Kärntens Landeshauptmann (*Ex-Landeshauptmann* wäre vermutlich pietätlos, *Altlandeshauptmann* lächerlich) habe Claudia Haider ganz bewusst ausgewählt (No na! Einfach irgendwo vergraben werden sie ihn nach vier Wochen!). Für die gläubige Witwe gehöre ein Friedhof einfach in die Nähe einer Kapelle. (Breiter Konsens!) Nirgendwo anders könne sie sich das Grab im sechzehn Hektar großen Bärental besser vorstellen. Ein Mausoleum wird Claudia Haider nicht errichten. Noch sei es ein provisorisches Kreuz. Es werde eine gewisse Zeit brauchen, bis sie den richtigen Grabstein gefunden habe. »Ich setze mich damit in meiner Trauerarbeit« (bis zu drei Stunden täglich, war im letzten Großinterview zu lesen!) »sehr intensiv auseinander. Nur eines weiß ich jetzt schon bestimmt: Es wird ein bescheidenes Grab. Denn auch mein Mann war ein bescheidener Mensch.« (Wenn sie meint.) Das Gefühl der Wut, dass Jörg Haider in jener Nacht sein Leben so leichtsinnig und fahrlässig ausgelöscht hat, sei in der Trauerarbeit noch nicht hochgekommen, vielleicht weil sie auch weiß, dass sie die Wut keinen Millimeter weiterbringen würde. Denn sie werde nie eine Antwort bekommen (jedenfalls nicht die, die sie hören will!). Sie sei überzeugt, dass jedem Menschen sein Ableben vorbestimmt ist. (Tatsächlich meldete sich zeitgleich in der Ausgabe der *KTZ* eine Wahrsagerin zu Wort, die Jörg Haider dessen Ende vorausgesagt haben will. Er aber habe sich zwar bedanken lassen, aber leider nicht mit ihr gesprochen und auf sie gehört.)

»Starke Worte von Claudia Haider«, meint Ida Metzger von *Österreich*. Was der Witwe jetzt bliebe, seien die beinahe täglichen Spaziergänge zur Grabstätte (die es seit einem Tag gibt), an der sie ein Licht entzündet und betet. Es gab sicher viele Momente im Leben der Waldpädagogin, an denen sie sich gewünscht hätte, ihrem Mann jederzeit räumlich so nah sein zu können. Jeder, der eine Kerze am Grab anzünden will, könne ins Bärental kommen. Die Umgebung rund um die Kapelle sei ein kraftbringender Ort. »Hier lassen uns die Natur und der Wald des Bärentals alles spüren, was sie zu bieten haben.« Nur eine Waldpädagogin kann ein solches Naturphänomen so eindrucksvoll formulieren. Auch wenn Claudia Haider mitten in ihrem Kraftfeld Bärental lebt, wird es noch viele Wochen, Monate oder vielleicht sogar Jahre dauern, bis sie ihre Trauer bewältigt habe. Zu groß sei der Verlust, der ihr am Schicksalstag, am 11. Oktober um ein Uhr achtzehn, zugestoßen sei. »Wenn man es nicht selbst erlebt hat, kann man sich nicht vorstellen, welches Loch sich hier aufgetan hat. Plötzlich ist man mit dem Tod so drastisch konfrontiert. Seit der Unfall passiert ist, fühle ich mich, als würde ich auf der anderen Seite leben. Ich weiß nicht, womit das zusammenhängt: Mit dem unfassbaren Verlust? Oder weil so viel weggebrochen ist? Die Trauer ist ein steiniger Weg für mich, der sicher länger als ein Jahr dauern wird.«

Man kann in keinen Menschen hineinschauen. Jeder geht mit seiner Trauer anders um, und ich gönne gerade in einer solchen Situation allen alles, was ihnen hilft und gut tut. Aber wenn man es nicht mit eigenen Augen gesehen hätte, könnte man einfach nicht glauben, dass die Frau, die dieses Interview gegeben hat, genau in dem Augenblick, in dem die Druckereien mit Hochdruck zu arbeiten beginnen und dieses Interview zigzigzigtausendfach aufs Papier pressen, gemeinsam mit vielen, vielen anderen Leuten im Kino sitzt und sich eine seichte, leichte französische Komödie reinzieht, in der viel gealbert und noch mehr gesoffen wird und in der die Hauptfigur – als wüsste sie, wer in Klagenfurt im Publikum sitzt – absichtlich einen wahnwitzigen Autounfall verursacht, bloß um seine Frau loszuwerden. Ich habe das alles nicht erfunden, sondern nur die sichtbaren Tatsachen geschildert und möchte zum Schluss bloß anmerken, dass sich das Volkskino weder in einem Loch noch auf der anderen Seite befindet.

Heute bin ich im Sandwirth mit dem schwedischen Rundfunkjournalisten Gunnar Bolin zusammengesessen, und weil im Café kein Platz frei war, hat man uns angeboten, in die

Zigarren-Lounge zu gehen, die als eine Art überirdischer Korridor mit großen Fenstern über die Kolping-Gasse führt und zwei Häuser miteinander verbindet. Wirklich ein schöner Platz für ein Interview mit einem ausländischen Journalisten! Bereitwillig erzähle ich Gunnar Bolin alles über mich (ich bin mondän, dynamisch, liberal, erfolgreich und außerdem ein sehr liebenswerter Dandy, der im Burberry-Dufflecoat erscheint, sich in schmucke Lounges zurückzieht, sich in einen dunkelroten Lederfauteuil niederlässt und Statements zur Lage der Nation abgibt), alles über Kärnten (Kärnten ist schön, klein, arm, konservativ, umstritten und politisch gedemütigt), und Gunnar Bolin erzählt mir alles über Schweden (in Stockholm gibt es keine Leberknödelsuppe).

Trixi Weisner liebt mich! Das hat sie mir rundheraus gestanden, nachdem wir uns gerade mal fünf Minuten kannten und obwohl wir noch per Sie sind. Ich bin der Ältere und es läge an mir, ihr das Duwort anzubieten, aber wir wollen nichts überstürzen. »Nach meiner Rückkunft in dieses Land liebe ich Sie mit jedem Tag mehr«, sagte sie, und ich fragte zurück, wen sie liebt, weil ich gedacht habe, dieses Sie sei klein geschrieben und dritte Person Plural. »Na Sie«, sagte sie dann aber, und zwar wegen meiner Quergedanken in meiner Kolumne und weil es so wichtig ist, dass es in diesem Land noch jemanden gibt, der sich eigenständig und kritisch zu denken getraut und nicht mit der Masse schwimmt. Jaja.

Trixi Weisners Augen strahlen. Sie hat ein kleines Kind und keinen Mann und einen Freund und liebt Irland. Da wird sie zu Weihnachten hinfliegen. Sie ist Lehrerin. Obwohl sie noch recht jung ist, hat sie gleich einen Posten bekommen. Sie habe eine offene Art, auf Leute zuzugehen, zum Beispiel auf mich (sie hat mich – gleich nach dem Bürgermeister – an Haiders

Todestag im Restaurant Schweizerhaus angesprochen), aber auch auf ein hohes Tier im Landesschulrat. Und jetzt unterrichtet sie und will mich zu einer Schullesung einladen. Ich habe eine geschlossene Art, auf Menschen zuzugehen, deswegen führe ich nach wie vor ein glückliches, postenloses Leben und bin schon so berühmt, wie ich bin.

Ich schrieb schon in der Früh im Bahnhofsrestaurant eine halbe Stunde, während ich auf den Zug wartete. Denn es fielen mir gerade so schön die Worte und Formulierungen aus dem Kopf. Einen Sound muss man loswerden, solang man ihn hört. Ich schrieb auch im Zug noch bis Leoben, dann wurde ich müde. Von Leoben bis Wien las ich weiter in John Leakes *Der Mann aus dem Fegefeuer*. Eine spannende Sache, gierig zu lesen, obwohl oder weil ich die Geschichte Unterwegers damals, als sie passierte, ja medial mitverfolgt habe und also im Großen und Ganzen kannte (Einzelheiten freilich nicht, etwa dass er als ORF-Journalist Features und Interviews mit hohen Wiener Polizeibeamten zu seinen eigenen Prostituierten-Serienmorden machte). Es gibt auch einen kurzen Briefwechsel zwischen Unterweger in Stein und mir wegen eines Beitrags für seine im Gefängnis erscheinende Literaturzeitschrift *Wort-Brücke*. Suchte ich die Briefe in meinem Archiv, würde ich sie vielleicht sogar noch finden. Aber (zum Glück) habe ich mich nie für Unterweger und seine Freilassung eingesetzt wie etwa Alfred Kolleritsch. Das hätte mir nachträglich viele schlaflose Nächte bereitet. Durch mein Hin-Gerichtetsein ereignet sich nun ein Morden, hätte ich mich selbst anbrabbeln müssen. Ich war damals ja auch noch ein noch größerer Niemand als heute, und meine Stimme hätte gar kein Gewicht gehabt. Ich weiß aber noch, dass sich Jack Unterweger ausgerechnet an dem Tag in seiner Zelle erhängt hat, als ich den Max-von-der-Grün-Preis in Linz bekommen habe. Er hat mir mit seinem letzten Mord den Schlagzeilenplatz gestohlen.

Jedenfalls ist es interessant, ein Buch über einen Österreicher, das hauptsächlich in Österreich spielt, zu lesen, das in New York erschienen und auf Englisch geschrieben war und erst ins Deutsche übersetzt werden musste, jedenfalls aus außerösterreichischer Perspektive geschrieben ist (»im meeresfernen Wien ...«). Unterstrichen habe ich im Buch die Sätze: »Ein schwer persönlichkeitsgestörter Mensch ändert sich nicht dadurch, dass er sich mit seiner Lebensgeschichte intellektualisierend auseinandersetzt.« »Mediales Outing ist alles andere als eine Psychotherapie. Auch das lehrt der Fall Jack Unterweger.« »Bernd Melichar war 29 Jahre alt und interessierte sich für den psychosozialen Hintergrund, Familiengeschichten und mögliche Motive von verschiedenen Verbrechen. Er war ein fleißiger Leser, sein Lieblingsautor war Philip Roth, hielt Unterwegers *Fegefeuer* für ein faszinierendes Buch und auf die Frage, was er angesichts der Behauptung sagen würde, dass Unterweger nach seiner Entlassung noch ein paar andere Frauen ermordet habe, antwortete Bernd: ›Nie im Leben.‹« »Kurz nachdem Jack nach Amerika geflohen war, hatten zwei der prominentesten Journalisten des Landes, Günther Nenning und Peter Huemer, abwechselnd Beiträge für die Zeitschrift *profil* geschrieben, in denen sie ihre Beteiligung an der Kampagne für seine Begnadigung erklärten. Nenning wies auch auf die Verantwortungslosigkeit hin, mit der man einen Mann, dessen Schicksal es gewesen war, weggesperrt zu sein, mit Ruhm und Ehre überschüttet hatte. (...) Am provokantesten war Nennings Behauptung, dass die Literaturniks sich nicht deshalb für Jack interessierten, weil sie glaubten, dass er sich gewandelt hatte. Im Gegenteil: ›Das Dunkle an so einem Typen, das macht die Intellektuellen an‹. Huemer: ›Aber natürlich müssen wir uns fragen, ob diejenigen, die allem zum Trotz an die Veränderbarkeit von Zuständen und Menschen glauben, nicht stets in Gefahr sind, einer gewissen Sozialromantik zu erliegen, in der dann der Wunsch zum Vater des Gedankens wird: Wir sehnen uns nach Menschen, die ihr tristes Milieu und ihre Chancenlosigkeit überwinden, und in dieser Sehnsucht sind wir natürlich manipulierbar (…)« »An dem Tag, als Detective Miller mit der Untersuchung von Jacks Aufenthalt in L. A. begann, erhielt Jacks Freundin Elisabeth in Wien die Verteidigungsschrift, die er in Miami kurz vor seiner Verhaftung verfasst hatte. Beiliegend war eine Liste derjenigen Personen und Institutionen, die eine Kopie erhalten sollten: u. a. der Vorsitzende der FPÖ, Jörg Haider. Obwohl die FPÖ politisches Kapital aus dem Fall Unterweger schlug, indem sie ihn als einen weiteren Fall von Korruption in der Verantwortung der sozialdemokratischen Regierung hinstellte, hatte sich Jack mit dem Parteivorsitzenden eines Abends in der Reiss-Bar sehr gut unterhalten.«

Dann war ich am Südbahnhof. Ich fuhr ins Hotel, ich fuhr zum Schwedenplatz und bestieg den Twin City Liner.

Auf dem Schiff waren auch Katja Gasser und Erich Klein als Moderatoren, Marica Bodrožić, eine blonde Dalmatierin (oder: Dalmatinerin?), die in Deutschland lebt, Andrea Grill, die Albanienexpertin aus Bad Ischl, Catalin Dorian Florescu, ein in Zürich lebender Exilrumäne mit Nike-Schildkappe und Fußleiden, László Márton, Michael Stavarič, Martin Leidenfrost und jede Menge Leute, die erstaunlicherweise fünfunddreißig Euro Eintritt gezahlt hatten, um uns auf dem Weg nach oder von Bratislava zuzuhören. Von der Donau sah man nicht viel, weil es gleich finster wurde. Von Bratislava sah man auch nicht viel, einerseits wegen der Dunkelheit, andererseits weil wir nur eineinhalb Stunden Aufenthalt hatten und gleich ins Café gelotst wurden. Das Casino-Café Reduta in Bratislava hatte einen hohen neobarocken Ballsaal mit wuchtigen Lustern, schweren dunkelroten Samtvorhängen und winterweißen Stuckaturen. Allen Gästen wurden grauenhafte Käsespätzle mit grauenhaften, fetttriefenden Grammeln und grauenhaftem Salat serviert. Alles zusammen hatte einen Namen, den ich nicht verstanden habe, und war eines der slowakischen Nationalgerichte. Dann folgte die ziemlich uninteressante Verleihung eines Südosteuropaliteraturpreises an zwei schüchterne, wortkarge Slowaken, die jenseits von Bratislava wohnten. In der Garderobe des Café Reduta hörte ich durch Zufall, wie ein junger Mann mit kariertem Hemd, karierter Nichtburberry-Kappe und amerikanischem Akzent jemandem von *Jack all' inferno* erzählte. Entgegen meiner Art sprach ich ihn an, und es war John Leake. Da ich sein Buch nicht nur im Zug nach Wien weitergelesen, sondern für den Fall überbordender Langeweile auch aufs Schiff nach Bratislava mitgenommen hatte, bat ich ihn gleich an Ort und Stelle, es zu signieren. Damit er meinen Namen richtig schrieb, zeigte ich ihm den Umschlag von *Der Mensch kann nicht fliegen*. John Leake erkundigte sich natürlich, woher mein kryptischer Vorname stammte. Ach ja, mein Schicksal! Aber immerhin schrieb John Leake *Egyd* richtig ab.

Der gediegene Frühstücksraum im Hotel Mercure Josefshof hieß »Joseph II«. Ich sitze an meinem Tischchen, trinke Kaffee und esse Eierspeise und gebratenen Speck. Auftritt: Péter Esterházy, wallendes weißes Haar, altlässig im offenen dunkelbraunen Hemd und Jeans, schaut um sich, scheint niemanden zu kennen, bedient sich am Frühstücksbuffet, futtert wie ich. Auftritt: Donna Leon. Sie nimmt sich bloß Tubenhonig und ein Stück Schwarzbrot. Donna Leon geht an Péter Esterházy vorbei. Péter Esterházy schaut Donna Leon kurz an, aber man grüßt einander nicht. Sie beachten einander nicht. Ich denke, dass Péter Esterházy jetzt gerade denkt: »Wenn du mich nicht kennst, kenn ich dich auch nicht!« Donna Leon denkt: »Hübsche Perücke!« Und Donna Leon und Péter Esterházy denken: »Der da hinten sitzt, ist das nicht der Gstättner? Der sieht ja viel jünger aus, als er ist!« Rundherum irgendwelche Leute, namenlose Frühstücker. Sie kreischen, bilden eine Schlange, alle wollen ein Autogramm von der großen Donna Leon. Das hätte sie vielleicht gern! Nein. Nein. Niemand beachtet sie, alle frühstücken. Donna Leon vertieft sich in den Honig, Péter Esterházy in die *Süddeutsche*, ich in die *Presse* und lese Martin Leidenfrosts Kolumne über Albaner in Brüssel. Gelesen ist sie nicht ganz so eindrucksvoll wie gestern Abend in der Bar Enrico Panigl in der Schönlaterngasse, als er davon erzählt hat.

Am Frühstückstisch ein Stehkärtchen: *Vorsicht bitte! Be aware! Méfiez-vous! Wir servieren Ihnen echten Bohnenkaffe! We serve real coffee beans!*

Martin Leidenfrost lebt seltsamerweise in Bratislava und hat gestern den Zug nach Wien versäumt (um dann mit dem Schiff von Wien nach Bratislava und wieder zurück von Bratislava nach Wien zu fahren – und musste also mit dem Taxi von Bratislava nach Wien kommen). Mir würde heute bloß der Zug nach Klagenfurt vor der Nase wegfahren. Ich würde also am Südbahnhof Tagebuch schreiben und den nächsten nehmen. Auf die Frage von Dorothea Löcker nach seiner politischen Ausrichtung antwortete Martin Leidenfrost im Panigl wie aus der Pistole geschossen mit gespitzten Lippen und schelmischem Blick: »Katholisch konservativ!« Ich habe herzhaft gelacht, weil ich das für einen Scherz gehalten habe. Jetzt bin ich mir aber nicht mehr sicher. Martin Leidenfrost hat es ja auch wörtlich und ernst genommen, als ich gestern Abend gut gelaunt erzählt habe, ich sei in Kärnten Bademeister.

Nach der auf dem Literaturschiff hatte ich tags darauf auch eine Lesung auf der neuen Wiener Buchmesse, der Buch Wien, moderiert und einbegleitet von Günter Kaindlstorfer. Auf einem anderen Podium in derselben Halle hatte gerade Franz Vranitzky einen Auftritt, und seine Stimme hatte ich beim Lesen im Hintergrund immer im Ohr. Trotzdem kamen Leute zu mir. Im Anschluss ließen sich fünf Frauen Bücher signieren, vier davon jung, drei außerdem hübsch, und eine davon hieß Wanda. Während ich signierte, hielt ich Wanda einen Schnellkurs über ihren Namen vom *Fisch namens Wanda* bis zur *Venus im Pelz* von Leopold von Sacher-Masoch. Wer weiß, ob ich sie angeregt habe und ob ich jemals wieder von Wanda höre?

Zu Mittag mit meinem Wiener Guide und seiner Frau mit der U2 vom Messegelände zum Museumsquartier in die Edward-Hopper-Ausstellung, dann wieder zurück auf die Messe zum Picus-Empfang. Eva Feitzinger ist plötzlich da, die Nicht-mehr-Sessler-Feitzinger, aber auch plötzlich wieder weg, mein Ex-Verleger Rainer Lendl war da, Cornelius Hell stellt sich vor (er ist gerade gekündigt worden und fürchtet, dass man die *Furche* jetzt in der kürzesten Zeit zugrunde richtet. Ich fürchte, sie *ist* schon zugrunde gerichtet worden). Er will sich jetzt um das literarische Leben Litauens kümmern, und ich wünsche ihm alles Gute. Literarischen Großmafioso habe ich keinen bemerkt – vielleicht kenne ich sie ja einfach nicht. Dann kommt Daniela Strigl, wir begrüßen uns und stellen zu unserer wechselseitigen Überraschung fest, dass es für uns beide der allererste Besuch auf einer Buchmesse ist. Beide sind wir bis jetzt weder in Frankfurt noch in Leipzig gewesen, bloß in Klagenfurt. Also fachsimpeln wir ein bisschen über den Bachmannpreis: *Das* Small-Talk-Thema, wenn einer aus Klagenfurt kommt.

Es war fast romantisch, wie ich im Nachtzug (es ist der, der um neun Uhr morgens in Roma Termini einfahren wird) saß, las und aus dem Fenster ins Schneegestöber am Semmering und in Mürzzuschlag schaute. Zwei Tage später fiel auch hier im Süden der erste Schnee.

Dezember. Eigentlich sollte man für Zeitschriften, die es nur gibt, damit man das Haareschneiden schneller übersteht, keine Fragebögen beantworten. Aber da es hier keine anderen gibt (oder mich jedenfalls keine anderen bitten, Fragebögen auszufüllen), habe ich den Fragebogen doch ausgefüllt, die Schrumpfversion des berühmten *FAZ*-Fragebogens, den Marcel Proust gleich zweimal ausgefüllt hatte. Ich hab ihn jetzt auch zum zweiten Mal binnen nicht einmal vier Jahren vorgelegt bekommen. Bei Marcel Proust hat man den Fragebogen im Untertitel noch als eine *Herausforderung an Witz und Geist* angepriesen. Auf die Idee kommt heute natürlich niemand mehr.

Eine kleine Reise von der Wiege bis zur Bahre

Als Kind träumten Sie zu sein wie …

… mein Vater. Wie Kierkegaard seinen habe ich meinen Vater im Grund für den lieben Gott gehalten. Diesem kleinen Irrtum verdanke ich das ganze Glück meines Lebens, auch heute noch, wo der (mich) liebe(nde) Gott längst wieder im Himmel unten ist.

Welches Tier wären Sie am liebsten?

Ich hab ohnehin eines in mir, eine fürchterliche Bestie. Manchmal trifft sie sich mit den inneren Tieren anderer Menschen und führt Schweinereien auf. Bevor ich meine Bestie äußerle, nehme ich sie natürlich an die Leine.

Ihr Lebensmotto?

Leben heißt: ein Beispiel geben.

Auf welche Leistung sind Sie besonders stolz?

Dass ich nie in Konkurs gegangen bin. Dass ich nie Schulden hatte. Dass ich nicht beim Militär war. Dass ich keinen Wecker benütze. Dass ich keine Krawatten trage. Aber man soll eigentlich gar nicht stolz sein.

Was würden Sie gerne erfinden?

Eine Zeitmaschine. Aber ich arbeite ja seit vielen Jahren dran, und ein paar Zeitmaschinen sind mir auch schon gelungen.

Wie schalten Sie am besten ab?

Wen oder was sollte ich denn abschalten? Mich? Ich hab keinen Waffenschein, und Schalterbeamter bin ich auch nicht.

Ihre Lieblings»droge«?

Kastanienreis.

Ihr bisher schönster Lustkauf?

Das Brandenburger Tor. Ich habe es am Berliner Pariser Platz in einem Souvenirladen im Maßstab eins zu tausend um fünf Euro bekommen – und es war das Exponat Nummer hundert meines eigenen Privatminimundus. Aber auch der Kauf meines Amsterdamer Red-light-District-Teehäferls am Damrak um vier Euro (Nummer fünfzig meiner Teehäferlsammlung) hat mich wahnsinnig erregt.

Jeder Mensch hat einen Tick. Ihrer?

Die Gralssuche.

Wobei werden Sie rot?
Beim Kärntner Heimatlied, vierte Strophe.

Was finden Sie an einer Frau erotisch?
Die Augen. Die Pupillen. Den Blick. Die Stimme. Das Lachen. Die Lippen. Die Haare. Die Haut. Die Ohrläppchen. Den Hals. Den Nacken. Die Schultern. Die Oberarme. Die Unterarme. Die Hände. Die Fingerspitzen. Die Brüste. Den Bauch. Die Hüften. Den Po. Den heiligen Gral. Die Beine. Die Knie. Die Waden. Die Fesseln. Die Knöchel. Die Zehen. Und die Stilettos.

Ihre drei Lieblingskünstler?
In der Literatur: Fernando Pessoa. Miguel de Unamuno. Sir Arthur Conan Doyle.
In der Malerei: Franz Wiegele. Edward Hopper. Ex aequo Franz Sedlacek und Georg Scholz.
In der Musik: Verdi. I Nomadi. Stadio. Gianna Nannini. (u. v. a.)

Mit welchem bekannten Menschen würden Sie gern einen Abend verbringen?
Ich hab lange nachgedacht, und mir fällt niemand ein. Nicht einmal Penelope Cruz. Bekannte Menschen sind mir zu anstrengend.

Mit welchem auf gar keinen Fall?
Ich hab nicht lange nachgedacht, und mir fällt ein ganzer Haufen ein.

Welche politische Idee sollte in Kärnten am meisten forciert werden?

Der Aufbruch des Menschen aus seiner selbstverschuldeten Unmündigkeit. Hier ist der Mensch eh ein bisserl spät dran.

Was mögen Sie an sich besonders?

Nicht viel. Aber zumindest freut es mich, dass ich genau das tue, was ich immer tun wollte: Bücher schreiben. Und es gibt sogar eine Menge Menschen, die diese Bücher lesen. Das empfinde ich noch immer als ein großes Wunder.

Was mögen Sie an sich gar nicht?

Eine ganze Menge. Vor allem meine Schüchternheit und Menschenangst, aber auch meine Faulheit, Verzagtheit, Selbstdisziplinlosigkeit, meine beiden linken Hände, meine Blutwerte und mein Mortalitätsrisiko. Und manchmal rutschen mir in meinem Übermut Worte heraus, die mir später leidtun.

Die größte Strafe für Sie?

An meinem schönen neuen Stadion vorbeizuradeln und ohnmächtig zusehen zu müssen, wie da ein von einem korrupten Establishment initiierter Dauerhausfriedensbruch begangen wird.

Welchen Traum wollen Sie sich erfüllen?

Zum fünfzigsten Geburtstag mit Familie und Freunden in Cascais am Atlantik sitzen und meinen Kindern (mein) Lissabon zeigen.

Was wäre Ihre Henkersmahlzeit?

Zwanzig Marlboro, zwanzig HB, Zwanzig Gauloises & eine Melange.

Was sollte in Ihrer Grabrede gesagt werden?

Gar nix. Lieber ein paar Aphorismen von mir selber aus meinen Büchern. Und ganz am Ende *Fotoromanza* von Gianna Nannini.

Sie treffen Gott: Ihre erste Frage an ihn?

Um es modern zu sagen: Ey Alter, was geht mit dir?

In der Kierkegaard-Biografie habe ich diese Sätze unterstrichen:

»Kierkegaard akzeptierte die soziale Wirklichkeit – und kehrte sich von den Angelegenheiten dieser Welt ab.« »K. wollte das ganze Hegel'sche System von der Grundbetrachtung aus torpedieren.« »K's Leben ist arm an Ereignissen.«

Aus einer unveröffentlichten Erzählung: »Johannes war es, als entstehe die Welt während der Unterhaltung, als sei der Vater der Liebe Gott und er selber sein Liebling …« »… die göttliche Würde der Regel entwickelte eine neue Schwärmerei.« »Als Johannes älter wurde, hatte er kein Spielzeug fortzulegen; denn er hatte gelernt, mit dem zu spielen, was die ernsthafte Beschäftigung seines Lebens werden sollte und dennoch dadurch keineswegs das Verlockende eingebüßt hatte.« »Meine Kindheit ist glücklich gewesen, weil sie mich durch ethische Eindrücke bereichert hat. Sie erinnert mich an meinen Vater, und er ist die liebste Erinnerung, die ich besitze, und keineswegs ein armes und unfruchtbares Andenken.«

»Die Theologie vermochte ihm nicht das zu geben, wonach ihn hungerte, und zu Hause fühlte er sich nicht mehr wohl, weil ihm ständig eine dunkle Ahnung zusetzte, dass mit dem Vater irgendetwas nicht so war, wie es sein sollte, und dass des Vaters Frömmigkeit eine Art Bankrotterklärung sei und nicht ein Vertrauen auf Erlösung.«

Über die Mutter, eine Dienstmagd, die der Vater in zweiter Ehe geheiratet hatte: »Irgendwelche größere Anziehung hat sie kaum auf ihn ausgeübt. Sie hatte keine Erziehung und war auch von keinerlei Bedeutung für die begabten Söhne; es ist bezeichnend, dass Søren Kierkegaard sie, im Gegensatz zum Vater, nicht an einer einzigen Stelle in seinen Tagebüchern erwähnt … eine fürsorgliche und besorgte Glucke, die in falsche Gesellschaft geraten ist.«

Eine Tagebucheintragung 1836: »Ich komme jetzt eben aus einer Gesellschaft, wo ich die Seele war, die Witze strömten aus meinem Munde, alle lachten, alle bewunderten mich – aber ich, ja, der Gedankenstrich müsste genauso lang sein wie die Radien der Erde – ging fort und wollte mich erschießen.«

»Ihn trieb eine Angst, deren letzte Ursache die war, dass er die sichere Verankerung zu verlieren drohte, die der Glaube für ihn bedeutet hatte. Der Glaube – nicht in dem Sinne, dass er an der Existenz Gottes zu zweifeln begann, sondern in dem Sinne, dass er daran zweifelte, ob Gott der Gott der Liebe sei. Nicht der Hegelianismus war schuld an diesem Zweifel oder irgendeine andere philosophische Richtung, sondern des Vaters seelische Not und stille Verzweiflung, die er mitansehen musste, sein Sündenfall und die Angst vor dem Verderben. Gerade der Anblick seines Vaters musste ihn zu der Überzeugung bringen, dass das Christentum, anstatt den Menschen zu stärken, ihn der Fähigkeit zum Leben beraubte.«

Der Sündenfall des Vaters! Der Sündenfall des Lieben Gottes! Dieses Schaudern werde ich empfunden haben, als ich als Zwölf- vielleicht Dreizehnjähriger Papas Pornosammlung fand. Dass der liebe Gott zu so etwas fähig ist! Dass ihm so etwas taugt! Dass er so etwas braucht! Was ich sah, war faszinierend ekelhaft, faszinierend sündhaft, und ich konnte die Augen nicht mehr davon lassen. Die Entdeckung meines

Lebens im Kasten meines Vaters: unerklärlich. Die Welt ist hart und geil, böse, nackt und unverschämt, sadistisch und masochistisch: Daran führt kein Gott vorbei, kein Glaube, kein Tabernakel, kein Pfarrkirchenrat, keine Eucharistie. Im Geheimfach des Kastens des Vaters hockte sein Es – aber das wusste ich damals noch nicht. Ich konnte ihn nicht fragen, und er hätte mir auch nicht geantwortet. Aber dem schlimmen Schmutz im Geheimfach war es zu danken, dass Papa nicht ins Bordell ging, keine Affären, keine Frauen hatte – und die Familie zusammenblieb: das Gute des Bösen! Er hat sich in der Hand und unter Kontrolle gehabt – bis zum Tod. Der liebe Gott ist ganz allein durch die Hölle seiner Sexualität gewandert.

»Bei einer lärmenden Kneiperei mit Kameraden geschah es, dass er sich dazu verleiten ließ, eines der Bordelle der Stadt aufzusuchen. Man kann mit einiger Wahrscheinlichkeit den Vorfall auf den 10. November 1836 festlegen. Im Tagebuch heißt es in der Kürze, deren er sich immer bei der Wiedergabe der wichtigsten Ereignisse bedient: Mein Gott, mein Gott! Und dann: Dies tierische Kichern (…) Kierkegaard phantasierte davon, die Welt durch Sünde kennen zu lernen, aber diese Sünde zu begehen, die Sünde par excellence, hatte er nur im Rausch den Mut und hat es in seinem Schuldbewusstsein und seiner Angst nicht vermocht … Wahrscheinlich war dies armselige Erlebnis Kierkegaards einzige Begegnung mit der Frau als Geschlechtswesen.«

Ausweitung der Kampfzone! Oje! Oje! Ojemine! Kierkegaard, die Houellebecq-Figur!

Mit etlichen Frauen hatte ich ja Sex, früher einmal, ein paar Schenkel habe ich gehabt, ein paar Brustwarzen, ein paar schöne Blowjobs. Aber genug bekommt man natürlich nie, nicht einmal annähernd, und in einer Ehe mit Kindern schon gar nicht. Das Gebet um den täglichen Orgasmus muss man schon selber erhören.

Im Bordell war ich nie, jedenfalls nicht im Bett einer Prostituierten. Das wäre sehr schlimm für mich gewesen. Im Wohnzimmer eines kleinen Bordells in der Lastenstraße war ich vor vielen Jahren einmal spät nachts als Student, also im Kierkegaardalter, mit meinem Philosophieprofessor (Kierkegaard hatten wir allerdings nie durchgenommen, dagegen Freud ganz ausgiebig), aber wir haben nur eine Flasche Bier getrunken und mit der Empfangsdame hinter der Theke geplaudert. Im Fernseher in der Ecke lief ein Porno. Eine Dame auf der Couch hat einen Winterpullover gestrickt. Die Stimmung war weihnachtlich und anheimelnd, das Gegenteil von erregend. Draußen schneite es in dichten Flocken.

»Meines Vaters Tod war nun auch ein furchtbar erschütterndes Ereignis für mich – wie groß, darüber habe ich nie mit einem Menschen gesprochen«, schreibt K. zehn Jahre später, 1848 in sein Tagebuch. »Kierkegaard hat bald darauf angefangen, an seiner Dissertation zu arbeiten. Als Thema wählte er den Begriff mit besonderem Hinblick auf Sokrates.«

Meine Dissertation hatte als Thema die Inferiorität, und genau wie von mir vermutet hatte meine Dissertation genau den einen Sinn, mich zum Doktor zu machen, sonst keinen. Gefeiert habe ich sie nicht. Die Promotionsurkunde habe ich mir per Post schicken lassen, und meine Doktorväter waren beide beleidigt. Aber was ist schon ein Doktorvater? Mein Vater hat meinen Doktortitel noch erlebt. Nachdem er gestorben war, habe ich seine Pornosammlung auf dem Dachboden entsorgt, das ist die Pflicht des Sohnes. Ein paar Exponate habe ich mir aber als Andenken behalten und sie in meine eigene Sammlung integriert.

»Hätte ich alles erklären sollen, dann hätte ich sie in entsetzliche Dinge einweihen müssen, in mein Verhältnis zu Vater, seine Schwermut, die ewige Nacht, die im tiefsten Inneren brütet, meine Verirrung, meine Lüste und Ausschweifungen, die vielleicht in Gottes Augen doch nicht so himmelschreiend sind; denn es war doch Angst, die mich dazu trieb, zu fehlen, und wo sollte ich einen Halt suchen, da ich wusste oder ahnte, dass der einzige Mann, den ich um der Stärke und Kraft willen bewundert hatte, schwankte.« Ach Gott, ach Gott!

»Ein Genie in einer Kleinstadt« ist ein Ausdruck, den Kierkegaard in den folgenden Jahren über sich und über Kopenhagen zu wiederholten Malen anwendet. »Aber bildend ist es unleugbar, in einer so kleinen Stadt wie Kopenhagen in dieser Weise dazustehen, wie ich es tue. Mit äußerster Kraft, fast bis zur Verzweiflung, zu arbeiten, mit tiefen Seelenqualen und vielen Leiden in meinem inneren Leben, Geld zuzusetzen, um Bücher herauszugeben – und dann, buchstäblich, keine zehn Menschen zu haben, die sie ordentlich durchlesen …«

Kierkegaard brach mit einem Schlaganfall auf offener Straße zusammen, wurde ins Krankenhaus gebracht und starb dort einen Monat später. Er wurde zweiundvierzig Jahre alt.

Ich bin jetzt sechsundvierzig Jahre und muss kein Geld zusetzen, um meine Bücher herauszugeben. Tausende Menschen lesen sie sogar, wenn das auch freilich noch immer viel weniger sind, als ich mir wünschen würde. Mein Vorteil: Dass Pfarrer das Christentum lehren, weil es ihr Broterwerb ist und dass die Verkündigung der Kirche ein riesenhafter Betrug ist, regt mich nicht auf und beunruhigt mich nicht einmal: Ich habe nichts anderes erwartet.

Dezemberdepression. Mein Unternehmungsgeist ist erloschen. Mein Schreibgeist ist erloschen. Mit alten Texten, die ich für gut gehalten habe, bin ich beim Wiederlesen unzufrieden.

Schlimmer noch: Ich halte sie für schrecklich. Für peinlich. Kaum zu retten. An der Quelle verdorben. Was aber bin ich anderes als meine Texte?

Ich gehe noch seltener aus als sonst. Ich müsste mich zwingen. JOWI liest. Ich wollte hingehen, gehe dann aber doch nicht. Obwohl ich nicht das Geringste zu tun habe. Ich surfe stundenlang, aussichtslos. Ich vernachlässige Menschen, ich vernachlässige die Familie, ich vernachlässige alles. Ich fange Bücher zu lesen an und lege sie wieder weg (eine Parzival-Nachdichtung, beispielsweise). Ich freue mich weder auf das Beschenken noch auf das Beschenktwerden. Es erweist bloß mein Ungenügen, unser Ungenügen. Man trifft nicht mehr beim Schenken. Man wird beim Beschenktwerden nicht mehr betroffen. Man wird peinlich berührt. Ich werde Gutscheine schenken. Ich werde Gutscheine geschenkt bekommen. Aber egal: Ich will keine Freude haben müssen. Ich schwänze die vorweihnachtliche Kontrolluntersuchung beim Kardiologen. Ich habe keine Lust, mich von meinen schlechten Triglyzeridwerten deprimieren zu lassen. Ich habe Kreuzschmerzen. Keine Ahnung, woher die kommen. Ich fürchte, unheilbar krank zu sein. Ich will Silvester nicht zu Hause verbringen. Aber ich will auch nirgendwohin fahren. Ich bin im Radio, aber ich hör's mir nicht mehr an. Es ist eine Dreckssendung. Mich interessiert es überhaupt nicht, wenn ich meine Adventgeschichten vorlese. Es bringt ein bisschen Geld, aber nicht viel. Ich bin im Fernsehen, und ich schau's mir nicht an. Es ist ein Drecksauftritt, und nur ein paar Sekunden. So niedrig wie der Redakteur bin ich noch nicht. Aber er will mich noch tiefer hinunterziehen, auf seinen Niedrigkeitslevel. Ich schaff es nicht, Nein zu sagen. Er lässt mich so lang Sätze sagen, bis er einen Satz hat, der so blöd ist, dass er ihn brauchen kann. Erst dann ist Frieden.

Es regnet, es regnet, es regnet. Den ganzen Dezember hindurch regnet es. Tiefdruck. Jetzt ist die Sonne tatsächlich vom Himmel gefallen. Während sich ein, zwei Stunden von hier im Gailtal, in Kötschach-Mauthen, im Lesachtal Schneemassen meterhoch türmen, haben wir hier einen nordportugiesischen Winter erwischt.

Die Zeitung aufgeschlagen: Eine gute, eine schlechte Nachricht. Die gute: Es gab im Land noch nie so viele Konkurse und Insolvenzen wie heuer – und ich bin wieder nicht dabei! Ringsum so tolle Zahlen das ganze Jahr, so viele Hochglanzstrahlemänner und -strahlefrauen, so viel Euphorie, so viel Gründerzeitgeist und so viel Optimismus, und dann als Endergebnis so viele Insolvenzen! Es ist, wie es bei der EURO war: Ein offiziell sensationeller Erfolg, obwohl in den Fan-Zonen wochenlang alle Bierbänke leer waren …

Die schlechte Nachricht: »Kolumnist des Jahres« ist ein anderer geworden! Bis vor zehn Sekunden habe ich gar nicht gewusst, dass ein »Kolumnist des Jahres« gewählt wird – und dann bin es gleich nicht ich! Es ist aber auch ein »Journalist des Jahres« gewählt worden, ein »Lokaljournalist des Jahres«, ein »Kulturjournalist des Jahres« ein »Chefredakteur des Jahres« und was weiß ich. Die Szene feiert sich selber ab. Ich weiß auch nicht, wer bei solchen Wahlen wahlberechtigt ist. Oder wer wie und warum kandidiert. Aber wer immer mich nicht gewählt hat, dem möge man den Rücken auspeitschen, sodass er sein restliches Leben lang nicht mehr aufrecht gehen kann. Ich bin schon letztes Jahr nicht »Kolumnist des Jahres« geworden, vorletztes nicht und vorvorletztes nicht. Ganz sicher werde ich es auch nächstes Jahr nicht werden, übernächstes nicht, und dann wird man die Wahl wieder einstellen, weil alle insolvent sind. Außer mir. Ich bin seit vielen Jahren der Kolumnist vieler

Jahre. Der wird halt nicht gewählt. Man könnte mich aber freilich auch zum »Kolumnisten des Jahres, der das ganze Jahr lang nicht ein einziges Mal in der Redaktion war« wählen, zum »Kolumnisten des Jahres, der nicht einmal die Redaktionsweihnachtsfeier besucht« oder zum »Kolumnisten des Jahres, der den Journalismus so gering schätzt wie eine Hautkrankheit« (aber sich trotzdem die Kosten für seinen Lebensunterhalt aufs Konto überweisen lässt, weil er auch heuer wieder nicht zu den Insolvenzfällen gehören will). Schriftsteller des Jahres?
Gestern eine Dokumentation über Puccini gesehen. Quintessenz im Abspann: »Puccini war kein glücklicher Mensch.« Passt.

Seit Wochen kein Wochenende, seit Tagen kein Tag ohne Claudia-Haider-Exklusiv-Trauerinterview. Würde Claudia Haider ein Lied singen, es wäre sofort Nummer eins der Hitparade, würde Claudia Haider ein Buch schreiben (*So heterosexuell war Jörg*), es wäre sofort Nummer eins der Bestsellerliste. Würde Claudia Haider als Bundespräsidentin kandidieren, sie würde sofort Bundespräsidentin. Aber da ich meine Tagebuchaufzeichnungen ja nicht veröffentliche, liest sie sie nicht und kommt vielleicht zum Glück nicht auf die Idee.

Und ihr tägliches Exklusiv-Trauerinterview gibt uns Claudia Haider auch heute. Anlass: Der FPÖ-Chef Strache von der rechtsrechten Konkurrenz hat angeboten, sie zur Landtagspräsidentin zu machen. Die erwartbare Allzweckreaktion des BZÖ, vertreten durch Martin »Kind & Kegel« Strutz: »Pietätlos!« Alles außer BZÖ-Wählen ist derzeit pietätlos, und gleich nach der Wahl wird man Pietätsgesetze verabschieden. Claudia Haider verbraucht das ganze Titelblatt. Und warum das? Weil sie im Interview die ganze Seite lang »Kein Kommentar« sagt. Kein Kommentar. Kein Kommentar. Kein Kommentar. Nur auf die brisante Frage, wie sie die ersten Weihnachten ohne ihren Jörg feiern wird, die entschlossene Antwort: Wir werden besonders schön Weihnachten feiern. Es wird eine große Herausforderung. Die ganze Familie wird da sein. Wir werden zum Grab gehen, und es wird viel gebetet werden.

Gegenfrage: Ist das nicht privat? Wen geht das etwas an? Wen interessiert das? Und: Warum?

Ira wühlt sich durch ihren Geschenkberg. Pamina und ihr Freund sitzen leicht belustigt daneben und schauen zu, ebenso die kreuzbiederen Schwiegereltern und die Mutter, die Zeremoniendomina a. D. mit ihrer Platztellermanie. Der Heilige Abend ist seit Jahren der unangenehmste Tag. Da wird mir immer bewusst, wie weit weg ich von den Menschen bin, die mir am nächsten sind. Weihnachten feiern, das ist wie mit seiner Mutter schlafen. Genauer gesagt: Weihnachten ist wie impotent werden, damit man nicht mit der Mutter schlafen muss.

Herta hat ein großartiges Buffet gerichtet, Spargelsalat, Mayonnaiseeier, Französischer Salat, Roastbeef, Preiselbeerpastete, Sgombri, Lachs, Krabbencocktail, und, und, und. Nach dem Essen und zwei Achteln Merlot fragt mich Pamina, ob ich sie und ihren Freund zu seiner Mutter in die Goethestraße chauffiere. Sie werden dort schlafen. Mir ist die Ausfahrt recht. Der Weihnachtsabend zieht sich. Die Heilige Nacht wartet nicht mit Schnee auf, aber mit dichtem Nebel und Kälte. Kaum habe ich Pamina und ihren Freund aus dem Auto steigen lassen, denke ich: Es liegt ja alles an mir. Ich habe keine Wünsche. Man kann mir gar keine Freude machen.

Aber da fällt mir doch ganz plötzlich ein Wunsch ein, und ich weiß, wie ich mir eine schnelle Freude und diesen Heiligen Abend einmalig machen könnte: Und weil sie ohnehin nur drei, vier Kilometer entfernt ist, fahre ich in der Heiligen Nacht im dichten Nebel einfach weiter zur Unfallstelle Jörg

Haiders und spiele die wunderbare Mireille Mathieu. Als ich mit fünfzig Stundenkilometern und gefühlten 0,3 Promille das Lambichler Kerzenspalier passiere, singt die große Mireille: *Und eine weiße Taube flog übers Määäään. Da wusste sie: Es gibt keine Wiederkääääh r. So ist das Leben ein Kommen und Gehen, und wer kann es je verstehen?* Ich verstehe es nicht, aber ich bin jetzt wenigstens wieder zufrieden: Immer noch besser impotent als tot.

Mein Wiener Guide und seine Frau sind über Weihnachten nach Klagenfurt gekommen. Sie sind im Moser Verdino abgestiegen, wo wir gemeinsam frühstücken, und dann betreiben wir Haider-Tourismus. Wir absolvieren also *Jörgs letzten Weg*, die wichtigsten Stationen jedenfalls, das Le Cabaret in Velden und den Stadtkrämer, der bestimmt kein »Inlokal«, sondern eher das Knusperhäuschen aus Hänsel und Gretel, auf alle Fälle aber geschlossen ist. In den Landhaushof (über die Südstiege hinauf zum Wappensaal, wo der Sarg aufgebahrt war, über die Nordtreppe, wo der Sarg wieder hinuntergetragen wurde, auch wieder hinunter). Zum Amtsgebäude der Landesregierung am Arnulfplatz, wo sich die Kerzenlavazunge ausgebreitet hat, die bis auf ein paar Kerzen mittlerweile wieder weggeräumt ist), in den Dom, in den der Sarg zum Requiem hineingetragen wurde, bei dem der pietätlose Herr Faymann mit dem pietätlosen Herrn Pröll geschwätzt hat, ein Abstecher in die Nähe des Privathauses, wo er sich zum letzten Mal umgezogen hat, und dann hinauf auf den Highway des Todes, die Rosentaler Straße. Die Unfallstelle ist nach wie vor mit vielen Kerzen geschmückt, außerdem mit Allerheiligenbouquets, Adventkränzen, Weihnachtsbäumchen mit Girlanden, einer Plakette des Vlaams Blok, einer kleinen, um einen Baumstamm gebundenen Plastikfigur des Gestiefelten Katers, Transparenten, die

Aufklärung und die Beantwortung der vielen offenen Fragen fordern, und mit zwei wunderbaren handgeschriebenen Texten: »Wir sind immer in deinem Herzen!« (Frage: Wie soll das konkret gehen?) und – Wunsch des Jahres! – Good look! Kann ja nicht schaden …

Niemand interessiert sich dafür, was J. H. am vorletzten Tag seines Lebens gemacht hat: Ich konnte nirgendwo darüber lesen.

Dagmar Koller muss sich in den Hintern beißen: Claudia Haider ist von der österreichischen *Sun* zur »Frau des Jahres« gekürt worden. Da ist man ein Leben lang die Frau von Helmut Zilk, trauert anschließend super und wird erst nicht »Frau des Jahres«! Wozu dann alles? Wirklich gemein! Aber das Sensationellere ist der Feind des Sensationellen. Claudia Haider ist besser! Seit zweieinhalb Monaten ist ihr Leben eine unausgesetzte Abfolge von Kerzenanzünden, Gebet, Andacht, Interview, Kerzenanzünden, Gebet, Andacht, Interview, Kerzenanzünden et cetera.

Smalltalkophob wie ich bin, werde ich es wohl nie bis zum König der Herzen schaffen. Aber *König der Herzen* ist ohnehin eine euphemistische Umschreibung für *König des Pöbels*. König der Herzen, das bedeutet ja auch permanentes Griaßdi!, permanentes Wiagehtsdadenn?, permanentes Mogstwostrinkn? *König der Herzen* ist auf Dauer doch ein sehr ekelhafter Job.

Ein paar Minuten, nachdem wir uns verabschiedet haben, ruft mein Wien-Guide nochmals an: Sie haben sich ins Hotelcafé des Moser Verdino gesetzt, und wer sitzt auch dort und mauschelt? Der Besitzer des Stadtkrämer und Herr Petzner! Jetzt ist sein Glück vollkommen! Klagenfurt-City ist die heißeste Stadt, wenn man Weihnachtsferien und ein Hotelzimmer hat.

Michael Fleischhacker ist mir im Traum erschienen. Ein Heftpflaster klebte auf seiner Stirn, er zupfte mit versonnenem Blick einem Gänseblümchen die Blütenblätter aus und evaluierte mit mir die Möglichkeiten einer neuen *Presse*-Kolumne. Die Voraussetzungen dafür waren alles andere als rosig. Die EURO war vorbei und der Fußball in Österreich für hundert Jahre gestorben. Nachdem *Er* aus dem Sein gedonnert war, war eigentlich auch ganz Kärnten tot und thematisch erledigt. In dieser brenzligen Situation empfahl mir Fleischhacker, mich auf meine Kernkompetenzen zu konzentrieren. Eine schonungslose Selbstanalyse zeitigte dann aber leider das ernüchternde Ergebnis, dass ich außer mir selbst eigentlich gar keine Kompetenz habe, geschweige denn eine Kernkompetenz. »Tja«, resümierte Fleischhacker geradezu brillant konsequent, »Dann werden Sie leider in der Versenkung verschwinden und von allen vergessen den Hungertod sterben.«

Wenn ich aus so realistischen Träumen hochfahre, kann ich auch mitten in der Nacht keinen Schlaf mehr finden. So habe ich zum ersten Mal seit dreißig Jahren ohne jede Terminnotwendigkeit das Bett um sechs Uhr Früh verlassen, in der Morgenfinsternis gefrühstückt und war den restlichen Tag kaputt. Nach wie vor bin ich frei wie eine Sau auf dem Eis und allein wie eine Sau auf dem Eis in der Nacht. Das Jahr ist noch nicht zu Ende, und die Existenzängste sind schon wieder da.

Kaffee mit Alois im Salzamt, Stadtgeplauder. Wir reden über die unehelichen Schriftstellerkinder von P. T., über eine Brutalo-Satire von JOWI im *Spectrum*, über den Wirtschaftskammerschriftsteller Sch., dem meine letzte Kolumne, in der mein Bruder, sein Chef, vorkommt, wieder einmal sehr gegen den Strich geht, was mich nicht sehr wundert, über die Schweizer Atheisten e. V. und die neue Freundin des Bürgermeisters, die angeblich ohnehin immer schon seine große Liebe war, über die programmgestalterische Homophilie am Stadttheater, über die *Buddenbrooks*-Neuverfilmung von Breloer und ob es stimmt, dass Ingeborg Bachmann wirklich einmal im Möbelgeschäft meiner Eltern eingekauft, aber die Rechnung nicht bezahlt hat. Alois, der mir schon vor Jahren – vor meinem Reha-Canossagang nach Hochegg – empfohlen hat, nach meiner Wiederkehr einfach einen *Zauberberg* zu schreiben, meint, die *Buddenbrooks* seien ja für mich auch ein Thema. Klar, ich kann die Geschichte als meine eigene konsumieren, im Grund bin ich in allen Personen vorhanden, und der Niedergang der Familie Buddenbrook aus Lübeck ist – jedenfalls als Parodie – hundert Jahre später der Niedergang meiner Familie in Klagenfurt. Das Geschäft ist liquidiert, hier sitzt der lebensunfähige Hanno, künstelt ein bisschen vor sich hin und wartet auf das Aussterben. Die Erzählung wäre viel Arbeit für wenig Geld und noch weniger Applaus, aber sonst eine interessante Aufgabe.

Meine Vorsätze für das neue Jahr:
Alle Menschen grüßen.
Jeden Menschen fragen: Wia geht's da denn?
Jeden Menschen fragen: Mogst wos trinken?